李天赐

临冬城少城主，九子狻猊传人，自幼父母双亡，家族惨遭魔教灭门，身负血海深仇以及召集九子召唤神龙的重任，后于桑阳观跟随景阳真人修道，豪侠壮志，英雄少年，个性好强，执着固执，永不言败，立志拯救苍生，百战不殆、至死不渝，手持八荒神器震雷蟠龙棍，道法高深。

柳梦晴

柳芸庄庄主之女，九子老大囚牛传人，九天玄女。清丽不可方物，眉目如画、似轻云出岫；双瞳剪水、似谢庭咏雪。手持囚牛古琴与华清玉笛，擅长五曲一诀。因生父神秘背弃正派，叛入魔教，柳芸庄就此没落。柳梦晴也背负着巨大压力，经常有外敌上门寻仇，故而外表冷若冰霜，实则内心柔弱敏感，与李天赐相遇，书写了一段情缘。

花行云
身世神秘的白衣书生，从小被九州六隐仙之一的风夕颜收养，传授一身绝学，乃九子赑屃传人。为人谦虚内敛，秀气俊逸，却又优柔寡断，浩气凛然，与魔教妖女南宫霖相爱相杀，却无奈正邪不两立，剪不断理还乱。救恩师，赴圣山，破棋局，降赑屃，擅长扇笔，招式凌厉，专走偏锋，身负八荒神器乾天九芒羽。

齐羽

烟雨阁长老沈傲天关门弟子，孤傲剑客，九子蒲牢传人。为人孤傲不羁、放浪形骸，剑荡浊尘，光寒九州，仗剑江湖古酒相随，为报师仇，四处追寻魔人踪迹，与花行云一见如故，闯荡江湖，后于烟雨阁剑冢拜访神秘人剑奴，以血铸剑，取得八荒神器巽风泽云剑，洗髓易经，神通大成。

清玄
善德寺扫尘小僧，无父无母的黄石之子，被善德僧人于上古黄石台上发现，自幼被僧人抚育。为人憨厚，老实木讷，深受佛门教诲，嫉恶如仇，道行粗浅，无意中结识李天赐与柳梦晴，被柳梦晴舍身相救，三番五次奇遇，竟无意中获得八荒神器之一的艮山降魔杵，才发现自己是九子嘲风的传人。

叶啸渊

万兽山庄副庄主，九子狴犴传人。天赋异禀，身怀召唤猛禽凶兽绝技，公正严明，威风凛凛，豪爽霸气，是九子中年纪最大的带头大哥。视其长兄为世上最亲的人，但却因修为高深，且身携八荒神器兑泽龙吟枪，被大哥嫉妒觊觎，与东海鲛人族长老设局陷害。后因大哥被天魔杀害，便走上为大哥复仇之路。

慕容听雨

落寞贵族，江湖术士，精通召唤天地自然元素的奇异法术，乃九子螭吻传人，但却对龙族传人身分闷闷不乐，极不情愿。为人心慈手软，胆小怕事，宁做太平犬，不为乱世人，不问江湖事，更不愿意加入龙族共同对抗天魔。后在其妹慕容观雪的劝说下，终归大道，关键时刻挽救九子于危难中。

独孤煌

天魔教主独孤灼枫之子，为人心狠手辣，嗜杀成性，乃九子睚眦传人。对其龙族身份浑然不知，一直被父亲蒙在鼓里，后与李天赐遭遇，冥冥之中，机缘巧合，却不打不相识，相见如故，在孝义之间徘徊不止，最终毅然投身正派，替天行道。

萧白
千年白狐之子，游手好闲的市侩之徒，是九子中年
纪最小的人，也是最神秘的。油嘴滑舌，活泼好动，
心思敏捷，毫无修为却机缘巧合与李天赐等人相遇，
因身世相近，天赐对其喜爱有加，带着他一路闯荡，
却未曾料想他的传家古玉，竟是传说中的饕餮玉。
萧白于万分危难关头召唤出最后一个龙子饕餮，自
此，龙九子正式团聚。

龙生九子 隐没凡尘
四散九州 拯救苍生

龙族传说

（一）

周乐易◆著

四川文艺出版社

目　录

序

寰宇初始，天地一片混沌，处于无尽黑暗之中。后有盘古氏，一万八千岁，手执上古神器盘古斧，开天辟地，阳清为天，阴浊为地，天高地远，万物初生。后女娲创世，抟土成人，炼石补天，大禹治九水划九州。自此，盛世太平，苍生万物便于九州沃土生息繁衍，世代相传。

直至九州北域蛮荒大陆天魔教崛起，方才打破了这一平静景象。天魔教徒，域外异人，精通妖法，行事诡谲，心狠手辣，神鬼莫测。教中独孤氏阴狠狡诈，能人异士众多；端木氏妖法高强，卓尔不群；拓跋氏训育魔宠，神秘低调；南宫氏虚与委蛇，杀人如麻。天魔教坐拥上古四大凶兽穷奇、烛龙、梼杌、混沌，弑杀天下，四凶兽乃四族始祖聚天地玄黄之污浊所化，天生神力、祸害人间。

穷奇烈焰灭世，席卷凡尘；烛龙翻雨覆云，颠倒乾坤；梼杌巨翼垂天，破碎虚空；混沌侵吞山河，毁天灭地。

天魔教众狼子野心，率上古四凶兽南侵，妄图吞并中土，人间顷刻化作焦土，九州须臾成为炼狱。九州英雄豪杰云集响应，在桑阳观、柳芸庄、烟雨阁、善德寺四大正派的带领下同仇敌忾，讨伐天魔。

正派桑阳观，为桑阳道人所创，观中弟子以三清仙神为尊，道法高深，吸纳天地灵气汇聚于体内，化为纯阳之气，以器为媒施展道法；

柳芸庄，江南水乡名门大户，扬州柳氏一方豪强，琴棋书画技艺精湛，奇门遁甲无所不通；

烟雨阁，青衫弟子俊秀飘逸，烟雨尘世剑术无双，行侠仗义，以剑法闻名于世；

善德寺，黄石老祖所创，与佛结缘、佛光普照，恩泽八方、法力无边，乐善好施，锄强扶弱。

此四大名门巨擘，协力同心，共创九州荣光，不坠青云之志，誓与浊世妖邪血战到底。

正邪双方于九州北荒极寒雪原交战，那场旷世之战，持续数日，杀得昏天暗地。尸身堆积成山，鲜血浸流成泽，正邪双方两败俱伤。无奈那四大凶兽法力高强，能人义士死伤惨重，正派联盟最终几近溃败。

眼见神州浩土就要被天魔占领，女娲、伏羲、大禹三圣神横空出世，竭尽全力，共同施法召唤出擎天神龙，却也因此几乎耗尽了毕生法力，只能隐遁于九州之外。那擎天神龙与四大凶兽鏖战数个昼夜，拯救万民于水火之间，惨烈血战，精疲力竭。生死关头，在桑阳道人斩仙剑的帮助下，力挽狂澜，最终战胜了凶兽……

四大凶兽被神龙施法封印在万魔窟中，而神龙亦倾其所能，神力散尽，化为九子。老大囚牛，喜音好律，藏伏于古琴之中，游走于仙乐之上；老二睚眦，以武为尊，嗜杀成性，龙嘴衔剑，驰骋天地之间；老三嘲风，吉祥瑞兽，神力浩荡，安居堂宇殿角，消灾祛祸；老四蒲牢，胆小好吼，常附于钟铃之上，铃响钟摇，声入云霄；老五狻猊，佛前神兽，喜烟好坐，外形凶恶霸气却性静祥和；老六赑屃，禹神坐下神兽，背负三山五岳，神威盖世，战功显赫；老七狴犴，正义凛然，公直严明，斩妖降魔，惩奸除恶，虎视眈眈，威风凛凛；老八螭吻，龙头鱼身，喜险好望，火中重生，勇往直前，所向披靡；老九饕餮，生性好食，相传有头无身，是最为神秘的龙子。此九子乃神龙所化，神通广大，只不过时过境迁，它们早已散落在尘世间，不知所终。

沧桑变幻，千年后的今世，龙印的力量已消失殆尽，天魔蓄势待发，蠢蠢欲动，意图卷土重来。九州重为魔人所扰，黎民百姓苦不堪言，四大凶兽即将冲破龙印桎梏重返人间，而九子却仍然湮没于茫茫人海，不知所终，它们能否重聚召唤神龙击退天魔教，一场惊世骇俗的诸神之战即将再次上演……

第一章 龙子现世

冀州以西约百里有一山谷，因山巅四季为冰雪覆盖，得名临冬谷。谷外虽寒风凛冽，气候恶劣，但谷内花草树木欣欣向荣，鸟虫走兽种类繁多，溪水在谷间流淌，一派山灵水秀的奇景。此谷远离尘世，鲜为外人侵扰，自古以来都是仙家历练修道的净土。

相传上古桑阳道人云游至此，深深为此地浩瀚灵气所折服，于是在此寻仙问道，修建桑阳观，恩泽苍生。后九州为天魔所祸，分崩离析，妖兽横行，战火连绵千里，饿殍遍地。

为躲避祸乱，凡人逃难于此。其中以李氏一族最为显赫，李氏先祖为九州北方豪强贵族，因天魔祸乱，举族迁徙于此，为桑阳道人所庇佑，于谷中安居乐业，并于临冬谷南麓修筑一座豪华城府，名曰临冬城。临冬城依山傍水，亭台楼阁鳞次栉比，恢宏磅礴。李氏一族世居城内，安居乐业。时至今日，临冬城城主之位已传至李氏第五十七代传人李义云，其人秉性豁达，坚韧刚毅，修为高深，少时游历山河大川，好结交天下豪杰，正义凛然。

时值深秋，临冬谷内霜染层林，花凋叶黄，漫山遍野。是夜，临冬城上空一声惊雷乍响，而后天雷滚滚，雷鸣电闪间有若天明，随即狂风呼啸，席卷整个山谷，吹断参天巨木无数，吹落谷中花草遍地。令人惊奇的是，周围景物已被怪风摧毁殆尽，唯独那临冬城毫发无损，安稳如常。那股狂风以摧枯拉朽之势，足足刮了三日，所到之处，草木尽折，一派残破景象。

狂风过后，便又是数日秋高气爽、万里无云、风和日丽的光景，如此持续了大半月。就在临冬城李氏一族逐渐淡忘那场雷电狂风交加的异象之时，更为奇异的景象突然出现在临冬城上空。

却见天空浓云密布，笼罩着整座临冬城，云层间紫金祥瑞之气聚盘旋，紫金异芒骇世，耀眼夺目，其间似有暗潮汹涌、惊雷震天。那团充盈着紫金光辉的云，徘徊在临冬城上空七日有余，毫无退散之意，也不知何种妖法所为。

就在李氏一族为此忐忑不安之时，某夜，云层中的光影急速涌动，那紫金辉芒悉数倾泻而下，径直照向临冬城，天地间似有游龙奔腾，神兽呼啸，如同天神降世，场面蔚为壮观。

是日，临冬城内，清风徐来，一个身着白袍的道人突然现身，负手而立。只见他白须垂胸，鹤鼞飘扬，看上去已年逾古稀，那老道手托拂尘，双目有神，满面红润之色，精神矍铄，仙风道骨。

临冬城城主李家正厅外，丧布白幔高挂，李氏族人身着丧服，神情哀伤颓唐，跪坐于阁厅两侧守丧，香烛纸钱分别陈列于其间，火盆里还残留着未烧尽的纸钱。抬眼望去，厅阁尽头站着一身形伟岸的中年男人，丧服之内的衣物华贵，一看便知其乃名门望族，只见他默然负手而立，背对着屋外，看不清脸上的神情，想必就是那临冬城城主李义云了。

“有客到。”

门童有气无力地喊了一声。

那老道应声走进了厅内，一脸诧异至极之色，朝眼前转过身来望着自己的中年男子问道：“李城主，贫道这几日夜观星象，发现天际紫金祥瑞之气汇聚，密布盘旋于临冬城之上，想必李氏今日有喜事发生，因此特来登门道贺。不曾想喜事不见，却看到满门丧服白幔，究竟发生何事啊？”

李义云面容憔悴，很是萎靡不振地说：“原来是桑阳观掌门景阳

真人啊。唉，真是我李氏家门不幸啊！”

李义云双手负于身后，满脸丧气地摇了摇头，言语之间，自有一股无限的哀伤。

见到这个五大三粗的男子如此神伤颓唐，景阳不禁也心生悲凉之感，柔声地说：“不知城主家门发生了什么变故？”

又走进几许，这才看清正厅中央灵台上那牌位刻着“先贤妻彩蝶之灵位”几个大字，心中豁然，已猜出端倪，不无遗憾地道：“唉，原来是李夫人……还望李城主节哀顺变啊。”

李义云听言，那张坚毅而苍老的脸上更显出几许萧索惆怅，隐忍的泪水不断在眼眶中打转。庭外残阳照在他的身上，那落寞的身影，在斑驳的斜阳里晃晃悠悠，看上去更是让人无比伤感。本欲厮守到老，却无奈亲眼看着爱人撒手而去，那种无力与心痛之感，岂是常人可以理解的。

“贫道冒昧问一句，不知李夫人她发生了什么变故？去年贫道拜访之时，还神采奕奕，为何几个月的光景，就变成这样了……”

景阳见李义云神情哀伤，更是唏嘘不已。

“真人，请借一步说话。”

李义云领着景阳来到里屋，这个伟岸高大的落寞中年男人，在外人眼中名震八方的豪杰，强忍着失去挚爱的伤痛，平复了些许情绪，将整件事情的来龙去脉娓娓道来。

“实不相瞒，内子彩蝶身怀六甲，但临盆之日尚早。半月前天色突变，狂风大作，席卷临冬城周遭，彩蝶便无故卧病在床，起初我并不在意，只道是感染了风寒，卧床休息几日即可。谁知彩蝶她竟一病不起，面色惨白，身体日渐消瘦。我心忧夫人安危，于是将冀州城内所有的名医请来诊断，但都说夫人脉象平稳，身子没有任何异样，开了几服养身之药，一日三餐，按时服用即可。我按照医嘱行事，却根本未见好转，心急火燎，只能眼睁睁看着彩蝶病重却束手无策。”

言至此处，他的眼角似有清泪划过，那淡淡的泪痕，流露出对亡妻刻骨铭心的眷念。

景阳默然无语，无比心疼眼前这个用情至深的男人，皱纹满布的老脸上，满是哀伤之色，眼见心头所爱病重垂死，男子汉大丈夫却无能为力，那种伤痛岂是常人能够承受的。

只见李义云停顿半晌后，垂头丧气地说："直到三天前，临冬城上空紫气盘旋，先人有云，紫气乃祥瑞之兆，故而我并未在意。不料昨日夫人却突然有了临盆征兆，忙请来稳婆接生，有惊无险，诞下麟儿，可夫人她，却身体虚弱，药石无效，撒手人寰……"

话音未落，李义云不禁悲从中来，低头掩面而泣，屋子里充斥着悲伤的气息，看上去十分苍凉，叫人心痛不已。

景阳伸手拍了拍李义云的肩膀，惋惜至极，沉凝片刻，开口道："故人已矣，李城主可要保重身体啊，我想李夫人在天之灵，也必定不希望城主如此伤感痛苦，一蹶不振。"

他闭目默念了几句，双手在胸前摆出一个指诀，像是在做某种祷告。随即神情凝重，欲言又止。

李义云从悲痛的情绪中逐渐抽离出来，看出景阳似有心事，便问道："真人此行前来，不知所为何事？"

"老朽瞧见城主如此伤痛欲绝，本欲不再叨唠，但事关重大，我就开门见山了。敢问李城主，紫气出现之后，贵府内可有异象发生？"

景阳望着李义云，静待着他的答案，此刻四下无人，屋内一阵沉默，气氛安静得有些奇怪。

这个方才还沉浸在忧伤中的男人，此刻神情急转，陷入深深的回忆中。

他沉吟片刻，环顾四周，确定没有其他人后，便开口道："说来奇怪，夫人临盆那晚，我在门外守候。忽然，天空风雨交加、电闪雷鸣，庭院假山水池中有淡紫色异光显现，我担心是什么不祥之兆，于是走

到池边查看情况……”

说到这里，李义云定了定神，脸上有异色闪过：“真人，你猜我见到了什么？”

“见到了什么？”景阳十分好奇，不自觉地凑近了几分。

“我见到池中有一个身影在四处游动，起初我以为那是一条锦鳞，定睛一看，却发现是一条紫金色小龙。那小龙四足强健有力、两须隐约可见，龙鳞熠熠生辉。正看得出神之际，伴随着夫人一声惨叫，婴孩的啼哭声从房里传了出来，我一心想着我那刚出生的孩儿，于是就忘了这件事。等到后半夜忙完，再往池中查探时，那条小龙竟消失得无影无踪，只有一尊散发着淡淡紫气的古铜色香炉出现在池边。”

李义云将整件事情经过说完，景阳真人面色不禁有些凝重：“这件事，外人知道吗？”

“只有几个贴身丫鬟和家丁路过时撞见，府内其他人并不知道。”

景阳真人的神色这才稍微缓和：“嗯，这样最好，如今天魔爪牙眼线已遍布九州，这件事越少人知道越好，以免节外生枝。”

“什么？！天魔？”

李义云听到天魔二字，突然整个人都提起了精神，他怎么也想不到这件事和天魔教有关。

“城主巧遇金龙之事正是吉兆，那金龙乃上古擎天神龙之子，是神龙神力所化而成，世所罕见，麟儿出世，想必就是龙九子的传人出现了。”

“龙九子？就是天魔教正在九州所寻找的神龙之子？”李义云听后更是愕然，他早就听闻过坊间关于神龙与天魔教的传说，知道那龙子的身份意味着什么。

“正是。上古九州正邪大战，神龙散尽全身神力封印凶兽，化为九子遗落人间，等待着它们的传人召唤，龙族传人分别身负九件不同的龙子信物，难怪老夫昨日见到紫色祥云，原来是龙子现世之兆，只不过……”

“只不过什么？真人就别卖关子了。”

景阳的脸色又沉重起来：“如今龙印的力量几近消失，天魔教蠢蠢欲动，须尽快集齐九件信物，召集九子以召唤擎天神龙对抗魔教，麟儿既是龙九子传人，今后定是要肩负起找寻其他传人的使命。”

“天魔邪教，可恨至极，祸害苍生，毁我家园，杀我族人，我李氏与天魔不共戴天。如今拯救苍生之重任落在我这刚出世的孩儿身上，看来这也是冥冥之中注定了的，只希望我这孩儿不负众望，矢志不渝，替天行道，诛杀妖邪。”

李义云言辞之中，满腔热血，但想到尸骨未寒的爱妻，却又神色忧伤：此遗子是彩蝶留在世上的唯一牵挂，从出生起就肩负如此重担，魔人狡诈，世间险恶，孩儿出身非凡，却注定命途多舛。

真希望他只是个普通人家的小儿，一辈子虽干不出什么丰功伟绩，却也平安喜乐，善始善终。这种复杂的情绪萦绕在李义云心头，更令他眉头紧锁。

景阳看出李义云心思，柔声宽慰：“李城主请放心，令公子得上天圣神眷顾，天赋异禀，今后必定大有作为，令夫人如若见到麟儿他日成为盖世英雄，泉下有知，必定得以安慰。”

是啊，夫人她温柔贤惠、知书达理，何尝不想望子成龙，希望这个孩子能够光耀李氏门楣。他二人本欲携手到老，赏尽这世间繁花盛景。可惜苍天无眼，如今阴阳相隔，留下两人爱情结晶于世上，自然要全心全意，倾力呵护，让孩儿茁壮成长，拯救苍生，以慰夫人在天之灵。

既已命中注定，何不顺势而为，书写人间传奇？念及此，李义云的心中竟充满了力量，他这样一个傲然正气的热血男儿，必定对自己这唯一的血脉，满怀期待。

两人攀谈之际，门外忽然传来婴孩啼哭之声，循声望去，但见奶

娘手抱着一个生龙活虎的孩子徐徐而来，景阳道人盯着那孩儿，十分惊喜，眼中满是慈爱之色。

“不知这孩儿叫什么名字？”

李义云接过婴孩，坚毅的脸庞上显得无比温柔：“实不相瞒，内人生前早已为孩儿想好名字，取名天赐，意为承蒙上天恩赐，让麟儿茁壮成长。”

他的眼眶之中似有热泪，望着孩儿满是欣慰的神色，他用那粗糙的手掌，轻轻捏着婴儿的脸蛋，手指逗弄着他的小嘴，那孩儿眉清目秀，一对圆目炯炯有神，好奇地张望着这个对他来说还十分陌生的世界。

这个年逾不惑的男人，喜得一子，理应欣喜万分，但眼见爱人与自己天人永隔，生死别离，竟不觉笑中带泪，神色无比苍凉感伤，紧紧怀抱天赐，那对虎眼之中满含着温情。

婴孩仿佛也明白了什么，瞬间又不停地哭了起来。

“天赐乃龙子传人，而每个传人都有龙族信物，难道天赐的信物就是那尊铜炉？”

“真人不说我还差点忘了。”

李义云从袖中拿出一尊做工精细的古铜香炉。

景阳仔细打量着那尊香炉，只见炉身上紫金光芒不断急剧地闪现，那铜炉较之平日庙宇所用香炉小了许多，色泽光亮，耀眼夺目，微微散发着紫金气芒，很是精巧。炉身正面盘踞着一头威严无比、孔武有力的异兽，那异兽像是在守护着这尊香炉，通体金黄、周身带火，自有一股无法言表的威严，似是蕴含着某种高深莫测的神力。

天赐见到那香炉，瞬间停止了哭泣，咿咿呀呀地笑着伸手去抓那香炉，而那香炉中的异兽见到天赐也是双目精光更盛，看似顷刻间跃然而出。

“依我之见，这应该就是狻猊炉了。”景阳真人盯着香炉观察了半晌。

“狻猊炉？”李义云一头雾水。

“城主有所不知，狻猊神兽乃神龙第五子，是佛教观音大士座下的守护神兽，与佛法结缘，常于寺庙神像下盘踞，好香火经书。奇兽身形巨大，四肢强壮有力，迅疾驰行千里不觉疲乏，能食虎豹狼熊等猛兽，惩恶扬善，守卫人间净土。”

“就是说天赐乃神龙第五子传人，而这尊狻猊炉便是他的龙子信物？”李义云依然疑惑不解，这些时日发生了太多事，这个粗犷的男人一时之间还理不清头绪。

“实不相瞒，我桑阳观虽平日以问道修仙为主，但从先祖桑阳真人创观开始，便历经天魔之乱，桑阳真人更是作为当时讨伐天魔教的正义之师的一员，参与了那场旷世之战。他目睹无数仁人义士惨死于天魔教手中，也见证了擎天神龙与四大凶兽那场惊世骇俗的绝世厮杀，最后眼见神龙化为九子落入人间。他深知天魔教与四大凶兽总有一日会卷土重来，自此便在观内立下重志，观内众弟子要肩负起搜寻九子的使命，讨伐天魔教，除暴安良。至于九子所在与神龙召唤之术，仍在苦苦寻觅中啊。”

“唉，若不是四大正派挺身而出，只怕九州早已化为一片焦土了。”

李义云满脸愁容。

“真人，我有个不情之请，希望我那天赐孩儿能够拜入桑阳观门下，跟随真人悟道修仙，也便于寻觅那召唤之术，早日将狻猊神兽唤醒。只希望麟儿天资聪颖，能够习得桑阳观无上妙法，真正肩负起拯救苍生的使命，若天生驽钝、实力不济，也希望他能领悟些皮毛功夫，强身健体。”

岁月无痕，光阴无情，天命难违，那般无力抗争也只是徒然，李义云眼下最为关心的便是那襁褓中的天赐孩儿，丧妻之痛，李义云已开始释怀，他此刻正望着天赐，满眼柔情。时光流逝，一去不返，满天星光璀璨，却终究难敌东方鱼肚泛白，爱人已故，心中虽无比眷念、无限感伤，却始终还是要学会放手，何不存一份思念在世上，寄一许相思在心中？

景阳真人思索片刻：“如此也好，那就待天赐幼学之年，送至桑阳观，追随我学习道法吧。”

于是，这个刚出世不久还在啼哭的孩子，就这样开始了他注定不平凡的一生。也许是宿命使然，有些人生来便注定与众不同，他们披荆斩棘，一路所向披靡，他们在狂风中奔跑，在骤雨中燃烧，他们就像是夜空中亮眼的孤星，骄傲地闪耀，黑暗来袭，湮没星光，他们却仍旧绽放出炙热的光芒。

第二章 李氏骄子

天赐的降临，让临冬城增添了许多乐事，因李天赐是李义云独子，李义云对这孩儿宠爱有加，在乳娘的哺育下，倒也健康成长。

只是孩子顽皮的天性使然，加之李氏一族上下对天赐过分宠爱，视其为心头肉，全家的焦点都集中在了这孩子身上，以至于临冬城内经常被这淘气小儿弄得鸡飞狗跳，家丁侍女们被弄得焦头烂额。而李义云每次见到总是在一旁颔首而笑，不加制止，反觉得天赐顽皮的天性和自己小时候十分相像，让他越看越喜欢，也逐渐淡忘了丧妻之痛。

白驹过隙，已十年有余，天赐倒也无忧无虑地在李义云的庇佑下茁壮成长，早已从一个淘气撒娇的顽童长成明眸皓齿的少年。这些时日，九州太平，苍生安宁，一派繁华盛世的景象，让李义云越发觉着也许这一切正像这孩童一样，拜苍天所赐。

而另一件事却一直萦绕在他心头——距离与景阳约定的日子也越来越近了……

是日，李天赐正在城内校场之上和随从习武演练，李义云正默默站在一旁，满眼堆欢地注视着这个越发俊逸挺拔的少年。

“嘿嘿，尽管放马过来吧，不要手下留情。”李天赐身着浅绿色劲装站在校场中央，明眸皓齿，嬉笑着朝对面一个与他年龄相仿的随从说道。

但见他双腿微屈，化掌为拳，拳心向上，使出了二十四式展臂拳的起手式——开门见山。他这一招式看似轻松，实则需要武者眼观六路、耳听八方，暗自积蓄内力，以拳力专攻来敌招式之破绽，后发而先至。

那展臂拳是李义云的拿手武功，是他少时游历山川向河北拳师马老先生拜师所学，苦练五年而成，虽算不上什么上乘武功，但安身立命却绰绰有余。天赐自幼便随父亲学习此拳法，一来强身健体，二来有一技傍身，有恃无恐。那展臂拳讲究力道，然李天赐年纪尚轻，虽招式早已融会贯通，但未能完全发挥展臂拳的威力。

“少爷，那我手下就不留情了啊，哈哈。”

只见那名随从手执一根齐眉短棍朝天赐右侧攻去，短棍来势凶猛，瞬间便戳到天赐面前。

李义云在旁将这一切尽收眼底，他看破这一攻只是虚张声势，真正的利招还在后头。果然这短棍迅疾一刺只是佯攻，却见棍头突然一转，那随从亮出棍尾以迅雷不及掩耳之势又攻向李天赐左侧，来势凶猛，眼看一击即中，李义云在旁也不禁提心吊胆。

令人大感意外的是，李天赐却气定神闲，不疾不徐，像是猜中了对方意图。他左手又化拳为掌，向短棍迅猛劈去，掌棍交会，那随从只觉一阵强劲的力道自虎口传来，手臂一阵酥麻，齐眉短棍顺势从手中掉落，人也一个踉跄差点摔倒在地。

“几日未见，少爷展臂拳功力又大有长进啊，连我这虚招都瞒不过你了，不错不错，哈哈。”年纪轻轻的随从摸着后脑勺，显得有点尴尬。

“只怪你那虚招太烂了，根本骗不过我，嘿嘿。近日勤于练功，觉得这展臂拳的威力确有长进了。”

李天赐很是得意，青涩的脸庞笑开了花。却听远处一阵低咳，放眼望去，原来李义云在旁正默默注视着自己，脸上浮现出淡淡的笑意，

显然对自己刚才的表现十分满意。

“爹，你刚才有没有见到我那招开门见山，招式相较于之前是不是更加厉害了啊？哈哈。”天赐很是得意，兴高采烈地跑向李义云。

“马马虎虎吧，难道你看不出来刚才小虎故意让着你吗？你现在的功力离展臂拳最高境界还差得远呢，你现在虽算是掌握这二十四式了，力道、火候都还远远不够。再加把劲吧，小子。”

李义云虽疼爱孩子，但在习武方面向来要求严格，夸赞溢美之词更是甚少。

“哼，爹爹，看着吧，有朝一日，我必定会超过您的！”天赐嘴角上扬，双手置于胸前，一副踌躇满志的模样。

李义云突然调转话头，表情严肃地道：“天赐，其实有件事，我一直想跟你说。在你出生之际，我与临冬谷内桑阳观景阳真人有过约定，待你幼学之年，便送你去桑阳观追随真人修习道法。”

“什么？爹爹，你要送我去桑阳观学艺？”李天赐显然有些猝不及防。

“对啊，这是我和景阳真人的约定。”

“那如果我不愿意呢？”

李义云没想到这顽童竟然不同意：“怎么？你不想去吗？”

“我只想留在爹爹身边，陪着爹爹，哪儿都不想去。”

李天赐紧摇着李义云的手臂，不失时机地撒娇发嗲。

“傻孩子，哪里有人一辈子陪在爹娘身边的？男子汉就要出去闯荡江湖，整天待在家中的那是人家闺女，不害臊吗？”李义云心里泛起一阵暖意，没想到这孩儿平常娇气任性却也贴心懂事。

“哎呀，爹爹，我不管嘛，我就要陪在您身边。”

李义云笑着摇了摇头，忽然灵机一动：“其实这展臂拳还有一招我没教你，所以你才领悟不到这套威力无穷的拳法精髓所在，你答应去桑阳观学艺的话，我就将这最后一招传授与你，怎么样？”

“什么！爹爹您还留了一招没教我？不许赖皮，我不管，就要教我。”

这孩子不依不饶，对父亲撒泼起来。

“我这不是教你吗？不过你得先答应我去桑阳观学艺。”

“要去多久呀，爹爹？我可不想一辈子待在那什么观里。”

“这可就说不定了，聪明的一年半载学成出师，也有蠢的学到胡子花白、牙齿掉光，就看你属于哪类人了，孩儿可别让爹失望啊，哈哈。”

“这样啊，爹爹您看着吧，我这么天才，肯定一年不到就能回来，到时候你就等着教我吧，嘻嘻。”

“呵呵，难道你不想知道我为何决定送你去桑阳观修道吗？”

“那还不是因为我天资聪颖，乃不可多得的旷世奇才，不去桑阳观这样的名门正派，岂不是被白白埋没了啊？哈哈。”这个李氏骄子，嬉笑着打趣道。

李义云望着眼前虎头虎脑的天赐，用手掌轻轻拍打着他的肩头，只是微微地摇了摇头，笑而不语。

“爹爹，难道不是孩儿所说那样吗？”

“我的天赐孩儿当然是天资聪颖的武学奇才，只不过其中另有原因。”

“什么？还有什么别的原因？”

“你可知道你从出生起就注定与其他孩子不同，你是龙子传人，肩负着拯救苍生的使命。”

眼看天赐好奇心大盛，李义云最终决定说出隐情，也希望用这种方式，可以让他坦然接受。

显然，拯救苍生这四个字对于这懵懂的十岁孩童来说还是太过陌生了。天赐一脸茫然地望着李义云，不知所措，无言以对。

“你是神龙之子的传人，你肩负着找寻其他龙子传人、召唤神龙的使命……”

约半个时辰，李义云便把整件事的来龙去脉，原原本本地告诉了天赐。李天赐简直不敢相信自己的耳朵，幼小的心灵显然还未做好接受事实的准备。他静静伫立在原地，面无表情，默然不语，一时半会儿没缓过神，那些上古传说对他来说太过遥远陌生。

“孩儿，我也知道这一时半会儿你可能接受不了，你这就回房去收拾行李，明日景阳真人会前来引你去桑阳观，他会慢慢告诉你个中详情。我李氏男儿，个个出类拔萃、骁勇善战，希望你不辱使命，铲妖诛邪，一身浩然正气，行侠仗义，将我李氏发扬光大。”

李义云无比慈祥地望着儿子，依依不舍之情显露无遗，他所有的希望都寄托在了这顽皮的孩儿身上。

这父子俩牵着手，漫步在庭院中，夕阳西下，如血的残阳照在二人身上，温暖却又刺眼。斜阳将二人投射在地面上的影子拉得好长好长，如同天涯那般长。李天赐虽然年少懵懂，但年幼的他心中依稀明白，过了今天，也许自己的命运将会彻底发生改变……

翌日，临冬城聚贤阁，景阳真人悠然而至。十年未见，他头戴五岳冠，一身淡白道袍已然变成了浅灰色的鹤氅，氅身上仙鹤祥云栩栩如生，鹤发童颜、仙风道骨之色不逊当年。

景阳手持法宝白色三清拂尘，立于厅内，望着早已等候他多时的李义云，微微一笑：“李城主，十年未见，别来无恙啊，天赐都长这么大啦。”目光随即转向身旁的李天赐，仿佛能洞悉一切一般，慈眉善目但眼神之中透着犀利。

“真人说笑了，岁月不饶人啊，眼看我这孩儿都快变成壮小伙了，我也是越老越不中用啦。天赐，还不快给真人问好。”李义云见到这个阔别多年的老友，欣喜异常。

“景阳真人好，我是李天赐……”

这个平常在外人面前落落大方，甚至仗着家族宠爱有些蛮横的少年，此刻面对眼前这个睿智神秘的老者，竟然有些畏首畏尾。他躲在父亲身后，瞪着那对虎眼，不停注视着景阳真人。

景阳上下仔细打量着李天赐，不由自主地点头称赞："李城主真是好福气啊，令郎眉清目秀、聪明伶俐、挺拔俊逸、英雄少年，真是虎父无犬子。"

"真人过奖了，犬子天生愚钝，今后还望真人多多提点教化才是。"李义云遂又对天赐正色道，"孩儿啊，景阳真人道行修为高强，你今后一定要虚心向真人请教，学习修真之术。古人云业精于勤荒于嬉，务必勤学苦练，方能成为匡扶正义的侠之大者。"

说这番话时，李天赐望着父亲的双眼，那眼角密布皱纹，瞳仁中充满了殷切的期盼，还有些许一闪即逝的泪花，淡淡的忧伤，涌现在空气当中。爱子小小年纪就要承担拯救苍生的使命，李义云虽然自豪却又很是于心不忍。

"李城主，其实此番前来，老夫还有一件要事告知。"景阳从重逢的喜悦中抽离出来，脸上浮现出焦虑的神色。

"是何事如此紧要？若有需要我李氏之处，我临冬城上下必定全力以赴、在所不辞。"

"城主可否听说过冀州以北灵川峡中的紫曦、白唳两条蛇妖的传说？"

冀州以北的灵川峡盘踞着一紫一白两条妖蛇，紫蛇名曰紫曦，白蛇名叫白唳，相传二蛇乃一对伉俪。上古时期为大禹圣神座下治水神兽，紫曦专职筑堤，白唳专职疏浚，二蛇为大禹治水立下奇功无数，后因紫曦疏于职守，致使堤坝溃塌、洪涛万里、生灵涂炭。禹神大怒，将紫曦贬下凡间囚禁在灵川峡中，白唳爱妻心切，恳请禹神将自己也一同贬下凡间。二蛇于灵川峡中受尽幽冥真火的炙烤折磨，痛不欲生、苦不堪言，最后积怨甚深，心生邪念，竟成为祸害一方的妖兽。

李氏祖辈世居于冀州，此等上古传说，李义云又岂会不知，但比刻听闻景阳说起此事，仍是面生疑色："灵蛇传说，我也有所耳闻，那二蛇凶残阴险、妖力高强，但由于禹神法禁的禁锢，近年来鲜少为害乡邻。怎么，难不成突生了什么变故？"

"唉，我所担心的事终究还是发生了。"

景阳真人挥舞着拂尘，手捋白须，脸色凝重："这几日，北方天空突生一股异端暴戾之气，在灵川峡上方徘徊汇聚，许久不散。我担心是那二蛇有何异变，于是派门下三名弟子前去打探虚实，昨日只有其中道行略高的一名弟子全身而退，其余两名弟子惨死。据幸存弟子所述，紫曦、白喉二蛇早已冲破禹神的束缚，在灵川峡占山为王，暴戾狠毒，滥杀无辜，并扬言要残害冀州百姓，向圣神寻仇。"

"什么？我九州正义之士岂能容忍此等凶残恶兽危害人间，我这就去广发英雄令，召集天下英雄豪杰，共同去诛灭妖邪。来人，传我临冬城英雄令，通知九州各门各派，灵川峡蛇妖祸乱，冀州告急，有联手临冬城桑阳观诛妖者，三日后临冬城聚贤阁相见。"

言毕，李义云便立刻吩咐门人快马加鞭将诛妖英雄令发布了出去。

"李城主真是深明大义，世间英雄之楷模，贫道代冀州城百姓就此先谢过城主了。"景阳微微欠身拜谢道。

"道长放心吧，我李氏虽算不上什么贵族豪强，但在江湖人脉广，此令一出，天下云集响应者众！"

"爹爹，我也要去，我也要去诛杀妖兽。"

在一旁听得出神的李天赐早已按捺不住内心的激动，他自幼便听闻那些豪侠义士斩妖屠魔的英雄事迹，心中甚是向往，眼下有了机会，便一心想要前去目睹那些大侠的风采。

"你给我好好地待在城内，哪里也不许去。杀妖降魔又不是小孩子过家家，不容你胡闹。"

"哼，我就要去，就要去！放心吧，我早已熟习展臂拳二十四式了，我会保护好自己的，不用你们操心。”

李天赐对着李义云任性撒泼。

“大胆！休得胡闹，快给我回房去！”李义云恶狠狠地瞪了天赐一眼，厉声呵斥道。

“哼，不去就不去，有什么了不起！”李天赐小脸涨得通红，气冲冲地朝厅外跑去。

景阳真人负手而立，望着那顽童疾步而去的背影，淡淡笑道:“真是英雄出少年，若非此行太过于凶险，对天赐来说真是再好不过的试炼机会了，希望他能明白你的良苦用心啊。”

李义云望着天赐消失的方向，有些无奈：“这小儿自幼被我宠爱有加，没吃过什么苦头，小小年纪就盲目争强逞能，是要刹一刹他的锐气，免得将来出门在外目中无人，碰一鼻子灰。”

他突然想到死去的彩蝶，这些年来弄子之乐早已冲淡丧妻之痛，也不知道她若安康健在，看到这不知天高地厚的顽皮小儿，是否也像自己那般又爱又恨，打也不是骂也不能呢？

这一夜，天高气爽，月朗星稀，空气中散发着芬芳，夏虫鸣叫不止，花园里静得出奇，就像是暴风雨来临前最后的平静。

李义云躺在榻上辗转反侧，黑暗如同佳人的纤纤玉手，轻抚着他的脸庞，却怎么也消不了他心头那股莫名的焦躁。突然黑暗中传出一阵异响，有人在门外走动，由远及近，侧耳倾听，便觉来人脚步沉稳，想必内力高深至极，李义云屏息凝神，小心翼翼起身推开房门，却见到花园侧廊尽头，正站着一人，定睛看去，疏朗的月华之下，原来景阳真人正望着园内风物怔怔出神。

和风拂面，这样一个夏夜，让人神清气爽，在氤氲密布的夜色里，李义云与景阳低声耳语着什么，他们时而面色凝重，时而幽幽叹息，夜云弥漫在月辉之间，寂静幽深的庭院，两个人窃窃私语……

第三章 灵峡疑云

这天清晨，聚贤阁里来了十多位九州江湖豪杰，他们都是接到临冬城英雄令后星夜疾驰而来的。众人中有隐居世外的高人，也有混迹江湖的英雄，有门派掌门，也有武林后起之秀，各负法器，各具神通，果然如李义云所说，响应者甚众。

“李城主，我等一收到你的英雄令便连夜赶来临冬城，这位可是景阳真人？”其中一位身材高大、红光满面的和尚开口说道，只见那和尚年纪尚浅，手拿一根紫金伏魔杵，说话虽谦逊但中气十足，一袭金光袈裟直逼人目，像是一尊金灿灿的神佛，让人好生敬畏。

“原来是善德寺清幽大师，令师明智方丈身体可安好啊？”景阳注视着那清幽和尚微笑。桑阳观与善德寺同为九州巨擘，两派素来交好，住持明智大师更是他多年老友，故而多叨念了几句。

“多谢真人关心，家师现正云游四海，寺中大小事务皆由明圆师叔打理，师叔接到城主英雄令便派小僧前来协助城主除妖。”那清幽谦逊低调的个性让人心生好感。

“为何未见柳芸庄的同仁们？”李义云环顾场中，望着众人问道。

“柳庄主因有要事在身，未能领令，他特让老夫前来向李城主知会一声。”

这次说话的是一背负长剑、身着墨绿锦袍的老者，身后那长剑隐约闪烁着寒光，一看便知是神兵利器。

原来是烟雨阁内阁长老沈傲天。“沈长老，真是失敬失敬。”李义云向着那负剑老者抱拳致敬道。

“柳煜庄主虽未能前来，但当年围剿天魔的四大门派已三派齐聚，今日本是我等谈天叙旧之良辰，但那紫曦、白唳现如今正肆虐灵川峡，事不宜迟，我们即刻出发吧。”景阳真人望着在场众人说道。

一行人之中除了清幽和沈傲天及其门下弟子若干，还有位手执精钢琉璃扇的白面书生，几个眉目清秀的江湖年轻后生，想必都是各派门下精锐弟子，他们个个都锐力十足、容光焕发。

李义云望着在场各路豪杰，心情有些激动：“诸位能够前来，着实令我临冬城蓬荜生辉，招呼不周的地方，还请各位多多担待。我李氏肩负起拯救苍生的使命，但凡有降魔诛妖之事，李氏必定义不容辞，冲在最前头。承蒙各位相助，大恩大德，李某感激不尽。”

此时，他手持着一柄通体泛着翠绿色光芒的玄铁蟠龙棍，众人见之无不啧啧称奇、双目烁光，有人按捺不住发问：“李城主，难道这就是传说中的……”

“不错，这就是传说中的洪荒八大神器之一的震雷，阁下真是好眼光。”

李义云朗声说道，脸上却毫无得意之色。

相传洪荒八大神器是由上古圣神之一的伏羲取九天傲世玄铁，从卦中衍化铸造而成的旷世神兵利器，更是修道之士梦寐以求的无上法器。只不过洪荒八大神器散落于九州各地，寻常难得一见，后有好事者故弄玄虚，谎报神兵下落，世人蜂拥而至，在人间掀起一阵腥风血雨，却始终未见神器现身，今日得见这传说中八大神器之一的震雷，众人无不眼冒精光，李氏豪强，果然名不虚传。

只见那震雷顶端镶着一颗暗黑色宝石，宝石隐隐散发着异芒，仿佛其中孕育着无穷的力量。棍身刻着青、紫、红、白四条虬龙，那四龙盘旋于震雷之上，向暗黑宝石会聚，呈现出四龙戏珠的奇景，一看便知乃是世间无匹的宝物。

“原来这就是洪荒神器震雷，今日有幸目睹神器风采，真是大开眼界啊。”

连景阳这种道行高深之人见到那震雷竟也看得如痴如醉。

“震雷与我派镇阁之宝巽风神剑同为洪荒八大仙家珍奇法宝，如今两大神器已现世，其余六神器却仍不知散落何方，今生若有幸得见八大神器，真是死而无憾啊。”

烟雨阁长老沈傲天望着李义云手中的震雷，怔怔出神。他身后那把寻仙神剑也是出自名家之手，历经数十年修道，早已超凡入仙，灵性十足，但此刻在震雷面前也黯然失色，根本不值一提。

“不过话说回来，若是震雷与巽风交手，究竟孰优孰劣啊？”

沈傲天乃烟雨阁长老，身份显赫却争强好胜，从不服输，凭着一股子狠劲，在九州浩宇内也算得上是呼风唤雨的人物。他对震雷羡慕之余，又想起阁中那把神剑巽风之威，竟也在心里暗自较量起来。

世人皆知，洪荒神器只能由修为高深的能人掌控，凡人根本无法驾驭。早已知巽风神剑由烟雨阁珍藏，是烟雨阁的镇阁之宝，虽未见其出世显神威，但其上古屠魔的奇闻，让这把神剑更添几分神秘色彩，此刻听到沈傲天提起，众人又转眼望向了他。

是啊，如果震雷与巽风交手，是否会像天雷撞地火般惊世骇俗呢？

李义云却有些不以为意，言语谦逊：“此神器乃我李氏的家传之宝，相传上古时期，我李氏太祖因抵御北荒妖邪入侵，守护苍生有功而为天神伏羲所赐，但与巽风相较，必定不济。我只希望此法宝能助我们顺利诛杀妖邪，待事成归来再献丑也不迟嘛。”

此刻群情高涨，众人齐声道："今日得此仙家神兵，真是如虎添翼，我等必定凯旋，共赏震雷巽风神力啊！"

气势高涨的众人整顿一番便向灵川峡奔去。但一整个上午都未见着天赐，李义云心中很是疑惑，也许那小儿还在房里生闷气呢。他一心惦记除妖大事，也未曾多想。

殊不知此刻，天赐的房间里早已空无一人。

"说了不让我去，我偏偏要去，这样偷偷跟过去肯定不会被他们发现的，就算被发现，也不过责骂一顿罢了，难道还会撵我回来不成？正是天生奇才如我啊，哈哈。"说话之人正是一身少侠装束的李天赐。

只见他游荡在林间，三步一回头地自言自语："我这样偷偷摸摸地跟去，只要不惹出什么事端，到了灵川峡，我那老爹就算再生气，也不会太怪罪我的。这个千载难逢的机会，我可不想错过，嘿嘿。"

这个天真少年，像是春游玩耍一般，踏着野草、嗅着花香，游荡在山林间，尾随除魔队伍，偷偷摸摸向灵川峡前行。

他此行还带上了那尊狻猊神炉，李天赐自幼便听他爹说那尊香炉的神奇之处，于是就将那尊狻猊炉当作宝贝一样随身携带，从不离身，闲暇之时观赏把玩。他时常望着炉身上那头狻猊神兽怔怔出神，并幻想着迟早有一天狻猊如天神下凡一般，华丽现身。

灵川峡位于冀州城以北，自临冬谷前去约半日路程，李义云等人不欲打草惊蛇，并未御风而去，走走停停，待到达灵川峡入口时，已近黄昏。李天赐到底年纪小，为了跟上队伍，一路疾行，甚少歇息，累得气喘吁吁，最后也顺利到达灵川峡。

那灵川峡本是灵气充沛之地，相传乃仙家修道成仙所在，峡中万物奇异俊秀，仙雾缭绕。那紫曦、白唳二妖蛇，被禹神封印于此仙家之地，皆因禹神念及二蛇治水有功，故欲以此地灵气感化二蛇，度其早日重返仙界。谁知二蛇心中怨念难以释怀，积怨成魔，以致灵川峡的隽秀之气也遭二蛇玷污，这一路不见，估计飞禽走兽早已死绝，曾经枝繁叶茂的密林如今只剩下枯枝败叶。

李义云望着灵川峡如今残破不堪的景象，万分痛惜：“想当年，我家先祖游历此处，曾感叹此乃梦中仙境，如今却变成此般毫无生机的焦土，真是令人痛心疾首啊，这都是拜那两条妖蛇所赐。”

身后的沈傲天负剑而立，只见他神色坚毅、正气凛然，傲然道：“这紫曦、白唳二妖兽真是祸害人间，我等必定杀之而后快！”

“那紫曦、白唳原属女娲族人，后因疏于职守被禹神贬于此地，受尽幽冥真火的煎熬，那幽冥真火忽冷忽热，冷若千年寒冰，沁入骨髓痛彻心扉，炎如地狱烈焰，炙烤周身痛不欲生。二蛇深觉禹神处罚太过严苛，故而对其怀恨在心，积怨极深，最终入魔，辜负禹神一片苦心，真是让人惋惜。”

景阳真人看着这番残破的场景，甚是心疼，这其中隐情他也知晓若干，故而才如此扼腕叹息。

“哼，真人又何必感到可惜，那妖蛇祸害人间，无辜生命惨死，我石友宣今日就要替天行道，除之而后快。”说话的原来是那手持精钢琉璃扇的白面书生，因其肤白，众人竟看不清他的神情，此书生方才一直在人群中不显山露水，此刻立于众人前，一袭飘逸白衣，气度不凡，让人眼前一亮。

“这位少侠手中的精钢琉璃扇一看便知绝非凡品，不知师从何派？”书生气息十足的石友宣，令景阳真人不觉打量一番。

“小生早年醉心于修仙得道，机缘巧合，于北域深山得一高人指点，高人与小生一见如故，彻夜把盏畅怀，交流修道之法却不知疲倦，赠此精钢琉璃扇予小生作为修仙法宝，而后便云游而去，至于那位高人的姓名，小生也不得而知。”石友宣向景阳恭敬道。

“什么人？”只听人群中有人高声叫道，循着声音望去，只见一个幼小的身影出现在人群后方，原来是李天赐见前方众人停下脚

步，便心生好奇欲前去偷听，谁知动静太大被人群中的高手发现。

“天赐！你怎么来了，不是说这里凶险，不准来吗？你怎么不听话！快给我回去，这里太危险了！”李义云望着此时早已噤若寒蝉的李天赐，压抑着心中的怒火。

“爹，孩儿只是想见识一下各位前辈的威风，求你让我留下来吧，我保证不会给前辈们添麻烦。”天赐又使出他那招屡试不爽的撒泼耍赖。

景阳见到天赐出现，心中一阵欣喜，柔声地说：“城主，既然如此，就让天赐随我们一起去吧，这里高手如林，一定会照顾好他的。”

李义云颇有些无可奈何，摇了摇头：“事已至此，也只得让我这顽皮的孩儿一同前往了。不过你得乖乖听话，不要轻举妄动。诸位，我们现在动身吧。”

“老爹，孩儿保证乖乖听话。”天赐做了个鬼脸，快步疾行，跟上了除妖队伍。

说来也奇怪，那灵川峡外寸草不生，一片破败之景，峡内却绿荫环绕、鸟语花香，完全觅不到任何妖兽出没的迹象。众人眼见此景，心中更是起疑，他们都是修道之人，神州沃土上妖异怪状也见过无数，只是今日这平静祥和之景，却是极其罕有，不觉提高警惕，随时应对突生的异变。

山谷中生长千年的雪鸳古树飘落着散发异香的白色雪鸳花，香气弥散在空气中让人兀自沉醉。相传那雪鸳树是由冥界雪鸳鸟的灵魂汇聚而成，世间罕有，常生长在钟灵毓秀的仙境。

想不到灵川峡竟有雪鸳古树存在。

只见四野雾气渐浓，原本风和日丽、鸟语虫鸣的山谷，此刻竟然万籁俱寂，浓雾遮云蔽日，伴随着空气中的异香，静谧之中暗藏着杀机。

“各位务必当心，我看这里很有问题。”

李义云话音未落，只见前方的迷雾深处，一道身影若隐若现。

李义云等人心中大惊，驻足观望，只见那身影幽幽然道：“大胆天魔妖孽，竟敢擅闯本仙圣域。”

原来是一名年轻女子，那声音玲珑婉转，却又冷若冰霜，听上去让人头皮发麻，那形如鬼魅的身影忽明忽暗，不觉间竟离众人近了几尺。

李义云心知有异，但仍强装镇定：“不知仙姑何方神圣？在下临冬城李义云，绝不是什么天魔妖孽。仙姑是否瞧见一紫一白两条妖蛇？那紫、白二蛇涂炭生灵，心狠手辣，仙姑可得留心提防。”

“此处乃仙家圣地，岂会有什么妖兽出没，汝等凡人还不快快离去，不然我就不客气了。”

那女子下达了逐客令，言语中带着一丝怒意，说话间身影又离众人近了数尺，只见她一袭紫衫，脸上浮现出淡淡的邪笑，美妙的双瞳中透出恶毒的光芒，纵然俏丽动人，但那眼神却让人胆寒。

眼见众人面面相觑，无动于衷，女子怒气更盛：“哼，好一个生灵涂炭，好一个心狠手辣，你们还不走，是不想活了吗？”

“嘿嘿，我看你就是那妖蛇之一吧，竟敢厚颜无耻地自称大仙，还不快快现身受死。”

那手执精钢琉璃扇的石友宣，右手摇晃折扇，左手负于身后，微微侧身而立，冷笑一声，轻拂白衣，显然在暗中蓄势待发，做好了应战准备。

“紫曦，事到如今，你还不肯现出本尊，以真面目示人吗？”景阳缓缓说道，眼中却向那女子投去一道锐利冷峻的寒光。

“哈哈哈哈，紫曦？这个名字都快被我遗忘了，当年我因疏忽而遭禹神重罚，被贬下凡间，桎梏于此，尝尽幽冥真火的煎熬，真是求生不得、求死不能，哪还是什么禹神座下治水神兽？这里只有妖孽，祸害生灵的妖孽，哈哈哈，禹神真是待我恩重如山啊，哈哈

哈哈……”

空气竟有些压抑，天地之间一股肃杀之气骤起，突然眼前出现了一幅令众人无比骇然，也许终生难忘的恐怖画面。

只见那紫曦突然飘浮在空中，身体不断膨胀变大，变得竟有两人多高，周身的皮肤开始溃烂成紫红色，血肉模糊，显然是受到烈焰炙烤灼烧后形成的惨状，身体周围散发着紫红之气，双腿不知何时已变成了巨大的蛇尾，在地上扭动游移。她的脸也变得扭曲至极，惨白无比，眼中血丝密布，瞳孔中一道恶毒的异芒射向众人，头发、耳朵、鼻孔中密布着紫色小蛇，吐着信子，十分可怖。

“你们这群凡人，本仙已给了你们机会，是你们自己敬酒不吃吃罚酒，非得逼本仙动手。看你们个个都是英雄豪杰，身手不凡，只不过今天都要葬身于此，真是可惜啊。”

紫曦狂傲的恶语很是咄咄逼人，她亮出一柄银白色三尖戟，在手中微微晃动，那银戟寒光摄人心魄，看上去锐利无比。

众人见势也纷纷亮出法宝兵器，屏住呼吸，准备应敌，突然只听见惨声连连，人群后方血肉横飞，数人瞬间被击溃，人们向后望去，只见另一条巨大的白蛇有如神兵天降，他手持赤红色大斧，左冲右突，一时之间搅得众人方寸大乱。

那白蛇较之紫曦，身躯更为巨大，人身蛇尾，着一身银白铠甲，潇洒俊逸，肌肉横生，显得孔武有力、神威煌煌，瞬间震慑住了众人。他杀得兴起，大声喊道：“是哪些不要命的来惊扰本座修炼？喂，婆娘你没事吧？”

众人心道，来者应该便是另一只妖蛇白唳了，相较于紫曦，他面容威严、气宇轩昂，看上去真像是天神一般。

紫曦却根本不理睬白唳，一个冲刺，挥舞着三尖戟，犹如一道紫霞向人群冲杀席卷而来。众人面临二蛇夹击，腹背受敌，一时竟乱了阵脚。

眼见众人阵脚大乱，李义云祭出震雷抢先而出。

“诸位切莫慌乱，我和景阳真人负责对付紫蛇，沈长老、清幽大师、石少侠，那白蛇就交给你们了。”

说完，他便手执那震雷棍与景阳一道朝紫曦迎去，天赐则悄悄躲在一旁草丛中观战，他目瞪口呆，心中骇然，早已被紫、白二蛇的汹汹来势吓住。

他向空中望去，绿、白、紫三道寒光交织在一起，李义云专攻左路，景阳专攻右路。那紫曦不愧是禹神座下灵兽，从容应敌，竟丝毫不落下风，三尖戟射出的白芒一道道击在李、景二人的法宝上，以物为媒，传于二人。

李义云顿觉心口一阵阵激荡，体内真气翻涌，这些年他以外家功夫见长，而内功修炼有所懈怠，故几个回合下来竟有些招架不住，心中暗自叫苦。反观一旁的景阳真人，此刻面唇鲜红，道袍中隐约可见真气翻涌，手中的三清拂尘在空中不断舞动，在身前形成一面八卦，抵挡住紫曦凌厉的攻势。

“道玄乾坤果然名不虚传。”

李义云脸现钦佩之色，他忽然灵机一动，朝景阳望去，两人互相使了个眼色，李义云便瞬间脱离战局，手持震雷向天空飞去。

“哼，你们这些凡人，别给本仙耍花招，还不快快受死。”紫曦冷冷说道，脸上带着阴笑，急运真气向景阳而去，景阳此刻周身真气围绕，显是运功到了极致，使出道玄乾坤却也只能勉强应对。

“老道，让你尝尝本仙的厉害，哈哈。”

只见紫曦那三尖戟一波更胜一波的异芒向景阳身前的八卦连绵不绝地击去，原本被八卦所悉数化解的寒光，竟以三清拂尘为媒游走于景阳全身。景阳体内真气沸腾，全力招架。没料到那紫曦邪魅一笑，身上的小蛇便吐着信子毒口大张而来，趁景阳不备，狠狠一口咬在他的手腕上，突袭成功。

景阳突然仿若触电一般，全身血脉偾张，只觉嘴中一甜，口中鲜血喷薄而出，片刻间失去还手之力，败象显露无遗，他从战局中脱离，如同陨落的星辰，重重地摔在了地上。

那紫蛇乘胜追击，手中三尖戟的利刃焕发着嗜血寒光朝景阳喉头刺去，就在这生死一线间，只听上空一阵惊雷乍响，一道电光迅疾向紫曦袭来，那紫蛇措手不及，连忙收回法器化解那道电光，只觉虎口酥麻，手掌几欲震裂，三尖戟竟也被震得嗡嗡作响。

紫曦心中骇然，朝上方望去，只见李义云手持震雷棍像一道闪电从天而降，那电光中隐约可见青、紫、红、白四条蛟龙，怒吼着，挥舞着龙爪，像是要撕裂灵魂般朝自己奔袭而来。紫曦不敢怠慢，使出浑身解数，挥舞着三尖戟化为一道巨光向那道闪电飞去。

巨光与闪电交会间，竟形成一个巨大的光团闪耀在天际，只听轰隆一声巨响，转眼之间胜负已分，紫曦从空中跌落，显然是被四龙击败，身负重伤，口吐鲜血。

那四龙即刻归位，李义云震雷在手，只觉胸中真气翻滚，头晕目眩，刚才那招震雷问天需要大量的真气，而他的真气修为并不深厚，但也顾不了许多，调息片刻便忙去查看景阳真人的伤情。

“洪荒八大神器之一的震雷蟠龙棍果然厉害！呵呵，也罢也罢。”

只见那紫蛇满身鲜血地倒在地上，奄奄一息，神色有些无奈，俨然一副彻彻底底的败相。

此时，在旁与沈傲天、清幽等人缠斗的白唳眼见紫蛇负伤，怒火中烧，那把赤焰巨斧更是耍得威武霸气，令众人一时无法近身，只见白唳一个闪转腾挪，瞬间脱离战阵，向紫蛇飞奔而去。

“婆娘，你伤在哪里了？快给我瞧瞧！”

此刻紫曦被白唳拥入怀中，白唳一脸柔情，关切之情溢于言表，那对巨目中的神色既是狂躁又是急切，哪里还顾得上什么厮杀缠斗，全然不似刚才那英明神武的勇者，而只是一个紧紧抱着自己心爱女人的普通男人。那把充满灵气的赤焰斧也仿佛感应到主人的心思，散发着烈焰，守卫在侧。

“不是说别管我了吗，你还在这里做什么？你是仙，我如今已堕落成妖，自古仙妖不两立，你难道就不怕被责罚吗？你可知道那幽冥真火的滋味，当真是生不如死的。”

紫曦仍对白唳十分反感，但鄙夷的眼神中，却流露出无限的温情与不舍，更是一种无可奈何。

这些年来，白唳对自己不离不弃，真情实意，日月可鉴，他放弃成仙，甘愿与自己相守凡间，眼睁睁看着自己受那真火煎熬，却在一旁无能为力，看在眼里，急在心里，那种无力而心酸的疼痛，堪比这幽冥真火的灼烤，让他也苦不堪言。

白唳无比怜爱地望着紫蛇，嘴角现出一丝苦涩的微笑：“事到如今，你还这般执拗又是何苦？如果可以，我真的想代你受那千年之苦，你可知道炙烤的是你的肉体，可灼烧的却是我的心啊。紫曦，我们约定终身，海枯石烂永不分离，即使你堕落为妖，我也不会抛下你离去的。我知道你日常反感疏远我，是为了让我离你而去，可我却是心甘情愿请求禹神贬我下凡，与你相伴，你不在身边，我才真是生不如死，我是不会放弃你的，就算死我们也要在一起。”

“你……这又是何苦呢？”

此刻的紫曦没了之前的戾气，满脸柔情地望着白唳。

情到深处，紫、白二蛇放下兵刃，执手坦然面对眼前的喧嚣，面露幸福的笑容，紧紧相拥。

此刻，山谷中依然零星飘着雪鸳花，已没了之前剑拔弩张的气息，空气中仿佛也流淌着悲伤的情绪，花瓣如雪落，飘飘扬扬在天地间，为他们悲情的际遇作着最为深情的注脚。

李义云等人目睹这仙妖绝恋，也不禁黯然神伤，放下手中兵刃，

相顾无言。

“阿弥陀佛，真想不到这二蛇感情如此之深，真是情牵永世，感天动地，上天有好生之德，罢了，罢了。”

一旁的清幽也放下手中的紫金伏魔杵，口诵佛号。

他方才与那白嗔交手，发觉此蛇天生神力，那把赤焰斧更是凡间罕有的神物，但他一招一式都未使出全力，而是招招呈逼退之势，绝非以命相搏、以死相拼。直至那紫曦负伤，他才怒发神威，看来他一心为紫蛇赎罪，并未对己方痛下杀招。

沈傲天等人亦为二蛇所感动，见清幽放下武器，皆欲就此停战作罢。

“嘿嘿，你们这些妖兽也配谈情，被你们无辜杀害的那些人，他们的眷属谁人不是尝尽家破人亡、妻离子散之苦，你们少在这装可怜了，我这就为那些死去的生灵报仇雪恨。”

一阵冷笑传来，众人循声望去，说话的人正是那手执折扇的石友宣，只见他目露凶光，脸上呈现出一丝阴寒的邪魅。

白面书生，一语惊醒梦中人，众人有如醍醐灌顶，立刻从刚才的感动中抽离出来，群情激愤，各执兵刃欲与那二蛇血战到底。

“哼，你们可曾亲眼见过本仙滥杀无辜吗？你等凡人口口声声说是替天行道，干的却是血口喷人的勾当。”那负伤的紫曦一边剧烈咳嗽，一边冷笑道。

“休得和他们啰唆，待我去将这些不分青红皂白的卑鄙小人杀掉，替你报仇。”白嗔爱妻心切，早已对眼前众人起了杀心，一声呼啸，赤焰斧重回到他手中。

景阳真人见其中似有隐情，急忙抢先上前：“且慢，你说我们含血喷人，那我桑阳观两弟子惨死在你二人手中，此事不假吧，咳、咳咳……”他刚经历一番恶斗，有些疲惫。

“哼，那二人岂是死于本座之手，那是天魔教干的好事。那日，你派三名弟子前来灵川峡查探情况，遭遇天魔教伏击，那些邪教之人谎称是我二人手下，特留下一活口回去通风报信。天魔此举就是为了挑起你等与我二仙的矛盾。我那婆娘，天生傲气，不屑解释，故而造成如今的局面。”

白暝神情冷峻孤傲，娓娓道来，有理有据显得不卑不亢。

“什么？天魔教？难怪刚才你说我们是天魔妖孽什么的，原来如此……看来天魔教真有卷土重来之势啊。”沈傲天若有所思地说。

“爹爹，那天魔教就是您说的那些欺负神龙的坏人吗？”一直站在李义云身旁的李天赐突然问道。

李义云一改往日的从容，恶狠狠地说：“是的，就是爹爹早前给你说的那些坏人。孩儿，你可要记住，今后遇到天魔教徒，千万不要手下留情，将其斩尽杀绝，以慰先祖在天之灵。”

这天魔教早年在九州掀起一阵腥风血雨，正是他们李氏族人死伤惨重、颠沛流离的罪魁祸首，此仇不共戴天，他恨不能在有生之年剥其皮、饮其血。

“天魔教徒凶残狡诈，他们生活在九州四野的蛮荒之地，乃外邦异姓，非炎黄后裔，却受华夏文化熏陶，混迹于中原，早已和中土人士无异。他们行事低调，近年以来四派系逐渐壮大，正为那四大凶兽归来做着准备。如此说来，我那日所观灵川峡上方的戾气，只怕乃天魔教所为。”

景阳显然也开始相信白暝所说，他望向众人，只见清幽、沈傲天等人皆向自己投来附和的目光。

“这灵川峡本是仙家修道之地，汇聚隽秀灵气，吸收天地精华，生活着许多奇珍异兽，可最近谷外却成为那天魔教的活动据点，搞得乌烟瘴气，寸草不生，若不是忌惮我二仙法力高强，只怕谷内也早已破败不堪。”那紫曦微微叹息道，显得不无遗憾。

“大家别听这两条妖蛇的一派胡言，明明是妖兽，却在这假仁

假义。”

那石友宣得理不饶人，死咬二蛇不放，不禁让众人有些反感。

“呵呵，何为妖道，又何为正道，你们口口声声一个妖兽，未伤天害理又何以称之为妖兽？反观你们所谓的正道中人，喜好厮杀，嗜血成性，如此说来，又与邪魔外道何异？真是笑话，哈哈哈。”白唳冷笑道，他这一番言论无懈可击，竟令众人有些汗颜。

“哼，死到临头还这么嘴硬，李城主、沈大侠，我们一起将这两条蛇妖杀了吧！”

又是那石友宣，只见他摇曳着精钢琉璃扇，周身真气迸发，几欲展开攻势。

“这块令牌是你的吧？你刚刚和我缠斗时不小心掉了出来，嘿嘿，这块令牌可似曾相识啊。”白唳眼神中透露出锐利的光芒，鄙夷地盯着那白面书生。

他手上拿着一块檀木令牌，牌身上赫然刻着拓跋二字。

众人见那令牌，大吃一惊，流露出十分惊讶的神情。

“拓跋？拓跋氏！你竟然是天魔教的人！”沈傲天质问道，脸色既惊讶而又愤怒。

“沈长老，你别听那妖蛇胡说，他是想栽赃陷害，挑拨离间。”石友宣心头一怔，满脸无辜的表情。

此时，一旁静静注视这一切，沉默不语的景阳真人，早已心生疑惑，突然开口朝那书生说道：“石友宣？石友宣？你便是拓跋氏二公子拓跋楦吧。”

语气中带着一种不容置疑的坚定。

话音刚落，那白面书生脸色竟逐渐阴沉起来，双眸中闪耀着邪恶的异芒，嘴角翘出一道冷漠的弧，手执琉璃扇微微摇曳：“呵，你个老道真是目光犀利啊，终于还是被你们识破了，既然如此，那就受死吧，哈哈哈。”

拓跋楦大笑一声，展开精钢琉璃扇向景阳抢先攻去，景阳显然已做好应敌准备，挥动拂尘，使出那招道玄乾坤。

不料那拓跋楦只是蜻蜓点水般一晃而逝的佯攻，遂又纵身朝李义云身旁的李天赐执扇挥来，一枚金锥狠狠地打在了天赐左手臂上。

众人还没来得及反应，那白面书生又是伸手一挥，一阵迷烟在场中骤然散开。

“大家小心，迷烟有毒！”

场中各人疾运真气，屏住呼吸，只得眼睁睁看着拓跋楦消失在视野里，速度之快，世所罕见。

“哈哈哈哈，那小儿中了我的七虫七叶花之毒，命不久矣，命不久矣，哈哈哈哈……”

一阵阵邪笑由近至远地在山谷中回荡，让人不寒而栗。

李天赐这次偷偷前来，一是为了见见世面，二是想仗着自己那几下练家子功夫在一旁壮壮声势，谁知当他目睹众英雄豪杰与紫曦、白暌激烈斗法时，早已吓得胆战心惊，场面全然超出自己预料，对拓跋楦的偷袭更是始料不及。以至于金锥朝自己击来，竟一时毫无反应，硬生生地被毒锥打中，只觉手臂一阵刺痛，血气上涌，双眼发黑，当场就晕厥过去。

众人哪顾得上那紫、白二蛇，早已围在李天赐的身边，李义云眉头紧锁，心急火燎，只见天赐脸色发黑，显是中毒极深，更是心痛不已。他对那七虫七叶花之毒略有耳闻，相传那奇毒是天魔教秘制毒药，由七种毒虫、七种毒草以及一种十分珍稀的奇花炼制而成。

“难道那奇花便是……”

李义云念及此，不禁心下大骇，诧异无比。

“不错，那奇花便是雪鸳花，天魔教将灵川峡作为他们据点之一，虽看中此处人烟稀少，便于隐蔽，但更重要的便是那九州罕有的雪鸳花，雪鸳花是炼制七虫七叶花之毒的必需材料，所以他们才会盘踞于此，只是可惜了这仙家之地啊。”白唳说道，视线却始终停留在紫曦身上，眼波中无限温柔显露无遗。

“凡人，你那孩儿所中七虫七叶花之毒虽为天下奇毒，但也不是无法可解。”白唳向李义云正色道。

只见他从胸前拿出一颗拇指大小的朱红色丹丸，朝李义云掷去：“这颗灵川丸是吸收灵川峡的天地精华，采集峡中奇珍异草炼制而成，雪鸳花虽有毒性，但它生长的环境中也有克制其毒性的草木，正所谓万物相生相克，一物自有一物降，这灵川丸不只能解七虫七叶花之毒，还能增进十年修为，快给你那孩儿服下吧。”

李义云接过药丸，立马给天赐服下，只见李天赐的脸色略有好转，虽仍在昏厥，但气息已渐平稳，他心中大喜，如释重负，朝白唳拜谢道：“多谢大仙赐药，大仙救命之恩，在下感激不尽。”

“哼，刚才还口口声声地叫本座妖兽，此刻又尊称大仙，你们凡人真是虚伪。你也别谢我了，你们看上去也不是什么坏人，何况这场纷争也是因我这婆娘天性傲气而起，如今天魔蠢蠢欲动，凶兽即将现世，黎民百姓又将陷入万劫不复之境，希望你们这些所谓的正道人士，能够肩负起拯救天下苍生的使命吧，就当是本座的一份心意，之前的恩怨，一笔勾销。”

白唳的语气颇为威严，让人难以抗拒。

“别跟他们废话了，我不想再见到他们，叫他们走吧。”

紫曦此刻静静地躺在白唳怀中，已恢复之前紫衫女子的模样，脸色仍是苍白，嘴角还隐约残存一抹血丝，看上去楚楚动人。

她的眼神游离在天空之上，那里云层中有一道金色的霞光，神圣的金芒从云层中透射而出，如同无形的圣手，缓缓拨开密布天空的浓云，照亮了整个山谷。金芒向四处蔓延开来，光影流转，焕发着无限神力。

突然，一阵威严洪亮如同来自远古的声音从金芒内传出。

“紫曦，你被囚禁此地千年，受尽那幽冥真火的煎熬，如今大限将至，你可知错？”

声音从天边浩荡而来，竟听不出半分歇竭之势，声浪回荡于天地间，那道金芒中竟慢慢现出一张巨大的人脸。

“禹神显灵，求您宽恕紫曦，消除那幽冥真火吧，这千年来她的悔悟，禹神您一定能够感受到，白唳恳请禹神赦免她的罪过。如果您不原谅我们，那就请将我也一同处罚，让白唳代受这真火的炙烤，哪怕分担紫曦半分痛苦也好，无论贬入凡间还是堕落为妖，我都会在她身边，白唳愿以死抵过，求禹神成全。”

白唳望着那金芒中的人脸，放下了赤焰斧，跪拜在地上，显得虔诚无比。

“禹神大人，其实紫曦我早已放下心中的怨恨，参透生死，我只愿与白唳永世相随，哪怕天涯海角、刀山火海，我也义无反顾，求禹神成全，若是大人不允，紫曦愿与白唳一同赴死。”

紫曦如同白唳那般，也是放下兵刃，拜伏在地，不知是身受重伤还是神情激动，她的胸膛竟然伴随着几声咳嗽，剧烈起伏。但此刻她那惨白几如病态的脸，却显出从未有过的坚定淡然，千年的恩怨仇恨一朝放下，是如此轻松自在。

空中那张人面在金芒里微微闪烁：“你二人所犯之事，本座自有定论。场中可有龙子传人？为何负了伤？”

“禹神大人，是犬子被魔人所伤……”

李义云话音未落，但见一抹流彩异光投下，径直照在怀中的李天赐身上，此刻昏睡的他脸色上已然红润。在异芒的照耀中，腰间竟也发出刺眼的光芒，那是狻猊炉所发出的。

李义云拿出狻猊炉，望着天上那隐没在金芒中的禹神，娓娓道来：“禹神明鉴，我家孩儿天赐正是龙九子狻猊传人，方才中了天魔奇毒，多亏白唳大仙出手相救，此刻转危为安，已无大碍。”

“在下桑阳观景阳真人，特向禹神求情，请禹神宽恕紫、白二蛇。紫、白伉俪，情动天地，古往今来，他们被困于此，已幡然悔悟，并未祸害苍生，方才我们双方出手交锋，都是由魔人挑起的，一场误会，现已化干戈为玉帛，请禹神开恩。”

景阳突然开口，言辞恳切地为紫、白二蛇求情，他情到深处，向金芒深深地鞠了一躬。

“阿弥陀佛，上天有好生之德，恳请禹神宽恕二蛇。”

清幽双手合十，低诵了一句佛号。

“求禹神成全！”

在场众人也异口同声地向禹神求情，朝天边金芒所在望去，无一不是满脸虔诚，打从心底希望紫曦、白唳最终得偿所愿。他们目睹了这场中发生的一切，感到十分神奇却又无比欣慰，此刻禹神突然出现在天空中，让众人更是满脸肃穆、心怀敬畏。

“紫曦、白唳，你二人是否愿意随我去浮玉圣山，永守神庙净土？”

沉默半晌，金芒中的禹神终于发声。

“禹神，紫曦、白唳愿意。”

“狻猊传人，如今天魔大有卷土重来之势，而其余龙子传人仍湮没于尘世之中，任重道远，希望你能找到他们，肩负起拯救苍生的使命，不失匡扶正义之志。有缘，我们还会相见。”

那道照在天赐身上的异芒，随着渐远的声音缓缓暗淡，只留下仍在昏迷中的天赐那张天真烂漫的俊脸。

此时此刻，空气仿佛凝固，山谷的浓雾渐渐散去，天空中又是一道圣光投射下来，径直照在白唳、紫曦的身上，晶莹剔透。紫曦如同一个妙龄少女依偎在白唳怀中，皓齿星眸、娇俏可人，二人交融在一起，幻化成一道耀眼夺目的白光，像是朝着灵魂向往的方向飞去，一闪即逝，只留下一阵阵欢笑声回荡在山谷中，久未散去。

李义云、景阳众人呆呆地站在原地，在漫天花雨中，望着那消失在天际的奇异白芒，良久无言……

后人有诗叹之：禹神座下痴儿女，千世情缘动天地。飞花满袖笑苍生，此生莫道忆别离。

第四章 初入桑阳

天刚破晓，晨曦暖阳洒入房中，花园里隐约传来虫鸣鸟叫，空气中微散着莫名的芳香，沁人心脾。昨夜的夏雨淅淅沥沥拍打庭院中翠绿优雅的美人蕉，晶莹的露珠沿着叶脉流淌在蕉叶上，滴滴落入泥土，宿命轮回，循环往复。

李天赐静静地躺在床上，左手被毒锥所伤的创口仍然隐隐作痛，面颊却早已红润，恢复了生气，显然七虫七叶花之毒已经祛除。他只觉体内一股暖流在缓缓涌动，充盈于五脏六腑间，叫人身心愉悦。

他哪里知道，这是那颗神奇的灵川丸在发挥功效，他虽年纪尚浅，但此刻的修为却可比肩许多修道十数年的侠士了。

门突然打开，李义云面露微笑地走了进来，他伸出硕大而布满老茧的手掌轻轻抚摸着天赐的脸颊，柔声地说："儿啊，你已经睡了三天三夜啦，肚子饿了吧，伤口还疼吗？"

李天赐望着父亲一脸关切的表情，感动、害怕，甚至是震惊的情绪交织在一起，竟放声哭了起来。他小小年纪第一次看见那惊心动魄的场景，目睹紫、白二蛇的凶神恶煞，父亲如神兵从天而降，景阳从空中重重摔落以及拓跋楦突然袭来的毒锥，现在回想起来还不禁觉得心惊肉跳，有些后怕。

此刻，体伤初愈，他心中压抑的情绪竟然如同决堤一般瞬间释放，哭得越来越厉害："原来，原来我已经睡了这么久啦，爹爹，孩儿昏

迷时一直在做噩梦，梦见那紫曦、白唳凶残可怕的模样，梦见我们的临冬城被天魔教的人放火烧了，还梦到您一脸的血，爹爹，孩儿以为这辈子再也见不到您了，呜呜呜……”

少年伤心的哭声，响彻整间卧房，让李义云很是心疼。

他抱着儿子，不断柔声安抚：“孩儿啊，你爹我这不是好好地在你面前吗？别担心，已经没事了，紫曦和白唳也不是什么妖兽，他们是禹神座下的神兽，现在已随着禹神而去，是他们和禹神合力救了你，放心吧，一切都好好的。”

“爹爹，您答应孩儿，一辈子都在孩儿身边，哪里都别去好吗？”

李天赐仍在不停抽泣，担惊受怕之状溢于言表，他自幼丧母，在父亲庇佑下长大，对李义云着实无比依赖。

“好好好，我答应你，哪儿都不去，守在你身边，行了吧？你也别哭了，太丢脸了，男子汉大丈夫哭鼻子，说出去也不怕人笑话啊。肚子饿了吧，快去吃饭。”

李天赐把眼泪一抹，这才发觉几天油盐未进，五脏庙早就在激烈抗议了，于是爬起身来朝客厅走去。

临冬城主厅内，景阳真人正在聚精会神地欣赏着墙上的名家字画，他突然发觉李天赐现身，便转过身来微微笑道：“天赐，伤口还痛吗？身子骨不打紧了吧？”

“真人好啊，我现在已经不碍事了，多谢真人关心。”

李天赐注意到景阳脸色仍有些苍白，显然身体尚未痊愈，还有些虚弱。一阵香味扑鼻而来，他转眼望见厅中那一桌子的美食，垂涎欲滴地说：“只是现在肚子有点饿，嘿嘿，那我就不客气了。”

说完，他便饿虎扑食般奔向那桌饭菜。

“嘿嘿，天赐，你慢点吃，小心别噎着了。”李义云看着饭桌上大快朵颐的孩子，脸上洋溢着发自内心的笑容。

“唔……”此时，李天赐哪里顾得上那么多，正囫囵吞枣般胡吃海喝起来。

“天赐，有件事还是要跟你商量，想必你也猜到了吧。”

“嗯，是关于去桑阳观拜师学艺的事吗？没问题，老爹，你说什么就是什么吧。”李天赐此时眼里只有那桌上的珍馐美味，天塌下来也顾不上了。

李义云与景阳交换了个眼神：“此事是我当年与景阳真人的约定，如今约期已至，理当履约而行，只是修道之路艰辛坎坷，切莫儿戏，当然这只是其一……”

“老爹，你是不是还有什么隐瞒我的事？”李天赐刚啃了一口鸡腿，就突然打断父亲的话，他面露疑色地看着李义云，手中却拿着那只啃了一半的鸡腿，显得很是滑稽。

“嘿嘿，也算不上什么隐瞒。其二便是此次灵川峡之行，我等见识到天魔教近年以来日益壮大，此教精通邪术，心狠手辣，行事低调，阴险狡诈，一直致力于召唤四大凶兽，号令九州。昨日接到柳芸庄密函，冀州城发现天魔教徒的踪迹，我已与烟雨阁长老沈傲天、柳芸庄庄主柳煜以及景阳真人相约前去查探虚实，所以要出门一段时间。我外出之日，你可要好好在桑阳观内学艺修道，听从师兄们的教诲啊。”

李义云一脸轻松，显然不愿天赐为此担心。

“什么？又要出去啊，老爹，不是说好在家里陪我，哪儿都不去的吗？”李天赐脸上现出一丝埋怨，很是抗拒。

李义云看着身边撒娇的李天赐，满面笑容，无可奈何地道：“天赐，你已经不是小孩子了，要像个男子汉那样，知道吗？放心吧，我很快就会回来的。”

“唉，那好吧，那老爹你要快去快回啊。”

这个天性乐观的少年，负面情绪总是来去如风，瞬间又恢复了之前愉悦的心情。

翌日，李义云一大早便收拾好行囊，驾驭着震雷御空而去，他和柳煜、沈傲天已约好在冀州城中云祥客栈相见。与此同时，景阳则带着李天赐去了桑阳观学艺，待安顿好天赐后，他再与李义云三人碰头。

那桑阳观位于临冬谷的北麓，常年香火旺盛，香客络绎不绝，道观虽面积不大，但弟子众多，更有道行高深的桑阳弟子于九州浩土各处设立道观，开枝散叶。景阳真人门下有四大掌教真人，其中枯叶真人掌管赏罚，玄木真人掌管道法，沧月真人掌管经书，离火真人掌管内务。

桑阳观以道家三清为尊，主殿天尊殿中供奉着元始天尊、灵宝天尊、道德天尊三位道家最高神灵，天尊堂前那座红顶灰墙的大殿便是真武圣殿，是桑阳弟子日常修炼道法、演习练武之地。桑阳弟子信奉道教，修习道法，追求凡间生灵与自然之间的终极奥义，以得道修仙作为毕生之志。作为四大正派之一，桑阳弟子常常行走于江湖，锄强扶弱、匡扶正义。

初见桑阳观，李天赐便为观前的洗剑池深深震撼，那洗剑池占据观前广场一半面积，恢宏大气，剑池前的刻石上写着“桑阳真武剑池”六个苍劲大字。池中流水潺潺，无数把大小形态各异的利剑置于其中，像是天神施展的剑雨，剑飞惊天一般散落于此。

“这些稀奇古怪的剑怎么全放在这池子里啊？”

“天赐你有所不知，这剑池中的利剑全是桑阳观弟子所有，有些甚至可以追溯到上古时期那场正邪恶战，它们的主人都为抵抗魔教入侵献出了自己的性命。”

“什么！都死啦？”

“剑在人在，人亡剑魂不灭，这些斑驳的古剑见证着那段荣光岁月，得道高深者常与他所携法器灵气相通，道行越高，法器灵气便越深厚，别看这些古器现在破败不堪，它们可都是有灵性的。”

那些密密麻麻的残剑断刃静静地插在剑池之中，大大小小的战剑，惨况之剧可见一斑。

“那中间这把最大的剑又有什么来头呢？”

为万剑所环绕的池中心是一柄巨大的石剑，那石剑由坚硬无比的远古黑色玄武石打造而成，高十数丈，就如同一把从浩瀚星河而来、划破苍穹的神兵圣器直直插入池中。数不清的古剑早就令李天赐深深震撼，而这把被众剑所拥的参天巨剑更是前所未见。

这少年哑然地望着那把雄伟壮观的石剑，不禁怔怔出神。

“这把石剑是桑阳观开山鼻祖桑阳真人留下的，相传上古时期，各种邪兽恶魔侵扰凡间，桑阳真人为了临冬谷免受妖兽侵扰，守护此地百姓，特用蛮荒之地才有的珍稀上古玄武岩打造了这把破天圣剑，以此来守卫这方灵秀之地。桑阳真人在坐化升仙前，将上古三圣神所赐法宝斩仙剑置于这把石剑中，以备日后世间阴邪之气日渐强大，桑阳观势单力薄、无法应对之时，再由旷世能人取出，号令天下，斩妖屠魔。那破天圣剑与斩仙剑水乳交融，化而为一，竟令这圣剑威力大增，有如神助，镇守一方安宁，而冀州的百姓也得以千年高枕无忧。”

景阳真人耐心地解释，面色中复杂的表情一闪即逝，不禁轻轻叹了一口气。

“真人，你怎么了？不开心吗？”

“没，没什么……”

景阳又恢复了常态。

天赐少年心性，不以为意。他所关注的只是那些上古英雄事迹以及那些厉害的神兵利器。

“斩仙剑？我以前听我爹爹说过，那斩仙剑是上古圣器，甚至凌驾于洪荒八大神器之上，当年多亏了斩仙剑，四大凶兽才得以被击败，想不到斩仙剑竟在桑阳观，真是太出人意料了，不知道能否亲眼见识到那神剑的风采啊。”他脑海中浮想联翩。

“恐怕很难实现了，那斩仙剑与神龙心灵相通，也只有老祖桑阳真人这种世间得道高人才能驾驭此法器，如今只能让九子重聚，集神龙之力方能唤醒斩仙剑了。”

李天赐望着景阳真人那有些遗憾的表情说：“连你都不行吗？”

“贫道这点修为，怎么比得上师祖桑阳真人呢？唉，只怪我资质不高，始终悟不到三清真诀的终极境界，又何德何能驾驭得了这上古圣器？只求桑阳观千年基业莫毁于我手罢了。”景阳微微一笑，不禁自嘲起来。

“嘿嘿，真人别灰心，待我学成后，召集其他八位龙子传人唤醒这斩仙圣剑，斩妖除魔，继承祖师爷的遗志。”李天赐望着那高耸入云的上古圣剑，心中顿时豪气万丈，竟安慰起景阳真人来了。

“天赐，你能有这远大志向是再好不过了，但在这之前，还是先学好桑阳观的入门道法三清心法吧，我来给你引见专司道法的玄木真人。”

两人交谈间，景阳引领着李天赐朝真武圣殿行去。

只见晨光中的真武圣殿，气势恢宏地矗立在桑阳观的广场中央，面宽三间，鸿图华构、金碧辉煌。殿身由一块块巨大的洪荒玄石堆砌而成，屋顶为朱红色琉璃瓦所造，檐尾翘角飞天，门楣之上双龙戏珠，气势磅礴。殿身正面四根石柱上分别刻画着青龙、白虎、朱雀、玄武四大神兽镇守四方，栩栩如生，震撼人心。

石阶上方，阳光下的阴影中，一身着灰色鹤氅的老者正负手而立，眉目传神，不怒自威，李天赐只觉一道锐利的目光在周身扫视走，浑身上下都觉得不自在。

景阳朝着那老者微微一笑，便向天赐引荐：“天赐，这位就是玄木真人，他便是你道法的授业师父了，以后道法修行方面有什么不懂的都可以请教玄木真人。”

言语间，他凑近玄木真人身边，耳语几句，玄木点头示意，微微一笑：“原来是临冬城李城主的公子，这桑阳观可比不上临冬城，粗茶淡饭、起居简陋，还望见谅。”

他言语虽然客气，但暗中自有威仪。

那玄木真人乃桑阳观中修为仅次于景阳的得道高人，专司门中道法，为众弟子所敬仰。只见他面色红润，显然是内功修为极高，银发矍铄、白眉飘飘，不停捋着花白稀疏的胡须，眼神中锐光一闪而过，双眼随即微眯成缝，探出两道精光，不停地上下打量着李天赐。

李天赐名门望族出身，年纪虽小但基本的礼数却了然于心，只见他掌拳相碰，俯身拜道："弟子李天赐，诚心来桑阳观修习道法，今后还望玄木真人多多点化。"

"免礼吧，桑阳观的道法博大精深，许多弟子苦练终生却只得其皮毛，希望你今后能一心向道，潜心钻研道法的终极奥义。"玄木先礼后兵，仍是一脸冷色。

"是，弟子领命。"李天赐口中虽欣然允诺，心中却在嘀咕，就凭自己的聪明才智，一定会快速参透三清真诀的奥义，怎么可能像那些蠢蛋，苦练一生却一事无成？

"嗯，我先传授你桑阳观入门心法三清心法，你回去后须按此呼吸吐纳之法，每日清晨、晌午、黄昏各打坐一个时辰，长此以往，不出一年，便能突破一重境界。"

言毕，玄木真人化手为掌，口念真诀，袖口一股真气源源不断涌现而出，朝李天赐涌去。李天赐顿时感觉心中热血沸腾，身子竟飘飘然起来，就像要瞬间羽化登仙那般，心神朝天外边飘去。

片刻过后，玄木授道完毕，念念有道："人法地、地法天、天法道、道法自然。"

"什么天地人，法自然啊……怎么名门正派的法术这么难记？"

李天赐低声嘀咕了几句，要记下这些先人传下的口诀对他来说简直比登天还难，神神道道，故弄玄虚。

玄木见到这呆头少年一脸发怵的表情，并不以为意："你不是很聪明吗？这么简单的口诀都记不住。这句口诀是桑阳观道法的精髓，是所有无上妙法的根基，待你真正领悟其中玄妙，便是你修为真正精进之时。好了，现在你去弟子房休息吧，志成，带你师弟去弟子房休息。”他朝真武殿内朗声说道，那声音中气十足。

但见一皮肤黝黑、身材壮硕的少年走了出来，那少年一张标准的国字脸，厚嘴唇、大耳朵，身着土黄色道服，憨劲十足，他身负一柄银色长剑，朝着李天赐不停地憨笑。

“志成，这是新入门的李天赐，今后他就与你同居一室了，你可要好好敦促他勤修道法。”玄木真人朝那名叫志成的少年说道。

“是，弟子领命。”

少年仍是望着李天赐面露微笑。

“天赐，你可要跟着玄木真人好好修习道法啊，我和你爹爹可是对你很期待的。”景阳轻轻拍了拍李天赐的肩膀，他将这少年顺利安顿后，便向玄木交代了观中大小事宜。说到后来，竟然摇头叹息，面色凝重，深邃的目光在玄木的脸上短暂停留，二人眼神交会，心意相通，仿佛隐藏着某种不可告人的秘密。景阳随即转身，朝桑阳观外走去。

“在下赵志成，不知李师弟为何来我桑阳观修道？”

那名叫赵志成的少年一脸正气，领着李天赐朝弟子房走去。

李天赐心想，此人果然木讷，桑阳观乃正道名门，天下修道之人无不心向往之，尤其那景阳真人法力高强，谁不想拜入其门下，真是明知故问。但他却不欲戳穿，于是便微微笑着说：“实不相瞒，这是家父与桑阳观掌门景阳真人的约定，他们约定待我幼学之年，便将我送来修炼道法。”

“哦，原来如此啊……”

赵志成摸着后脑勺，憨厚至极，一时间不知道该说些什么，有些尴尬。

“那赵师兄又是为何成为桑阳观弟子的呢？”李天赐也不在意，

笑着问道。

“其实我是个孤儿，自小在桑阳观内长大，当年家乡闹饥荒，又恰逢妖兽作乱，整个村子的人都惨死了，若不是玄木真人出手相救，收我为徒，如今只怕我早已暴尸荒野。”憨厚的赵志成，原来还有着这么一段辛酸的故事。

普通人家宁愿苟活于乱世，也不愿煞费苦心修道练功，若不是玄木怜其孤苦无依、恐难独生，出手相救，以他这么平庸的资质，此刻也多半在乡野田间渔樵耕作，而绝不是现在这般成为世人所艳羡的桑阳弟子。

“别伤心了，赵师兄，以后大家都是一家人了。”

赵志成的话在李天赐心中产生了共鸣，自小与生母阴阳两隔的他深知那种失去亲人的痛苦。

“嗯，是的，我这条命是桑阳观捡回来的，不敢忘家师蒙昧时授我出世之恩，我们桑阳弟子一定要勤于修炼道法，将桑阳观发扬光大，肩负起降妖卫道的使命，我也必定会告慰死去的父母以及那些惨死的乡邻。师弟，奔波一天累了吧？我们先回弟子房休息吧。”

少年心性豁达，愁绪总是来得快去得也快，但莫道他们不识愁滋味，人生来皆拳拳相握，怀赤子之心，生命的道途纵然充满风霜雨露，但追风的少年们，岂会因此停下他们的脚步？悲伤已成过往，疼痛总会放下，一定会有阳光照不到的地方，但那又如何，那些角落里的阴影不正是阳光的一部分吗？就如同伤痛也是岁月赋予生命的意义那般，让有限的生命，绽放出无尽的光彩，岁月无痕，生命不息，总要怀揣着赤子之心，勇敢地去战斗。

就这样，李天赐开始了他在桑阳观的修道之旅。

第五章 桑阳悟道

翌日清晨，李天赐早早地醒来，准备打坐练功，却看见赵志成已经坐在床榻上开始修炼，只见他屏息而坐，双手相叠置于丹田之下，黝黑的脸庞上隐约可见微微红光，周身泛着淡淡真气，想来必是那三清心法起了作用。

李天赐不禁回忆起昨日玄木真人所传授的那句法诀，口中喃喃自语：“人法地、地法天、天法道、道法自然……”

“李师弟，你醒了啊，快来按照我这种方式打坐修炼吧。一天之计在于晨，清晨修炼对修为的提升帮助可大了。”

赵志成睁开双眼朝天赐微微一笑，随即又闭目进入修炼状态。

李天赐依样画葫芦，将双手相叠放置于丹田下方，随即进入盘坐状态，但心里仍是不自觉地默念着那句口诀，根本沉不下心来。

道家之法乃世间无上妙法，远古先贤有云，道虽是万物之源，但它却是无目的、无意识、顺其自然的，它讲究的是人与万物和睦相处，即不把万物据为己有，不夸耀自己的功劳，不主宰和支配万物，而是听任万物自然而然地发展。

贯通在道法修炼中，就要求修道之人不必过分追求各种绝妙真理，而讲究的是无为而治，通过内心对万物的感悟，感知自然运行的规律，从而提升个人修为，但也不意味着恣意妄为、随心所欲，否则容易心生恶念，走火入魔。

融会成一个字，那就是“悟”。

李天赐小小年纪，涉世未深，单单凭着一腔热情，怎么可能会领悟道法绝妙的真谛？他一面反复喃喃自语地念着那句入门心法的口诀，一面盘坐，始终未见任何异样，不觉有些心烦意乱。

约莫一个时辰过后，赵志成缓缓起身，朝仍在静坐中的李天赐问道：“修炼得怎样了，李师弟？”

“我想大概起了一点作用吧。”

李天赐像根木头一样打坐了一个时辰，什么都没悟到，对赵志成随口撒了个谎。

赵志成面露喜色，赞许至极：“李师弟果然乃修道奇才，天资聪颖，首次打坐修炼就有收获。想当年，我可是费了一月有余的功夫才学会如何聚气凝息啊，以师弟你的资质，不出半年，便能突破三清心法的第一重境界。”

他对这个新入门的小师弟喜爱有加，完全没注意到天赐尴尬的表情。

被别人这么一说，天赐反而脸色泛红，有些不好意思：“师兄切莫夸奖我，师弟我也是误打误撞，碰巧发动体内真气罢了。”

“师弟太自谦了，好了，现在我们该起身去真武圣殿诵读经书了，可得加快脚步啊，迟到会被枯叶真人责罚的。”

“师兄，关于桑阳观功法师弟我还是不太明白，可否为我指点一二？”

在去真武殿的路上，李天赐主动向赵志成请教起桑阳观功法来。

“哦？师父他老人家没跟你说吗？”

赵志成与李天赐并肩而行，神情有些急切，生怕迟到遭罚。

“玄木真人他就教了我一句口诀，其他也没说太多，我只是大概知道三清心法是入门心法，三清真诀才是最高功法。”

“嗯，是这样的，我们桑阳观的功法按照修道弟子的修为一共有三套，三清心法是最基础的心法，每个入门弟子都要学，三清要诀是进阶心法，而三清真诀则是最高阶的心法，只有掌握了前两套功法才能学习三清真诀，这也是我们桑阳观的无上神通妙法。”

也许是这个刚入门的师弟修为尚浅，还远未达到修习高深功法的阶段，所以玄木真人才并未对他透露太多，想到这里，赵志成不置可否地说道。

“那是不是按照修道者资质高低，学习各种功法所花费的时间也各有不同？”

“这是当然啊，前两套功法各自有三层境界，只有突破第三层境界，才能学习下一套功法。有的人天纵奇才几十年就能达成大神通，有的人则一辈子都在前两套功法中徘徊。而最高深的三清真诀，则分为上清元境、上清真境、上清极境，景阳掌门以及四大真人都达成了上清极境。”

说话间，赵志成开始神游起来，眼神中透出一丝奇异的精芒。

“原来如此……”听到对方这番详解，李天赐更加坚定自己勤修苦学的决心。

“师弟，我们快走吧。”赵志成回过神来，突然想到了什么，一把拽着李天赐朝真武殿火速奔去。

道场上不断涌现出形色各异的桑阳弟子，有男有女，打闹嬉笑间朝同一个方向奔去。迎着清晨初升的朝阳，他们脸上浮现出英气俊逸的神情，敞开心扉迎接这美好一天的到来，如此周而复始，循环往复，竟看不出这些人有丝毫疲态，也许这就是修道之人超凡脱俗、无欲则刚的气质吧。

“李师弟，这个香炉有何来头？这两日见你一直带在身上。”

赵志成望着李天赐腰间所携的狻猊香炉，很是好奇，他在道观中长大，所见香炉无数，却从来未见过花纹雕刻得如此精细的香炉，尤其是炉身上那尊神奇的异兽，正暗暗发出金色的亮光。

李天赐面露骄傲之色，不无神秘地说：“嘿嘿，这个香炉可大有来头了，它可是我的法宝，以后有机会我再慢慢同你解释吧。”

赵志成丈二和尚摸不着头脑，讪讪道：“好吧，不过可真是奇了，我只听说神兵利器作为修炼法宝的，还真没听说香炉也能做法宝的，算我孤陋寡闻，哈哈。”

李天赐暗自轻抚狻猊神炉，笑而不语，得意之色溢于言表。这尊香炉虽朴实无华，但比起寻常那些修道法器不知厉害多少倍，尤其是炉身上的狻猊神兽更是神威震天。终有一天，这尊神兽必将隆重登场，大杀四方。

攀谈之间，二人已来到真武圣殿，只见殿内人头攒动，百余名弟子集中在殿中央，人声鼎沸。

殿前台阶上站着一男一女两位道人，那男道人较之景阳、玄木年纪略轻，一袭黑色道袍加身，负手而立，虽胡须花白，有些清瘦，但目泛锐光，显得干劲十足，犀利的眼神一直游移在台下的桑阳弟子之间。而那女道人更加年轻，看上去大约中年，一身水绿色四象法袍，飘逸如仙，不施粉黛的眉眼有如朝阳映雪，风姿绰约间，有一股威仪在周身浮现。

男道人见在场人数渐齐，便轻咳几声，真武圣殿内顿时鸦雀无声。

“那男道人是枯叶真人，女道人便是沧月真人，他们一个管罚赏，一个管经书。”赵志成朝着李天赐低声说道。

李天赐望着台上的沧月真人，不禁怔怔出神，有种莫名奇妙的感觉涌上心头，这个美艳又不失淡雅的女道人竟勾起自己心中某种无法言述的情愫。

“众位弟子，现在开始诵读经书，我们今日诵读的是《道德真经》第五十一章。”

只见她袖口一挥，一阵炫目金光闪过，行行字符从她掌中跃出，如同空气中的尘埃一般，在真武圣殿上方四处游移。随即沧月真人秀手又是一挥，那些字符就像是中了魔咒一般，相互交会，最后在空气中竟组成了六行话语，逐行显现：道生之，德畜之，物形之，势成之……

在场众人神色平静，已然习惯了这场景，都全神贯注地盯着那六行文字齐声诵读着。只有李天赐呆呆地望着施法的沧月，有些无法自拔，她就像是九天玄女，举手投足间显露着中年女子的无限娇俏。李天赐自幼失去娘亲，没见过母亲的模样，只是平常从父亲的只言片语中得知母亲大概的音容笑貌，但亦未能形成具象，不知为何，此刻内心竟将沧月想象成了自己的母亲，不禁看得入迷。

“李师弟，你发什么呆啊，快跟着大家一起读吧，枯叶真人就要走过来了。”

赵志成拍打李天赐的肩头，将他从神游中拉了回来，那枯叶真人不知何时出现在他们身前，犀利的眼神狠狠盯着李天赐二人。李天赐吐了吐舌头，随即跟着大家一起读起了经书。说来也是奇怪，这枯叶真人面容几近于枯槁，惨白得十分病态，摇摇欲坠地缓慢踱步于人群中，就像是被寒风摧残的枯枝败叶，随风散落，化入尘土，真是人如其名，瞧不出半点修道人的气质，更全然想象不到他竟是桑阳观四大掌教真人之一。

此时，沧月真人已施法完毕，巍巍伫立在台阶上，柳眉动人、眼眸生花，隐含着真气的衣袂，无风自动，台下众弟子正朗声诵读那《道德真经》第五十一章的最后一句：“生而不有，为而不恃，长而不宰，是谓玄德……”

李天赐虽随声附和，但目光却一直停留在沧月真人身上，未曾离去片刻，仿佛看着那俏丽女子，内心便觉得无比安宁。

早课诵经结束，赵志成见李天赐有些魂不守舍，便关切地问道：“怎么了，李师弟，是不是早起练功打坐，身子骨出了什么异样？”

“没、没什么，我只是觉得这《道德真经》太过深奥，就如同那三清心法的口诀一般，我虽随师兄师姐一起诵念，但心里却没有过多的感触。”

李天赐心知那是因为他一心关注着沧月真人，哪里还有什么心思诵读真经，念及此，脸上不禁微微一红。

赵志成并未察觉李天赐的异样：“那李师弟今后可要用心学习了，我派法术的口诀由这些真经演化而来，两者相辅相成。它们虽然深奥，但对修习道法却是大有裨益的，只有坚持不懈地诵读经书，道法才会有所长进。”

“好的，我一定用心领悟。”李天赐随口应付，心中那抹水绿色的身影仍是挥散不去。

他抬头望了望天，晴空万里，一派安详的景象，也不知爹爹他们现在进展如何。

第六章 云祥客栈

冀州城云祥客栈，是城内少数几个气派恢宏、远近闻名的客栈之一。冀州城最为出名的特产便是红尾麃子，那红尾麃子生活在城北的深山茂林中，以肉质鲜美、肥而不腻出名，天下食客慕其名而来之，络绎不绝。而云祥客栈正是以红烧麃子肉名闻天下，这家老字号客栈已传数十代，精选麃子肉，并以祖传不外授之秘方烹制，飨四方宾客，让人食后唇齿留香、流连忘返。

这一日，李义云、景阳真人等人正列席于云祥客栈内，大快朵颐地吃着红烧麃子肉，吃得满嘴生香、啧啧称奇。

只听李义云道："这红烧麃子肉果然名不虚传啊，真是人间美食。"

言语间，他又夹了一块肥肉，放在嘴中，那肥肉香味四溢，入口即化，真乃珍馐美味。

对面一位年约不惑，与李义云年纪相仿的男子开口说道："这麃子肉是冀州城的特产，而云祥客栈的红烧麃子肉更是享誉九州。这段时间，我们每日每夜追击天魔教的行踪，功夫不负有心人，终于发现了蛛丝马迹，现在可以好好坐下来犒劳自己了。"

那说话的男子身着一袭紫袍，长相俊逸潇洒，眉目宛若星月，相较于李义云的豪迈硬朗，显得有些飘逸秀气。只见他身后负着一把泛着蓝色微光的宝刀，刀柄上刻着一头凶神恶煞的异兽，显然是一把神兵，但看上去却和他有些格格不入。

“柳庄主，你柳芸庄门下弟子均是跟踪的好手，此行寻寻天魔教踪迹，贵派功不可没啊。”

说话的是烟雨阁长老沈傲天，只见他此刻神态有些许疲惫，但双目仍泛着精光。

原来那紫衣男子便是名满天下的柳芸庄庄主柳煜。只见柳煜面色十分谦逊平淡，微笑着说：“沈兄过奖了，这些都是鄙庄的雕虫小技罢了，不足挂齿。吾等乃天下正派之典范，理应担负起拯救苍生的重任。上回灵川峡一役，因庄中突生异变，无法脱身，还请诸位见谅，倒是景阳真人这些时日憔悴了不少啊。”

九州四大正派，其余三派或坐拥神兵，或法术高深，或门派源远流长，只有柳芸庄势单力薄，弟子人数最少。若论道法不及桑阳观，若论利器比不过烟雨阁，若论渊源则不如善德寺，故而柳煜其人行事最为低调谨慎，不似沈傲天那般张扬喜功，他最为敬重的便是几人中年纪最长的景阳真人。

只见景阳真人不停捋着胡须，缓缓地说：“柳庄主太客气了，守护九州苍生安宁，本是你我分内之事，贫道不敢言苦。为了苍生黎民，我景阳自当鞠躬尽瘁，死而后已啊，这些日子的奔波又算得上什么？”

“真人实乃我辈之典范，柳煜自愧不如。”柳煜抱拳朝景阳说道。

李义云笑着打趣道：“我说你们也别相互客气了，我们还是言归正传吧。根据柳芸庄弟子所留线索，显然天魔教的人在冀州有一处秘密驻地，之前灵川峡一役已与那拓跋氏二公子拓跋楦交过手……”

念及此，李义云想到那日深藏于己阵中的拓跋楦，以及他那狠辣的金锥，不觉又想到了儿子天赐，不知他现在桑阳观修习得如何呢。

柳煜附言：“说来也是奇怪，魔人真是神出鬼没，线索到今日便断了，难道门下弟子最近没有发现天魔教的踪迹吗？”

原来得知当日在灵川峡发现魔教踪迹后，柳煜便派门下精锐弟子前往四处打探消息，果然在冀州城发现了魔人踪迹。

四人根据柳芸庄门人所留暗号于冀州城内外按图索骥查寻，几日前抓获了几名藏身于市井，以寻常小民装扮的天魔教徒，但因他们性情刚烈，对其据点下落缄口不言，只得严刑拷打来逼问。岂知魔人根本无动于衷，反而趁人不备服毒自尽，所以没能探出任何口风，致使搜寻毫无进展，如今连暗号也消失了，更是让人毫无头绪。

他们一时间沉默不语，各自在心中思量着对策，将那一桌美食也抛诸了脑后。

“这麂子最为精华的肉身，你们猜是哪个部分？”一个温文尔雅的声音把李义云四人吸引了过去。

只见旁桌正襟危坐着四名男子，衣着华贵亮丽，其中一位年长的男子仔细端详着桌上那盘刚出炉的红烧麂子肉，微笑地望着另外三人。只见男子而立出头，身着一袭银白色锦衣，衣身上镶嵌着玉石，配之以流云飞花，手中纸扇抚风，清新俊逸，气宇轩昂，一看便知是出身名门望族。

其余三人年少，分别身着松绿、靛蓝、玄青色的少侠装，其中两人英气十足，另一人却面色惨白，一脸病容，手拿一块白帕捂着嘴。

最让李义云等人吃惊的是，三人相貌竟然一模一样。原来是三胞胎，他们游历世间，所见奇人无数，也算得上见多识广。但这三胞胎却实属罕有，李义云不禁对此四人兴趣大增。

只听见其中两个年轻人竟异口同声回答道：“门主，是麂子腿的肉吧！”

“不对，是腰子肉。”

还未等中年男人开口说话，那满脸病容的青衫少年抢先答道，他猛烈地咳了几声，瞬间那白帕染满鲜血，浸得通红。

“三弟，你没事吧，是不是病又加重了？”

另外两个少年不无关心道，他二人一脸紧张的神情，显然很是担心那青衣少年。

“没事，我们还是听听门主怎么说吧。”

那中年男子朝青衣少年点头示意：“呵呵，世人皆以为鹿子肉身上最为精华的部分是它的腿，鹿子腿肉虽然好，但比不过鹿子腰身上的肉啊。那鹿子平日里四处奔跑，四肢早已生肌，腿肉虽有嚼劲，却不如腰身上的肉鲜美啊，所以腰身的肉才是精华。此番前来冀州为青平求医问诊，城中人文风物，你们可要好好见识见识啊。”

“多亏了三弟，我们才……”那身着蓝衫的少年不假思索地附和，才刚开口，他就知道自己说错了话，满脸羞赧，涨得通红。

“柏宇！”

看上去像是三胞胎老大的绿衫少年一声呵斥，那名叫柏宇的少年更是尴尬无比。

“大哥别生气，二哥他也是无心的，我们三兄弟平常在山上潜心修炼，远离中土盛世，此次难得出一趟门，二哥自是欣喜。”

青平脸色仍是难看至极，他又强忍着咳了两声。

“你们两个臭小子，整天就知道玩，多学学你们的青平小弟和石头哥，天资聪颖还不忘勤奋练功，如此嬉戏胡闹，何时能成大器啊？”

“唉，门主，石头哥我们这辈子是赶不上了，以后还望三弟多多指教了。”

那两兄弟相互揶揄道，瞬间便化解了场中的尴尬气氛。

“此行出门，石头哥是怎么叮嘱你们的啊？这么快就忘了，要好好照顾青平，找到胡神医，为他疗伤。”

“门主，石头哥的话，我们怎么可能不记得，只是这胡神医神出鬼没，太难找了……”

“敢问这位兄台所寻之人可是冀州城的胡逸仙胡神医？”

开口说话的是李义云。

方才他们几人谈话之时，李义云等人在旁句句听在耳里，见他们几人衣着华贵，听口音像是九州外域的豪门贵族，李义云世居冀州城，与那胡神医私交甚笃，听他们刚才提到神医的名字，这才开口搭腔。

“不错，正是那位胡神医，兄台可否告知他的下落？”

那中年男人一桌人听李义云知道神医下落，眼睛一亮，向他投来了急切的目光。

“那位神医居无定所，目前正在城东望月山中采药，兄台不如去山中拜访，有缘应该会遇见。”

“这个……”那中年男人有些为难，“我听说那神医性情孤傲，不轻易见人，而且我等远道而来，人生地不熟，可否劳驾兄台屈尊带我们走一趟？”

“好啊……”

李义云本欲欣然允诺，却见身边的柳煜拍了拍自己的手，低声道：“李兄，小心有诈。”

这柳芸庄庄主，心思缜密，全然不像李义云那般粗犷豁达，好结交天下英杰。遇事留个心眼总是不错的，万一遭遇变故也有条退路。

“怎么，兄台不方便吗？”

中年男人见到李义云欲言又止，不禁有些失望。

“实不相瞒，我等还有要事在身，就由在下派门人携李大哥亲笔手信随兄台去寻那位胡神医吧。”柳煜见李义云很是为难，便主动开口打了圆场。

“对对，真是不好意思，我们还有事情要办，不如我写一封引荐信交由兄台，由柳庄主门下弟子带你们去找那位胡神医，就说是冀州临冬城李义云引荐，见字如见人，他必定不会拒诸位于门外的。”

李义云说完望了柳煜一眼，心想还好有他在场，不然真是下不了台子。他如此热心肠的人，自然不愿冷言拒绝别人的请求。

“既然李大哥有事在身，那我等也不便劳烦了，事成之后，我必定登门拜访，重谢李大哥救我徒儿性命之恩。松溪、柏宇、青平，还不快谢谢李大哥！”

那三胞胎见事成，纷纷站起身来高兴地朝李义云躬身道谢，青平整个身子颤颤巍巍，显然十分虚弱。

“哪里的话，我临冬城李氏向来乐善好施，见兄台有难，出手相助在所不辞，区区小事何足挂齿啊。”

李义云见那与天赐年纪相仿的青平病恹恹的，更是心生怜惜：“令徒年纪轻轻为何身患这怪疾？”

“唉，说来也是在下无能，未能照顾好徒儿，让他被天魔教独孤氏所伤，体内气血郁积难清，每日黄昏日落，阴气盛起，便脏腑震颤、骨痛欲裂，苦不堪言。在下听说中土冀州城胡神医医术高明，妙手回春，这才不远万里从西域而来，幸得李大哥相助，徒儿才有望捡回一条命。”

“什么？又是天魔教？”

沈傲天听到那三个字，自是气不打一处来。

“想不到天魔教的势力已渗透到了西域，发展之迅，超乎我的意料啊。”

景阳皱了皱眉头，显得忧心忡忡。

他二人方才一直在旁听众人交谈，本来也是心中疑惑丛生，沉默不语，但听到天魔教三个字，也是坐不住了。

“唉，说来话长，我派世居九州之外，本不牵涉中土纷争，不料某日天魔教独孤氏竟大举入侵，妄图降服我派，妄想我们与其同流合污。我派自古以来隐于域外，与世无争，岂会甘为魔人鹰犬？这才与独孤氏交上了手，魔人退去，我派也损失惨重，徒儿他也因此负伤。”

“是弟子学艺不精，才被魔人所伤。”青平见门主满脸自责之色，有气无力地说道，话语间又咳了几声。

“敢问阁下可是西域天门山天门老人的弟子？”

说话者是景阳真人，他游历八方，阅历丰富，远至西域势力，也略知一二。

“不错，在下正是天门老人大弟子申玉槿，只不过师父他老人家近年来云游四方，不过问门中事务，门主之位暂由在下代为掌管。这次魔教趁师父不在大举入侵，好在门人殊死抵抗，这才确保本派基业没有毁于我手，说来真是惭愧。”那名叫申玉槿的白衣男人言语之间，更是满脸愧色。

“哪里的话，申门主不必惭愧，天门派能者甚众，自成一方势力，誓死对抗魔教，贫道好生敬仰，天门老人知道的话，也必定为门主骄傲。话说回来，天门老人与贫道曾也有过一面之交，门主日后若是得见他老人家，请代我桑阳观问候他安好。”

“原来是九州四大正派之一的桑阳观掌门景阳真人。真人守卫九州的英雄事迹，我们远在西域也如雷贯耳，今日有幸相识，真是不虚此行，改日见到师父他老人家，在下必会代为转达真人问候。”

几人攀谈之际，李义云已写好引荐信交给了申玉槿，并由柳煜吩咐门人带他们前去寻访胡神医。

“今日冀州城能够得诸位正派英豪相助，我申玉槿真是受宠若惊，他日闲暇，还望各位前来西域天门山做客，我派自会盛情款待。青山不改，绿水长流，咱们后会有期。”

申玉槿与三胞胎抱拳朝众人拜谢，随即跟着柳芸庄弟子出了云祥客栈。

李义云几人望着他们离开的身影，心中的担忧更是多了几分，看来这次天魔教真是有备而来，不可不防。

第七章 客栈遇袭

是夜，皓月当空，冷月清辉洒在凡间沃土上，把大地照得雪白，像极了初雪后的盛景，四野万籁俱寂，只有蝉虫在低吟浅唱，月色如水般清冽，一派静谧景象。

李义云躺在床榻上，辗转反侧，寂静的黑暗中只听得见自己呼吸与心跳的声音。不知何时庭院深处的夜虫也停了鸣叫。夜，寂静无声，静得让人心慌。

这个男人有些心烦意乱，脑海中浮现着一幕幕支离破碎的画面，灵川峡恶战、天赐负伤、禹神显灵、冀州寻魔影，这些日子发生了太多事，他竟不自觉地胡思乱想起来。

屋外月华幽影中，隐约传来细微异响，像是夜风轻轻摩挲树叶，又像是月光埋葬大地的奏鸣，他仔细聆听，却并未听到任何声响，也许是近日奔波忙碌太过疲乏，疑心生暗鬼罢了，他不禁笑了笑，便凝神静心努力入睡。

忽然，房外传来一阵尖锐激烈的打斗声，只听见沈傲天声若洪钟，怒斥道：“何方高人深夜突然造访，所为何事？为何要使出暗算偷袭的卑鄙伎俩，何不现身打个痛快？”

李义云心中大惊，拿起法器破门而出，却见沈傲天正紧紧追击着一名黑衣人，从房前一闪而过。那黑衣人速度奇快，只见他飞檐走壁，瞬间便跃上房顶，月色下负手而立，双目凝视着李义云二人，在清月光华中，隐约可见他那幽暗的瞳仁流露出一丝诡谲的精光异芒，弥漫着浓浓的杀意。

而此时，惊闻打斗声的景阳、柳煜也已出现在庭院中，沈傲天此刻更是脸色泛红，显然刚才与对方过招，体内真气激荡。

沈傲天刚才与之交手，虽寥寥数招，但深知此人出手迅猛、内力高深，远胜于己，他抬眼望向那伫立于月色中的黑衣人，衰情肃穆地说:“阁下内力深厚，招式狠毒，招招欲取我性命，不知师承何门何派，好让我沈某人明白得罪了哪路高人。”

那黑衣人负手而立，神态倨傲至极，沉默不语，一袭夜行锦衣在月色冷风中猎猎作响。

“明日此时，城北古刹，提头来见……”

黑衣人跃身而起，顷刻间便消失在冷月清辉中。

李义云四人望着那一闪即逝的黑影半晌无语，月夜料峭，涌来阵阵寒意，让人不觉战栗。方才发生的情景历历在目，那黑衣人神出鬼没，内功高强，那句“提头来见”，更像是对四人的恫吓，而不单单针对沈傲天一人。四人不断在脑海中搜寻、回想，竟然想不到那神秘的黑衣人到底是何方高人。

“这黑衣人明日约我们城北古刹相见，摆明做好了埋伏，请君入瓮，我们要去赴约吗？”

李义云首先打破沉默。

景阳真人正色道：“来者不善，善者不来，就算我们不去赴约，他也会找上门来的，此人内力修为颇为高深，潜入客栈竟未能被我等发现，道行修为不在我们之下啊，看来是天魔高手了。”

他一语道出几人心中共同想法，以天魔行事之诡异，修为如此高深又心狠手辣，来者怕是天魔几大氏族门主之一。

“此人潜入客房，偷袭我不成，便与我交手数招，他使的是一把寒光短匕，长约两尺，散发着奇寒之气。此人体内真气颇为阴柔，下手狠毒，招招致命，绝非正派名家，若不是我眼疾手快，怕是要被那兵刃所伤了。哼，要是下次再见，定要打得他跪地求饶。”傲天悻然道，一张老脸涨得通红。

众人这才发现，他的衣衫有些破损，手臂被划开一道细长的伤口，鲜血直流，蓬头垢面，显是方才魔人偷袭叫他猝不及防，手足无措。

“沈长老受伤了吗？可有大碍？”

“只是些皮外伤，不碍事，多谢真人关心。”

沈傲天仍是一脸愠色，他显然被刚才的突袭所震惊，内心久久不能平静，震惊之余更是愤怒。他为人傲气，行事光明磊落，自然极其反感魔教妖孽这种暗地偷袭的伎俩，还不如痛快战一场，就算败下阵来，也心服口服。

此刻他身后那柄寒光仙剑依然在黑暗中散发出咄咄逼人的刺眼光芒，剑拔弩张之势丝毫未减。

“沈长老不用担心，此人虽杀招尽出，却不欲取你性命，敲山震虎，有恃无恐。哼，他还是那般目中无人。”

一直在旁沉默不语的柳煜，突然开口说话，他的身影隐没在黑暗中，冷清的月光下，那张冷脸显得阴郁至极。

“柳庄主识得此人？”众人大惑不解，异口同声道。

“呵，天魔独孤氏门主独孤灼枫，此人化成灰我都认识！杀妻之仇，我定叫他血债血偿！”柳煜狠狠道，双拳紧握，十指入肉，身体在阴影中剧烈抖动。

“既然如此，那明夜之约我们是一定要去了！”

李义云满脸肃然，亡妻之痛，他深有同感，更何况是遭魔人毒手，此仇不报，誓不为人，就算是龙潭虎穴，他们都要去闯了。

他望着眼前这个愤怒至极的男人，心生惋惜。

“柳庄主不必伤心，以我四人之力必定要那独孤灼枫有去无回，明晚便是那魔教妖孽的忌日。”

沈傲天也是愤恨无比，全然忘却创口鲜血流淌的疼痛，那阵阵疼痛只会越发加剧他心中烧的怒火。

景阳顿了一顿：“诸位切勿冲昏头脑，对方定然有备而来，明晚我等一同赴约，还须谨慎行事，千万不可托大。这独孤灼枫高深莫测，口出狂言，想必大有来头，明晚须多加小心，不过我看此人今夜不会再来了，我们先回房休息吧。”

皓月当空，幽幽照在庭院内，四周又恢复了寂静，蝉虫也开始了吟唱，仿佛某种灵魂深处的奏乐。

黑夜之中，四人各怀心事，躺在床榻之上，久不能寐，脑海中无数个念头闪过，这独孤灼枫为何要如此涉险独自前来？莫非他真的仗着艺高人胆大有恃无恐？明晚约战对方到底来了多少高手？想着想着竟心烦意乱，无心入睡，斗转星移，不知不觉东方已露出鱼肚白，这一夜看似平静，实则四人心中却早已风起云涌。

彻夜未眠，李义云竟毫无倦意。朝阳的微光，照得人面色泛红，沐浴着清晨的光芒，他望着云祥客栈庭院中的园林水榭，静静发呆。

那晨露流淌在夏荷之间，驰而不息地落入池中，化开一池涟漪，与池水中四处游弋的锦鲤相映成趣，李义云心中只觉清逸舒缓，要是能一直这样笑看锦绣风光也未尝不是人生一大乐事啊。

“李城主，为何这般心事重重，是在想着今晚古刹之约吗？”

说话者正是景阳真人，只见他负手而立，也望着这园中美景出神。

“是啊，昨夜那黑衣人身手不凡，来者不善，不得不防啊。”

李义云一脸愁色。

“放心吧，以我们四人联手，对方必定有所顾忌。今日一大早，柳庄主便收到了门人的密报，说是在城东发现魔人行踪，柳庄主与沈长老此刻前去打探情况了。”

“什么！发现了魔人踪迹？为何不与我们商议再行动，万一有个闪失……”

“这消息来得突然，事态紧急，柳庄主怕误失了敌情，这才与沈长老前去查探虚实，放心吧沈长老他为人虽鲁莽，但柳庄主却心思缜密，他二人结伴前往，必定不会出什么乱子。李城主请放心，我已反复叮嘱过他们，一定要见机行事，切勿恃勇轻敌，想来不会有什么问题的。”景阳一眼看穿李义云心中所想，不住地宽慰道。

“话虽如此，但我这心里总不踏实，就怕魔人有备而来，故布疑阵，迷惑我们，我担心我们中了对方调虎离山之计。”

李义云仍是忧心忡忡。

“事到如今，也别顾虑太多，他二人道行深厚，就算身陷囹圄也必能全身而退。我已安排各大门派弟子前来接应，各种突发情况都已顾虑周全，在此之前，我们还是在客栈静待柳庄主与沈长老的消息吧。”

第八章 灵兽孛马

冀州城外，沈傲天与柳煜早已追寻着暗号，正在城东的密林中疾速潜行。那密林离冀州城有几百里路，分布于城东望月山下，生长的尽是些参天古木，密林幽暗寂静，偶尔有一道斑驳的光线洒落下来，却更让密林显得越发诡异，密不透风的气息让人压抑无比。

“暗号到了密林的入口就消失了，显然这片密林大有蹊跷，柳庄主，事不宜迟，我们这就进去吧。”

沈傲天手执那柄闪耀着寒光的宝剑，朝着密林深处张望片刻，按捺不住内心好奇，便欲朝林中疾驰，好能一探究竟。他总是那般身先士卒，一骑当先。

“不如我们先回冀州与李城主、景阳真人商议过后再做打算。”

反观柳煜，这个面色镇定的男人，自始至终都是细心慎重，凡事三思而后行，他仔细打量着这片看不到边际的林海，总觉得有些不对劲。

忽而密林深处传来一阵阵猛兽的吼声，树海也被那声嘶吼发出的音浪震得激荡起伏，仿佛某种嗜血杀生的恶兽隐藏在密林深处，危机四伏，二人当下心中起疑，眉头紧锁，在密林外围驻足不前。

“柳庄主，事不宜迟，你也别左顾右盼了，我们先去密林深处探寻个究竟吧，那天魔教教徒虽多，但都不过是乌合之众，凭你我二人之力必能除之。”

沈傲天不停朝林内张望，他本就是行事雷厉风行、心高气傲之人，昨夜受到那番羞辱，又如何能够忍受，此刻更是迫不及待要将天魔教人赶尽杀绝。

“沈长老，你看！”

柳煜望向天空，所看到的东西显然很是出乎他的意料。

沈傲天顺着他的视线望去，只见天上有道异光飞掠而过，显然有人在施法御器飞行。

两人定睛一看，天空之上那御器而行的人不是他人，正是他们昨日在祥云客栈碰到的申玉槿，此刻他正御着一柄折扇朝密林深处飞去，而更令人意外的是，他身后竟站着一位寻常江湖郎中装扮的老头。

“莫非那是……”沈傲天心头微微一怔。

“不错，想必那就是胡神医了，他们这是要去哪里？”本就心思缜密的柳煜，此刻见到申玉槿与胡逸仙这古怪行迹，更是疑惑陡加深。

“我看此事大有蹊跷，那申玉槿应该不是什么好人，也不知道和魔人有什么见不得人的勾当，柳庄主，我们快追过去看看。”

“这……”柳煜显得很为难，“我想是误会一场，我们还是先回客栈与真人他们会合再做打算，切勿中了敌人调虎离山之计。”

“你这人，婆婆妈妈的，难道你不想报仇了吗？你不去我去了。”

沈傲天话音刚落，便摆出法诀招式，只见那神剑悬于空中，他纵身一跃，便负手立于剑身之上，在空中英姿飒爽，有若神明，率先没入密林。

“杀妻之仇不共戴天，不可不报，此间密林幽暗袭人，敌人在暗处，我们在明处，沈长老千万不要轻举妄动。”

柳煜被沈傲天言语所激，决心深入密林一探究竟，他紧闭双眼，两手合十，嘴念口诀，身后那把微蓝宝刀顷刻间向空中飞去，他纵身而上，瞬间立于刀身，衣袂在半空中微微拂动，飘逸若仙，紧紧跟着沈傲天。

那密林古树参天，漆黑一片，柳煜二人沿着树冠御空而行，在巨大的古树枝丫间穿梭，空中飞花落叶，二人速度奇快，顷刻间已没入密林深处。

在这偶尔有斑驳光影洒下的林间，伸手难见五指，视线所及范围内只能看见那些参天古木，一不留神便会撞在树枝上，叫人苦不堪言，他们只得打起十分精神，凝视前方。

这密林极为广袤，宽广起伏、连绵不绝，像是一片无尽的幽海吞噬着柳沈二人，他们约莫飞行了半个时辰却未见任何异样，那申玉槿行速之疾，竟消失得无影无踪。

残光树影交错，那阵阵异兽的吼声又传来，听上去像是越来越近。突然只见东北方，一道红色异芒向天空射去，二人使了个眼色，便化作一道银光、一道蓝芒，当下凝心聚力加速朝密林深处兽嚎传来的方向飞去。

片刻过后，黑暗开始消失，密林的前方出现了一大块空地，柳煜、沈傲天二人伏于就近一棵参天古木之上，远远望去，竟被那场景惊呆了。

只见场地中央，盘踞着一只通体雪白、非牛非马的异兽，那异兽身形巨大，看上去似有两人多高，四肢颇为健壮，瞳孔中隐约闪烁着赤红色光芒，头上长着一根长约一尺的尖角，不时向天空发射着红色异芒，尖角颇为锐利，像是一把利刃，令人胆寒。

那红色光芒中凌空平躺着一个人，那人正是三胞胎中的老三青平，此刻他被红芒包围，面容扭曲，一阵紫，一阵红，显得痛苦至极。

场地三方分别盘坐着三个人，定睛一看正是那申玉槿与三胞胎其余两兄弟，他们双目紧闭，周身真气涌动，显然施法正酣，而胡神医则站在申玉槿身旁，看不清脸上的神色。

沈傲天二人心下大奇，对这幕古怪至极的场景顿生许多兴致，不由自主地聚精会神，屏住呼吸，静观其变。

“我们还是走吧，他们这是在为那年轻人疗伤。”柳煜说道，看了半天，他并没有发现什么异常。

“嘘，别急，先看看再说。”沈傲天目不转睛地盯着那块空地，示意柳煜不要说话。

只见那异兽在场地中央四处游走，像只无头苍蝇，寻不到出路，仿佛那场地中央被施了某种无形的屏障，如同枷锁一般，桎梏着它。独角异兽显得疲惫不堪，不时发出狂躁的嘶吼，那三人成掎角之势将它围困在中央，双方僵持不下。

突然，一道赤红色惊雷在场中炸开，独角异兽向天怒吼一声，周身激荡出阵阵气浪，瞬间打断了三人施法。天上的红光即刻消散，那青衫少年从空中应声坠落，两兄弟大惊，飞身跃起，这才接住了幼弟。

而那异兽怒意更盛，发了疯似的在场中疯狂奔袭，可无论如何也逃脱不出那无形的法阵。

“门主，看来这孛马比我们想的还要厉害，已经被锁灵阵困住这么久，还是降服不了它啊。”

三胞胎中的大哥松溪焦虑至极，他望着怀中气若游丝的青平，很是无能为力。

“胡先生，您看这可怎么办才好？”

说话者正是申玉槿，他不无关切地注视着青平，也很是无奈。

“此兽性阳，阳气旺盛，待酉时太阳落山，阴气盛起，这锁灵阵才会发挥最大的功效，为今之计，只能耐心等待了，不知是谁这般心狠手辣，对这少年下手如此之重，当真歹毒。”

“正是那天魔教独孤灼枫所为。”

申玉槿恨得咬牙切齿。

“果然是魔人所为，只不过恐怕就算取得那灵兽之血，老夫也没有十足把握能救他性命。”

“这……”

在场众人哑然，失落之情溢于言表，想不到这名满天下的神医竟也犯难了。

而此时，伏于树冠内的柳煜二人，眼见此情此景心中骇然，想不到那独角异兽竟是孛马。

传说这孛马是生活在灵川秀水之中的灵兽，世间珍稀，传闻它力大无穷却又性情温驯，好静喜独居，常出没于人迹罕至的地方，其血可治百病，有归元造化之神奇功效。他们此番不辞辛苦前来冀州城，想必是为这孛马灵兽而来，此四人设阵捕捉孛马取血，以血为引，再由胡神医施术救治青平，只不过那孛马天生神力，他们一时受阻。

“看来他们确是为青平治病无疑，我们走吧。”

柳煜隐伏于树冠之间，悄声说道，寻找魔踪要紧，多一事不如少一事，沈傲天点头应允，两人便欲转身离去。

“是何方高人隐伏于此处，何不现身，让在下一见？”

申玉槿突然朝着柳、沈二人隐藏的方向朗声说道，他神情紧张，担心生出什么事端。

柳煜二人深知行踪已被人发觉，心生尴尬，便随即纵身跃起，从树冠上落下，顷刻间现身于场中。

“原来是烟雨阁沈长老和柳芸庄柳庄主，在下失礼了。”

申玉槿见来人乃相识之人，顿时放松警惕，他昨日与二人有过一面之缘，知道他们是李义云挚交，此刻意外相遇，自是喜悦。

“申门主哪里的话，打扰你们施法，是我们冒昧了。”

柳煜有些尴尬，倒是沈傲天毫不顾忌，与申玉槿攀谈起来。

“嘿，我看阁下绝非无名小辈，昨日在云祥客栈便见识阁下风采，今日于密林中偶遇竟发现阁下有如此高深造化啊，佩服佩服。”

沈傲天望着眼前这银袍男子，随即又打量着场中那头孛马灵兽。

“唉，沈长老可真会说笑，我等能力有限，制伏不了这孛马灵兽，治不了我徒儿的伤，是在下无能啊。”

沈傲天听言心知自己口不择语，说错了话，站在原地，脸色微微泛红。

“申门主太谦虚了，这灵兽之血能治百疾，有灵丹妙药的功效。然它神通广大，常人难敌，对其敬而远之，如今却被门主法阵所困，我看不消片刻，门主就能成功取血了。”

柳煜出面打了个圆场，转言又道：“不过这孛马灵兽世所罕见，也是一条性命，希望门主点到即止，不要妄杀生灵。我等是为天魔教徒行踪而来，突然闯入，无心冒犯，还望门主见谅。”

“什么？天魔教！他们也来了！呵呵，来得正好，我要叫他们有来无回！”

申玉槿听到天魔教三个字，满脸怒意，气不打一处来。

“门主，你快看，那孛马起了变化！”

松溪与柏宇突然异口同声地惊呼，打断了他们的交谈。

原来就在几人交谈之际，太阳西下，天色将暗，密林中阴气骤起。那场中被锁灵阵困住的孛马，体内灵气急剧流失，忽然痛苦地号叫起来，它四处疯狂游走，妄图冲破法阵束缚。

孛马数次欲凭借蛮力冲出那无形的牢笼，但就像是撞到无形的墙一样，每次都给活生生弹了回来，无功而返。它倒在地上，精疲力竭，眼神充满了绝望，那闪闪发光的独角，也有了略微破损的迹象，显然此刻的孛马灵兽，是挣脱不了那锁灵阵的。

“灵阵终于发挥作用了，赶快施法！”

申玉槿三人难掩激动之情，瞬间又成掎角之势，体内真气急速运转，将青平送到了空中。

锁灵阵内红光大盛，申玉槿右手轻挥，一面金光闪闪的铜镜便向场地中央飞去，那面铜镜悬浮于孛马灵兽上方约半丈，不断发出某种低沉的鸣响，让下方的孛马心烦意乱，焦躁不安。

那铜镜乃八角形，类似于道家所用的八卦镜，但那镜子表面却颇为古怪，镜面粗糙黯淡不说，还画着一圈圈朱红色的螺纹。螺纹自镜面中心向四周逐渐扩大，看上去像是石子投入平静的湖中激起的一道道水波，镜子背面刻着不知名的奇特古代铭文，犹如某种上古的法咒，赋予那面铜镜莫名的神力。

柳煜与沈傲天在旁观望，也不觉啧啧称奇。

只见申玉槿双脚离地，向上轻盈一跃，便立于那铜镜之上，镜身虽小，他单脚而立却也绰绰有余。左手二指置于额前，嘴中默念法诀，如同某种神秘禅语，呢喃细语间竟与那铜镜发出的鸣响交融在一起，令孛马更加心烦意乱，着了魔似的在场中到处疯狂游走。

突然，从镜面中生出一道连绵不绝的金光，朝那孛马灵兽投射而去，在灵兽的周围形成了八道光幕，将其全身包围，令其无法动弹。

那孛马仿佛感知到了金芒的存在，越发疯狂吼叫、暴走，无奈却怎么也逃离不出金光幕墙半步，在那细碎低吟的禅语中，只见孛马的肉身好似要被无形的空气吞噬一般，渐渐变得虚无缥缈，一股股鲜红色光束从它体内抽离朝空中的青平涌去。

最后惊人的一幕发生了，那头孛马灵兽竟从脚到头完全没入空气中，凭空消失，若不是场地中央那些凌乱的蹄印，简直让人无法相信方才所发生的一切。

只剩下半空中将青平全身包裹住的赤红色光团！

孛马消失后，申玉槿停止念诵法诀，那铜镜的鸣响也随即停下来。只见那金光渐渐变浅，直至消失殆尽，申玉槿从铜镜上纵身一跃，轻巧落地，那面铜镜随即乖乖地向他飞去。

他将铜镜置于胸前锦袍口袋之内，拍拍衣袂上的尘土，兴奋地对胡逸仙道:“胡先生，此刻我已取得孛马之血，将它融入青平体内，下面就要靠您大显神通啦，在下拭目以待。”

“青平，你要坚持住啊，胡神医这就为你祛病疗伤。”

松溪两兄弟望着空中那急剧涌动的赤红光团喊道，虽然见不到青平的神情，但他们三胞胎心神相通，明显感受到三弟此刻正被灵兽之血反噬，痛苦不堪。

“那灵兽血纯阳至极，若是输入常人体内，瞬间毁身销骨、灰飞烟灭，好在这小子有真气护体一时抵住灵血反噬，不过不出片刻，也是尸骨无存，唉，事已至此，我只得兵行险着了！”

胡逸仙一改之前为难之色，跃起身来，飞到那团红光旁边。

只见红光中，青平面容扭曲到了极致，全身上下不断游走着一条鲜红色的光，犹如一条长蛇正步步吞噬着他。

“小子，你可得挺住喽。”

地面上申玉槿几人看得心急如焚，只见那胡神医拿出五张符纸和一枚银针，他身手迅捷，五张符纸瞬间分别贴在青平的四肢和腹部，而最后那根银针竟向他头顶的百会穴刺去，那百会穴乃人身命门，稍有差池便立时毙命，在场众人不禁失声惊呼。

银针一刺即中，红光在空中急速翻涌，突然以迅雷之势喷薄而出，将胡神医重重地震到了地上。

他喉头一甜，大口鲜血吐了出来：“我已打通他全身筋脉，此刻灵血正与他体内真气融合外涌消散，快，快去助他一臂之力，将血气逼入他体内，否则他就要全身真气散尽而亡，快呀！”

胡神医言辞急切，申玉槿不禁大惊失色，随即与松溪、柏宇二人一跃而上，共同施法将那灵血重新逼入青平体内。

沈傲天见状也挺身而出，上前施法，而柳煜见到这古道热肠的烟雨阁老长出手，也只好硬着头皮施法而上。

五人体内真气极速运转，合力施法才将那强大的灵血之气慢慢逼入青平体内。

突然之间，那剧烈翻涌着的赤红光团中，露出了一对骇然的血目！

“什么？！这是……”

沈、柳二人不禁失声惊呼。

却见那申玉槿等人邪魅一笑：“嘿嘿，大功告成，血魔现世！”

第九章 密林恶魔

“什么？！血魔？”

沈、柳二人满脸惊异，心头涌现一丝不祥的预感。

电光石火间，那血红光芒中伸出两只手朝两人抓去，血手利爪，可怖至极。

他俩行走江湖多年，修为高深，没料到还是着了道，忙疾运体内真气抵挡血魔来袭。

可距离太近已然来不及，血魔瞬间迸发出惊人的威力，两只血手径直击中柳、沈二人的胸口，他们顿时只觉骨痛欲裂，重重摔在了地上，体内血气上涌，大口鲜血喷薄而出。

两人又惊又气，望着一旁的申玉槿与三胞胎中的二人，只见他们此刻竟阴沉邪魅，周身散发出阵阵杀气，全然不是之前那般温润谦逊的模样。

“你们不是西域天门山的人，你们到底是谁？”

柳煜强忍着胸口的剧痛，愤然而道。

松溪、柏宇两兄弟邪邪地相视一笑：“我们当然不是天门山的人，只不过我们并未骗你们啊，我们确实从域外而来，门主正是天魔教拓跋氏门主拓跋槿，嘻嘻。”

“哼！我就知道你们是天魔教的人，你们这些魔教贼子当真老奸巨猾，不得好死！”

“啧啧啧，好一个魔教贼子不得好死，你这老头死到临头还嘴硬，怪只怪你们这些人鲁莽愚钝，我们天魔拓跋氏门主略施小计你们就上了钩，真是蠢啊！”

两兄弟望着瘫倒在地，气愤填膺的沈傲天，手中不知何时多出两面盾牌，那盾牌呈玄黑之色，盾沿锋利，盾面镂刻着某种恶兽的头颅，龇牙咧嘴，看上去像是杀人利器。两块盾牌形状相似，除了盾身花纹图案相异，大小材质竟如出一辙。

“哎哟，我作的是什么孽啊？竟沦为魔人鹰爪，为虎作伥，真是罪过，罪过啊！”

那胡逸仙听到天魔二字，自知犯下了弥天大错，羞愧难当，立时昏厥过去。

拓跋槿鄙夷地看了胡神医一眼，转言朝松、柏二少年道：“你们两小子怎么能对我们的恩人落井下石呢？我们此行已集齐圣麟、玄龟、瑞鹤三大灵兽之血，只需这孛马便大功告成，柳庄主、沈长老可是为我们降服孛马帮了大忙，要是没有他们相助，青平可是炼化不成血魔的，还不快去拜谢。”

他笑吟吟地望着沈傲天二人，轻摇着折扇，显得很是邪恶狂傲。

“门主教训得是，多谢沈大侠、柳大侠救命之恩，刚才多有得罪，还望大人不记小人过啊，哈哈。”松、柏二少年朝沈、柳二人假惺惺地拜谢道。

“我呸！你们这些魔人妖孽，少在这惺惺作态，想不到老夫一世英名，最后还是栽在你们手上，真是后悔不听柳庄主的劝告啊。”

沈傲天望向柳煜，而柳煜也是又惊又怒，显然胸中义愤难平：“拓跋槿，今日落入你手中，我无话可说，怪只怪我被仇恨冲昏头脑有负景阳真人所托，自投魔网误了大事，唉，家仇难报，家仇难报啊！想不到我柳煜今日要命丧于此。”

柳煜朝天狂啸一声，身后那柄蓝色锐刀应声而出，径直朝胸膛刺去。

“想要自行了断，可没这么好的事！”

拓跋槿突然疾挥折扇，向柳煜跃去，他伸手一挥，瞬间将那蓝刀震开，脚尖连续踢中柳煜胸前两处要穴，那柳煜心如死灰，毫不抵抗，只觉胸口一阵剧痛，惨叫了一声。

又见一道金光从拓跋槿袖口中飞出，径直没入柳煜嘴中。

“这可是好东西，慢慢享用吧。”

拓跋槿邪笑着，又重重朝柳煜的胸口踢了一脚，那柳煜只觉舌尖一苦，完全将金色异物吞进了肚内。他一代名门之主，怎受得了他人如此肆意蹂躏，内心羞愧难堪，当场昏死过去。

“柳庄主！”沈傲天见柳煜倒地不起，瞬间义愤填膺，祭出那柄银色仙剑朝拓跋槿袭去，“老子今天跟你们拼了！”

那拓跋槿见仙剑来势凶猛，淡淡一笑，却不避让。就在剑尖行将击中他面门之时，一绿一蓝两个身影突然闪现，那把银光神兵恶狠狠地砍在了黑色盾牌之上，瞬间火星四溅，但见合二为一的盾牌嗡嗡作响却毫发无损，而那松、柏二少年却躲在盾牌后面，邪笑连连。

那面盾牌又倏地分开，露出了一团赤红色光芒，光芒之中那对巨大的血目正凶狠地注视着沈傲天，正是那青平炼化而成的血魔。

沈傲天大惊，急忙施展烟雨剑法，以剑气在身前形成一道屏障，整个人却向后飞去，却见那血魔待在原地，死死盯着他，却未见行动。

拓跋槿从盾后现身，仍是那副睥睨众生的嘴脸：“沈长老别担心呀，柳庄主他只是中了我圣教秘制的七虫七叶花之毒，我这不是怕他想不开自尽吗？这下好了，有七日时间，足以和亲友告别，嘿嘿。”

“你这畜生，口出狂言，我正教人士，誓与魔教妖孽血战到底，寻仙剑在此，老夫这就砍下你们的头颅，以祭我神州浩土。”

“好一把寻仙神剑，削铁如泥、所向披靡，只是遇到我这能抵御世间所有神兵的天罡神盾却也逊色几分啊，承让承让，哈哈。”

沈傲天向来自负，哪受得了对方三番五次的羞辱，他深知此次背水一战，已没有退路，顿时心头激起了万丈豪情。

但见他真气盈袖，手中神剑化作一道道银光剑雨，朝对方迅猛攻去。

他手中那把寻仙剑是取材于凝结在万年寒冰之中的珍稀玄铁打造而成，剑刃轻盈锋利，杀敌无数，更何况他道行高深，烟雨剑法已臻出神入化之境界，顷刻间已幻化为阵阵剑雨寒光笼罩在对方的周身。

那松、柏二少年道行尚浅，只能倚仗着神盾之力，勉强应付，柏宇更是为剑气所震伤，口吐鲜血，沈傲天势如破竹，有若天神。

只不过那剑气虽犀利无比，却被拓跋槿手中玉扇悉数化解，毫发无伤，而那血魔更是将剑气尽数吞噬，站在原地一动不动，红芒更盛，正急速涌动。

“寻仙剑果然厉害，但我这翠星辰也不是省油的灯。”

拓跋槿修为不逊于己，加之那可怖的怪物正虎视眈眈，随时发难。寡不敌众，沈傲天只得朝对方薄弱之处突破，他未加细想，便又施展出强大的剑气，朝松、柏二少年疾袭而去，招势猛烈，简直要将对方置之死地而后快。

拓跋槿眼见沈傲天祭出杀招，便朝两兄弟高喊道：“巍巍天罡，苍天所向，凝神聚气，归元守一。”

短短四句法诀，竟产生了神奇的作用，松、柏二少年顷刻间聚在一起，将手中神盾合二为一，那神盾两侧的利刃，突然发出刺眼的寒光，锋利无比。松溪在下，柏宇在上，两人身体呈堆叠之势，将神盾合力而执，远远望去就像是一个小巨人手拿一把巨型双刃剑。

沈傲天丝毫不敢分心，急运真气，手握寻仙剑迎上，兵刃相接、招式相拼，竟感受到一股比方才更为迅猛、连绵不绝的力道朝周身袭来，只觉体内真气激荡起伏，虎口疼痛，看来那二少年“合体”后，

威力大增。

沈傲天惊魂未定，却见那神盾又迅速分开，两只血手将他死死地抓住。

又是那形若鬼魅的血魔。

“你这老头，真不知道吃一堑长一智啊，有勇无谋，又中计了，这下可有你好受的了。”

整个战阵中，拓跋槿根本没有出手，邪魅地冷眼望着沈傲天被那血魔的红光吞没。

沈傲天周身瞬间充盈着邪恶的红光，只觉被一股无形的力量困住，根本挣脱不开。而令他更为惊恐的是，他体内真气正不断被那血魔吸收，若再不想办法抵挡，不消片刻便会道行散尽，成为废人。

终于明白，那血魔一直袖手旁观，就是要引诱他自投罗网，吸取他体内真气为己用，魔人当真险恶至极！

他身经百战，临危不惧，急忙闭合周身各大穴位，阻止真气外泄，却发现根本不起作用，体内真气仍是不停地向血魔流去。

那团血红光芒，就像个急速旋转的旋涡，将沈傲天拖进那深不见底的死亡深渊。

事已至此，只能这样了。

沈傲天绝望地大吼一声，那寻仙剑从他手中凌空飞出。

“你！当真不怕死吗？”

拓跋槿瞧见沈傲天那惊天一举，感到非常意外。

寻仙剑遵循沈傲天的意志，挟裹着惊世剑气朝血魔袭来，那怪物感受到了身后危险将至，瞬间移形换影，放下沈傲天，避开了寻仙剑的攻势。

仙剑已经来不及停下，毫不停歇地刺向了沈傲天，贯胸而出，沈傲天惨然地摔在地上，胸口浸染一大片鲜红的血迹。

“死又如何？就算是死，我也不会让你们这些畜生得逞。”

沈傲天身受重伤，全身是血，手捂着胸口，不停地抽搐。

他以真气护体，强忍伤痛，一手执剑，一手摆出剑招，墨绿色的锦袍衣衫在风中猎猎作响。这是他此生从未遭遇过的劫难，既然注定要死在这里，为何不燃尽生命最后一丝力气，死战到底？大丈夫若能与魔人血战而亡，那死又有何惧，念及此，他此刻胸中竟豪气万丈。

他手摆剑招，屏息聚力，那把寻仙神剑便突然立于空中，剑身骤然间竟增加了不知多少倍。寻仙剑在沈傲天身前不断闪耀着阵阵寒光，像是形成一道光芒万丈的屏障，守护着沈傲天，拓跋檀等人从未见过此情形，便严阵以待，一时驻足不前。此刻沈傲天周身真气激荡，显然正用全力操纵着那寻仙神剑，剑身越来越大，充盈着光影，剑气在空中上下浮动。

突然，那寻仙神剑掉头向天空飞去，仿佛一柄破天神剑，划破长空，沈傲天身前的屏障随即也化为乌有。

松、柏二少年大喜道："门主，那老头身前的屏障已经消失了，此刻正是杀了他的好机会，哈哈，我们上吧。"

"且慢，不妨静观其变，他已成强弩之末，苟延残喘，命不久矣。"

"想不到我沈某人一生行侠仗义，今日竟着了你们这些败类的道，真是虎落平阳被犬欺啊，你们一起上吧，试试看能不能动老朽分毫。"

沈傲天负手傲然而立，此刻有些沧桑疲惫的脸上竟现出一股鄙夷之色。

忽然上空传出一阵"轰隆"巨响，众人抬头望去，只见那柄寻仙神剑竟化为无数柄小剑，以排山倒海之势自上而下攻来，这一突生的变故，让拓跋槿等人猝不及防，剑如雨下，剑气朝众人扑面而来，他们瞬间便被那无处不在的剑气所笼罩，只觉天崩地裂，根本无处可藏。

松、柏二少年修为尚浅，只得将天罡盾合体抵御那可怕的剑雨，饶是如此，浩瀚无穷的剑气还是直透神盾进入他们体内，两人顿时遍体鳞伤，倒在地上不省人事。拓跋槿则急速挥舞手中那把名叫翠星辰的玉扇，在身前形成一面气墙，全神贯注应对那天上飞来的剑雨，那剑雨锐利至极，无孔不入，他身上也大伤小伤不断，才勉强抵挡住寻剑的攻势，而血魔仍是置若罔闻，将剑雨吸收殆尽，周身光芒更盛，显然威力又增长许多。

剑雨来袭，狂风过境，周遭早已剑痕遍地，满目疮痍，那寻仙剑的威力着实可见一斑。

那招寻仙化雨施展完，沈傲天不停喘着粗气，脸上现出红润的光泽，显然方才真气急速运转，令他疲惫不堪，这惊世骇俗的绝招耗光了他体内最后的真气。

天空不知何时飘起了雨点，像是在为这场惨烈厮杀标上令人悲痛终结的符号，如同一曲挽歌在凄风苦雨中奏响。

终于，血魔周身发生了急剧的变化，那赤红光芒不断膨胀向外扩张，将拓跋槿与松、柏二少年笼罩其间，光芒中伸出无数只白骨血手朝沈傲天急速袭来。

“烟雨尘世，化我血肉之躯；九天诸神，度我桀骜之魂。我早已将生死置之度外，以血祭寻仙，人死剑魂永生，这身血肉，你要，便拿去吧……”

沈傲天拂了拂面上的雨水，神色孤傲而坚毅，寻仙剑在手，冲锋陷阵，血战八方，至死不渝，他迎着风雨决绝地放声大笑起来：“只可惜我烟雨阁的佳酿玉泉酩没在身边，醉饮千觞，剑舞雪辰，甚是怀念啊，哈哈哈！”

那寻仙神剑像是感知到了主人的心绪，剑身顷刻间又骤然增大了许多，发出刺耳的鸣声，绽放出灼世的光华，朝血魔疾驰而去。

可瞬间又黯淡了下去……

背后一个身影突然闪现，沈傲天顿觉一阵寒意贯入胸膛，他低头望去，那是一把淡蓝色的法刀……

“你！想不到你竟然……”

那人正是柳煜，名满天下的柳芸庄庄主。

这个此刻看上去那么陌生的男子，就这样冷眼旁观着沈傲天轰然倒地，惨死当场。

第十章 昔人已矣

时间已临近黄昏，天空不时传来归巢昏鸦的鸣叫，却仍等不到沈傲天、柳煜二人音讯，李义云不禁有些担心。

“也不知柳庄主、沈长老此刻正身在何处，是否查探到天魔教之人的行踪，这一天都快过去了，却音讯全无，中午派出去的人也都说没发现他们的踪迹，真是让人好生着急啊。”

李义云此刻正负着手在客房中来回踱步，这个七尺男儿的脸上愁云密布。

景阳真人正襟危坐，略有所思，捋须道：“他们去了这么久，却未见传来任何消息，确大有蹊跷，但凭二人高超技艺，数十年道行，再以二人合力，对付天魔教徒应该得心应手，也许他们正在回来的路上，李城主不必过分担心。”

“就怕他们与昨夜那个黑衣高人遭遇，一场恶战在所难免啊。”李义云仍是满面愁色。

“依我看来，那黑衣人约我等今夜城北古刹相见，以他那神秘莫测的身手，想来是清傲之人，不屑以奸猾诡计，伏击柳、沈二人。如今只能静待他两人音讯，若日落之前还等不到他们，就我们俩前去赴约吧。”

“也只能如此了，那黑衣高人功力高深，我正想去会他一会。”

忽然一阵敲门声传来，打断了两人的对话。李义云推开房门，原来是云祥客栈的店小二正站在门口："二位客官，有人托我前来给二位送信。"

只见他将一封信函递给李义云，信函的左上角印着一个浅绿色的柳字。

李义云大惊，一眼便认出那封信函是柳芸庄的密函，朝店小二说道："是谁叫你将这封信函送给我们的，你还记得那人的衣着相貌吗？"

"那人衣着简朴，长相极为普通，就是一般的市井百姓，我也没有太深的印象了。"

"既然如此，那有劳你了。"

李义云随手合上房门，转头朝景阳望去，此时景阳真人面露疑色。

"柳芸庄的密函向来是柳芸庄的弟子送来，柳芸庄弟子身着浅绿色衣衫，个个俊秀，怎么这次送信的却是个普通市井小民呢？"李义云满腹狐疑。

景阳真人思索片刻："看来柳庄主、沈长老二人此刻或许已身处险境，凶多吉少，柳庄主担忧门下弟子安危更是调走了冀州城中所有的柳芸庄弟子，才致使无人前来报信，难怪久无音讯。"

他心中某个念头一闪而过，旋又说道："也许……"念及此，他欲言又止，不觉摇头。

"真人，怎么呢？"李义云见景阳欲言又止，急忙追问道。

"没、没什么，我们还是先看看信函说些什么吧。"

李义云随即打开那封信函，只见那张信纸单单写着八个大字："子时古刹，不见不散。"

八个字遒劲有力，显是出于书法大家之手，除去那八字，便未见其他字迹，亦未见落款。

景阳眼望着那八个大字，怔怔出神，沉默片刻："字体苍劲飘逸，看来是柳庄主亲笔无疑，他们此刻应该无恙，我们今夜就和他们在城北古刹会合吧。”

李义云满面的愁容有了些许缓和，他负手立于窗前，望着天际如血的残阳怔怔入神。

西边的天空，阴冷的乌云竟慢慢退去，露出了新月的倩影，这又将是个宁静中暗藏着杀机的夜晚。

深夜，万籁俱寂，月色幽幽，清凉如水，寒夜料峭，天地之间一片肃杀之意骤起。

李义云与景阳二人各执法器，朝着城北古刹的方向疾步前行，四野漆黑一片，黑夜仿佛如影随形的幽灵侵袭着人的内心，看上去就像要贪婪地吞噬一切。静谧的黑暗之中，伸手不见五指，只有头顶的点点星辰做伴，二人顾不上太多，一心想着与柳煜、沈傲天会合，朝着古刹疾行而去。

突然一阵刺耳的清响传来，只见一道淡蓝色的光芒从他们头顶的夜空一闪即逝，朝着古刹的方向飞去，有人好像在驾驭着法宝御空飞行。

“淡蓝色的光？那是柳庄主的法器，伽蓝法刀啊，快，我们快跟上。”

李义云朝景阳激动地说道。

顷刻间，二人已驾驭法宝分别化作两道光芒飞向了古刹。

那座无名古刹，距离冀州城北十几里路，曾经香火旺盛，香客络绎不绝，门庭若市。后来因妖兽祸乱，寺内一众僧人集体南迁，消失得无影无踪，那古刹也就此没落，曾经佛香缭绕的庙宇如今已成了无人问津之地，若不是冀州城本地百姓，决然不知道城外还有这座古刹存在。

李义云与景阳瞬间便来到古刹前，二人朝四周张望，漆黑一片，只有夏虫低吟浅唱，哪里见得到半点人影？

他们推开古刹那扇早已破败不堪的木门，只听“吱呀”一响，透过散落在地面斑驳的月辉，古刹中荒凉萧索的景象尽收眼底，这是一片鸦雀无声的黑暗死域，根本寻不到半点生气。

就在李义云满头雾水，不知该如何是好的时候。景阳真人却突然转身朝向古刹前方的黑暗森林中朗声说道："在下桑阳观景阳道人，我身边这位是临冬城李城主，不知高人乃何方神圣，为何久不现身？我等赴约而来，请高人速速相见。"

他声若洪钟，在真气的激荡起伏之中竟连绵不绝，那句"速速相见"回荡徘徊在密林深处，竟有种无法用言语描述的威严。他明知对方可能是来者不善的天魔高手，此番诚恳相邀对方现身，简直做足了功夫，颇具大家风范。

那声音由近至远，缓缓消失于层林之间，四周遂又幽静如常，古刹屋梁上的灰尘簌簌掉落，或随风而逝或落在二人衣襟之上，除此以外，却再无其他异象。

忽然之间，一股腥臭味竟从密林深处传来，在空气中渐渐散开，像是某种腐烂已久的动物尸体散发的气味。

二人顿觉恶心欲呕，同时朝密林望去，一幅骇人无比的画面骤然出现。

只见黑暗之中闪现出一个个绿幽幽的光点，那光芒仿若某种异兽的眼睛在黑夜中所发出的妖光，又如同九幽之下怨灵的恶毒眼神，向李义云、景阳二人投来。恐怖的绿光由小变大，显是那绿芒正慢慢朝二人靠近，绿芒数量之巨，如同成群结队的萤火虫在幽林中诡异地跃动，那幽幽绿芒令人头皮发麻，犹如妖艳的鬼火瞬间将密林映照得宛如一片鬼城。

一个熟悉的身影从幽暗密林中徐步而出，更是让李义云和景阳震惊万分，脑中嗡的一声：那人正是身负伽蓝法刀，一脸阴气的柳煜。

"柳、柳庄主，你没事吧？沈长老人呢？那封密函是出自你手的吗？你们今日发生了什么事啊？"

李义云此刻心中骇然，望着表情冷漠的柳煜，一连串疑问脱口而出。

柳煜一语不发，阴郁至极，静静地望着景阳与李义云，冷漠异常。

他身后的那点点绿光不知何时已鱼贯而出，叫景阳二人无论如何也想不到的是，那点点绿芒原来竟是一双双人眼！

只见柳煜的身后正赫然伫立着一群身着玄黄铠甲的士兵，胸前铠甲处刻着诡异恐怖、青面獠牙的兽首，那些士兵手执戟戈斧钺，步伐整齐划一，但动作却又僵硬无比，面部发青，嘴唇发紫，眼神空洞，像是身上装置了机栝的行尸走肉。眼中不时有绿芒闪烁，周身隐约可见赤褐色小虫蠕动，有的士兵四肢残缺甚至面无血色、毫无表情，在此刻寂静的夜色中更是形如噬魂恶魔，十分恐怖。

此情此景，二人此生从未见过，不禁惊心动魄，李义云不顾那些看上去邪气十足的士兵，继续朝柳煜说道：“柳庄主，你回我话啊，你到底怎么了？沈长老他人呢？”

“他当然不会理你了，他根本不姓柳，他叫独孤煜，哼哼……”

一阵熟悉的阴冷笑声从二人脑后传来，叫人脊背发凉，两人不约而同朝身后望去，只见清冷月辉中，那黑衣人负手立于古刹房顶，神色倨傲地望着李义云二人。

李义云惊讶万分，对这突生的变故显然始料未及，而景阳更是在一旁眉头紧锁、沉默不语。

此次遭遇之诡异，二人从未有过，今夜果真如事先所料那样凶多吉少，若是刚才黑衣人出手偷袭，只怕他们已然身负重伤。

“什么？独孤煜？柳庄主，你什么时候成了独孤氏的人？不可能的，你此生立志将柳芸庄发扬光大，杀妻之仇，与天魔不共戴天，又怎么可能会成为魔教走狗，我不相信，你一定有苦衷。”

李义云显然还是无法接受眼前的一切。

独孤煜此刻阴柔的双眸中透散出一丝刺骨的寒意，淡淡地说道：

“那个所谓被世人敬仰，名满天下的柳芸庄庄主柳煜早已经死了，站在你们面前的人，只有一个名字，独孤煜……”

“这……”

李义云与景阳面面相觑，不知如何是好。

却见独孤煜双手急挥，嗖嗖两道白光瞬间划破夜空朝他们掠来，两人看准来物，侧身躲避，那两道白光便径直朝古刹的木门飞去，狠狠没入门中。白芒刚劲之猛，将那扇厚重的庙门打得摇摇晃晃，他二人转头定睛一看，大吃一惊，那两道白光正是断成两截的寻仙神剑！

“寻仙神剑！快说，沈长老在哪？”

李义云吃惊之余显得很是焦急，心中骤生不祥之感。

“哈哈哈，沈傲天在此，你们几个老友速来相会！”

一道黑影直挺挺地从房顶坠落，朝他二人扑面而来，他们忙向两侧躲避。那黑影重重地摔在了地上，正是遍体鳞伤、七窍流血、全身骨骼俱裂，早已死去多时的烟雨阁长老沈傲天。

两人见沈长老惨死于魔教妖孽之手，只觉心头大震，不禁悲从中来，咬牙切齿，愤怒无比。

李义云大吼一声，手执震雷与景阳兵分两路便向独孤煜抢身攻去，独孤煜口念法诀，伽蓝法刀从背后飞出，瞬间化作一道蓝光回击两人。

光影交错之间，三人各显神通，独孤煜招式狠辣、阴柔迅猛，李义云棍法玄妙、刚猛无比，景阳真气充盈、以退为进。独孤煜虽以一敌二，竟也高接低挡，见招拆招，与二人势均力敌，丝毫不落下风。李义云虽刚猛有余但细心不足，一直被独孤煜的虚招所骗，无法伤其毫厘，而景阳更是在二人身周游走，趁机寻觅破绽，以求一击致命。

震雷、三清拂尘与伽蓝法刀三种法器相接，砰砰作响，三人来回游走，难分伯仲，法宝招式变幻，瞬间变成内力修为的比拼。

只见景阳两袖充盈，真气激荡，连绵不绝的真气以拂尘为媒，向独孤煜袭来。独孤煜修为较景阳逊色，顷刻间周身便为真气所包围，身处下风，疲于招架。

此时，李义云看准时机，手中震雷棍化作一道光芒，电光石火间向独孤煜袭去，一击即中。独孤煜只觉骨痛欲裂，胸中血气如同翻江倒海一般，于是手执伽蓝法刀，护住前身，在胸前一顿乱舞，刀风阵阵，所向披靡，李义云二人一时不敢抢进。独孤煜翻身向后跃去，倏忽间又站在那群士兵的阵前，只见他法刀在手，鲜血却从口中喷薄而出。

身后那群诡异的士兵，见独孤煜口吐鲜血，如同闻到血腥味的恶兽一样，朝李义云二人扑来。

李义云手执震雷，向空中跃去，忽又从天而降，朝就近的一个尸兵劈去，神器震雷乃世所罕见的神兵，劈在那尸兵身上，立时折了对方一只手臂，那人手臂虽断，但未见血水流出，这一幕让李义云惊讶不已，他早想到那群士兵来者不善，但万万没想到他们竟非血肉之躯。

惊异之余，李义云更加不敢怠慢，只见他身轻如燕，向后跃去，瞬间又蜻蜓点水般飞到那人身前，手中震雷这次朝人头击去。一击毙命，那人瞬间身首异处，但还是不见任何血水流出。

落在地上的人头虽立刻失去生机，但那砍掉了头的人身却四处游走。

让人不敢相信的恐怖一幕再次发生。

不远处另一个士兵竟顺势骑在了那人身之上，两者瞬间完美融合，变成了两人高的两足、四臂、一首的怪物，手执兵刃又朝李义云迅猛来袭，李义云今晚已目睹诸多怪异之事，他活了这么多年从未见过这些怪象，因此尸兵瞬间合体让他心中更是忌惮了几分。

“螳臂当车，自不量力，那就让你们尝尝天魔尸兵的厉害。”兵阵中的独孤煜阴冷地笑道，嘴角泛着还未凝固的血迹，脸上阴险狠毒之色却显露无遗，而那黑衣人却仍是静立于庙顶，有恃无恐，狂傲地将这一切尽收眼底。

夜空中突然响起一声清啸，那些密密麻麻的天魔尸兵气势汹汹，蜂拥而来，李义云与景阳各自施展法术，顷刻间击杀身周几名尸兵，顿觉对方势大力沉，绝非一般杂兵。

独孤煜虽负伤，却未见任何颓势，更是丧心病狂地手持法刀朝李义云袭来。

那伽蓝法刀在他身前幻化出万千光华，层层叠叠，朝李义云排山倒海般奔涌而至。

那灭世光华疯狂奔袭、旋转着，化作一条苍龙，瞬间席卷李义云周身，李义云惊骇无比，急运体内真气，用手中震雷全力抵挡，苍龙被震雷击中，灰飞烟灭，而李义云也被震得虎口发麻，神器铮铮作响。

“要不是那震雷蟠龙棍，你此刻早已尸骨无存，凭什么你们就神器加身，披荆斩棘，神勇无敌，捍卫正道，为天下人敬仰，而我却要像个卑微随从，围着你们转，一生蝇营狗苟？”

独孤煜执刀搏命而往，光华尽出，那张冷脸上张狂阴郁之色彰显无遗：“天下谁人不知柳芸庄势单力薄、人轻言微，只得被其他三大正派所庇护，庄主柳煜更是徒有虚名之辈，什么四大正派巨擘，全都是笑话，都是狗屁，哈哈哈。”

独孤煜笑了起来，那笑声在空旷的夜幕下更显出前所未有的阴邪。

李义云震雷在手，修为明显高出独孤煜许多，无论他如何舍命拼杀，李义云都只是一招一式逐个化解，并没有要痛下杀手的意思。两人持续交战，总会力不从心，更何况独孤煜体内负伤、真气难续，方寸已乱，所有招式杂乱无章。到后来俨然成了一个病态的疯子，全是胡搅蛮缠、乱砍乱杀。

“哼，你瞧瞧你自己成了什么样子！丧家之犬，被世人唾弃。”

李义云望着那进入癫狂状态的独孤煜，满脸都是鄙夷之色，这个此刻已然有些神志不清的男人，正剧烈地喘着粗气，而他身后那些绿眼天魔尸兵正浩浩荡荡而来。

“终究你还是对当年之事耿耿于怀啊，柳煜！”

景阳拂尘一扫，瞬间逼退身边的尸兵。

“呵呵，好一个耿耿于怀，当年分明是我诛杀了九凤重明鸟，那把巽风神剑理应归我所有，要不是你们从中作梗，他孤寒秋怎么可能拿到巽风剑，它烟雨阁何德何能傲立九州？”

“这些都是天意，冥冥之中自有定数，巽风神剑它滴血认主，只认寒秋一人，你还是认命吧。”

“认命？哼，笑话！我命由我不由天，什么狗屁滴血认主，全都是你们一手所谋划的。”

“为何你还是这般偏执决绝，戕害同胞、堕入魔道，令妻泉下有知，死不瞑目，你还有何颜面去面对她？”

“别跟我提紫萝！天魔入侵，吾妻惨死之时，你们这些道貌岸然的正教人士又在何处？若不是巽风被他孤寒秋夺去，紫萝又怎么可能丧命于魔人手中，这一切都是你们导致的。何为正邪？何为善恶？何为道法？我行即道，我身即法！”

“唉，看来你还是执迷不悟，死心不改，你可知在你昏迷之时，是谁在生死关头，折损一臂，救你性命？”

“什么？！”

景阳一番言语，如同一记闷棍突如其来地击打在独孤煜的心头，嗡嗡作响。

“独孤煜，休听那老头信口雌黄，还不快把他们杀了，为我独孤氏立下首功。”

月夜下的黑衣人有些不耐烦，他仍是静立于古刹顶端，衣袂在夜风中猎猎作响，忽而袖中飞出一支利箭，那支利箭划破夜空，在场中绽放出一道异光，照亮了整片天空。

本就来势汹汹的尸兵军团，看到那异光，更是几近癫狂地朝李义

云与景阳拥来。黑衣人神情冷漠地望着场中战况，神色得意，一副运筹帷幄、傲视天下的姿态，光是这些天魔尸兵就够那两人喝一壶了。

那天魔尸兵是天魔教近年来潜心研制的撒手锏：将人尸浸泡在满是幽魂草汁液的窖池中，喂食由天魔教下了毒蛊的尸蟞，那种喜好尸体的赤褐色毒虫在尸兵体内生生不息，游走遍布于全身，使其躯体死而不僵。待七七四十九天后，尸兵复活，只是作为凡人的意识已完全丧失，成为一具被人随意操控的行尸走肉，他们毫无疲惫之感，亦感受不到皮肉之痛，被天魔教的七虫七叶花所毒化，服了七虫七叶花之毒后，其状有如陷入癫狂之态，凶神恶煞，力大无比。

李义云见那天魔尸兵邪气十足，便朝景阳说："真人，你在这先顶着，等我回来。"

话音刚落，只见他手握震雷棍，化作一道翠绿光芒，左突右冲，收拾了身边几个尸兵，旋又屏息聚气朝天空飞去，瞬间便消失得无影无踪。

景阳立于场中，身边全是天魔尸兵，阵中独孤煜虽已负伤癫狂，但望着景阳蠢蠢欲动。

"你说，是谁救了我？"

独孤煜望着被尸兵包围的景阳，原本邪魅的脸色此刻更多了几分难言的复杂。

"还能有谁，正是你这些年所耿耿于怀之人！"

景阳拂尘疾挥，又击毙身边几个尸兵，但那尸兵又源源不断拥来，将他围在了中间。

"什么？孤寒秋！竟然是他，想不到啊，真想不到，我所痛恨之人，竟是我的救命恩人，这都是天意，天意使然，什么我命逆天而为都是笑话……"

独孤煜放下伽蓝法刀，无奈地笑了笑，神情显得落寞至极："他、他如今可安好？"

“你，还有什么资格提寒秋的名字？”

“呵呵，想来也是，他巽风神剑在手，统领四大正派之一的烟雨阁，早已荣光耀世，我这投叛魔教，人人得而诛之的败类哪里有什么资格提他孤大侠的名字啊？”

景阳摇了摇头，脸上露出鄙夷至极的神色：“你又何苦自嘲，寒秋他当年舍臂救你都是心甘情愿，你不但不感激反而还怀恨在心，如今更是自甘堕落与魔人为伍，寒秋他泉下有知，必定死不瞑目，后悔当年之举！”

“什么？他不在人世了？！”

“哼，你少在那惺惺作态，你既如此痛恨寒秋，他投入剑灵血池，以命祭巽风不正如你所愿吗？”

“他这视剑如命之人，到底还是以命祭剑了……”

独孤煜竟然笑了，那笑容如此苍凉，像是看透了世俗纷争，放下了恩怨情仇。

他突然伸出右手，左手摆出指诀，沿着手少阴心经，迅疾点中青灵、少海、神门几个穴位，急运真气，左右双手紧握，左手发力。

“别，别啊！现在回头还来得及！”

他点中的那几个穴位都是人体手臂上的重要穴位，景阳一眼便知他意欲何为，有心阻止，但已然太迟。

“一切都太迟了，回不去了……”

独孤煜惨然一笑，左手真气荡漾，瞬间抓住右手手臂，向内扭曲到了极致，一阵清脆的骨骼响动在场中回荡，令景阳痛心不已。但见独孤煜眨了眨眼睛，微笑着，毅然决然，左手再次发力，将整只右臂生生折断扯了下来，顿时血溅当场，惨烈无比让人根本不敢直视。

右臂已断，独孤煜又用左手点中右肩巨骨穴，止住了断臂创口奔涌而出的汩汩鲜血，他望向那空空如也的右肩，鲜血浸入衣衫，变成了惨然的暗红色。

他又笑了，那笑容不知是决绝、释怀抑或是什么复杂莫名的情感，总之他笑得那般灿烂，一改之前的阴郁孤寂。到后来他竟然放声大笑，那笑声响彻整片林海夜空，笑到最后，那幽幽笑声竟变得十分刺耳，有如鬼嚎，让人心慌。

“孤寒秋的恩情，我独孤煜还了，从此，我们两不相欠……”

独孤煜笑着拿起那只鲜血淋漓的断臂，扔在了景阳身前，面色此刻惨白得几如病态。

是时候算清旧账了，从此情仇一刀两断，恩怨一笔勾销，此去天涯，各自为战。

第十一章 古刹夜战

景阳见到那血淋淋的残臂，简直就要被气昏过去。他大喝一声，瞬间使出那招道玄乾坤，一道道八卦清光从周身激射而出，那些天魔尸兵碰到八卦清光，就像触及滚滚天雷一般，瞬间被击得粉碎。

他手持三清拂尘，口诵法诀，那三清拂尘转眼间又幻化出层层电光，电光石火间，朝场中大大小小的天魔尸兵劈去，那些电光锐利无比，以击穿世间万物、锐不可当之势，从尸兵身体中一穿而过，那些尸兵瞬间化为灰烬，消散在寒夜里。

“真人的修为果然高深，竟然炼成了三清真诀第八层，假以时日必定能突破第九层，参悟终极境界，成为旷世奇才啊，只是可惜，可惜啊……”

黑衣人忽然从房顶跃下，傲然伫立于中央，拍手叫好，他这个时候出现，显然是被景阳那身修为所吸引，激起了他的战意。

“可惜什么？”

景阳早已怒火中烧，此刻凶目圆睁死死盯着黑衣人。

“可惜你今日要命丧于此，三清真诀就此失传，你们桑阳观后继无人啊，哈哈哈哈。”

那黑衣人口出狂言，嚣张至极，景阳还未答话，他便又以迅疾之势欺身抢攻而来，瞬间激起一阵阵咄咄逼人的寒意。景阳哪敢怠慢，忙施展法术应对他那凌厉的攻势。

那黑衣人所使便是沈傲天说的那柄寒光短匕，那短匕虽小，却锋利无比、削铁如泥，如同食人肉、吸人血的恶魔，顷刻间便能刺穿人的灵魂，让人的肉身支离破碎。

那柄短匕竟无视道玄乾坤所幻化出的八卦阵，硬生生将其击穿，直取景阳面门而来，景阳见短匕来势汹汹，临危不乱，朝着利器来向，闪转腾挪，电光石火间躲过了那把利器的追击，但寒光凛凛的利刃还是划破了他胸前的道袍。

“咦……”

黑衣人手执短匕，巍然直立，显然对刚才景阳那轻巧的闪躲很是惊讶。

“真人修为高深，身手亦是矫健，竟躲过了我这傲世寒霜斩的冰魄诀，不如投靠我天魔教，共创大业如何啊，哈哈。”

他脸上竟现出一丝轻浮的笑意。

“就算是将我剥皮蚀骨，我也绝不会与你们这些邪魔外道为伍！”

景阳说话之时，鄙夷地望了黑衣人一眼，随即使出三清真诀第八层的招式。

他手中法器顷刻间迸发出一道炽热电光朝黑衣人击去，那黑衣人负手而立，眼见电光袭来竟无动于衷，根本无视那道电光。

即将被那锐利电光击中之时，黑衣人双手握拳交叉置于胸前，两拳相交处化出一道异芒与电光相击，二光交会，在黑衣人面前竟化作一团耀眼夺目的光球，黑衣人将那光球玩弄于掌中，微微邪笑，他就这般轻松地接住了那道犀利的电光。

他把玩光球片刻，突然全身真气爆发，震得四周乱石纷飞、层林尽毁。

那光球在黑衣人真气催持下急速朝着景阳袭去，景阳心中大骇，顿时幻化出三面八卦置于身前。那光球视八卦如无物，尽数击碎，速度丝毫未减，直奔景阳而去，景阳双手紧握三清拂尘，横置于胸前应敌，体内早已真气沸腾，两袖真气充盈鼓动，沙沙作响。

光球与拂尘相击，他只觉一股阴寒之气涌来，他深知那阴寒之气力道十足、来势凶猛，若侵入体内，则瞬间肝胆俱裂，当场暴亡，于是便倾尽全力，急速运转体内三清纯阳真气与之抗衡。不料那阴寒之气连绵不绝、排山倒海，景阳使出浑身解数才将其化解，却精疲力竭、瘫倒在地，体内真气激荡，胸口隐隐生疼，已疲态尽露。

黑衣人见势，旋又全力施展傲世寒霜斩，倏忽间化作万千光华向景阳攻去，景阳只得呆坐在原地，眼睁睁看着刃芒来袭，根本无法应对。

他不禁暗暗叫苦，对方实乃世所罕见的高手，来势凶猛，狠辣狂傲，招招致命。

就在这生死时刻，只听上空一阵剧烈的炸雷之声传来，天雷滚滚，更甚于灵川峡那场惊雷。

只见一道划破夜空的飞火流星，急速向黑衣人及那些天魔尸兵奔来，飞星中的身影再熟悉不过，正是那有如天神下凡的李义云。

他深知在这十万火急的关头，如果不全力以赴，则必败无疑。于是便借震雷御空而上，用尽毕生修为，使出那招震雷问天，引发滚滚天雷，使得招式瞬间威力大增。

景阳微微一笑，感叹震雷上古神力，惊天动地。只见那团飞星电光中，青紫红白四条巨龙从天而降，撕咬怒吼，如奔腾的洪流般，夹杂着惊涛骇浪，席卷凡间尘世。巨龙神力无敌，扫荡着那群天魔尸兵，顷刻间，风卷残云、天雷轰鸣，一个个尸兵被四条巨龙撕碎，四分五裂，最后化作一摊摊肉泥，堆积成山，散落场中。

李义云手执震雷棍，从飞星中跃身而出，立于夜色之中，满面红光，黑夜中的身影是那样高大威猛，竟隐隐泛着圣光，宛如纵横驰骋的勇士，龙骧虎视，威风凛凛。那青紫红白四条巨龙，在他周身徘徊游走，瞬间化作四色圣光，向黑衣人铺天盖地般疾驰而去。

黑衣人哪敢轻敌，驾驭傲世寒霜斩，在星空下御风而行，不时回头观察四龙来势，谨防四龙凌厉的攻势。

震雷神威，不可直面，只能避其锋芒，黑衣人在空中到处闪躲，那四龙狠追不止，他只觉一股热浪由身后袭来，便屏息聚气，催动内力，欲摆脱纠缠。岂知那四龙天生神力，排山倒海般涌来，奔腾怒吼，让黑衣人瞬间处于下风，只有招架之势，毫无反手之力。

那黑衣人担心这样一味闪躲，迟早会被追上，后果不堪设想。于是干脆掉转锋头，停滞不前。

只见他双手横置于丹田之上，掌心相对，一身夜行锦衣在月光下急速膨胀，显然正以双掌为媒，迅速集体内真气。顷刻间，他周身真气急剧游走，体内真气竟于双掌之中凝聚成一个白色光球，光芒璀璨夺目，光球在手中飞速运转，瞬间便向四龙飞去。

黑衣人随即冷哼一声，随光球而出，光球在前，黑衣人在后，融合成一团傲世刺芒，向巨龙快速靠近。光芒与四龙交会，在夜幕中交织成硕大无比的光团，整片夜空被照得闪闪发亮，宛若白昼。

顷刻间那光团发出天崩地裂般的巨大异响，震耳欲聋，一把迅疾无比的利刃，从光团疾射而出，瞬即又回到地面，黑衣人手执寒霜斩，悄无声息地又立于李义云二人面前。

此时，令他们意想不到的事发生了，那硕大的光团竟发出两声声响，便瞬间破裂，化作无数大小不一的光点，从天空向下散落，那光球与四条巨龙却已消失，这夜空中竟然下起了一场奇丽的光雨！

李义云哪有心思欣赏这夜空奇景，脸色惨白，骇然道：“我这招震雷问天乃是蓄积天地灵气所使出的绝招，你竟然这般轻松化解，修为真是神鬼莫测，天魔教中竟有如此高人，可否报上名号？”

“上古神器震雷果然名不虚传，竟逼我使出了傲龙决。”

那黑衣人望着李义云，神色漠然，淡淡地道。

突然只见他身体轻微晃动，衣袂猎猎作响，显然被震雷发出的巨大气势震得体内真气激烈荡漾。

“你倾尽全力化解我这招震雷问天，想必此刻真气已在体内奔腾翻滚。杀敌一千，自损八百，你此刻已身负内伤，如此耗下去，必败无疑。”

李义云神器在手，有恃无恐，护在了景阳身前。

“哼，区区小伤，何足挂齿，你手中这根震雷蟠龙棍虽绝世无双，但你毕竟内功修为有限，无法将神器威力发挥到极致，很可惜，你今夜也要随那老道而去，再也没有机会施展这神器了，不如交给我吧，哈哈。”

“只要我李义云活在这世上，就绝不会允许魔人之手玷污这震雷神器。”

“那很简单，你死就行了。”

狂妄自大的黑衣人将寒霜斩掷到了半空，不断施法，口中念道：“圣教烈焰，神力浩荡，燃尽九幽，焚灭九州。”

他施展的咒语，激发出寒霜斩最致命的威力。那半空中的寒霜斩急速转动，散发出无数刺眼的光华，那神奇的光华中竟喷射出四道炙焰朝李义云袭来，李义云大惊，摆出阵势抵挡那恐怖的炙炽焰。

谁知那火焰将要近身之时，瞬息间又四散开来，化作四团火球不停绕着李义云旋转，李义云看准其中一颗火球，执震雷迎头痛击，竟被那火球生生弹了回去，火球毫发无损，而震雷却微微泛红，一股至阳之气以物为媒传导而来，他顿觉虎口发麻，全身滚烫。

那火球的烈焰竟仿佛要将自己融化一般，炙热无比，火焰之内不知是何坚固材质，竟能轻松抵挡震雷奋力一击，李义云当下站在原地不敢轻举妄动。

“夏长苍火，冬藏殇水，阴阳五行，相生相克，能激发出我这极阴的傲世寒霜斩中极阳之气，逼我使出混元诀的也只有你了。”

那黑衣人邪魅一笑，显得张狂至极。

“敢问壮士怎么称呼，好让我独孤灼枫铭记在心，壮士生前能够得见寒霜斩的绝招，也算死得其所了。”

“独孤灼枫，天魔独孤氏门主，果然是你！”

李义云置身烈焰中央，又急又气。

此刻，独孤煜已平复少许，脸色仍是病态般苍白，阴毒的眼神狠狠盯着景阳真人。景阳正盘坐在地上，呼吸吐纳之间，面色也渐渐红润，他望着入魔的独孤煜，想起惨死的沈长老，心中不禁悲痛欲绝。景阳将三清拂尘向上空掷去，那拂尘旋即停留在半空中，散发着一阵阵清光，层层清光向他身周散去，竟形成了光罩，将他置于其中。

独孤煜手中伽蓝法刀，化作一道道耀眼蓝光朝光罩袭去，与那面光罩相接时，却瞬间为清光所吸收，化于无形，而那面光罩却毫发无损。

“景阳真人，你是我独孤煜平日里最为敬仰的高人，如此负隅顽抗，到头来吃亏的还不是你自己，何不乖乖放下武器，归顺圣教，我自会在门主面前帮你说情。”

独孤煜惨白的脸上邪笑阵阵。

“柳庄主，真想不到你竟会变成如今这副模样，正道的叛徒，难道不怕被天下人耻笑吗？”

被光罩清辉笼罩的景阳，鄙夷之余更多的是遗憾和可惜。

“耻笑？呵呵，我这些年来被天下人耻笑得还不够吗？世人都当我是你们的附庸，招之即来，挥之即去，我柳芸庄在天下人面前根本抬不起头来，说得好听是什么狗屁正派巨擘，说得不好听就是个可怜的跟屁虫，何不投靠天魔圣教，名正言顺地打败你们，将你们这些道貌岸然的正派踩在脚下，哈哈哈。”

独孤煜诡异的幽幽笑声，在夜晚听起来格外瘆人，此刻他已完全变成另一个人。

“你这样归顺魔教，与正派为敌，可曾想过令爱的感受？梦晴小小年纪，要承受世人何种的咒骂，要承担多少压力？你太自私了。”

景阳淡淡一句话竟如同晴天霹雳，在独孤煜的心中激起汹涛万丈，久久不能平息。

他惨然一笑，随即又恢复了之前的阴郁，杀气浓浓：“少废话，老头，别说我没给你机会，你是从还是不从？”他左手拿着伽蓝法刀，周身真气正急剧扩散。

景阳在那面光罩内岿然不动，他神情平静，沉默不语，眼神中充满了无限鄙夷。

独孤煜眼见此景，更是怒气冲天，他迸发真气朝光罩一刀刀砍去，他发疯似的劈砍着那面光罩，激射出无数光华，而那光罩仍是毫发无损。独孤煜怒不可遏却又束手无策，朝独孤灼枫望去，那独孤灼枫只顾在旁念咒施法，困住李义云，哪里还有心思兼顾这坐在地上的老头？场中，黑衣人与李义云、独孤煜和景阳真人，两相僵持着，一个困在烈焰之中、一个在外施法念咒，一个坐于清光之下，一个在外寻觅破绽，无名古刹，月色溶溶，杀气冲天。

过了半晌，只听景阳缓缓朝着被烈焰围困的李义云说道：“李城主，我有一破解之法？只不过……”

言毕，独孤灼枫二人显然也饶有兴致，阴冷的目光朝他射来。

“真人，有何妙法，但说无妨啊。”

李义云被困于火球之中，苦于无法可解，早已焦躁不安。

“我刚想说何不试试震雷问天，但是那绝招耗损大量真气，你已施展过一次，若此刻又使出这招，真气反噬，可能会对你造成极大的伤害啊，唉，不可不可。”

“这招我也想过，但事已至此，也没有他法了，若我有何不测，定会助真人全身而退，请真人带上我的嘱托，帮我好好照顾天赐吧。”

熊熊烈焰中的李义云有些决绝，他眼中隐约闪过一丝悲痛，手执震雷，奋力掷向天际，随即跃起随法器奔去。

他原以为此法可解那炽焰之围，岂知那四个火球竟也如影随形般追身而来，形成四道无形的火墙将李义云完全笼罩在其中，无论他飞得多高多远，那火球之势仍未见有何减退。

李义云心下大惊，甚至有些绝望，但他一心朝震雷而去，顾不了那么多，向上飞行许久，仿佛突破了九重天的高度，夜空中最亮的星辰就在身边，伸手可及。

李义云终于看见了前方不远处电光中驰骋的震雷，而他周身四个火球却仍散发着滚滚烈焰尾随而至。这个汉子的锦衫在夜空疾驰中剧烈作响，脸庞被如同利刃的气流割得隐隐生疼，他看准震雷去向，加快真气运转速度，奋力向前跃去，终于将震雷握在手中，但随即袭来的便是那诡异的炽焰火球，瞬间他又被烈焰围困。

他拿起震雷朝火球重重一击，仍是无功而返，虎口被震得剧痛发麻，那股灼热的气息又在他周身传导开来。

李义云只觉胸痛欲裂，喉头泛甜，汩汩鲜血行将要喷薄而出，显然方才施展震雷问天，耗去大半真气，旋又急速御空飞行，导致真气反噬，此刻身负内伤，形势紧迫。

这个五大三粗的汉子，此刻脸庞上的神色坚毅而悲凉，他强忍剧痛，双眸远眺南方，在模糊的视线之中，黑暗里的南方除了点点星光，什么都看不见：哪里才是临冬谷，哪里才是临冬城，哪里才是桑阳观，吾儿天赐在哪里啊？

多么美妙的夏夜，虫鸣阵阵，花香扑鼻，孩儿此刻是否正在梦中酣睡？是否在安静地等着我归来，等待着柔美的晨光之中，那粗糙的大手轻抚他的小脸呢？

李义云不由自主地将手向黑暗伸去，却什么也触不到，除了与肌肤亲密接触的烈焰，以及那恐怖得让人窒息的黑暗，不知不觉，他泪流满面……

李义云仿佛瞬间参透生死，不觉悲从中来，悻悻然道：“呵呵，罢了，罢了，我李义云今命丧于此，但你们这些邪魔外道也休想活着离开！”

他双手握住震雷棍身，举过头顶，使出毕生的气力，舞动旋转着那柄洪荒神器，周围的空气在震雷的旋转激荡之下，呼呼作响。法器威力之大，竟然也带动了周围那四团火球一同在空中盘旋，火焰融入其中，转眼间形成了一道烈焰气旋！

那气旋速度越来越快，势道越来越刚猛，以至于那四团炽焰火球竟为气旋所吞没，炙热的气焰也开始变得黯淡，李义云看准时机，朝着苍穹怒吼道：“苍天助我！”便激发出体内最后残存的真气，再次施展那招震雷问天，朝地面上正在施法的独孤灼枫击去。

四条巨龙，此刻已合为一体，化为一条更为巨大的黑龙，裹挟着炽阳烈焰，神威浩荡，毁天灭地，朝独孤灼枫袭去。

此刻震雷顶端的那颗暗黑宝石通体发亮，光芒刺眼，指引着神龙前行。独孤灼枫心中已然微微震颤，他全然未预料到李义云真的会使出这同归于尽的搏命招式，震雷神力再加上那些赤焰火球，威力之巨，足可毁天灭地。

眼见怒吼咆哮的巨龙来袭，他全身心应对，使出浑身解数与那黑龙缠斗在一起。

李义云从高空重重摔在地上，全身筋骨尽碎，真气散尽，奄奄一息，手边那根震雷棍此刻正安静地躺在地上，顶端的宝石早已暗淡无光，透过宝石望去，独孤灼枫与神龙激战正酣。

巨龙徘徊于独孤灼枫身周，愤怒撕咬，他早已衣衫破碎，全身各处伤口血流不止，狼狈不堪。独孤煜见门主有难，挺身而出，手中伽蓝法刀光华万千，可刚碰到那条凶神恶煞的黑色巨龙就被尽数击碎，在场中炸开，独孤煜也被震飞在地。

独孤灼枫方才抵御过震雷问天的神力，纵然修为再高深，体内真气也终究难续，此刻哪能与这更为迅猛的神兽为敌？他使出最后解数，将那傲世寒霜斩化作层层刀光，挡在胸前，黑龙迅疾无比，瞬间冲破刀光，势道却未见减弱分毫。独孤灼枫心下大惊，竟然小觑了对方，若是被他这搏命一招击中，恐怕凶多吉少，于是运转体内仅有的真气，准备做最后的抵抗。

突然他只见眼前一个身影闪现，一道蓝色的光芒瞬间笼罩在周身，与那神龙缠斗在一起，原来是那独孤煜抢冲了上来。

他刚才虽被黑龙击飞，但凭着一股子韧劲，气势再起，手执伽蓝法刀，单以一臂之力护住了独孤灼枫。

独孤灼枫甚是宽慰，欣喜地说："我果然没看错人，回到教中重重有赏！"

趁那黑龙将独孤氏二人搅得狼狈不堪，景阳急忙向李义云跑去，此刻若是不走，恐怕真的就走不了了。

只见李义云此刻全身是血，面色惨白，显然是活不成了。他口中喃喃而道："快，快走啊，真人快走啊，那神龙法力持续不了多久，再不走就晚了，快……走……啊。"

景阳不禁悲从中来，沧桑的老脸上早已泪如雨下，清然道："李城主，要走一起走，快起来，我们一起走。"

他苍老的身体在夜风中瑟瑟发抖，不知是悲痛欲绝还是因寒夜料峭，他老泪纵横地拉扯着李义云，做着最后的努力，执意想要带他逃离此地。

"我……活不了了，别管我了，往后，天赐……天赐就有劳你了，劳烦多加照顾，快走……"

李义云伤口中的鲜血狂涌不止，身体在不断抽搐，说到后来已是气若游丝。他只觉身体轻飘飘的，慢慢地、慢慢地脱离地面，向空中飘去，向南方飘去。他的双手触摸到了微风，他的脸颊沐浴到了暖阳，他的鼻子嗅到了花香，他的耳朵听到了笑声，那是天赐的笑声，那笑声让他身心愉悦，让他梦回那个夕阳斜照的傍晚，大手牵着小手，漫步在临冬城中，那是多么美好的时光啊。

于是他面带微笑，想要就此安静地沉睡过去……

景阳与李义云诀别后，强忍悲痛，拭去脸上的泪水，祭出三清拂尘，那拂尘在空中微微晃动，只见他飞身一跃便立于拂尘之上，御空而动，朝着南方的天空飞去。

只是那独孤灼枫哪肯放他一条生路，大喝一声："老头哪里跑！"手握傲世寒霜斩，朝景阳全力掷去。

那寒霜斩化作一道寒光，在空气中发出蜂鸣之声向景阳击来，景阳身受内伤，有心无力，眼看就要被那寒霜斩击中。

就在这电光石火间，躺在地上的李义云强忍剧痛，挺身而起，拾起地上的震雷朝着那寒光的去向奋力一掷，这一掷仿佛使出了他身体的最后一丝气力，他朝着震雷和景阳飞去的天空放声喊道："去啊，快去啊！"

随即瘫倒在地，撒手人寰……

那震雷像是感知到主人的离去，从此阴阳两隔，化伤痛为力量朝寒霜斩击去，瞬间击中了寒霜斩，将其攻势化解。只听砰的一声巨响，寒霜斩掉落地面，狠狠插入土中。而震雷之势却丝毫未减，与三清拂尘合为一体，带着景阳化作一颗明亮的飞星，光芒万丈地朝南方飞去，瞬间消失在夜空里……

而此刻那神龙也逐渐消失，只留下独孤氏二人默默待在原地，他们刚经历了一场恶战，早已精疲力竭，瘫倒在地。天魔尸兵的残肢碎肉散落各处，月色如洗，空气中弥漫着一股浓厚的可怖血腥味。

密林深处，一双阴柔锐利的眼睛方才一直默默注视着这古刹前的恶战："想不到这独孤灼枫暗中修炼，道行修为竟又精进不少……"

只见身影一闪，便没入密林的黑暗之中。

正所谓福无双至，祸不单行，命运就是这样冷酷无情地捉弄着李氏一族。

就在当夜李义云二人与天魔教独孤氏交手之时，天魔教拓跋氏副门主拓跋楦率领着拓跋氏门徒攻入了临冬城，李氏一门尽数惨死于拓跋氏之手，临冬城更是火光冲天，悲恸弥散在临冬谷中……

第十二章 生离死别

晨光初现，日光温暖地照在大地上，昨夜古刹那场恶战，仿佛从未发生过一样，此刻山林之中仍是鸟语花香，一派生机勃勃的景象。

李天赐从梦中苏醒，满脸笑意，他在睡梦中见到了李义云站在夕阳下微笑着向自己招手，还有临冬城的老老少少都围坐在一起欢声笑语，也许是因为这些日子一直在桑阳观修道，许久未回去，才会如此想念爹爹、想念那里的一切。

一阵轻柔的敲门声传来，李天赐开门望去，发现景阳真人正站在门前，他脸色有些苍白，手中拿的正是那把神器震雷。

“真人，你回来了啊，我爹呢？”

李天赐满心欢喜地问道，他旋即又注意到震雷，只见棍身上还残留着暗红色的血迹，不禁心中一震，问道:“震雷棍？这是我爹的武器，他人呢，他人在哪啊？怎么没见到他？”

景阳真人面色凝重，眼中泛着泪花，强压着心头悲伤之情：“孩子，我有两件事要告诉你，你要做好准备，知道吗？”

李天赐仿佛领悟到了什么，只觉心头一紧，脑海中嗡嗡作响:“是我爹他……”

“天赐，李、李城主他昨夜已惨死于天魔教妖孽之手……”

景阳悲从中来，泪水在眼眶中打转，他强忍着胸中悲愤的情绪，

尽量平复着自己的心情，只希望天赐能够坦然面对这一事实。

李天赐这个让人心疼的少年，竟出乎意料地展现出超出常人的坚强，他紧握双拳，身体微微颤抖，只觉天旋地转，心口隐隐作痛，强忍着悲伤继续问道："那、那第二件事呢？"

"昨夜临冬城被天魔教烧毁，已化为一片废墟，桑阳观救援去迟，李氏一族上下惨遭横祸，无、无一幸免……"

景阳一字一句地说出这两句话，压抑到极致的情绪终于爆发，他丧气地低垂着头颅，老脸上的皱纹更深了几许，悲痛欲绝，几近哽咽。

这小小少年，就算再勇敢强大，也从没经受过如此惨痛的变故，面对这些突如其来的惊天噩耗，他还是猝不及防，心中悲伤恣肆，不能自已。景阳区区几句言语犹如一道晴天霹雳，深深地刺中了李天赐的心，在他心中铮铮作响、反复回荡，他被悲痛的情绪冲昏了头，只觉天旋地转，终于眼前一黑，应声晕倒在地。

再次醒来，已近黄昏，李天赐大脑一片空白，昏昏沉沉，整个身子躺在床榻上动弹不得，他望着身旁的景阳真人，明亮的眸子中噙满了泪水。

"真人，我爹他真的遇害了？"李天赐带着哭腔问道。

"是我的错，天赐，都怪我，我没有照顾好你的父亲，没有守护好临冬城的平安。"

一直守在天赐身边的景阳此刻也老泪纵横，他伸出那双形如枯槁、布满老茧的手，轻轻安抚着天赐，这一老一小，相依而泣，这真是世间最为悲伤的事。

李天赐早已悲伤得不能自已，心中一阵阵绞痛，他想不到那天离开临冬城，竟成为自己与父亲最后的诀别，也是那座他自幼就生活的府邸带给他的最后记忆。昨夜梦中的场景竟然成为永别，再也不会发生了，念及此，他泪流满面，顿觉天昏地暗，几欲昏厥。

过了许久，他渐渐平复了悲伤的情绪，拭去眼角的泪水，挣扎着从床榻上坐了起来，微微说道："真人，您能带我去临冬城看看吗？"

景阳满脸柔情地望着眼前这个仿佛一夜长大的孩子，他眼眸是那样清澈，浅浅的泪痕还留在那张稚嫩却坚毅的脸上，他想起了昨夜李义云的悲情决绝，只感觉此时此刻，自己的心在不停滴血。他不会忘记李义云临终前的嘱托，他一定会尽自己毕生之所能，保护眼前这个幼小的孩子，哪怕牺牲自己的生命，也要让他今后好好活下去。

"天赐，你这又是何苦？"

景阳实在不愿这苦命的孩子再受打击，触及他那颗忧伤而柔软的心。

"我……我只想好好地告别……"

烧了一夜的临冬城沦为一片废墟，断壁残垣之间，隐约可见烧焦了的尸体以及缥缈的余烟。

李天赐跪在那片瓦砾残骸之前，幼小的身体在不停抽搐，他的双眼噙满泪水，那透明的液体顺着脸颊，滑入嘴角，一丝苦涩涌上心头，他悲痛欲绝，无语凝咽。

"孩子，你想哭，就放声哭出来吧……"

景阳静静伫立在一旁，望着那幼小的身子，也是心疼万分。

这个幼小的身体承受了常人难以想象的伤痛，这颗幼小的心灵经历了无比煎熬的苦难。终于，他不再压抑自己的情绪，放肆宣泄，放声哭喊，恣肆的悲伤情绪蔓漫延全身，像是决了堤的洪水，泛滥成灾，一发不可收拾。

原本残阳似血的天际，此刻竟也狂风大作，雷雨阵阵。

雨点从天空中飘下来，落在地上，落在身上，落入心里。雨声夹杂着哭喊声，风声挟裹着悲鸣声，凄风苦雨之中，李天赐仍是呆呆地跪在原地，泪水与雨水交融，湿透了他的脸颊，浸润了他的心灵，敲击着他的灵魂。

为何命运要如此残忍，老天爷你为什么要这么狠心？那么幼小的心灵却要承受如此沉重的苦难。慈父惨死、家破人亡，他声嘶力竭地痛哭，发泄着自己的情绪，用最为决绝的呐喊宣泄自己对这不公的命运的愤怒。

天雷阵阵，风雨大作，苍天也在嘶吼着它的悲痛和愤怒。

良久过后，雨停了，风也停了，落日的余晖淹没在苍云之间，夜幕降临，天赐站起身来，那悲伤得几近绝望的眼神，让人心酸。

“我们走吧……”

他淡淡地朝景阳说道，随即将震雷置于身后，跃上那三清拂尘，二人瞬间化作一道银光，消失在天际。

夜空中隐约有光芒闪烁，那是什么？哦！原来是一颗晶莹剔透的苦涩液体，这滴孤独的眼泪啊，飘散在空气中，随风而去吧，那个苦命的孩子，从今以后，他便要独自一人了……

第十三章 试炼比武

岁月无痕，韶华易逝，时光荏苒，十年匆匆过去。常年为冰雪环绕的临冬谷，山间依然气候宜人，花香鸟语，空气中弥漫着恒久不变的香气。满天飞花的奇异，在谷中烙下神秀的痕迹，无声无息。

十年弹指一挥间的光景都化作一抔芬芳的泥土撒入山涧，奔流不息。曾经辉煌的临冬城，现在只剩下一片断壁残垣的破败孤境。皑皑白雪覆盖在斑驳的青石上，映照着这片萧索清寂的废墟，仿佛正唤醒着十年前刻骨铭心的记忆。

一座简陋的矮坟静静伫立在废墟旁，坟前石碑上刻着几个苍劲有力的大字：家父李义云之墓。石碑前站着一个身着灰色锦袍衫的青年，那青年剑眉星目，薄唇皓齿，脸庞坚毅有如刀刻，身姿挺拔，俊逸潇洒。青年身负翠绿色玄铁棍，棍身发出透亮的绿色光辉，与腰间那奇异香炉的刺芒相得益彰，他面色坚毅而隐忍，眼神平静之中却又夹杂着些许哀伤，安静地望着那矮坟，默然无语。

这位灰袍青年正是李天赐，十年过去，他早已不是当年那不谙世事的懵懂小儿，而是变成了硬朗挺拔、刚毅坚强的男子汉。

雪鸟的鸣啼在天空回荡，叫人哀伤，将李天赐的思绪从回忆中抽离出来，只听他幽幽地说：“爹爹，孩儿来看您了，您还好吗？”

李天赐的声音在旷野上空回荡，可那矮坟仍是静默无声，墓碑上只有细碎的雪花飘落，除此之外便是一片静寂、孤独，这深入骨髓的荒凉落寞，让人绝望。

“十年了，孩儿早已长大成人，在桑阳观勤修道法，如今已略有所成，这一切，爹爹您看到了吗？爹爹，我们说好了的，待我学成，你再教我展臂拳最后一招，现在我已学成，爹爹您在哪儿啊……”

这年轻人的神情很是哀伤，那些触不可及的过往，历历在目，仿佛就发生在昨日。

“这十年，孩儿无时无刻不在想念您，一想到您尸骨无存，孩儿就悲恸欲绝，爹爹，是孩儿不孝，不能日夜陪在您身边，侍奉您。孩儿一定不会忘记您的嘱托，召齐其余八子传人，消灭魔教妖人，为您报仇雪恨，为我们李家报仇雪恨。”

天赐的背影有些颤抖，他站在光影之中，将头深深埋入阴影内，孤阳斜照，将他的背影映照得越发萧索凄凉。

他拿出腰间的狻猊神炉，只见炉身上的狻猊镂刻图像竟与十年前大不相同，那狻猊周身从四足开始为赤红色光芒所覆盖，光芒沿着狻猊的身躯连成一条细线，勾勒出狻猊神兽部分伟岸的身姿，最后到头颈部位却慢慢变淡。

这些年来，狻猊兽身上的红光在暗暗生长，天赐起初很惊异，遂请教景阳真人，但他也无法解释这个奇怪的现象，到后来百思不得其解，也就逐渐习以为常了。

此刻他的眼神是那样冷峻而苍凉，神情是那么坚韧而忧伤，这个二十岁出头的热血男儿心中，压抑了太多情绪。他双拳紧握，目光眺向远方的层林云海，那里云霞流彩、光影变幻，山间浮云缥缈无常、痴念万丈，不正如这些年，他一路走来的孤独岁月吗？

这十年来，他独自勤学苦练，修为突飞猛进，就为了深埋在心底的使命与信念，以及那股炙热的复仇火焰。这个俊毅的男儿，负手立于这冷冽雪域之中，身后震雷顶端的暗黑宝石此刻已锃锃发亮，像是与主人心意相通，感知到他此时内心思绪的变化，隐忍着满腔浓烈的狂热。

不觉间，零星的雪花从天空中洋洋洒洒，飘散而下。天赐张开双手，默默拥抱着这一刻忘却世俗的宁静，仿佛只有身在此处，内心才能远远地逃离喧嚣尘世。

那小小的绮丽的六边形晶体落入他的手掌，慢慢融化，在他的掌心化为淡淡的水迹，他的心也随之融化，沉浸在这银装素裹的天地间。

他眼眸间沉淀着哀伤的情绪，身体在冰雪中微微瑟缩，不知是寒气入体还是回忆的痛苦让人无法自拔。他点燃香烛纸钱，将一壶清酒洒向大地，望着那漫天雪花中静静燃烧的孤火，沉寂良久，遂又幽幽叹道："爹爹，孩儿走了，日后再来看望您吧。"

只见一道翠光向天空掠去，霎时间告别这片清寂的土地，径直飞向山间的广袤雪林，消失在林海深处。

山麓间的桑阳观，在林海中若隐若现，轻烟缥缈、钟鼓齐鸣，只有那把破天石剑依然静静伫立在洗剑池中。十年光景，斩仙剑仍保卫着这方热土，见证着时光流转、世事更迭。

真武圣殿前，人声鼎沸，好不热闹，一个个身着道服的桑阳弟子，摩肩接踵，正在广场之上翘首以待。

殿前一位身着灰白三清鹤氅、面庞消瘦、精神矍铄的老道，正负手而立，犀利的目光游离在广场上的人群中，他正是主管道法的玄木真人。他身后一左一右站着的正是枯叶、沧月两位真人。自从十年前那一场恶战，正派损失惨重，景阳真人也不知何故，深居简出，难露真容，桑阳观大小事务已悉数交予玄木真人掌管。

只听他声若洪钟，正色道："如今魔教作乱，世道混乱，我等修道之人，要以拯救苍生、斩妖除魔为己任，此便是修道的终极要义。十年前冀州城那场恶战，我正派损失惨重。然十年转瞬即逝，这十年间，我桑阳观人丁兴旺，已统领九州正道，如今新一届弟子会武又要开始，本次达到会武条件的弟子共十六人，他们皆是修为突破三清要诀的弟子中的佼佼者，会武在半月后举行，希望这十六名弟子用心准备，将桑阳道法发扬光大，不负我上祖遗志。”

说完，他望向身旁的枯木和沧月，微微一笑，手上的拂尘随即向空中挥去，一连串金光闪烁的名字瞬间在场中央浮现，正是那参加会武的十六人名单。

广场上的弟子此时早已炸开了锅，抬眼朝空中那片金芒望去，寻找着自己的名字。

片刻之间，十六人名单已悉数浮现于半空，光芒闪耀，照得广场上金碧辉煌，这些都是桑阳观年轻后辈中的人中龙凤，就算最后没取得什么名次，能够入围十六人名单，已然是莫大的荣誉。

弟子之中有人闷闷不乐，遗憾自己未能入围；有人春风得意，显得志在必得；也有人早知自己无法参加，就在一旁吵闹起哄。年轻弟子众多，一时间场中炸开了锅。

此刻，李天赐正与赵志成站在广场的角落，他们的名字在天空中熠熠生辉，二人表情平淡，神色怡然，对这次的比试已胸有成竹。

“赵师兄，这次参加会武的都是桑阳精英弟子，我这刚突破三清要诀第三重的后辈，这次就抱着学习的心态来的，我们若是遇上了，还望师兄多多指教，手下留情啊。”李天赐谦逊地说。

十年不见，赵志成的身子骨长得越发结实了，这个肌肉横身的大块头，依然不变的是那黝黑的皮肤以及老实憨厚的神态，他打趣地说：“哪里的话啊，李师弟天资聪颖，这些年道行修为进步神速，早已在我之上了，我这做师兄的可要师弟你手下留情才是啊，哈哈！不过依我看，本次会武第一应该非大师兄方毅莫属了。”

“那当然比不过大师兄啦，他可是我桑阳观未来的掌门人。”

李天赐深知他两兄弟纵然再勤学苦练，还是比不过他们大师兄方毅的修为造化。那方毅乃玄木真人得意门生，深得玄木真传，在众多年轻弟子中最先开始突破三清要诀第一重境界，常人难以望其项背，是本次弟子会武冠军的热门人选。

这两个同住一个屋檐、日夜形影不离的年轻人，早已成了情深义重的好兄弟。他们这些年每日认真修习真法，修炼道法，道行均有所精进。

起初天赐花了半年时间突破三清心法第一重境界，尔后又修习两年，突破了三清心法第二、三重境界，逐渐赶上了赵志成的进度，开始修习三清要诀。那些御空飞行、打坐疗伤之类的寻常法术更是不在话下。

他最后历经七年有余突破三清要诀第三重境界，虽略晚于师兄的进度，但他天赋异禀，用时之短，前所未有，现早已超过赵志成的速度，再加上那枚灵川丸的功效，此时的李天赐，修为道行已胜于赵志成。两人平日过招时，赵志成明显处于下风，若不是天赐故意留力，恐怕他早已露出败相。

日常的修道生活虽然枯燥，但他们苦中作乐、打闹嬉戏，却也乐此不疲。光阴似箭，斗转星移，师父们的疼爱以及师兄弟的照顾，让李天赐在这片凡间乐土中渐渐忘却了烦恼，将复仇的种子深埋心底。

半月光景转眼过去，明日便是会武的日子，可这夜天赐无论如何也睡不着，他在床榻上辗转反侧，而旁边的赵志成却鼾声雷动，更令他心烦意乱。

窗外夜色静谧，只有虫豸不时低鸣。突然，一个身影从窗前闪过，天赐一个激灵从床榻上坐起：“谁，是谁在外面？”

那身影瞬间消失得无影无踪，天赐心头涌现一阵不祥的预感，他提起震雷推门而出，朝着神秘身影消失的方向追去。

幽幽月色下，桑阳观中不时有巡查弟子四处游走，李天赐更觉奇怪，那身影神出鬼没，修为不浅，竟能轻巧避过巡查弟子的视线。

他不欲惊动那夜行的神秘身影，独自在后悄悄跟随，两人一前一后，沿着弟子房的走廊，左转右拐，绕过真武殿后门，穿过道场，朝桑阳观外走去。

此人对整个桑阳观的布局了然于心，显然是观内弟子，一袭夜行衣踽踽独行，忙着赶路，根本没注意身后紧紧跟随的李天赐。

只见他瞬间来到墙边，朝周围张望几眼，聚气而起，一个跃身翻过高墙，消失在了静默的夜色中。天赐躲在暗处，透过几抹淡淡的月光望去，那人身形修长，看上去年纪与自己相仿，目光清澈间又带着几分少年人的机警，身手也十分矫健。

黑衣人一举一动，鬼祟至极，天赐心头陡生许多疑问，他跟着来到墙边，跃身而出，朝着观外黑衣人消失的密林追去。

满天星光黯淡，密林中黑漆漆一片，伸手不见五指，那黑衣人早已消失得无影无踪。正徘徊之际，前方不远处的密林深处传来阵阵异响，天赐朝着声音的方向追了过去，却见林中央的石亭内，站着两个人。

一个正是那黑衣人，而另一个人体形矮胖，着一身灰白道袍，背身负手而立，望着头顶那溶溶月色，显然已静候多时。

“你这一路过来，没被师兄弟们发现吧？”

矮胖道人将头转了过来，月光如水，倾泻而下，李天赐不禁大吃一惊，那人正是景阳真人座下四大真人之一的离火真人。

这离火真人掌管观内日常膳食，深居简出，鲜少露面，最近一次见到他还是在新弟子入观的礼之上。这月黑风高夜，他突然现身于此，葫芦里到底卖的什么药，李天赐不禁凝神细听。

“师父，弟子这一路走来，并没有被人发现，师兄弟们都睡着了。”

“嗯，现在我就传授你那招剑饮渊虹，以你目前的修为，虽能入围弟子会武名单，但若想更进一步，就要看你如何将这招剑饮渊虹融会于三清真诀之中了。若是占据不了最后四席，你也没有颜面再叫我一声师父了。”

离火淡淡地道，面色十分冷漠。

“是，师父……”

黑衣人重重跪拜在地上，言语之间似乎心情复杂至极。

原来是离火真人密授爱徒绝招以应对明日的弟子会武，景阳观四大真人培育自己的关门弟子以继承自己的衣钵，再正常不过，只是这高人日常行踪飘忽、行事怪诞，竟然不想让人知道他还有个关门弟子。转念一想，得不到四大真人的眷顾，只能自己独自修道，虽轻松自在但总觉得失落不少，不知道这个幸运儿到底是哪位师兄呢？

“既然是秘传道法，想来也不愿旁人观望。”

李天赐喃喃自语，便欲转身离去。

“是谁在那里？”

离火中气十足的声音在密林中反复回荡，天赐的脸噌一下热了，只觉尴尬无比，加速逃离了现场。

“刚才真是好险，差点被人发现。”

此刻天赐早已躺在床上，辗转难眠，一旁的赵志成仍是鼾声如雷，明日便是年轻弟子会武，得不到高人相助，他也只能靠自己了。

真武圣殿前的道场上已是旌旗遍布、鼓声震天，四座呈八卦形状的擂台在场中摆放，擂台周围早已挤满了桑阳观弟子。根据事前抽签排位，李天赐抽到第十顺位，会武时间安排在了午后，赵志成则抽到第三顺位，在道场东北侧的擂台比武，李天赐早已等候在擂台前，为赵师兄助威打气。

台上赵志成仍是身负那柄银色长剑，那把长剑名曰逐月，剑身修长轻巧，与赵志成那魁梧的体格显得格格不入。逐月神剑本为玄木真人所有，相传是玄木年轻时游历西南蛮荒之地、击败毒炼蛇妖后所寻得的神兵，为日常修习道法所用，后授予赵志成。

看来这个平常不苟言笑的老头，对这个敦厚老实的弟子甚是喜爱，此刻他也站在台下，静静看着台上爱徒，神色如常。那逐月剑身隐约散发着异芒，赵志成立于台上，衣袂拂动，蓄势待发。

他的对手，是一个身负双戟的弟子，那弟子名叫林轩，看上去比赵志成年轻，亦晚于他入观，是这一代弟子中的佼佼者。

只见他面色温和，抱拳朝赵志成说道："赵师兄，在下林轩，今日与师兄过招，烦请多多指教。"

话语之间，十分谦逊，言毕，只见他抬起双手，那双戟便瞬间跃于空中，散发着两道赤红光芒，朝赵志成正面攻来。

赵志成顺势祭出逐月神剑，手画剑诀，剑身射出阵阵剑气，朝林轩扑面而去，如同饿虎扑食，化解赤芒气势，转眼间将对方困住。林轩只觉阵阵剑气在周身涌动，手持赤红短戟全力应对，红芒、银辉在台上交错，双方你来我往、见招拆招，一时间竟平分秋色。

赵志成心想，这小师弟虽入观时间不长，但修为却已有小成，尤其是那双戟竟耍得淋漓尽致，毫无破绽，见机行事之下，攻势竟也逐渐凌厉起来，让他暗自佩服，便打足了精神应对。

但见赵志成逐月在手，剑气如虹，一个飞身朝林轩上空跃去，林轩见赵志成身下门户洞开，心中大喜，手握双戟，向他全力击去。

此刻，在台下的玄木真人早已看穿赵志成的伎俩，微微一笑，心中默念道："想不到我这徒儿三清真诀第一重境界的鱼跃于渊竟修炼得如此成功。"

果然赵志成此刻的身形像极了一条鱼，只不过他那体格太过魁梧，更似一条身材壮硕的肥鱼。这条"鱼"虽然肥大，但动作却轻盈。他跃于林轩头上时，正暗自发动真气，周身真气四溢。那逐月像是感知到主人体表真气的急速流转，竟霎时间精光大盛，真气驱使之下的神剑发射出道道犀利的寒光剑气，林轩还未来得及发招，便被这铺天盖地的犀利剑气笼罩，他只能手持双戟勉强抗衡。

赵志成剑法出神入化，手中逐月幻化成道道厉芒，仿若在空中绽放的焰火。林轩看得目瞪口呆，逐月剑气以剑体为媒，传入他的体内，他只觉手臂发麻，体内血气翻滚，他刚突破三清真诀第一重境界，从未见识过鱼跃于渊的厉害，转瞬间败象已露。

突然，剑光渐弱，赵志成收回招式，停止真气运转，只见他手执逐月立于擂台之上，黝黑的脸颊中竟带着一丝俊逸的笑容，同平常那憨厚老实的赵师兄判若两人。而那林轩则跪坐在旁，喘着粗气，本场会武的胜负当下立见，台下众人高呼，瞬间爆发出热烈的喝彩声。

林轩收回双戟微微叹道：“多谢师兄手下留情，赵师兄修为道行高深，师弟我自叹不如，真是佩服，师弟败得心服口服！”

“嘿嘿，林师弟过奖了，只要勤加苦练，参悟道法，师弟天资聪颖，假以时日，必能有所大成。”

赵志成恢复常态，挠着后脑勺憨笑，显得很是不好意思。

玄木真人此刻不觉间已置身于台上，他负手而立，面露喜色，朝着擂台下众位弟子朗声说道：“本场会武，获胜者是赵志成。”

只见台下众位弟子欢呼雀跃，纷纷冲上台来将赵志成围成一团。这一切李天赐都看在眼中，他神色平淡，与台上的赵志成双目对视，眼神交会间，两人嘴角同时浮现出一丝笑意，仿佛周围热烈而喧嚣的气氛瞬间凝固，那一瞬间，他们心意相通，眼睛里也只有彼此。

另一侧的擂台早已围满了男弟子，他们望着台上站着的一妙龄少女心花怒放、瞎闹起哄。那少女手持鸳鸯双刀立于台上，身着一袭品红法袍，袍身绣着八卦图案，柳叶弯眉，模样娇俏可人，举手投足间，台下早已倾倒一片。

李天赐一眼认出这少女便是桑阳观年纪稍轻的小师妹、沧月真人的爱徒夏裳，不禁心中微微一惊，这小师妹入门时间不长，资历尚浅，沧月见她一弱女子，身世可怜，便收于座下，传授道法。

桑阳观本就女弟子甚少，尤其是如此娇媚可爱、清丽脱俗的少女，更是集万千宠爱于一身，成为众多男弟子竞相追逐的爱慕对象。想不到平日里不显山露水，竟然暗中修为，进步得如此神速。

想当年，自己与夏裳小师妹比试切磋，不出三招便败下阵来。为此，李天赐还为师兄弟所鄙夷，现如今她竟现身台上与众多精英弟子同场竞技，看来沧月真人在背后相助不少，念及于此，天赐心头不禁泛起一阵酸意。

与夏裳交手对决的是一名稍微年长的男弟子，那弟子长得五大三粗，蓬头垢面，不修边幅，执一柄巨斧，与桑阳弟子清秀飘逸的形象格格不入。

“在下桑阳观二代弟子唐沐雪，今日有幸与小师妹过招，烦请多多指教，兵刃不长眼，小师妹可当心啊，嘿嘿。”

那名叫唐沐雪的弟子，望着夏裳嬉笑不止，言语间，轻佻之色尽显。

他的名字与外形大相径庭，这么个莽汉竟起了个如此秀气的名字，天赐却不觉有多好笑。据说他本名叫唐猛，是弟子中的佼佼者，长相凶恶，却生性不坏，曾在游历九州之时，于北域追击一伙恶徒三日有余。后来双方于荒陆雪山之巅狭路相逢，激战正酣之时，天降暴雪，瞬间山崩地裂，而唐猛也不慎失足掉落雪渊之中，凭着一身高深的修为才勉强捡回一条命。

他沐于雪中整整七天七夜，发动体内纯阳真气抵御雪渊极寒之气的侵袭。那寒气常人难以抗衡，可那唐猛天生奇才，竟然将寒气尽数吸收，与体内真气融为一体。桑阳道法讲求海纳百川、率性而为，这一阴一阳、一冷一热的两股气息在他全身上下流转，竟冥冥之中正切合桑阳道法的要义，令他修为大增。归来后，他的奇遇引得桑阳观上下啧啧称奇，他便将自己的名字改成了唐沐雪。

那夏裳小师妹明显不领唐沐雪的情，柔弱娇俏的外表之下，生出几分厌恶，带着几许泼辣，正色道：“我这法器也不知轻重，若是不慎伤到了师兄，切勿怪罪。”

台下人群不禁发出惊呼之声，这小师妹平常虽娇俏可人，与师兄们打成一片，但在这擂台之上竟也泼辣犀利，语出惊人，初生牛犊不

怕虎，毫无退让之势。

“哪里的话，若是师妹伤我分毫，我唐沐雪自认技不如人，又怎会怪罪师妹呢？”

唐沐雪仍是那般有恃无恐，他话音刚落，只见夏裳不停挥舞着那一黑一白的鸳鸯双刀，顷刻间朝自己飞速而来。

双刀气势分作两股，汹涌而至，唐沐雪哪敢怠慢，体内真气翻滚，手执巨斧跃身上前，化解了那两股真气。只觉真气一股阴柔、一股阳刚，阴柔之气有若寒冰、寒意彻骨，阳刚之气仿如烈焰、炙热袭人。顷刻间，一手寒冷无比、一手滚烫发热，不禁心中泛起一阵惊奇。

想不到这小妮子的法器竟也能汇聚阴阳之气。

他平日所见修道法宝不少，可从未见过这种汇聚阴阳之气的双刀，那阴阳之气相生相克，天生难以调和，若能从容掌控，与真气相容为己所用，则二者合璧必将威力惊人，桑阳观中，除他之外，还从未见过有人施展此种法术。日常观内习法修道之时，未见小师妹使过这把双刀，也不知她有何奇遇，竟觅得此法宝。

“唐师兄的破天斧果然名不虚传，只是我这神鬼双刀也不是省油的灯，看招了。”

夏裳脸露愠色，显然被刚才唐沐雪轻松化解神鬼双刀的攻势而恼怒，手中双刀又幻化出交织不断的光华朝他袭来，而台下男弟子见到小师妹攻势再起，更是此起彼伏地喝彩。

唐沐雪眉头一皱，想不到这看似秀气的双刀，竟有这么个古怪的名字，转念一想，这名字虽有些可怖，但也无比贴切，神鬼虽不两立，但神鬼合力，却骇人无比。

他当下不再分心，双手紧握破天斧，抵挡光芒来袭。两相交汇间，只觉一股连绵不断的力道朝自己涌来，那力道既非刚猛，亦非阴柔，而像是一股暖意直入人心，没有任何异样，反而感觉大为舒畅，心中甚奇，霎时间仿似要沉溺其中。

突然，那无形的力道迸发出一阵阴柔真气遍布唐沐雪的全身，他周身像是被无数银针扎入毛孔，无比刺痛。

唐沐雪不禁骇然，果然平静之下必有波澜，他急忙发动体内真气，抵御那股阴柔之气的侵袭。片刻过后，周身真气虽消散退去，但他体内也血气翻涌，红光满面，若不是以体内充沛的真气相挡，再加上夏裳本身道行也不高，此刻恐怕他就被双刀所伤，溃败无疑。

他一跃而起，台下随即爆发出雷鸣般的掌声。这些年来，唐沐雪进步神速，道行修为早已在许多同辈师兄弟之上，桑阳观众人有目共睹，心悦诚服。

此刻他手中那把巨斧已舞得虎虎生威，幻化出层层骇浪罩住了周身，朝夏裳猛袭而去。

而夏裳则兀自站在场中，毫无反应，嘴角泛出一抹浅笑，令众弟子倾倒。

“小心啊，师妹！”

台下众人眼见唐沐雪使出了绝招，异口同声地惊呼道。

但见那夏裳以静制动，她将双刀祭在空中，双手不疾不徐地在胸前摆出了一个奇异的指诀，电光石火之间，那神鬼双刀在她周身极速旋转，一黑一白两道跃然而出，将她包裹其间。

光芒之中，夏裳俏皮的秀脸突然浮现：“要小心的可是唐师兄啊，嘻嘻。”

话语刚落，那黑白两道光芒顷刻间汇聚起来，一把锋利无比的长刀破空而出，径直劈向了唐沐雪。

“什么？！”

唐沐雪望着那柄横空出世的神刀吃惊不已，但他绝招已出，刹不住车，只得迎着那犀利的刀光，生生地撞了上去。

两股强大的气势瞬间交会，猛烈地碰撞在一起，在台上爆发出刺眼的光华，激起阵阵气浪，台下观战的众弟子只觉体内真气荡漾、

血脉偾张。

这场对决激烈胶着较之前几场更盛，二人神器在手，修为更是远胜于桑阳观内许多弟子。时光凝固，台下众人脸上的表情也僵硬无比，高手过招，胜负就在一念之间，他们不禁屏息以待。

光华褪去，场下炸开了锅，众弟子齐声惊呼，响彻云霄。只见那唐沐雪手握巨斧，单膝跪地，气喘吁吁，面色发红，神色复杂难言，而夏裳则黑白双刀加身，笑靥如花。

“多谢唐师兄手下留情。”

本场对决胜负已分，高下立判。

第十四章 玄黑宝石

午后的比试，气氛更是热烈，燥热的空气中，充斥着剑拔弩张的气息。

虽说是桑阳弟子之间的会武切磋，但这些入试弟子或常年游历四海，于深山大泽寻觅到了厉害法宝；或找到一个凡尘中的隽秀仙境独自修道，他们都想要借此良机展现自己的修道成果，在诸位真人面前露露脸。因此交手正酣时，难免会有人收不住招儿，不能点到即止，如果出手太重，伤了师兄弟，不但要被判负，还会受到师门的重罚。

李天赐的会武擂台位于广场正中心，由沧月真人坐镇，天赐的对手早已静待于擂台上，是一名俊逸挺拔的年轻男弟子。那男弟子平日里鲜少露脸，天赐与他也只是有过几面之缘，连对方的名字都叫不上，不知他在何处修习道法，但能入围本次会武，实力皆不容小觑。

只见他朝着李天赐柔声说道：“李师弟，在下徐谦禹，今日有幸与师弟过招，还请多多指教。”

那名叫徐谦禹的少年抱剑而立，人如其名，谦逊有礼、温润如玉。

“徐师兄太过谦让啦，还望师兄手下留情才是。”

李天赐言语间朝人群前的沧月真人望去，沧月也看着天赐，面露关切之色，他心中瞬间升腾起一股暖意。

这两个彬彬有礼的少年，一来一往，气氛全然不似之前对决中的那般激烈胶着。

天赐见徐谦禹所持的是一柄古铜法剑，较之那些锋利的锐剑，这把法剑剑顶呈圆弧形，看上去有些钝拙，只是剑身色泽温纯，不失为一把好剑，他不敢怠慢，瞬间将震雷握在了手中。

“师弟手中所持法器可是传说中的震雷？”

徐谦禹见到那震雷现身，双眼发光，全然忘了两人还在对决之中。

“正是，徐师兄可得当心了，法器无眼，切莫被伤到啊。”

李天赐见那徐谦禹还未出招，便来个先发制人，提器就上，震雷迸发出的气焰瞬间笼罩在徐谦禹的周身。

“好强大的气势，不愧是上古神器。”

台下围观的弟子们，见到震雷出手，纷纷擦亮了眼睛，顿觉奇异无穷。

徐谦禹被震雷的气势镇住了，急忙祭出那把古铜法剑，他摆出一个剑诀，激发出体内真气，将其传导于法剑之上，那法剑瞬间光芒万丈，剑气纵横，与震雷发出的气焰交织在一起。

两人一招一式间，滴水不漏，你退我进，有攻有守，本以为徐谦禹被震雷震慑，不敢硬碰，不料对方却稳扎稳打，毫不退让，法器相碰，激起刺眼的电光。

天赐心道，此人虽看上去平庸，但手中那把法剑绝非凡物。那把法剑显然已跟随他有些时日了，与剑主心意相通，人剑合一，威力大增，那徐谦禹对剑术的运用已臻化境，他将体内真气融入法剑之上，以器为媒，激发剑气，就算对方是上古神器震雷也丝毫不落下风。

果然参加会武的弟子都不是泛泛之辈，天赐战意十足，体内真气急速流转，手上发力，那震雷又排山倒海般朝对方劈去。

徐谦禹微微一惊，显然有些猝不及防，与震雷狠狠相击，只觉虎口发麻，心中暗叹那神器之名果然绝非虚传。

李天赐见对方一时被动，疲于招架，心头大喜，如老鹰扑兔般跃身再起，手中震雷闪闪发光，将徐谦禹完全罩在了身下。

对决马上就要分出胜负，在场众人目睹震雷神威，不禁倒吸一口凉气，为徐谦禹捏了一把汗。

徐谦禹临危不乱，用法剑密不透风地护住周身，迸发出的剑气却被震雷悉数化解，他深知长此以往，体内真气难续，必败无疑。

就在李天赐乘胜追击、以为胜券在握时，徐谦禹拿起法剑朝掌心一抹，剑身上瞬间沾上了他的鲜血，那把古铜色法剑嗜血之后，竟变成了刺眼的血红色，顿时寒光灼世，锋利无比。

“什么？这是……”

李天赐心中大惊，全然没想到他竟会使出这种诡谲的招式。

但见徐谦禹引剑而上，那把血红法剑瞬间突破震雷的包围，带着他飞向了空中。

“本想留到最后才使出这招剑饮渊虹，但晋级的名额只有一个，既然如此，多有得罪了，李师弟。”

“什么？剑饮渊虹！你是离……”

李天赐一句话还没说完，就见那徐谦禹引剑而来，剑身激射出咄咄逼人的血红光芒，顷刻间将他笼罩。

强大剑气从四面八方源源涌来，刺眼的红芒激发出天赐体内最浓烈的战意。

此刻，他手中震雷顶端那颗暗黑宝石不知何时已闪闪发亮，宝石之中的迷雾消退，不断散发着夺目的光泽，显是他体内真气正驱动着这颗宝石，只见震雷在他手中急速旋转，最后竟化作一圈翠绿色光芒，将剑气尽数击散，簌簌作响。

台下众弟子无不看得目瞪口呆，本来高下立判的局面，此刻却难分伯仲。

李天赐面色凝重，真气盈袖，那震雷棍急速旋转，带动周围空气流动，翠绿色光芒大盛，最后竟形成了一团亮眼的光圈。霎时间，光圈中唰唰唰三道锋利无比的厉芒如闪电般朝徐谦禹劈来，徐谦禹收回血剑，挡在身前，剑体与三道厉芒闪电相击，顷刻化作一团巨大光团在场中炸裂，砰的一声巨响传出，响声震天。众人看得瞠目结舌，徐谦禹竟被生生震退了数尺，手捂胸口，气喘吁吁。

光圈顺势收回，震雷顶端的黑暗宝石此刻已光芒万丈，空气中突然飘来一阵清香，那香气瞬间浸入人心，李天赐只觉心中无比激荡，眼眸中竟凝聚着一股莫名的戾气。

他眼前竟然出现那些面目狰狞的天魔教人，他们正邪恶地望着自己，嘴角也露出了鬼魅的邪笑，一股莫名的烈焰在天赐心中升腾，他凶神恶煞般死死盯着徐谦禹，周身散发出致命的杀气，如同发了疯的野兽，朝徐谦禹奋力奔袭而去。

徐谦禹刚才被厉芒所击，此时竟来不及反应，而天赐这一击却是使出了十足的力道，迅猛无比，若对方未予防备，只怕一击即中，当场殒命。

台下众人皆看出天赐这招实乃夺命杀招，但迅疾异常，他们一时也无法出手制止。

眼看震雷就要击中徐谦禹的面门，电光石火间，只见一青影闪现，徒手接住了震雷棍。李天赐只觉一股排山倒海的力道挟裹周身而来，他就像硬生生地撞上了一面铁壁铜墙，体内血脉偾张，竟无法抵抗。一股力道有如猛虎下山，瞬间爆发，将天赐击飞。他抬眼望去，沧月真人正立于徐谦禹身前，柔美清丽的面色中，充满了怒意……

天尊殿中寂静无声，烟雾缭绕，香烛缥缈，空旷的大殿中静立着三尊神像。中间为一整块巨型上古紫檀木雕刻而成的神像，面容威仪，头戴华冠，身披宝蓝圣袍，身前嵌有八卦，左手手指成道法法诀状，右手握混元圣珠，整尊神像庄严肃穆，那便是道家鼻祖元始天尊了。他手边一尊是由非常稀有的石生橡木打造而成的神像，着鹤氅，手执阴阳八卦扇，长须垂于胸前，面容安详，那便是道德天尊。而另一尊则由万年金丝楠木制成，手执至圣玉如意，面色威严的便是灵宝天尊。

天尊圣像之下，三位真人负手而立，定睛一看，正是枯叶、玄木、沧月三人，而在他们身前跪在大殿之上的正是方才在比试中痛下杀手的李天赐，此刻他懊恼不已，耷拉着脑袋呆呆地望着地面，思绪万千。

天赐心中一团雾水，他怎么也想不明白，自己那瞬间竟丧失心智，走火入魔，心生诸多魔念，好在沧月真人及时出手制止，自己才从中脱离，未能伤及徐师兄，而那徐谦禹早已吓呆在原地。

“说，为何方才你眼中竟带有凶煞之气，那般可怖？”

沧月望着李天赐嗔怒质问。

“弟子不知……”李天赐跪在原地，脸上愁容满布，心头一阵懊恼，他确实不知为何自己会突然丧失理智，只记得方才比武切磋正酣，心中突生阵阵杀意，无法掌控，便朝对方击去。

“哼，本次会武，旨在查验弟子修道成果，师门兄弟切磋，点到即止，没想到你竟然痛下杀招，理该重罚。”

掌管罚善的枯叶真人朗声道，形如枯槁的脸上泛起阵阵怒意。

“天赐，为师教你道法，望你日常勤加修习，领悟道法的玄妙，想不到你误入歧途，心生魔相，欲速则不达。希望你能多加参悟修道的精髓，而不是一味追逐修为的提升。”玄木真人语重心长地说，他的表情看起来也很是遗憾。

“师父，弟子我……错了……”

李天赐一时不知如何辩解，他实在琢磨不透到底为何会突然性情大变，痛下杀招，只得怔怔地跪在地上不断忏悔，恳求三位真人原谅。

“好在方才沧月师妹及时出手，不然你这劣徒真是闯下了弥天大祸！”

玄木摇了摇头，不住地叹气。

“两位师兄，我看天赐他知错了，谦禹也并无大碍，责罚一事就烦请枯叶师兄定夺了。”

沧月见李天赐耷拉着头颅，显得十分丧气，严词厉声之外也有些于心不忍。

“既然如此，那就罚你去后山思过，跟随离火师兄劈柴烧火一个月吧，不知玄木师兄意下如何？”

枯叶真人收回方才的满脸怒意，朝玄木真人正色道。

玄木虽代为主持大局，但涉及赏罚的事，还是要枯叶做主。只见他那密布皱纹的脸庞神色严肃：“全听师弟决断，贫道无异议。”

众真人默然允诺，玄木便又对跪在地上战战兢兢的李天赐说：“天赐，你可知罪？”

言语之间，这位老者的神情已柔和少许。

李天赐抬头望着三位真人，只见他们目光之中或关切，或遗憾，或有些怒意，他不觉间望向沧月，那张风姿绰约的俏脸之上也是神色复杂，说不上是关怀还是愤怒。她此刻如秋水般清澈的眼神径直投向天赐，令他脸色微微泛红，喃喃而道：“诸位师父教训得是，弟子乃修道之人，应集浩然正气于一身，杀气如此之盛实属不该，弟子谨遵教诲，日后必定用心修道，参悟道法奥妙，恳请诸位师父严厉责罚，弟子自当甘心领罪。”

“既然如此，你这就动身前往后崖拜见离火师弟吧。”玄木淡然地说。

“是，弟子领罚。”

李天赐低垂着头，缓缓走出天尊殿，苍凉的背影消融在黄昏中，三位真人神情肃穆，不时摇摇头。

沉默良久，玄木终于开口，很是痛心疾首：“唉，这孩子命途多舛，

若一念成魔，我桑阳观该如何向李城主交代，今后天赐就有劳各位了。”他转眼又朝沧月望去，“师妹，我看这孩子和你比较亲近，就麻烦你多费心了。”

第十五章 后山受罚

桑阳观后崖位于后山北面，是一道高约百丈的断崖，乃桑阳观内处罚弟子之所在，断崖陡峭险峻，崖下是连绵无垠的林海，暗无天日，常人罕至。

断崖为道观中专司内务膳食的离火真人看守，那离火真人在桑阳四大真人中排行老三，道行高深莫测，平日神出鬼没，甚少涉足观中，就连做好的饭菜，都由弟子送入观内，从不亲自出动。

李天赐于观内修道约十年，也才见过离火本尊几面，最近一次便是会武前夜在观前密林之中，他正对徐谦禹秘密授业，至于他本人心性脾气如何，知之甚少。

观内弟子间谣传那离火真人早年修道触动邪念，差点入魔，被逐出师门。后为景阳搭救，但从此深居后崖，从不离开半步。还有人说那离火真人，法力高强，喜怒无常，崖上弟子没少受他打骂。

从那夜所见所闻，看来这些传闻也绝非空穴来风。

初上断崖，只觉崖顶清风徐来，烟尘缥缈，乔木耸立。崖顶不大，立着一座十分古朴的房舍，房舍前院隐约可见炊烟袅袅，那炊烟正是从院中土灶中升起来的，一排十多个年轻的道人正在灶前生火做饭。年轻道人中间站着一位个头不高、身材肥硕，身着灰色道袍的中年道人，那道人正是离火真人。

只见他双手卷起衣袖，正挥汗如雨地在灶台前摇扇生火，豆大的汗珠从额头流下，面颊上左一块右一块的炭灰，让人忍俊不禁。

李天赐走近那群道人，朝着离火真人恭然地说：“弟子李天赐，拜见离火真人以及各位师兄，弟子是前来……”

“哦，你就是过来受罚的李天赐啊，赶快来帮忙，把院里的柴给我劈了，人手实在是不够。”

离火忙着生火做饭，根本无暇顾及李天赐。

天赐哭笑不得，未曾料想在这俊秀之地，干的第一件事竟是劈柴。他巡视整个庭院，只见角落里堆着一大捆柴火，于是便走上前去拾起地上的斧子，从柴堆中挑出一截粗壮的柴，立于地面，手执铜斧，聚精会神奋力劈去。岂知斧刃触及树干即刻现出一道浅浅的缺口，但除此之外却未见任何异样，反而他虎口被震得隐隐作痛，斧头也掉落在地。

“嘿嘿，许多弟子来我这受罚，第一件差事便是这劈柴，劈柴虽然简单，却并不容易，这堆柴火取自崖下万年黑杉，坚硬如石，能燃烧三日三夜而不竭，可不是那么容易能劈开的。”

天赐转过头来，发现离火真人正笑盈盈地望着自己。他双手负于身后，灰色道袍有些污浊，脸上炭灰斑驳，眯成缝隙的双眼中，投射出一道精光，全然不像那夜密林中严苛肃穆的模样。

李天赐也不多想，于是朝那离火道人拱手道：“看来这劈柴可是大有玄机啊，弟子不才，还望真人赐教。”

“连这最基本的劈柴都做不好，还修习什么道法啊，哈哈，小师弟回家歇息去吧。”

声音来自那排年轻道人之中，其他道人随即也哄闹着笑了起来，转过头来纷纷望向这初来乍到的师弟。

气氛尴尬不已，天赐脸涨得通红，只顾着手摸后脑勺，吞吞吐吐：“我、我怎知这柴这么难劈，简直纹丝不动。”

那离火真人脸上的笑意并未减弱丝毫，接着天赐的话道：“哪里难了？劈柴正是再简单不过的事了，好好看着吧，小子。”

只见他一手拾起铜斧，朝着那立在地上的黑杉树干迅疾一挥，手起斧落，一道金光闪过。眨眼间，那粗壮树干便被劈成两半。

随即离火将斧头递给了天赐，他见天赐一脸诧异，却不以为意：“怎么，被我这功夫吓傻了？”

“不是，我是想起之前观内弟子所说，真人是个行事怪诞，性情孤傲，喜怒无常之人，今日所见，感觉大相径庭。”

天赐今日见到离火本人，又想起之前师兄弟的传闻，以及那夜他肃穆的模样，心里不禁疑惑连连，这分明是完全不同的两个人啊。

离火闻言，并不为所动，反而笑意不改地说：“哈哈，他们说对了一半，我确是个性格乖张之人，也讨厌观内那些繁文缛节，故而请求景阳师兄派我来此处专司观内伙食内务。我天性不羁，在这崖顶虽枯燥乏味，却也落得逍遥自在，平日没什么大事也不想下山。而我这些弟子，平常都生活在崖顶，每天只负责去观内送饭菜，与观内弟子交往甚少，他们偶然听闻些流言蜚语，也都是一笑了之，当作饭后笑料罢了。”

眼见离火真人如此随和，李天赐更是尴尬，他不停摸着头：“看来师兄弟之间的传闻也未可尽信啊。”

那夜所见想来也是合情合理，也许只有对闭门弟子才会那般严格吧，名师出高徒，而在常人面前，他也许就是这副随和的模样。

离火真人仍是那副和颜悦色的神态：“嘴是长在人家身上的，他们想怎么说便怎么说，不过也都是些私下传闻，听听就罢了。既然玄木师兄令你来此忏悔思过，那你就从这最基础的劈柴做起吧。”

李天赐方才已见识过离火劈柴的本事，心下不禁惊奇，自己刚才劈柴之时，只觉那黑乎乎的树干异常坚硬，就好似硬生生地劈向一块石头，根本毫无作用，而他却轻松惬意，一气呵成，可见这离火真人果然如师兄弟们所说那般道行深厚。

念及于此，他恭然地说："不知这劈柴的诀窍是什么，恳请真人赐教。"

离火用左袖不断擦拭着脸上的汗水和炭灰，正色道："实不相瞒，劈柴乃粗浅的基本功，没有什么窍门可循，唯有每天勤加练习，假以时日必能成功，你就拿根柴木慢慢练习吧，劈柴这差事可要比面壁思过、罚抄经书之类的处罚苦多了，不要把它想得太简单。"

天赐面色未显露任何表情，心里却无可奈何，看来这劈柴的基本功可真是伤神了。

世间万事万物，皆眼见为实，耳听为虚，更何况有时眼见都不一定为实。你本以为知道了真相，却往往停留在事物的表面，根本无法参透内在玄机，修道如此，观人观物亦如此。

数日接触下来，离火真人给李天赐的直观印象便是一个十分随和、面带笑容的伙夫，哪里有桑阳观四大真人的派头，更不用说是师兄弟口中喜怒无常的怪人了。说来也奇怪，他身材虽有些发福，却膂力惊人，劈柴更是迅疾无比。天赐在旁有样学样，却怎么也掌握不了诀窍，想来这离火真是深藏不露、隐居世外的高人。

整日劈柴虽然辛苦，但李天赐心如止水、全神贯注地做着这件差事，倒也别有滋味，尤其是那万年黑杉的树干为斧刃所劈开的缺口越来越大，他颇有成就感，劈柴也越发卖力。

所有桑阳观受责罚的弟子来到后崖做的第一件事便是劈柴，只是这差事枯燥乏味，上手虽易，有所成却实难无比，付出了大量努力，却收效甚微。这极易令人沮丧，因此很多弟子中途放弃，宁愿去做别的苦差事。然则劈柴也是修道的一种形式，修道之人在全神贯注之际，运转体内真气，便会顿觉心胸开阔，更能通络舒筋，将真气贯穿全身，提升道法的修为。

李天赐自幼便是个坚韧甚至有些固执之人，他认定的事，就会不撞南墙不回头，以至于在他眼中，劈柴这种不足挂齿之小事，更是发誓要做好。

是日，天赐一如往常地拿起那把铜斧劈柴，忽然间被那黑杉树干上的年轮吸引，树干上无数圈年轮，如同浮现出神奇的水纹旋涡，见证着时光流逝、万物沧桑。

光阴便是这世上最厉害的法术，有如大浪淘沙，时过境迁之间，这世间所有事物都会烙上时光的刻印。世间修道之人，追求的是道法的高深、法力的深厚，然则千年之后，都会化为尘土。再高深的法术都抵不过这无声无息的岁月，生命虽生生不息，宏伟壮丽，但有如长河逝水，奔腾翻滚，一去不回。

这种玄妙的念头在天赐心头徘徊，顷刻间他脑海中不知何故竟浮现出十年前刚入门时，玄木真人所传授的那句法诀“人法地、地法天、天法道、道法自然……”

这些年来，他早已修习了无数精妙深奥的法诀，但这句看似最为浅显易懂的法诀，却萦绕在他心头，最令他寻味。

“道法自然……道法自然……”

突然，李天赐心中砰的一声巨响，置身这断崖之巅，眺望四野，只觉游目骋怀，豁然开朗。

这一刻时间静止，他如沐春风，心中仿佛怀有波澜的海洋，脑海中全是那浩瀚的星河，他仿佛顿悟了这句法诀的玄妙，醍醐灌顶，心旷神怡。

是啊，生命虽绚烂，然则岁月却无痕，世间万物终究敌不过光阴流逝，都要遵守自然法则。何为天地？何为自然？何为道？何为修道的意义？何为生命的真谛？其实真正的道并不是穷其一生去探寻掌控自然之力，而是遵循自然法则，以万物为生、以天地为命。天人合一，顺其自然，随心所欲不逾矩，方是真正的道法。

念及于此，天赐紧闭双眼，张开双臂环抱这崖顶的隽秀氤氲，指尖仿似触摸到生命的痕迹。海纳百川，有容乃大，清新的空气沁人心脾，天赐只觉体内真气激荡翻腾，在全身畅通驰骋。他缓缓睁开双眸，瞳孔之中精芒骤闪，平心静气地拿起那把铜斧，朝那万年黑杉，手起斧落，一劈为二。

这些年来，他早已从起初刚入观的懵懂少年变成心智成熟的修道之人，当初体内那股刚刚萌芽的真气已成为畅通全身、源源不绝的涌泉，时光飞逝间，已然达到三清真诀境界。

他时刻牢记玄木那句“参透法诀玄妙之日，便是修为真正精进之时”，然而对于当初那句入门法诀，他却始终无法参悟，以致长时间在三清真诀第一重境界停滞不前。

其实很多时候，道法境界的飞跃，需要的也许只是某个时刻的灵光乍现。

而就在此时，这道灵光竟然在他浑然不知的时候降临，这个年轻人此刻已突破了三清要诀，进入三清真诀第二重境界——上清真境。

离火真人在旁默默注视着这个奋力劈柴的年轻人，他面带微笑，内心喃喃念道：“这后山断崖好久没有来过如此执迷不悟的弟子了啊，真是像极了当年的某人。”

随即便转身消失在那片云海之中。

第十六章 神兽现身

这些时日，李天赐每日以劈柴为乐，进入上清真境后，他的修为已然在桑阳观内傲视大多数年轻弟子了，而这一切他依然毫不知情，只觉那日天人之间的感悟，让体内真气越发充盈沸腾，仿佛充满无穷无尽的力量。

“天赐，这一月转眼过去，不知你这劈柴的功力是否有所长进啊？”

这天，离火真人笑吟吟地朝天赐问道。

在天赐心中，他深知离火平日虽事务繁忙，未对自己有过多关注，但这劈柴的课业，却也是修道的一种，他从未落下。这些时日专注于劈柴，更让他觉得修为精进不少，对于离火的良苦用心，很是感激。他面露敬意，对面前这个慈眉善目的矮胖中年道人说：“弟子谨遵真人教诲，这些日子一直在专心劈柴，现已掌握其中诀窍。”

“如此甚好，明日你就要回桑阳观了，今日，我交办你一件差事，就当作下山前最后的试炼吧。”

离火拭去额头上的汗珠说道，他总是那副忙碌的神态。

“真人，不知是何要事，弟子一定尽己所能，全力而为。”

“崖顶的柴火快用完了，你去崖下密林中砍些黑杉回来，不过千万记住，那些万年黑杉都是有灵性的物种，要遵守自然法则，有所取舍，不要坏了它们的道。”

“哦？原来崖顶这些柴木都是取自崖下密林啊，平日里可是那些师兄前去采集的？”

“正是，只不过今日事务繁忙，师兄们都抽不开身，就派你去了，可得采集三年的存量，千万记得不要坏了它们的……”

“我知道了，真人。”

天赐忍不住小声抱怨：“没想到快下山了竟然还要被派去做苦力，就算是修行，也是要采足三年的量。唉，我什么时候才能做完啊？”

“你一个人在那嘀咕什么，还不快去！”

“弟子必当牢记真人教诲，那弟子这就去了……”

天赐吐了吐舌头，便挥别离火，跃身于震雷之上，顷刻间化作一团绿光，朝崖下那片密林奔去。

那密林中长着许多参天古树，树干粗壮，树冠枝繁叶茂，树根盘根错节，密林之中阳光稀疏，日光透过树叶斑驳地洒向地面，地上生长着许多苔藓、菌类，一看便知是年代颇为久远的远古丛林。

那些万年黑杉生长在密林中央，采集日月精华，吸收天地灵气，往往一棵黑杉劈成的柴火可以烧上数月。李天赐置身其间，目光所及竟是黑暗一片，黑暗的深处像是幽暗旋涡，吞噬万物，他手握震雷，不由自主地打起了精神。

突然，他只觉腰间隐约传来滚烫的炙热感，伸手摸去，原来是那狻猊炉正发出阵阵热浪。其实狻猊炉这些年暗地里早已慢慢发生着变化，炉面狻猊体表散发的红芒无缝连接，竟逐渐形成神兽的模样，只是许久没有如此灼热了。

天赐脑海现出一丝不祥的预感，拿出神炉定睛一看，不禁心中大骇，那狻猊的头部此刻已红芒闪烁，竟与之前躯干的红光连了起来，形成一条血红色的细线。而就是这根淡淡的细线，竟将炉面整个狻猊的身形勾勒成形，那狻猊闪着红光，栩栩如生，看上去周身带火，威从中来，仿佛神兽显灵，随时要从那香炉上跃身而出。

找寻黑杉要紧，天赐未予理睬，继续朝密林深处行去，他时刻牢记着离火真人的叮嘱，害怕侵扰这片充满灵气的树林，故未御空飞行，而是在这遮天蔽日的古林之中，踽踽独行。

说来也是奇怪，这片古林虽位于仙家圣地之间，却处处散发着诡异的气息，恐怖的黑暗从四面八方侵袭而来，直叫人心惊发怵。

随着逐渐进入密林深处，空中不知何时开始阴云密布，林中浓雾漫天，树干上不时出现一张张硕大无比的蜘蛛网，那蛛网稠密，蛛丝看上去颇为结实，有些竟完全覆盖住了树冠，密密麻麻。

空气中突然泛起一阵腥臭恶心的气味，气味之中隐约夹杂着血腥的味道，一片诡谲，李天赐哪敢怠慢，体内真气蠢蠢欲动，瞪着眼睛不停环顾四周。

忽然之间，一阵窸窸窣窣的声音传来，像是某种虫类发出的声音，那声音由小变大，顷刻间仿佛化作耳语，传入天赐耳中。

“离火真人只是叫我前来采集万年黑杉，却没告诉我这密林里藏着什么东西啊。”

李天赐埋怨了一句，却听见阵阵细碎异响层层叠叠、竞相而至，到最后这诡谲至极的声响竟然从四面八方涌来，让人听来头皮发麻、毛骨悚然。

更让他感到恐惧的是，视线所及竟察觉不到任何异样，他呆立在原地，一时不知如何是好。

突然，那阵阵怪声消失了，四周死寂一片，他愕然僵立，不自觉打了个哆嗦，察觉到了黑暗中的异样。缓缓抬头朝上空望去，只见头顶的树干上，一张张恐怖的脸正张开血盆大口朝着自己，每张脸上都有八只翠绿色的眼珠，口中一对巨大的螯还流淌着莫名的液体，定睛一看，竟然是一只只硕大无比的蜘蛛。

李天赐见此情形早已呆若木鸡，根本来不及反应。

那些周身长满茸毛的怪物发出声声刺耳的厉啸，颤抖着身躯，血口之中喷出一缕缕白色的蛛丝朝天赐袭来，顷刻之间，蛛丝已紧紧裹遍他的全身，竟将他包成了一个“粽子”……

那些巨型蜘蛛眼见这送上来的美食，口中吐着蛛丝，螯肢不停摆动，将天赐从地面拖到半空中。天赐被蛛丝紧裹，只觉那蛛丝中分泌出一股清凉、散发出浓郁气味的褐色液体，使他裸露在外的皮肤疼痛瘙痒。巨型蜘蛛群将天赐用蛛丝缠裹后便置于空中，随后又伴着那阵窸窸窣窣的声响，消失在密林内，无影无踪，想必是待那蛛丝中的毒液生效，再来慢慢享用这顿“美餐”。

天赐孤身悬于空中，痛痒难耐，难道就这样眼睁睁地看着自己沦为那些恶心怪物的果腹之食吗？

“这老道士，当真是陷我于危难啊。”他又开始抱怨起离火来了。

大丈夫，当勇立于乱世，冲锋陷阵，保家卫国，斩妖诛邪，匡扶正义，大志未成，竟死得如此窝囊，这绝对是件十分羞耻的事，还有何颜面见泉下双亲！

他念及于此，祭出震雷，体内真气运转，突然之间，青芒大盛，那蛛网瞬间化作片片白沫，落入尘土。四野旋又死寂无声，杀气骤起。天赐环顾周遭，灵机而动，忽然一个翻腾，跃上树干，藏身于树冠阴影中，果然窸窸窣窣之声再次传来，是那些蜘蛛怪又杀了回来。

那些邪恶的巨型蜘蛛怪发现方才还悬吊在空中的人此刻已消失不见，只留下散落遍地的蛛网残骸，顿时面面相觑，朝空中不停怒吼。那一阵阵刺耳的尖厉嚎叫震得树叶四散，树枝上的蛛网纷飞，天赐急运真气抵御蜘蛛怪的厉啸声浪，只觉头顶树冠剧烈震颤，一只硕大无比的蜘蛛怪突然从天而降，朝他猛烈袭来。

那只蜘蛛怪个头比地面的那些要大许多，天赐不敢怠慢，手持震雷朝蜘蛛怪击去，绿光与怪物相击，瞬间一声巨响，那怪物从树干重重摔落，站在树下张牙舞爪，显得愤怒至极。天赐虎口隐隐生疼，朝下望去，只见那些蜘蛛怪成群结队地在地上挥舞着螯肢，张着血盆大口怒吼，又三五成群地沿着树干急速攀爬，顷刻之间已将他包围。

天赐心中大骇，朝临近树干跃去，那些怪物仍是紧追不舍，顷刻间又跳到了他的脚下。

此时，他听见四面八方的声响越来越多，周遭的黑暗之中，一双双阴森恐怖的眼睛正虎视眈眈地望着自己，于是急运真气，欲使出那招震雷问天。哪知此刻体内经脉穴道却不知何时已被堵住，他根本施展不了法术，只觉四肢无力，真气仿佛一瞬间荡然无存，一个踉跄，竟从树干上重重摔了下去。

显然刚才中了蜘蛛毒，又运转体内真气四处跳跃，此刻毒已侵入体内，只得坐以待毙。

李天赐有气无力地躺在地上，全身酥麻，又痛又痒，他眼皮沉重无比，无法抗拒的疲惫感遍布全身，想要就此昏昏沉沉地睡去。

突然，他只觉腰间那阵炙热感前所未有地强烈，炽热的神炉竟灼烧得皮肤有些疼痛。腰间赤芒大盛，耀眼的光芒顷刻间完全将自己包裹。那些蜘蛛怪见此情况，竟也待在原地，凶神恶煞般地不断怒吼，却不敢再往前半步。

红光越来越大，光团之中传来一阵撼天动地的吼叫，有如神兽下凡、瑞兽出世，只见那巨大光团中走出一只体形硕大无比的圣兽，圣兽显灵，天赐自幼梦寐以求的事终于发生了。

那圣兽便是传说中的狻猊，远古洪荒擎天神龙第五个儿子，那狻猊神兽周身带火，火星飞舞，火光冲天，竟照亮了这片幽暗的密林。它通体金黄，身形奇大无比，有如一块巨石，那对巨目炯炯有神，像是能洞察世间万物，四肢如古木树干那般粗壮，那条巨尾更是挥舞着巨大的炙焰火球，正滚滚燃烧，常人若是近身，只怕顷刻间便化为灰烬。

狻猊有若天神下凡，它目露神威，朝天赐缓缓望去，片刻过后，竟然开口说话：“天赐，你是遇到什么麻烦了吗？”

“你、你、你，你就是那神炉上的狻猊兽吗？你竟然会说话？”

天赐早已被眼前这一幕惊呆了，他虽对这幕情形的出现期待已久，但在这十万火急的关头，狻猊突然现身，仍是让他手足无措，他呆呆地躺在原地，望着那身形伟岸奇巨的神兽，一时竟语无伦次。

“当我感知到你身处危险时，我便会现身。”

狻猊声若洪钟。

那些蜘蛛怪看到狻猊现身，忌惮它那神威盖世的气势，呆立原地，一时不敢进攻。但它们显然不肯放过送上门来的食物，片刻过后，那在前的怪物首领，不断朝空中怒吼，其他蜘蛛怪云集响应，挥舞着螯肢，张着散发腥臭气味的血口，成合围之势朝天赐与狻猊奔来。

天赐此刻中毒已深，无法施展任何法术，他只能安静地待在狻猊身后，只见那头神兽蹲在地上，巨尾挟裹着烈焰不断在地面游走，周身地面草木却毫发无伤。

突然，只见狻猊通体金光暴闪，体内一团红光骤起，眨眼间变得巨大无比，但听它声声狂啸，一团火球从口中急速朝那群怪物喷去，电光石火之间，三五个蜘蛛怪已灰飞烟灭，但转眼那些黑影又拥了过来。

狻猊之神威，瞬间让那些怪物胆怯，却又激起了它们最为浓烈的杀意。

那蜘蛛怪首领又发出一阵划破幽暗的厉啸，周围凶潮暗涌，无数阴影从黑暗林海深处汇集而来，恐怖的气息在黑暗中蔓延开来，令人窒息。黑影将天赐和狻猊围困在中间，如同一张骇然可怖的深渊恶魔之口，正欲吞食中央那团看上去渺小至极的光亮。

无数巨大的黑影在林间攒动游走，在这暗无天日的林海中如影随形、无处不在。李天赐朝四周望去，只见身前、身后全是那攒动的黑影，窸窸窣窣，蓄势待发，他又望向那狻猊，它此刻仍是静静地蹲在地上，火光之中看不到兽面上的神情，亦未见丝毫动静。

那蜘蛛怪首领不停发出尖锐的嚎叫，密林四处随即怪声四起，首领呼号、四方响应，像是在等待首领发号施令。阳光不知何时竟斑驳地照在林间，隐约可见那些大大小小的蜘蛛怪，尖牙颤动、螯肢挥舞，顷刻间，蜘蛛军团朝着天赐和狻猊步步紧逼而来。

就在那成千上万的怪物大军压境，快要接近他们时，狻猊身上的烈焰更加炙热，红光满天，将怪物周身映得通红，其中靠得太近的蛛怪早已被火焰灼烧，化为灰烬。

只见狻猊突然之间腾空而起，朝着天空放声怒吼，瞬间天赐只觉天崩地裂，头晕目眩，一道烈焰火墙拔地而出，将天赐与狻猊围在了中心，炙热的火焰照得人睁不开双眼。那火墙朝着四周蜘蛛怪飞速靠近，怪物与烈焰交会，霎时间烟消云散，空气中不断传来蜘蛛的哀嚎以及被烈火烤焦的刺鼻味道，火墙向暗林深处四散而去，阵阵热浪源源不竭地扑面而来，天赐却感受不到任何灼烧之痛，他放眼望去，炙焰火墙过境，所到之处，蜘蛛怪被烧得片甲不留。

密林之中，火光冲天，那大大小小的蜘蛛怪早已化作残骸灰烬，这狻猊施展的火墙之术神力十足，烧得怪物全体覆没，但对周围的古木和地上植被却丝毫无损。火墙渐渐衰竭，密林又恢复了寂静，零碎的阳光投射而下，林中全是那些蜘蛛怪烧焦的残肢。

李天赐早已为狻猊的高深法力所折服，怔怔地说："狻猊神兽，果然厉害。"

狻猊此刻正用那锋利的锐爪不断踏着脚下的土地："天赐，这些鬼面狼蛛是生活在阴暗潮湿之地的恶兽，它们最怕我这狻猊神火，这下它们应该都死绝了吧。"

"原来是鬼面狼蛛，想不到世间还有如此凶煞的怪物。"

话音刚落，只见前方那堆鬼面狼蛛的尸山中传来阵阵异响，一个庞大的黑影从中赫然杀出。那张扭曲到极致，流淌着墨绿色液体的如厉鬼般的脸正恶狠狠地瞪着狻猊，只见它全身发黑，还带着方才火墙灼焰的热浪，不断挥舞着那对巨大的螯肢，怒吼咆哮，正是那凶残的鬼面狼蛛王。

“这狼蛛王只怕活上百年了，道行修为如此高深，竟不怕我的神火烈焰，既然如此，那更要尝尝我的厉害了。”

狻猊摆动巨尾，迈开四肢，全力冲击，瞬间朝着那狼蛛首领奔袭而去。

那怪物头领的同类刚才被狻猊尽数诛杀，此刻显得无比愤怒，它怒吼着，张开巨口，露出嗜血的巨齿，也扑向了狻猊。它们瞬间厮打缠斗在一起，狼蛛王张开血口狠狠朝狻猊咬去，但那神兽周身带火，烈焰炙热，狼蛛王根本无下张嘴撕咬，反而被狻猊一掌狠狠地击中了面门，瞬间墨绿色的液体又汩汩流出，看来那墨绿色的液体就是它的血液。

狻猊一掌拍下，随即又是一爪朝狼蛛王狠狠抓去，此刻狼蛛王浑身淌着墨绿色的液体，已毫无还手之力。只见狻猊神兽那天生神力的前肢，紧紧拉扯着狼蛛王的巨大螯肢，那怪物发出一声声痛苦绝望的哀嚎，根本无法抵挡。

两只螯肢硬生生地被狻猊扯下，狼蛛王浑身淌满墨绿色的液体，在密林的幽暗中，闪着幽幽绿光。它失去螯肢，仍在负隅顽抗，全身剧烈颤抖，不断怒吼，靠着身体两侧的须肢，向空中跃起，转眼间又朝狻猊袭来，两颗如利刃般的巨齿朝狻猊咬去。

狻猊见狼蛛王来势凶猛，却不慌张，看准怪物身形，一只巨掌狠狠拍去，狻猊兽天生神力，那巨掌一挥，力道更是刚猛无比，狼蛛王顷刻间便被击翻在地，激起无数尘土。

见此情形，神兽一个箭步而上，这次却是狠狠拉扯着狼蛛王那对锋利的巨齿，那对隐约闪着寒光的巨齿锐利无比，仿佛能刺穿人的灵魂，而此刻却对狻猊神兽丝毫不起作用。只听那怪物一阵剜心的痛苦嚎叫，其中一根巨齿已被狻猊生生折断，那狼蛛王使出浑身解数，口中蛛丝如漫天飞雪朝狻猊扑面而来，那蛛丝竟掩盖住狻猊周身的烈焰，瞬间便将这神兽包裹成一个巨型雪球。

只听见狻猊发出响彻九霄的咆哮，那狼蛛王浑身战栗，而身后的李天赐却安然无恙。他瞧见神兽巨尾急速摆动，周身火焰更盛，瞬间便燃尽周身密布的蛛网，风驰电掣般挥着巨大火球的龙尾硬生生砸在了狼蛛王身上，那怪物首领瞬间被砸倒在地，周身是火，通体泛红，奄奄一息，满脸绝望。

李天赐目睹狻猊和狼蛛王的激烈角斗，早已瞠目结舌。那狻猊神兽不愧为龙子，神力无敌，鬼面狼蛛王虽道行百年，法力高深，但仍是螳臂当车，自不量力。

此时，更让他惊心动魄的一幕发生了。

那狻猊神兽神威大发，叼起体形巨大的狼蛛王朝空中扔去，顷刻间，那可怜的怪物化作一颗飞石重重砸向地面。随即狻猊又迅疾无比地朝那鬼面狼蛛王扑去，巨大的力道铺天盖地而来，带着天神的怒吼、带着死神的咆哮，那怪物疯狂地挥舞着须肢在狻猊身上拼命划动，做着的垂死挣扎。狻猊周身上下虽布满了大大小小的血痕，但它仍是紧握狼蛛王的巨口，挥动强而有力的前肢奋力拉扯着、撕裂着，伴随着那怪物来自灵魂深处的绝望哀嚎，它的巨大身躯竟被狻猊硬生生地撕扯成了两半，绿色的血液四处飞溅，溅得狻猊周身墨绿尽染，凶残的鬼面狼蛛王转瞬间一命呜呼。

激战过后，一片狼藉，到处是鬼面狼蛛的尸身残骸，绿色的液体洒了一地，甚至那幽暗中的古木之上都绿芒闪耀。狻猊抬着高傲的头颅，周身烈焰滚滚，显得神威盖世。

方才这场恶战，实乃李天赐生平之所未见，半晌过后，他突然想起了什么，朝那神兽喃喃言语：“你没事吧？你身上都流血了。还有，你怎么会说话？”

“其实我并不会说你们凡间的话，这只是我们之间的精神交流。

你是我于凡尘的化身，你守护着神炉，我守护着你，故而当你身处险境时，我便能感受到你内心深处的召唤，于是现身，为你化解千难万险。”

狻猊神兽此时一脸平静，全然不顾身上的伤痕。

“哦，原来如此，你竟然是我的守护神兽，那只有我才能召唤你吧。”

“是的，我落入凡尘，附身于龙子信物之中，你便是那信物神炉的主人，只有你才能召唤我，我们的心灵是相通的。”

“那为什么之前，你一直未能现身呢？”李天赐仍是满腹疑问。

“那是因为之前你平安顺利，并未遇到任何紧急万分的危险，何况我附于这神炉之中，法力慢慢恢复，总归有个漫长的过程。”狻猊依旧神情漠然。

天赐不觉心中一阵苦笑，想到自己这些年修道也遭遇大小危险无数，竟然被这神兽尽数无视，不过好在今日这紧急关头，它终于现身。

“你也别责怪我了，从上古洪荒那场旷世之战至今已一千年了，整整一千年了，我终于再次现身，看看这个世界了。”狻猊感慨道。

“你怎么知道我在想什么？”李天赐心下起疑，好奇地道。

“不是说了，我们之间心灵相通，你想什么，我能感受得到。”

“那为什么我不能感知你的想法呢？”

李天赐一头雾水，无数疑惑萦绕心间，他对这突然现身的朋友显得兴致盎然。

“那是因为我根本没有想法，或者我的想法很简单，只有一个，那就是召集九子，召唤擎天神龙。”

“……”

李天赐心里又是一阵苦笑，不知该说些什么才好，这神兽想法果然单纯。

“时候不早了，我们出发吧。”

“出发？我们去哪儿啊？去做什么？我还要去收集万年黑杉，我……”

李天赐方才为蜘蛛丝所困，毒气攻心，勉力支撑许久，此刻身体已然疲乏无力，几欲晕厥倒地。

“你中了那鬼面狼蛛之毒，你怎么不早说？”狻猊一脸关切的神色。

“我也想早说啊，一直没机会，你不是能感应我的想法吗？为什么不知道我中毒呢？”

“这狼蛛之毒，犀利狠毒，轻则全身皮肤痛痒溃烂，重则毒气攻心七窍流血暴毙。”

“什么？那我岂不是要准备身后事了？”

狻猊面色神秘，无比认真：“也不尽然，你所中之毒尚浅，还是有破解之法的。”

李天赐颇为无可奈何，长叹一声：“你这狻猊兽，每次能不能把话说完啊，弄得我提心吊胆的。”

那神兽面带微笑，有样学样：“我也想说完啊，一直没机会，你不是也能感应我的想法吗？”

“你不是说你没有想法吗……好吧，别啰唆了，快说这毒怎么解啊？”

天赐很是无奈，完全未曾想到，这神兽如此聪明，竟能学他说话。

“其实很简单，你靠近我吧。”狻猊又不无神秘地说。

李天赐望着狻猊那周身正熊熊燃烧的烈焰，面露难色想：“你想把我烤成乳猪吗？”

狻猊感知他内心的想法，微笑着说：“放心吧，你靠过来便是，你们凡人真是奇怪，竟喜欢把自己说成牲畜。”

李天赐一脸苦笑，无言以对，只得朝周身炙焰的狻猊慢慢靠近，待走到离神兽身前约莫两尺时，他还是停了下来，驻足不前，犹豫不诀。

此时，他却突然见到狻猊周身原本流血的伤口，竟然在火焰中慢慢结痂，开始愈合了。

“放心吧，你慢慢将手伸过来，不会有事的，你看看我就知道了。”狻猊面色柔和，不住地安慰。

天赐终于伸出右手慢慢朝那狻猊靠近，待触摸烈焰之时，他本能地将手缩回，却发现根本毫无炙热之感。

那些看似灼热无比的烈焰，在他手中微微飘动，如同淡红色微风，又像是赤色柳絮，在手指间轻轻荡漾，那种奇妙的感觉，让他只觉内心舒畅万分，心田仿佛一股清泉涌动，顿时体内真气翻腾荡漾，又恢复了些许气力。

狻猊望着天赐笑着说：“没骗你吧，我这狻猊神火不只是那鬼面狼蛛的天敌，还能祛除鬼面狼蛛的毒，怎么样，还不错吧，嘿嘿。”

它静静地蹲在天赐身前，周身的火焰有些暗淡，方才还神威浩荡、形如巨石的狻猊神兽，此刻憨态可掬，毫无杀气。

“嗯，马马虎虎吧，你刚才说我们要去哪儿啊？”

天赐恢复常态，望着那头神兽，怡然自得地说。

“我们要去扬州，我们的老大囚牛早已在扬州现身了。”

“那离火真人交代的事怎么办？这样不辞而别不太好吧……”

“你师门交代的事只能放在一边了，日后再和他们解释吧，作为龙子化身，别忘了召集九子才是你的使命。好了，我要回炉中休息片刻，你这就往南去吧。”

话音未落，那狻猊神兽竟兀自化作一团红光蹿入香炉之中，消失得无影无踪。

李天赐摇头耸肩，无奈万分，心想这神兽果然不能用常理度之，只得将那狻猊炉置于腰间，于树上留下字迹，便祭出震雷御风而起，朝江南扬州方向飞去。

第十七章 柳氏孤女

初春江南，草长莺飞，绵绵春雨，细润如酥，湿润空气中飘浮着温柔的气息。扬州是九州之中最南端的州府，位于大江以南，濒临东海，因水路、陆路四通八达，各色商贾往来于此，川流不息，兴旺繁荣，渐渐成为神州浩土的繁华州府之一。

李天赐第一次离开桑阳观，来到这座比冀州城更为发达繁华的扬州城，见到生平从未见过的奇异景象，不禁啧啧称奇。

城内河流淌过，水路发达，来往舟舸不断。城中商贩穿街走巷，叫卖声、吆喝声不绝于耳，各色宏伟壮观、富丽堂皇的楼宇高堂伫立于道路两旁，身着各种服饰的百姓闲庭信步，游走于大街小巷。这片南方的梦里水乡，远离了妖兽的侵扰，人们安居乐业，一派歌舞升平的盛景。

天赐行走其间，走马观花，心旷神怡，那狻猊神兽说此处有龙子囚牛的踪影，可这偌大的扬州城，没有丝毫的头绪，真不知该从何下手。寻不到囚牛，他肚子却早已饿得咕咕叫，放眼望去，只见前方有家面食店，他摸了摸怀吃碗面几文钱就够了吧，便朝面食小店径直而去。

“客官，里边请啊，请问您要吃点什么？”店小二热情招呼道。

“小二，你们店里有什么好吃的啊？”

“这位客官，听您的口音，我看您是第一次来扬州吧？那你可来对地方了，我们这家的面食可是扬州城一绝啊，保证你吃了念念不忘，见您第一次来，我就给你推荐我们最拿手的虾仔饺面吧。”那店小二见李天赐是外地来的，眼冒精光，无比热情地说。

天赐初来乍到，人生地不熟，而且他向来对吃讲究不多，便应声道：“好，那就来碗虾仔饺面吧。”

半晌过后，一碗热气腾腾的虾仔饺面就端到天赐的面前。果然名不虚传，鲜香四溢，滑溜爽口的面条搭配着晶莹剔透的馄饨，用鲜虾熬成的汤汁浇灌，面上散着零星的葱花，芳香扑鼻，让人有种大快朵颐的冲动。

“这面团儿味道真鲜美啊。”

李天赐夹起一个馄饨，口中流涎，双眼放光。

“哈哈，这位少侠您可真会说笑，这不是面团，这叫馄饨，怎么，您从前没吃过？”小二笑道。

那馄饨是江南才有的面食，天赐自小生活在江北，吃的都是皮厚肉实的饺子，从未见过馄饨，今日来扬州第一次见到这美味的面食，竟将它说成了面团。

周围的食客，见天赐就像乡下小子进城一样，不知这馄饨为何物，均觉得有些好笑，充斥着讥笑之意的目光纷纷朝他投来。

本欲尽情享受这从未品尝过的美味，却顿然感受到他人的目光正汇聚在自己身上，李天赐心生尴尬，但他也并未顾忌诸多，只是自顾自地饿虎扑食般吃着那碗虾饺面。

顷刻间将虾饺面扫荡干净，打了个饱嗝，他朝一旁正忙着擦拭餐桌的店小二问道：“小哥，请问最近扬州城可发生过什么特别奇怪的事，譬如瑞兽出没之类的异事？”

“奇怪的事？瑞兽出没？我们扬州城这些年风调雨顺，并没有发生什么奇怪的事……”

店小二左手挠着后脑勺想了半天，灵机一动：“哦！我想起来了，听坊间传闻，城东柳芸庄许多年前就有异兽现身，那异兽硕大无比，凶残嗜血，特别是庄主神秘失踪后，那异兽更是频繁现身作恶，至今已经有很多人为此丧命，不过我劝你还是不要去的好。”

“什么？柳芸庄！”

李天赐脑中突然嗡的一声巨响，他年幼时曾见过柳芸庄前任庄主柳煜，后听闻柳煜投靠魔教，杀害烟雨阁长老沈傲天，更与自己父亲的惨死密不可分。念及于此，他心内不禁一阵激愤，化掌为拳，重重捶在了桌上，拳势犀利，震得桌椅微微颤动。

店小二被李天赐这乍起的怒气吓了一跳，畏畏缩缩地说："客官，冤有头债有主，我们可没得罪您，可别拿我们出气啊。”

却见天赐将碎银狠狠按在桌上，头也不回，径直朝城东方向走去。

一路上，天赐怒火中烧，一想起父亲的惨死，心中那股无名的怒火便像心中那幽暗旋涡般牵扯着他的灵魂。

十年前那场正邪之战，若不是柳煜叛变，正派也不会瓦解，父亲更不会惨死，至今尸骨无踪。他这一路想得入神，早已把扬州城的繁华街景抛在脑后，便径直向柳芸庄奔去，突然只觉前方人影一闪，来不及躲闪，与来人撞了个满怀。

“哎呀，这位大哥，你走路怎么不长眼睛啊，哎哟，疼死我了。”

只见一个身着白衫，市井小民装扮的少年手抚右肩，面露痛苦之色，喃喃说道。

天赐见那少年比自己矮了约一头，可能是刚才从一旁的巷子中突然走出与自己迎面相撞。自己是修道之人，这点磕碰当然不算什么，可那少年看上去没练过功夫，手无寸铁，倒像是一般的市井少年，被这狠狠一撞，估计一时半会儿也缓不过来，不禁心生愧意，抱拳躬身道歉："这位小哥，不好意思，我刚才走神了，没撞疼你吧。”

“你走路也看着点啊，什么叫没撞疼我，我狠狠地撞下你试试，骨头都断了。”

那白衫少年仍是手抚右肩，痛楚之色丝毫不减，操着浓厚的江南口音说道。

李天赐心想，就算让你狠狠撞我一下，我也没什么大碍，便站在一旁，笑而不语。

那少年见天赐一脸无辜，更是气愤："怎么，现在撞人的还是大爷啦，你倒是说句话啊，怎么着，你说吧。"

"小哥，不如这样吧，我身上的银两也不算太多，我跟着你去看大夫，若有在下效劳之处，我自当尽力。"天赐颇为无奈，不住地赔笑。

"那也只能这样了，我知道有家医馆，你跟我来吧。"

那少年像是瞬间恢复了正常，若无其事般说着，随即领着李天赐转身朝左边的石巷走去。

天赐紧跟而上，七弯八拐，穿梭于石巷之中，二人一前一后而行，良久无言。

也不知拐了多少弯，从小巷走上街道，又从街道穿回小巷，渐渐走到小巷尽头，路人稀少，门店寥寥。李天赐心下起疑，朝着那走在身前的少年朗声说道："我说这位小哥，我们走了这么久，绕来绕去，怎么还没到啊？"

话音未落，那白衫少年突然停下脚步，回过头朝他露出神秘莫测的微笑："我们已经到啦。"

只见他身后突然冒出一个与其年龄相仿的少年，天赐心中生疑，已然明白了，便回头望去，只见另外一个稍微年长的少年正站在身后，笑着望向自己。

那白衫少年从同伴手中接过一柄镔铁短棍，那短棍看上去像是一般市井流氓欺压良民所用器具，李天赐自然不为所动。

少年一脸邪笑，全然不似方才受伤的相貌，他面色嚣张，朝着天赐气势汹汹地说："嘿嘿，这位大哥，江湖救急，江湖救急啊，

乖乖交出来吧。”

天赐这个修道之人虽初次被人打劫，但并未有丝毫惊慌，他拿出震雷，朝那群市井少年微微笑着说：“这位小哥，需要我来救急吗？可要看看我手中这震雷答不答应了？”

言毕，他手执震雷化作一团光芒朝那少年而去，电光石火间，左手死死地抓住了白衫少年的衣领，右手握着法器指向身旁另一个少年的面门，以迅猛无敌之势，瞬间便制伏那两个少年，让在场三人目瞪口呆，而身后那个年纪稍长的少年早已溜之大吉。

“真是个孬种，太不够义气了，唉，也罢也罢，小爷我今日算是栽在你手里了。”

那白衣少年放弃了抵抗，悻悻然道，身旁的同伴更是丝毫不敢动弹。

“你小子，学什么不好，竟学人家打劫，我今天就饶了你们，以后可多行善事，别再干这勾当了。”

那白衣少年大喜，欣然允诺：“大侠，你就这么放过我们了？”

“怎么，不想走了？我这人古怪得紧，心思说变就变，指不定又改主意了。”

李天赐双手置于胸前，笑语连连地望着白衫少年，一派怡然自得的神色。

“那好吧，青山不改，绿水长流，英雄，我们后会有期了，哦，不对，后会无期……”

随即，白衫少年带着他的同伴，一溜烟地消失在石巷之中。

李天赐望着他们疾驰而去的背影，微微一笑，突然只觉心生异样，手朝腰间摸去，果然那放置狻猊炉的口袋早已空空如也，他满面无奈，随即朝着那些少年消失的方向飞奔而去。

可是偌大的扬州城，亭台楼阁，鳞次栉比，街道纵横交错，江南城市与北方大有不同，根本无处可寻。

各色建筑钩心斗角，雕梁画栋、宏伟华丽的庭院比比皆是，而这些江南人眼中再寻常不过的建筑，对李天赐这个初来乍到的人来说可谓头疼万分。一眨眼的工夫，那些白衣少年就已消失不见，天赐独立于人潮拥挤的街道上，左顾右盼，驻足张望，丝毫未见白衣少年的影子，只有那些脸上洋溢着安详之色的市井黎民来来往往，在享受着这江南水乡恬淡的温柔。

天色渐渐阴沉，暮春三月的气象竟是说变就变，顷刻间便下起雨来。细雨霏霏，夹杂着微风轻轻拍打着天赐的面颊，湿润了他的衣袂、他的面庞，渐渐模糊了他的视线。

“算了，还是先去柳芸庄兴师问罪。”他在心里盘算着，但转念一想，“没有神兽相助，万一我打不过柳芸庄的人怎么办？”

他就这样呆呆伫立在风雨之中，天大地大，这个孤单的身影一时竟不知该往何处。

烟雨蒙蒙，春意浓浓。忽然，一抹翠绾的倩影在雨中飘然而至，少女撑着油纸伞从李天赐眼前缓缓走过。

那抹清新秀丽的色彩深深印在了天赐的眼眸里，刻在了他的脑海中，他痴痴地望着那抹翠绾之色，巧笑倩兮、美目盼兮，环佩之声玎玲悦耳，步履轻盈珊珊作响，那淡雅脱俗的面容，那动人心扉的双眸，一颦一笑、举手投足间竟与江南水乡温婉的柔情融为一体。

世间竟会有如此美丽的脸庞，眉目如画，似轻云出岫，双瞳剪水、似谢庭咏雪，仿佛这世间的万千缱绻，就为了与她那相识瞬间的永恒。

天赐望着那宛若天仙的身影，心思早已飘去了九天星河，江南水乡，油纸伞下，是谁家少女在顾盼生辉、撩人心怀，那豪情万丈的少年，历经沧海桑田，就为了蓦然回首时，那江南烟雨中的一眼瞬间，柔情万年。

这世间有些冥冥之中的相遇，也许一眼便是永恒，天赐望着那离去的翠绾之色，心中竟生出一股莫名的惆怅。

是夜，雨停了，星河天悬，夜风呼啸，这个涉世未深的少年静静地躺在床上，脑海中全是绝美的身影，辗转反侧，良久无法入眠。

天刚拂晓，天赐便起身打坐练功，可是无论他如何施法，始终不能凝神聚气，反而心中烦闷之意越发强烈。他推开房门，漫步于庭院之中，晨风拂面消忧愁，这才烦闷渐退，稍感畅快。

客栈店小二正打理清扫着店面，准备开张营业，李天赐望着忙碌的身影，突然灵机一动："小二，请问你们扬州城内可有些闲杂人士，游手好闲之辈出没？"

"这位客官，您问这个干吗？"

那小二停下手中的活儿，无比奇怪地问着天赐。

"嘿嘿，也没什么，我就是觉得好奇，这扬州城一派祥和，人们安居乐业，便想打听打听有无流氓之徒寻衅滋事发生，我辈正派之秀，向来锄强扶弱、好打抱不平。"

李天赐憨憨一笑，望着店小二充满敬意的眼神，不觉暗中佩服自己的机智。

"客官，您有所不知啊，扬州虽看似太平，但也暗藏着隐忧，尤其是去年爆发了前所未有的旱灾，整整半年没下过一场雨，农田颗粒无收，饿殍满地，人民苦不堪言。多亏柳芸庄，行善积德，开仓救灾，才遏制住饥荒的蔓延。不过饥荒过后，部分灾民游离失所，成为流民，专门干起了打劫的勾当，尤其这扬州城，九州各地的商贾云集于此，外地人士更成了他们打劫的重点。那些流民常盘踞在城西的土地庙附近，我劝您还是别去凑热闹了。"

那店小二正色道，却见天赐此时早已面色激变，怒不可遏。

只听他牙关紧咬，恨恨说道："哼，又是那柳芸庄，表面做些笼络人心的善事，背地却干着罪大恶极的勾当，我先去找那些流民算账，再去和他们好好做个了结。"

"这位客官，您千万别去找他们麻烦，他们可是……"

那店小二话音未落，天赐便怒火中烧，双手握拳，夺门而出，朝那城西土地庙奔去。

扬州城西的土地庙，顾名思义，便是供奉土地神的庙宇，扬州百姓常来此祭拜土地爷，以祈求家庭和睦、风调雨顺，更有好事者求姻缘、求子，各类怪诞的愿望不计其数。相传那土地神颇为灵验，以至于这小小的土地庙竟常年香火旺盛，香客如织，自然也吸引了城内的流民叫花子在此乞讨。久而久之，变成了扬州流民的盘踞之地，形成了一派鱼龙混杂的世俗景象。

天赐立于土地庙前，望着庙内香火袅袅、庙外流民遍地的场景，感到很心痛，心痛这仙家圣地被这浊晦之气所玷污，更怜悯这些流民的悲苦境遇。

他放眼望去，全是衣衫褴褛的灾民，除了远处围坐着几个衣衫破烂、皮肤黝黑的叫花子，其他未见任何异样。于是，他便静立于土地庙前，不动声色地观察着周围的一切。

片刻过后，果不其然，那几个白衫少年翩然而至，他们给那些叫花子施舍了几个馒头，便围坐其间交谈起来，全然没有留意远处庙前李天赐伺机而动的身影。

只见一阵清光闪过，那堆人群中间瞬间多出一个手拿翠绿玄铁蟠龙棍的身影，众人哑口无言，尤其是那几个白衣少年更是面色诧异，心中骇然。

“你小子，快快把我的东西交出来。”

李天赐一手狠狠地抓住那群白衣少年首领的胸襟，面带怒色，厉声质问。

“什么？什么东西？大侠，我没拿你的东西啊。”

那白衣少年乖乖求饶，周围几个同伴早已被天赐的威风所震慑，呆在原地，不敢动弹。

“你小子少给我装蒜，怎么你想试试我这震雷的厉害？”

天赐将那少年举过头顶，手执震雷厉声说道。

“大侠饶命，我说便是了，你那尊香炉，我交给我们的老大了。”

“什么？你们老大？你们老大是谁，你小子可别跟我耍花招。”

“大侠，小的怎敢骗你啊，你你你，可别欺人太甚啊，我们老大马上就要来了。”

“哼，主动送上门来啊，那真是再好不过，看我不把你们这群流氓无赖一网打尽。”

“是什么人？快放开他们！”

一阵冷淡清丽的女子声音突然传来，那袭翠绾的柔色再次映入天赐的眼帘，他望着身前绝丽清秀、面色冷漠的女子，心中瞬间泛起无数涟漪。

那绝色秀丽的面容之中，竟带着一丝微微的怒意，冷漠的神情仿如彻骨寒冰，让人敬畏之心油生，天赐望着那秋水伊人般的双眸，呆呆半晌竟说不出话来。

那身着翠绾色水袖流仙裙的少女淡淡地说：“你是谁？为什么要找扬州三智的麻烦？”

只见她青丝垂腰，眉若柳叶，眼波中流露出一股让人无法抗拒的威仪。

那为首的白衣少年见来了靠山，语气也强硬起来，他望着绝妙少女，又盯着李天赐高声说道：“老大，就是这人总是找我们的麻烦，你要帮我们出头啊，让他尝尝你的厉害。”

想不到这妙龄少女竟是这些地痞无赖的带头人，李天赐心中一阵厌恶之情闪现，顿时对这女子少了许多好感。

他放开那白衣少年，肃然说道：“这位姑娘，在下由冀州而来，在此地偶遇您的朋友，其间发生些许误会，您的朋友将我那随身携带的香炉拿了。那香炉乃家父遗物，希望姑娘做主，将香炉归还于我，在下感激不尽。”

天赐这番话说得十分得体，不卑不亢，那少女听罢脸上异色一闪即逝。

“老大，你别听他胡说，是他撞人在先，我只是略施惩戒，教训教训他罢了。”

那少女迟疑片刻，正色说：“勿念，既然你拿了人家的香炉，就把香炉还给人家吧。”

遂又朝向李天赐，仍是一脸冷漠，冷冷道：“你撞了人家，也该赔个不是。”

“这位小哥，在下无心之失，希望小哥不要介怀。”李天赐朝白衣少年拱手道。

只见那白衣少年从衣内拿出那尊狻猊神炉，炉身上的狻猊神兽红光闪亮，一看便知那香炉绝非凡物，除了天赐和那少女，在场众人无不双眼冒光，如见至宝。

名叫勿念的少年将狻猊炉交给天赐，口中念念有词：“这香炉就物归原主了，既然你也赔礼道歉了，看在老大的面子上，我原谅你了。”

“慢着，将这香炉拿来给我瞧瞧。”

方才一直在旁漠然不语的少女忽然开口说话，她眉头紧锁，显是对那神炉饶有兴致，绝美的脸上竟露出若干异色。

她径直拿过狻猊炉，仔细端详片刻，朝天赐缓缓地说：“你说这是令尊遗物，你可知它的来历？”

“这个我就不太清楚了，我只知道从我出生起，这狻猊炉就一直在我身边。”

“你叫它狻猊炉？”

“不错，这是狻猊神炉，炉身上的神兽便是龙子之一的狻猊。”

天赐留了个心眼，他与这伙人交情尚浅，全然不知对方身份来历，便对这神炉的情况只言片语带过。

“龙子？你这炉身上的怪兽是龙子，我那古琴上的怪兽也是龙子，难道……”

她若有所思道。

天赐大吃一惊，心情激动万分，脱口而出：“什么？！你的古琴上也有一只异兽？敢问姑娘芳名，可以带我去看看那异兽吗？”

他初入扬州，人生地不熟，寻寻觅觅，神兽囚牛毫无踪迹。途中又遇风波，屡受耽搁，岂知柳暗花明，峰回路转，这一切想来真是踏破铁鞋无觅处，得来全不费功夫。

“你竟然不知道我们老大的来头，嘿嘿，她就是鼎鼎大名的柳芸庄大小姐柳梦晴，怎么样，吓到了吧？”

“什么？！你就是……”

这一切就像是老天爷开了个恶意的玩笑，囚牛的主人竟然是不共戴天的仇人。

李天赐心中惊诧无比，一股无名怒火升腾而出，他眼中充满杀气，待众人还来不及反应之时，便朝那名叫柳梦晴的少女全力袭去。

电光石火间，柳梦晴微微有些惊慌，显然对这个与自己年龄相仿的男子突然发难措手不及，她只觉一阵凌厉的攻势扑面而来，夹杂着翻涌的真气，排山倒海，狠辣迅疾。面对那凌厉的攻势，她飞速后退，顷刻间一缕墨绿之色从身后跃起，只见她手中多出一支玉笛。

柳梦晴手握玉笛，运转真气，衣袂飘飘，竟硬生生抵挡住震雷的攻势。随即她又傲然跃向空中，玉笛在口，阵阵绮丽悠扬的音律飘来，那音律时而平缓、时而高亢，时而柔美、时而激荡，像是一波未平一波又起的海浪，声浪阵阵入耳，不断拍打在天赐心头。少年心中竟泛起阵阵涟漪，只觉心波荡漾，原本激涌如潮的真气片刻间化作涓涓细流，神器在手却后续乏力。

此时，四周围观的人群正紧捂双耳，面露恐慌之色，声波荡漾，虽势道有所减弱，但这些修为尚浅的人显然仍无法完全抵御柳梦晴的袅袅笛音，一个个只觉心神荡漾，天旋地转，几欲晕厥倒地。

天赐纵然修为高深，但依然受那笛音所制，一时无法运转真气，施展法术，只得站在原地，恶狠狠地望着飘在半空的柳梦晴。他紧紧地攥着双拳，十指陷入掌心，咬牙切齿、青筋暴露，脸上怒色更盛。

而柳梦晴此刻也是嗔怒不已，全身真气翻涌，不断吹奏着玉笛。那笛音忽高忽低，连绵不绝于耳，天赐却全然不顾，恶狠狠地盯着这艳丽女子，受制于人，无法发难，但那笛音却也不能奈他何，二人恶相而对，僵持不下。

那笛音只是卸去天赐大半真气，却不致命，其他人也只是头晕眼花，未受到任何伤害。笛声缓缓而止，那妙龄少女渐渐落于地面，面色恢复常态，漠然说道："看来你不是与那人一伙的，不过初次见面，你为何对我痛下毒手，有本事光明正大打一场，偷袭算什么好汉？"

天赐恨恨地咬着牙，语气也有些激动地说："哼，我当然会和你打一场的，不是你死便是我亡，我李天赐定要叫你们柳芸庄血债血偿。"

仇恨充斥着他的双眼，深邃的瞳孔中竟散着几缕血丝。

柳梦晴不为所动，仍是神情冷漠，没有丝毫异样，甚至冷得让人怀疑她早已看透凡尘，如同行尸走肉般麻木不仁。

她眸中异芒闪过，冷哼一声："哼，好一个血海深仇，不共戴天！世人都以为我柳氏后继无人了吗？既然你们主动找上门来，那么明日柳芸庄恭候大驾。"

那句话虽看似平淡无奇，实则下了一道霸气十足的战书，她身为柳芸庄大小姐，从未受到如此的威胁，此刻心中早已血气翻涌。

"一言为定，我李天赐奉陪到底！"

天赐紧握震雷恶狠狠地说道，只见对方轻盈地跃向空中，衣袂飘荡，暗香涌动，不待他反应，便消失在那亭台楼阁之间，轻功着

实了得，而其余几个同伙也瞬间作鸟兽散。李天赐未将其等放在心上，只是径直望向那少女消失的天际，默然无语，夕阳斜照，余晖刻在他的脸上、身上，令他那茕茕而立的身影十分苍凉。

第十八章 冰释前嫌

次日，天色阴沉，斜风细雨，李天赐向人打听柳芸庄的大致方位后，便急急赶去。

那柳芸庄坐落于扬州城东浮玉山畔的大湖震泽之滨，那震泽相传乃远古时期大禹治水之所在，洪荒震泽，波澜壮阔，连绵千里，汇聚天地灵秀，吸收浩土精华，乃钟灵毓秀的神泽。

后因天降无妄之灾，致使震泽波涛狂怒，为害乡邻，治水之神大禹及时出现，开辟河道，疏通泽水，才制止了一场苍生浩劫。世人为纪念大禹治水之功，动用上千块巨型玄武岩，耗时数年于浮玉深山中建造成大禹神庙，专门供奉禹神。后凶兽降世，为避免天魔侵扰，禹神现身将神庙施法隐匿，故而今时神庙早已销声匿迹。

李天赐化作一团绿光朝那柳芸庄御空飞行而去，他的心中一直回荡着昨日柳梦晴的话，她口中的“那伙人”究竟指谁？莫非还有别人来向她寻仇不成？念及于此，他急速运转真气朝那柳芸庄飞去。

江南之地，地势平坦，一望无垠，天赐老远就望见下方湖畔一片翠绿柳林中的楼宇琼阁。那亭台楼阁恢宏大气，从空中望去金碧辉煌，在乌云密布之下竟也分毫不失光彩，想必就是柳芸庄所在，他随即一个翻腾，调转方向，朝那宏伟的府邸飞去。

一道绿芒从天而降，落在柳芸庄前，天赐负手而立，望向前方九州四大正派之一的柳芸庄。它就像是一座森严的城堡，比临冬城还大出许多，四周被高墙所围，城墙之上，旌旗遍布，巨大无比的厚重木门映入眼帘，大门旁边两尊圣兽的石像虎虎生威。

“桑阳观李天赐在此，请速速相见！”

李天赐眉宇中的神色睥睨至极。

忽然，原本紧闭的木门缓缓敞开，走出一个身着绿衫的少年，那少年朝李天赐径直走来，面色间却无任何异样。他走到天赐身前，正欲开口说话，便被天赐一掌打翻在地，顿时昏厥，只见天赐面露怒色，飞速朝门厅而去。

说来也是奇怪，偌大的柳芸庄除了刚才迎客的门童，门厅内却未见有家丁侍女，四方墙面上挂着各种名家字画，墙边摆着瓷器，山水花鸟，龙飞凤舞，显示出庄主是个风雅之人。只是这一切在天赐眼中，却转化为更为强烈的愤怒，那柳煜凶险恶毒，背叛正道，致其父惨死，却在这儿装儒雅高尚之士，他念及于此，更是怒不可遏，一拳打碎了身前的花瓶。

忽然，一阵宛若天籁的琴声缓缓传来，仙乐飘飘，不绝于耳，与昨日笛声大相径庭，这悠悠琴声竟无比柔和，仿如一双素手抚摸着天赐那颗愤怒的心。

“哼，我倒要看看，你们要耍什么花样！”

他慢慢恢复平静，循着琴声的方位而去。

这柳芸庄方圆百丈，屋舍众多，长廊交错，亭台水榭置于其中，庄中有景、景中有园，鸿图华构，相映成趣。

李天赐追寻良久，却只闻琴声，未见其人，他灵机一动，脚踏廊槛，手抚檐柱顺势而上，跃身于檐顶，瞬即只觉那琴声响亮，近在咫尺。琴声正是从前方不远处的天井之中传来的，他足点屋瓦，疾步快行，片刻间便来到了天井上方。

李天赐屏息聚气，潜身于天井上方，只见场中琴声悠悠，端坐着一位俊逸的年轻人，正兀自沉醉地弹奏着一方古琴。他一身白色少侠锦衣装扮，神色冷漠，英气十足，纤细的手指不断拨弄琴弦，口中却缓缓说道：“既然尊驾驾临鄙庄，为何不现身相见？”

语气平淡却威严，让人无法抗拒。

天赐心生诧异，想不到这俊逸男子修为如此深厚，竟能于琴声中识辨周围动静，于是跃身而出，落于他面前。

两个青年相顾无言，一个不停拨弄琴弦，一个手执神器蓄势待发，除此之外，场中便寻不到其他人的踪迹。

“你为何不动手？”

良久过后，那人率先开口，纤纤十指仍是不停拨弄着身前的古琴。

“你是谁？昨天那个女子呢？她约我今日来柳芸庄相见，现在是躲着不敢出来了吗？”

琴声迷离，萦绕于天赐的耳畔，挟裹着他内心的忧伤和愤怒。

抚琴男子冷若冰霜，漠然不语，未曾抬头望天赐一眼，兀自陶醉在琴声之中。

“你可知你柳芸庄与我临冬城李氏有何不共戴天之仇吗？”天赐见他置若罔闻，更是愤怒。

“是因为那个人吗？”白衣男子终于开口说话，仍是一脸冷漠。

“你知道就好，这十年来，每想到我父亲惨死魔教手下，我就十分痛苦和愤怒，而这一切都是拜柳煜所赐。十年来，我勤修道法，就是为了有朝一日替我爹爹报仇，我一定会手刃仇人，告慰他的亡灵。”言及于此，天赐双手握拳，牙关紧咬，琴声悠悠，悲伤阵阵。

“哼，手刃仇人……”

男子冷笑道，淡漠的面色中竟隐现几许哀莫之色，纤指挥舞，琴律声声入耳，波澜起伏，真气涌动，白衣猎猎作响，琴声突然化柔和为凶猛，阵阵音波袭来，令天赐内心激荡不已。

琴声越发犀利，只见那名男子突然披头散发，青丝飘飘，周身真气沸腾。李天赐心中大惊，定睛而望，他分明就是昨土地隍庙前的那个少女。

那绝丽少女手指飞速流转于琴弦间，口中喃喃念道：“你们只是一味向我寻仇，却不知这些年来我的愤恨，家破人亡，孑然一身，这一切都是因我而起，我就是天降灾星，将亲娘害死，亲爹堕入邪教，都是我咎由自取。哈哈，柳芸庄落到如今的惨状也都是因为我！”

幽怨声声，如同鬼唳，她面容扭曲至极，眼神中瞬间血丝密布，煞气阵阵，急速拨弄着那方古琴，血泪飘洒，周身真气喷薄，几于陷入癫狂之中。天赐心中骇然，未曾料想这绝色少女竟顷刻间变成这副可怖模样，他呆在原地，不知该如何是好。

古琴之声激荡无比，声波隐隐化作道道寒光朝天赐袭来，天赐哪敢怠慢，急忙祭出震雷朝寒光击去，瞬间只觉对方真气来势凶猛，他虽化解了对方攻势，体内却早已血气荡漾。

而那少女绝无停下的意图，口中依旧喃喃自语，面色比刚才更加恐怖骇人，此刻她的眼珠已完全变成红色，如同深渊中的嗜血恶魔，张牙舞爪，凶神恶煞，音波凌厉，连绵不绝。李天赐朝空中跃去，使出那招震雷问天，瞬间四条巨龙从天而降朝抚琴少女袭来，而那少女只是在原地疯狂弹奏古琴，全然不顾上方的危险。

就在四龙带着排山倒海的气势袭向柳梦晴时，突然之间，她周身金光大作，从那古琴之中竟飞出一条金色小龙与那四条虬龙激斗在一起。金龙身形虽小，但威力更盛，四龙像是感知到某种伟大的神力存在一般，顷刻间消失不见。

小龙周身泛着金光，四足强壮，龙爪锐利生辉，金鳞护体，天生神威。金色小龙久久徘徊于半空中，像是徜徉在那古琴音律里一般，随着音波翩然舞动，金光闪耀，照在柳梦晴的身上，她双眸中那恐怖的赤红色渐渐褪去，扭曲的面容也恢复正常。

天赐望着场中发生的这一幕，哑口无言，半晌过后，他才回过神来，面露喜色，断断续续说道：“难道，难道，这就是传说中的……”

他一句话还没说完，腰间的狻猊炉金光骤现，那神兽狻猊赫然现身，与囚牛隔空相望。金芒交织在一起，两头神兽却没有任何反应，显然九子重逢，正暗中交流着什么。

“不错，这就是传说中神龙的长子，九子之一的囚牛了，她便是龙子囚牛于尘世的化身。”

一阵似曾相识的声音从身后传来，打破了场中片刻的安静。李天赐朝着声音来源望去，却看到让他更为吃惊的一幕，那个再熟悉不过的身影出现在了自己眼前，正是那久未谋面的景阳真人。

在这一刻，李天赐只觉喜从天降，他十分惊喜地找到了囚牛，更是惊喜万分地和景阳真人重逢了，这些时日的忙碌、烦闷，早已抛诸脑后，此刻只剩下与故人相逢的喜悦心情。

景阳那身灰色鹤氅，已换作白色，仍是鹤骨仙风，红光满面，他微笑着望着天赐缓声说：“天赐，好久不见，你的修为可有长进啊？”

“真人，弟子可不敢忘记您的教诲，这些年，我每日勤加修习道法，道行已略有小成。”天赐在景阳面前卸下防备，毫无顾忌。

“弟子会武的事我也听师弟说了，你表现得很不错。”

“真人别夸我了，弟子还有很多不足的地方……”

景阳主动提起门派会武的事，却故意没说那场风波，李天赐只觉得很不好意思。

囚牛在空中神鬼乱舞，徘徊片刻，便又瞬间化作一团金光钻入那方古琴之中。柳梦晴脸上凶相退散，顿时颓靡昏厥，伏于琴台上，显然由于方才剧烈发功，此刻已心力交瘁。

景阳真人走上前去，轻抚这绝丽少女，微微叹道：“唉，我还是来迟一步。”

天赐心中大惊，朝景阳问道：“真人，她不是那柳煜之女吗？怎么你……”

“当年柳煜叛逃确实让我们始料未及，岂知天命难违，早在十八年前，此女就与你一样，被选作九子的化身，她那古琴所伏之神兽便是龙子囚牛，此兽喜好音律，常伏于乐器中，而柳庄主……”

言及于此，他满脸愁容，继续说道：“不，是独孤煜，他本不想传授柳梦晴法术，但见柳梦晴为囚牛传人，便将毕生所学融于各色乐器之中，传授于她，在神兽囚牛守护下，她的道行飞速提升，修为略有所成，华清凤笛及囚牛古琴使得出神入化，以音波为媒，以体内真气为根基，或抢身主攻，或辅助同伴，或扰人心魄，或平复心智，竟另辟蹊径，形成自己的路数。”

“难怪我与她两次交锋，竟被那笛音和琴声搅得心神荡漾。”天赐若有所悟。

他转念一想，又问道：“不知真人是怎么知道这些事的？”

“我也是以前偶然听柳煜提起柳芸庄的事，这才知道个大概。”

“柳姑娘既然是龙族传人，为何柳煜还要投靠魔教，他这样做岂不是违背天意，让自己的女儿蒙羞吗？”

“他向来是这样的人。当一个人的欲望和野心膨胀到极致时，就会做出背信弃义、伤天害理的事。天赐你要记住，君子坦荡、浩气长存，人生在世要无愧于心，要对得起龙族传人的身份。”

景阳随又望着此刻已昏过去的柳梦晴，微微叹息道：“唉，只是柳梦晴的成长也颇为坎坷，自打她出生，柳芸庄内便发生一连串离奇之事，庄内家丁、侍女先后暴毙，家中人丁稀少，最后谁也不愿侍奉柳氏。后来其母惨遭魔教毒手，其父一念成魔，离经叛道，堕入邪途，庄内弟子也都各自散去。她因此将自己比作天降邪星，祸害家人，弄得自己家破人亡。若不是扬州三智等人不离不弃，只怕此女已然走火入魔，郁郁而终。”

李天赐立在原地，怅然无言，他想起刚才进门时打昏的那个门童，心中懊悔不已，想不到这个与自己年龄相仿的少女竟有如此凄惨的身世，难怪她刚才那般心酸地喃喃自语。

“可她父亲终究是导致爹爹惨死的罪魁祸首，父仇似海，我是决不会就此善罢甘休的。”

“唉，是我桑阳观教导无方。修道之人正气浩然，不该有如此之深的怨念，冤有头，债有主，独孤煜固然可恨，但将仇恨横加在柳梦晴身上，实属不该。”

“既然她也是龙族传人，那我们之间也不便再有嫌隙，只望到时与独孤煜兵刃相见，她不要从中作梗。”

李天赐望着伏于琴台之上的柳梦晴，心中感慨万千，说不出的复杂。

“天赐，你没什么大碍吧？”景阳转念朝这个怔怔出神的年轻人说道。

“没，没什么大碍，方才她的势道虽凶猛，但还是招架得住。”

“那就麻烦你将柳梦晴背到房里休息吧，她方才施展琴法，几乎走火入魔，好在囚牛及时现身，稳住她的心智，不然真气反噬，后果不堪设想。”

景阳这突如其来的请求令李天赐无比尴尬，但见他不以为意，又想到柳梦晴此状皆因自己所为，也只能勉强允诺，缓缓走到柳梦晴身前，将其背负于身后。

一阵淡淡的清香扑鼻而来，沁人心脾，泛起柔情涟漪。他用眼角的余光扫视靠在肩上的那张淡雅秀美的脸庞，只见这少女眉头轻锁，吐气如兰，病态的苍白之色，更令她楚楚动人。

李天赐从未与女子有过如此亲密的接触，瞬间心跳加速，怦然心动，神情恍惚，面色微微一红，随又定定心神，径直朝里屋而去，一颗心扑通扑通，都快跳到了嗓子眼。

翌日清晨，春风阵阵，微雨菲菲，绿意盎然的柳芸庄内，小桥流水、亭台假山，交相辉映，春色满园，花香鸟语，游目骋怀间，让人心神荡漾。

李天赐漫步长廊内，手负于身后，眺望檐廊尽头，只见昨日被他打昏在地的门童朝自己径直走来，他一脸惭愧羞赧之色显露无遗，双手不自觉地摸着后脑勺。

那门童望着李天赐，脸色仍有些惊恐：“我家小姐有请李公子去雅苑一叙，景阳真人也在那里等着李公子。”

他像是害怕李天赐的发难，竟远远站在一旁。

李天赐越发过意不去，吞吞吐吐道：“那个，昨天的事不好意思啊，一场误会，一场误会，我不是你想的那样的人。”

“没事，你不是第一个这样的人了，昨天好在有景阳真人搭救，在下并无大碍。”

“听你们小姐说，经常有人向她来寻仇，不知是哪些人？”天赐正色问道。

“唉，还不是觊觎我们柳芸庄家大业大，藏宝无数，又只有大小姐一人看守，什么山贼土匪、江湖流民纷纷前来侵扰，要不是大小姐琴艺精湛，加上有神兽守护，只怕柳芸庄早就被洗劫一空了。”门童摇头叹道。

天赐若有所思：“难怪那些扬州百姓传闻，此处有凶残嗜血的巨大异兽出没，已杀害了许多无辜生灵。”

“哪里有什么凶残嗜血、硕大无比的怪兽，小姐古琴中那头异兽根本未加害过任何人，只是让他们知难而退罢了。不过真想不到这些人恶意造谣中伤我家小姐，那些百姓竟也相信了，真是以德报怨，枉费我们发粮赈灾的苦心啊。”那小小门童一脸无奈。

“如此说来，柳小姐孑然一人独守这份家业，又要抵御歹人入侵，也着实不容易。”

“大小姐性情坚韧，生性孤傲，受这莫名谣言诽谤也不屑辩白，这些年屡屡遭遇江湖险恶，故而经常扮作男子，以坚强冷峻面目示人。”

“原来如此。”

李天赐想到昨夜那个冷漠俊逸的“青年”，不禁神情激荡。

“那些江湖土匪盗贼都还好应付，只是这其中有个年轻人，经常上门寻仇，手持一把寒光冷冽的宝剑，剑法高超，厉害至极，但每次都被神兽击退。他却并未因此退缩，而是变本加厉，隔三岔五就找上门来，说什么要为师父报仇，血洗柳芸庄，小姐事后揣摩，一定是柳庄主结下的梁子。”

门童想起那段不可触及的耻辱往事，不自觉地摇了摇头。

“手执仙剑的男子？你知道他是哪个门派的吗？”

“这个我就不太清楚了，只知道每次他上门，言语不多，最初和大小姐还有交谈，到后来便是二话不说，上来就是搏命猛攻，说来也颇为奇怪，那个男子已数月未来了。”

“如此说来，那年轻人神秘莫测，很可能是某个门派的后人，替师门寻仇而来。”

“唉，这种高手上门寻仇的丑事不提也罢，家丑不可外扬，不可外扬啊。”

那门童眉头紧锁，叹了口气，随即消失在长廊之中。

此时此刻，空气中竟又回荡着昨日那缥缈的古琴声，天赐伸手置于空气中，仿佛在触摸那流动于指间的无形音符。琴声平缓温婉，毫无激荡之意，他呼吸着晨曦中微凉的空气，心旷神怡，向那悠悠琴音寻了过去。

柳芸庄占地颇广、建筑复杂，亭台楼阁之间设计构思精巧，李天赐早已领教过它的奥妙，于是摆脱了门童，径直跃于楼阁之上。他负手立于檐顶，不停朝着四周张望，只见中央有一棵参天的垂柳树。那柳树较之平常树木更为高耸粗壮，看上去有着上百年的历史，柳枝在春风里微微摇曳，柳絮漫天飞舞。柳树四周由房舍围成一个院落，比庄内其他庭院看上去要大上许多，也许那便是雅苑所在了，天赐念及于此，疾步行去。

雅苑之内，垂柳树下，一个熟悉的翠绾色身影正默默地弹着古琴，在旁驻足观望的景阳真人，面色愉悦，正享受这凡间难得几回闻的飘飘仙乐。

天赐从屋顶跃下，望着景阳真人，悄声说："真人，她身子没什么大碍了吧？"

随即，又看向那正在抚琴的柳梦晴，只见她表情冷漠、双眸轻合，指尖不断触碰着身前的琴弦。

"放心吧，柳姑娘只是真气过度运转，经过一夜休息，她现在已然无恙了。"

柳梦晴并未被两人的交谈所打扰，人琴合一，兀自沉醉在天籁之音中，二人生怕破坏这美妙的氛围，相视而笑，默然不语。乐曲悠扬，奇妙的音符像是挥动翅膀的仙灵飘舞在空气中，两人的心也与之柔情共舞，融化在早春江南的清新里。

一曲奏罢，余音绕梁，柳梦晴的面色微微有些红润，她抬头望向景阳和天赐，表情仍是冷漠，淡淡说道："昨夜是你们救了我吗？"

景阳真人面带柔色，拱手而道："柳姑娘，不是我们救了你，是囚牛救了你。"

"囚牛？哦，原来是小囚救了我。"柳梦晴一脸不解。

景阳听见这个冰冷如霜的少女竟给神兽囚牛取了这么个有趣的绰号，也不在意："正是，这囚牛乃龙之九子的老大，喜好音律，故而伏于你这囚牛古琴之中。"

"哦，我曾经听那个人说过这异兽的来历，还说我是什么龙子传人。"

柳梦晴仍是不愿提及"柳煜"二字，显然对于父亲的背叛无法释怀。

"柳庄主之前恐怕已给你说了个大概，剩下的由贫道来补充吧。"

景阳言毕，突然发觉自己好似说错话了，不禁朝那少女望去，但见她眉宇间未有任何异样，便酝酿片刻，将龙九子的来龙去脉详细述说一番。

良久过后，只见她若有所悟，神情却仍是冷漠，不知心里在想些什么。

“如此说来，小囚是老大，此人的狻猊是老五，难怪此人香炉之中的异兽和我这囚牛同时现身。那我们岂不是还要找寻其余七子？”她冷眼望向李天赐，正色道。

天赐对她那睥睨的神情早已习惯，也不在意，拱手道：“柳姑娘，在下李天赐，我这香炉之中正是狻猊神兽，以后我们就是一家人了，我虽年长于你，但你却是九子老大囚牛的化身，那我便唤你柳姐姐吧。”

“我呸，谁是你姐姐了？”

柳梦晴仍是冷若寒冰，毫不买账，轻哼一声：“你不是说和我有不共戴天之仇吗？怎么不和我血战到底呢？”

李天赐一脸通红，微微道：“我已听景阳真人说过了，令尊之事与你毫不相干，一场误会，我不应怪罪于你，希望你不计前嫌，今后与我齐心协力，共同寻找其余七子。”

景阳真人更是打蛇随棍上，面带笑容：“是啊，以后大家便是一家人了，希望你们能够冰释前嫌，相亲相爱。”

天赐右手不自觉地挠了挠前额，一脸害羞模样，不好意思地望着对面那仍是冷若冰霜，死死盯着他的柳梦晴。

“真人，有件事这两日一直困扰于我，还望真人赐教。”

这个害羞的少年，突然调转话头朝景阳正色说道。

“是何事，但说无妨。”

“您是怎么找来柳芸庄的？又怎么知道柳姑娘乃龙子囚牛的化身？”李天赐说出了萦绕他心头已久的疑惑。

“实不相瞒，早在柳梦晴出生之时，其父柳煜便密函于我，说当日天降祥瑞，有条通体金黄的小龙盘旋于家中世代所传的一方古琴之上，后金龙钻入琴身，在琴面上形成一幅神龙腾云驾雾的图画。我随即前来查探情况，发现这正是龙子现世的征兆，那条金色小龙便是龙之九子的老大囚牛了。柳煜作为四大正派之一的掌门人，当然也知道九子的由来，他高兴之余却也忧心忡忡，更是对这囚牛之事遮遮掩掩，生怕被外人知道。此事除了我们三人，旁人皆不知晓，故而之前我一直守口如瓶。”

天赐望了一眼满脸茫然的柳梦晴，随即又问道：“为何柳姑娘会对囚牛知之甚少呢？”

“可见柳煜是别有用心，早在为背叛正道，投奔魔教做着准备，好在他并没有丧心病狂到做出将自己女儿拱手送人这种令人发指的事，不过他们恐怕已有所行动了。”景阳愤愤道。

当年古刹一役，正派死伤惨重，十年过去，投靠独孤氏的柳煜，早已得到器重，成为独孤氏的核心人物。这十年间，正道式微，魔教崛起，他们若是知晓九子的下落，必定会消灭九子，阻止神龙现世，此乃天魔教当前的首要任务。

听闻景阳所说，李天赐与柳梦晴同时色变，异口同声道：“什么？！他们要做什么？”

天赐望着柳梦晴，发现这个秀美少女也在望着自己，冷漠的神色中却多了几许关切。

景阳沉吟半刻，神情肃穆：“我昨日来扬州，在百姓口中听闻柳芸庄附近曾有异兽出没，残害乡邻，以致数人惨死，我担心梦晴安危，故特来查看虚实。”

“哪里是什么异兽加害，据我所知囚牛未曾杀害任何人。”

天赐忙着为柳梦晴辩解，他望向那少女，只见她眼神中多了一丝亲切，但眼神交会的瞬间又转向了别处。

“没错，囚牛乃神兽，通晓人性，绝不会无缘无故加害于人，但我在柳芸庄周边查探半日，还是发现了魔人活动的踪迹。我在震泽湖畔的草丛里找到了部分乡民的残肢，那些残肢像是被某种凶恶野兽的利齿撕扯脱落，其中还掺杂着赤褐色的小虫，那些小虫正是喂了毒蛊的尸鳖。”

“喂了毒蛊的尸鳖？”

李天赐更加疑惑了，那种小虫对他来说闻所未闻，听上去像是某种阴毒邪物。

“你们有所不知，那些尸鳖正是天魔教培育的，用来炼制天魔尸兵的重要素材。”

“天魔尸兵又是什么？”

“那些天魔尸兵是天魔教的傀儡，算得上是魔教进攻九州的主力军，以尸体炼制而成，那些尸体虽残缺不全，但死而不僵，而且没有心智，不知疲倦，力大无穷。”

天赐想起父亲惨死于天魔教之手，心中愤懑不已，牙关紧咬，狠狠道:“如此说来，那天魔的触角已伸向扬州了，看来我们要加快进程，召集九子，一定要将这邪教斩草除根！”

突然，只听急匆匆的脚步声传来，原是那门童正气喘吁吁地朝这边飞奔，口中却高声疾呼：“小姐，大事不好了，据扬州三智回报，一伙天魔教徒正气势汹汹杀向柳芸庄，为首的正是端木氏的端木宇坷。”

景阳脸色骤变：“那端木宇坷乃天魔教端木氏的门主，法术高强，心狠手辣，我们还是避一避吧。”

此时，在旁一直未出声的柳梦晴却忽然开口：“真人不要惊慌，他要来便来，让他有来无回。”那冷淡的话语之间带着浓浓的杀气。

她话音刚落，便听见天空中一阵厉啸声传来，像是某种怪鸟的鸣叫，声势凶猛，划破苍穹。景阳三人大惊，想不到这天魔教徒这么快就到了。

景阳急运真气跃向空中，矗立于雅苑外屋檐顶之上，抬头望向远方，只见西南方位一大片黑压压的阴影向柳芸庄急速涌来，那阴影如同一股黑色风潮，遮天蔽日，带着重重煞气，定睛望去竟是一只只长着朱红色嘴喙，个头硕大的乌鸦。那些乌鸦嘶鸣着、疯狂扑扇着羽翼，朝他们三人袭来。

景阳大惊，从檐顶跃下，皱了皱眉头："是天魔拓跋氏的魔宠血鸦！"

"血鸦？那是什么？"天赐对叫声的来源疑惑不解。

"血鸦是拓跋氏独有魔宠，相传十分凶残，嗜血成性，常成群结队而动，所到之处，生灵走兽片甲不留。那拓跋氏以饲养各类魔宠作为他们的秘密武器闻名。那些魔宠声势浩大，常人难敌，如此看来拓跋与端木两氏已经联手了，端木宇坷是要将这拓跋氏的血鸦作为他们的先锋了。"景阳真人正色道。

"哼，管他来的是什么牛鬼蛇神，一个都别想活着回去！"

柳梦晴眼中的杀气更盛。

她拿出那六弦囚牛古琴，纤指挥舞，一波胜过一波的音浪瞬间弥散在空气中。

忽然，厉啸之声骤起，雅苑上方的天空已完全被那黑色阴影覆盖，盘旋在众人头上的阴影如同幽暗深邃的泥沼，黑压压的一片，瞬间便要吞没整个大地。抬眼望去，只见成群结队的血鸦在上方盘旋，疯狂地鸣叫、嘶吼，等待着一声令下，便要朝他们急速来袭。

一声更为刺耳狂暴的厉啸从远方传来，那群血鸦像是感知到了召唤一般，自上而下发了疯似的朝三人扑来，景阳等人神色严峻，各执法器严阵以待，一场恶战在所难免。

柳梦晴此刻更是急运真气，葱白的玉指在六根琴弦上来回游走，那琴音瞬间大盛，宛如波涛汹涌的骇浪，一波更胜一波，自下而上朝

着那群血鸦飞速涌去，瞬间便将几只飞在前阵的血鸦击得血肉横飞、支离破碎。

血鸦闻到血液的味道，哪里还停得下来，这些魔宠奋不顾身朝园中三人冲去，顷刻间便被那囚牛古琴连绵不绝的音波击中，肉身四分五裂，鲜血横飞，命归西天。

那囚牛古琴着实厉害，阵阵音波好似锐利无比的锋芒，割破血鸦的肉身不费吹灰之力，在众人头顶形成了一面无形的屏障，将那些血鸦生生挡在了外面。片刻过后，那些畜生的尸身被尽数击碎纷纷坠落，在场中堆积如山。景阳与天赐更是惊奇万分，那琴音声波虽然无比厉害，但对他们却没有丝毫影响，琴声入耳，身心略微激荡之余，竟安然无恙。那些血鸦的尸身残骸铺天盖地四散开来，空气中弥漫着一股浓郁的血腥味，令人几欲作呕。

琴音阵阵，血鸦群也渐渐变得稀疏，全然不见方才那山崩地裂般的凌厉攻势。随着声声不竭的音波攻势，那些疯狂的血鸦终于偃旗息鼓，被击杀殆尽。数量庞大的血鸦残肢堆积在院中，呈现出一派惊心动魄的景象，而其余血鸦见识到了古琴的厉害，纷纷朝天空中四散飞去，瞬间消失不见。

阳光斑驳地照射下来，片片黑羽飘散在空气里，阳光下的血液鲜艳亮眼，黑色的羽毛、红色的血液，以及金色的阳光融合在一起，形成一幅无法言表的奇异画卷，琴声缓缓而歇，立于场中的景阳与天赐早已目瞪口呆。

“这《灭寂焚心》果然厉害。”

景阳沉默半晌，缓缓说道。他仍是一脸惊奇的表情，显然还未从方才激荡的琴声中抽离出来。

“你怎知此曲名叫《灭寂焚心》？”

这个清秀的少女微微感到意外，脸上红光四散，显是刚才抚琴耗损了大量真气。

“以前听柳庄主弹奏过，唉……”景阳闻曲生情，油然地感慨道。

“这《灭寂焚心》是通过损耗弹奏者大量的真气，瞬间形成巨大的音波攻势，将敌人击退，若掌控不当，极易造成真气反噬，损害施法者自身。”柳梦晴脸色苍白，缓缓地说。

“真是有劳柳姑娘了，你先别说话，调息片刻吧。”天赐关切地说道。

柳梦晴白了他一眼，随后便兀自在旁打坐调息。

突然，一声更为尖锐刺耳的嘶吼传来，吼声之大，竟震得屋檐梁柱微微颤动，梁上灰尘簌簌地掉落下来。

景阳抬头望天，皱纹横生的脸上愁云密布，只见他倒吸一口凉气，肃穆而道：“这，这是血鸦之王——天妖血隼啊。”

“天妖血隼？血鸦之王？”李天赐望着那厉啸阵阵的天空，一脸茫然。

“那是集万兽之血培育而成的恶魔，是拓跋氏族四大魔宠之一，凶残至极，没想到拓跋氏门人未亲自出马，却派出这么厉害的妖物。”

景阳话音未落，恶魔的咆哮便从四面八方纷至沓来，天雷阵阵，地动山摇。一张巨大的红幕赫然出现在天空之上，苍穹如同被生生划开一道血淋淋的伤口，鲜血缓缓渗出、流淌，血色蔓延，直至浸染整片天空。

放眼望去，那片血红之色竟然是正在炙热燃烧着的火焰，那烈焰之中两只铜钟般大的暗黑巨目正俯瞰着这片大地，那眼神像是九幽之下的食人恶魔，怨毒凶残。

天妖血隼眼中放射着异芒，以傲视苍生的桀骜扫视着整个大地，随即一声凶嚎，瞬间化作一团红光，气势惊天，朝柳芸庄中三人俯冲而来……

第十九章 魔人来袭

神湖震泽，烟波浩渺，绵延不知几千里，平静的水面不时波浪翻腾，激起阵阵水纹，习习微风伴随着清新的空气扑面而来。

烟云密布之中，三艘舸舰呈雁形排列，乘风破浪、浩浩荡荡，白帆红旌，迎风招展。中间那艘巨舸较之其余两艘更为巨大，船身高十数丈，船头傲然立于白浪之中，木纹之间刻着一个凶兽的头颅，那凶兽张着血盆大口，青面獠牙，鬃毛刚烈，眼神露着凶光，眼角流着鲜血，面容扭曲至极，就像要从巨舸中瞬间跃出，杀伐苍生。

船头一人负手而立，苍色锦袍在风中猎猎作响，那人看上去年逾不惑，阴暗的神色中看不到一丝表情，唇边胡楂儿依稀可见，坚毅的左面上一道半寸长的伤疤骇然显现，让这个男子看上去阴沉之中竟有些可怖，不怒自威。

“门主，那些血鸦已悉数败退，天妖血隼此刻正在前往柳芸庄的路上。”

男子身后忽然出现一身着白衣的青年人，朝那男人恭敬地说道。

“嗯，知道了，一切按计划行事。”面带伤疤的男人神情淡然。

“是，门主。”

青年人正欲告退，却不料那男人面色微动，突然开口问道：“那女子此刻正在干吗？”

“启禀门主，霖儿她正在船里休息，此行有她助阵，我们必定如

虎添翼。”

“哼！你懂个屁。那女子是南宫芷汐的真传弟子，阴险歹毒、蛇蝎心肠，南宫氏与独孤氏之间关系非常，可把那女子给我盯紧了，有何异动即刻回报。”男子面颊微微颤动，神色肃然。

那白衣青年神情有些激动：“门主，属下不明，我端木氏在天魔教中声势浩大，为何会如此忌惮独孤氏，实在是窝囊。”

男子神色仍是平静如水，冷哼一声：“端木垣，你身为我的得意门生，怎的连这么浅显的道理都不明白？那独孤灼枫门下高手众多，又有独孤煜加入麾下，如虎添翼，其子独孤煌，神器在手，更是厉害无比。他仗着十年前击退正派同盟，立下大功，在派中威望空前，先后笼络拓跋氏与南宫氏，联合对抗我端木氏，这才登上教主之位。只不过这十年间，他们三族明争暗斗，风起云涌，早就今非昔比了，我端木氏何不借此良机在背后顺水推舟，坐收渔利。”言毕，他面色中闪过一丝诡谲的笑容，显得很得意。

“门主真是妙计定圣教，我端木氏假意对独孤灼枫言听计从，实则暗中推波助澜，激发他们三族矛盾，再趁机统领圣教，直指九州，如此一来，霸业可成。”

“哼，这三族斗起来是迟早的事，我知道你小子对那南宫霖魂牵梦绕，但你可得给我长点心眼，别为了儿女私情误了门族大事。”

“门主请放心，有我在，霖儿她此行必不会误我们的大事。端木垣会谨记门主教诲，助我端木氏称霸天魔，统领九州。”白衣男子带着狡黠的神情转身而去。

只留下那男子不置可否，面容倨傲地立于船头。

而就在端木垣消失片刻后，一袭嫣红闪过，隐约可见嫣红之中那抹柔媚的邪笑。

天色向晚，残阳之中，似有群鸟哀鸣而逝，三艘巨舸破浪而行，浮沉于瀚泽，朝着震泽南岸那片春色柳林驶去。

而此刻那震泽南岸的柳芸庄中，杀伐之气骤起，天妖血隼挟裹着开天辟地的气势呼啸而来。院中三人各执法器严阵以待，景阳幻化三清拂尘为阵阵清芒朝血隼击去，赤白交织间，那血隼被击退数丈，挥动着巨翼在空中咆哮。

天赐手执震雷而上，全身真气鼓动，朝隼身一顿猛击，那血隼神威护体、力大无穷，竟硬生生地将震雷之力挡住。化解震雷攻势的同时，赤红光芒中赫然出现一张利喙朝天赐疯狂抢身撕咬，天赐御震雷飞翔，躲过血隼巨口，在空中四处游移。那血隼呼啸尾随，紧追不舍，一人一兽在柳芸庄上空徘徊，天地之间杀意渐浓。

天赐急运真气，腾云驾雾，却无论如何也摆脱不了身后那如影随形的血色巨影，厉啸声声，震耳欲聋。

回头望去，只见那魔宠挥舞着利爪，巨翼若垂天之云，凶恶的巨目中血色弥漫，渐渐汇聚成一团，那团赤芒在隼目中不停闪烁，无比刺眼，瞬间竟如同两柄血色利剑，从血隼巨目中迸发而出，朝天赐急速射来。

天赐大骇，急忙闪身躲过其中一道红光，另一道红芒则接踵而至，他在空中转身急停，朝着异芒来向祭出震雷，奋力掷去。那神器化作绿光与红芒相击，却见红光顷刻间密布器身，如同一条血红长蛇紧紧缠绕着翠绿色的震雷棍，片刻过后，血红之色竟渐渐隐没于棍身，与震雷化为一体，而棍顶那颗宝石此刻正精光大盛，光芒万丈，前所未有。天赐瞬间傻了眼，待他回过神来，那震雷竟调转去向，朝自己袭来。

这突生的异变让众人始料未及，天赐失去法器的辅助，全身的真气无法施展，硬生生从高空往下坠落。景阳眼疾手快，御空而上，将天赐揽入怀中，三清拂尘载着二人顺利落到地面，岂知那震雷势道不减，继续朝他们奔来。

震雷天生神力，而三清拂尘却载着两人，实力高下立现，景阳天赐只觉背后一阵锐利清芒袭来，电光石火之间，就要击中二人。

忽然，琴音骤起，柳梦晴正激奏着那方囚牛古琴，纤纤十指激荡弦间，音波声势浩大，朝失控的震雷涌去。相触瞬间，那震雷神器竟在飞行的轨迹中停了下来，随着音律左右摇晃，如同酩酊大醉的酒徒，和着音律翩然起舞，而那天妖血隼竟也停止了攻击之势，在半空中徘徊荡漾。

“难道这就是囚牛古曲其一的《含商曲》吗？”

安然落于地面的景阳，诧异地望向那抚琴正酣的柳梦晴。

“《含商曲》？”天赐疑惑不解。

“此曲是囚牛五首古曲之一，乃上古五音宫、商、角、徵、羽中的商曲，只是想不到这《含商曲》竟可让万物瞬间陷入癫狂，就连这震雷神器都不能幸免，真是厉害！”景阳忍不住赞叹道。

只见震雷神器在空中舞动片刻后，飞速下落，天赐看准来势顺手接住，定睛一看，棍顶那颗玄黑宝石早已黯淡无光，而通体的翠绿光泽也有些许黯然。

天赐手抚震雷，眼中满是疼惜之色，刚才法器为血隼异芒缠裹，以致器身耗损，让他心疼不已，但还未待他回过神来，空中厉鸣再起，那天妖血隼挣脱琴音的桎梏，慢慢恢复了正常。

琴声虽源源不绝，但入耳之势渐弱，柳梦晴双眸轻合，眉头紧缩，周身的真气也渐渐消沉，那《含商曲》的威力已大不如前。

血隼急速挥动着巨翅，在空中发了疯似的来回游走，赤红色的羽毛从空中纷纷散落，像下起了一场血雨。它那对巨目中的红芒乱射，庭院之中、屋檐之上，尘土飞扬，残垣断瓦，景阳施展那招道玄乾坤，化出道道八卦，抵挡住了那妖兽的犀利红芒。

柳梦晴一改方才激奏之势，转而指尖轻盈，灵动跳跃，音韵如同凡间精灵从古琴中飞出，耳畔琴声悠扬，较之刚才激昂壮怀的曲调，此刻的曲调更为活泼欢畅。

天赐二人只觉心中的真气瞬间盈满，心神舒畅，气力充沛。天赐朝震雷望去，只见神器恢复往常通体耀眼的翠绿之色，他心中大喜，瞬间与景阳幻化成两道光芒朝血隼击去。

避开那妖兽厉害至极的赤芒攻击，他们一个飞到其面前，一个绕到其身后，运转真气，以法宝为媒，同时朝血隼击去，血隼虽法力高强，但它前后这两人皆是当世修道之高人，法宝在手，又有那琴音辅助，以一敌二，首尾难以照应，疲于应对，立时身处下风。

两道寒光直朝血隼猛击而去，顷刻间，它周身便被划出一道道长长的伤口，血流不止。血液浸入那火红的羽毛中，变成暗红色，看上去触目惊心，那异兽被法器的光芒笼罩，一时哀嚎阵阵，伤痕遍体，难以脱身。

正当二人以为天妖血隼将坐以待毙，束手就擒之时，一股势如破竹的力道却迎头而来。

只见那天妖血隼仿佛被鲜血激发了斗志，使出浑身解数，不停怒吼，疯狂地扑扇着那对巨大的翅膀。展翅生风，来势汹涌，狂风夹带着巨大的力道朝二人奔涌，一时之间竟让他们左右摇晃，立足不稳，无法施展法术。天妖血隼疯狂挥舞着巨翼，以迅疾之势朝高空而去，瞬间便脱离战局，它的巨喙狂躁地怒号着，身体流淌着鲜红血液，眨眼间便消失在柳芸庄上空。

场内琴声渐止，柳梦晴抚琴半晌不语，她神色漠然的秀脸上泛起阵阵红润，显然是刚才急运真气所致。她此刻周身真气已然散去，青丝有些凌乱，恢复了俏丽的面容，美人如玉，吐息如兰，让人怦然心动。

景阳真人与天赐立于雅苑之中，望着刚才激战过的场景，四散的血鸦残骸、园中的破檐残瓦、空中飘零的羽毛、散落的柳絮，只觉腥气扑鼻，心血偾张。

“这魔宠当真厉害得紧，刚才真是险象环生。”景阳神情肃穆，抚须道。

“多亏了真人和柳姑娘相助，这才勉强将其击退，话说回来，这

古琴曲怎会如此奇妙，瞬间便将那天妖制伏？”

李天赐与柳梦晴渐渐相熟，竟言语自如地与这冰霜少女套起近乎来。

谁知这绮丽少女神色冷漠，轻哼一声，对天赐不理不睬。

景阳见机笑着说：“柳姑娘这囚牛古曲真是让贫道大开眼界了，真是妙极。”

柳梦晴听罢景阳一席肺腑真言，面色这才有所变化，莞尔一笑：“真人过奖了，这囚牛古曲是那个人从小囚的形态中悟出来的，每首古曲弹奏中，小囚的形态神色各有不同，或奔腾，或飘逸，或威武，或凶恶，而五首古曲便有着各自不同的作用。”

让李天赐惊奇的是，她竟突然开口说了这么多话，简直不可思议，虽然她仍旧是睥睨自己，但还是甚感欣慰。

“这独孤煜在音律方面真是奇才，只是误入歧途啊。”景阳神情落寞，微微叹息。

“我这身琴艺也多亏了他亲自相授，但正邪不两立，今后再见，我也绝不会手下留情。”柳梦晴算是敞开了心扉，短短一句，却心意决绝。

柳梦晴这些年来对柳煜恨之入骨，但他授其血肉，传其技艺，血浓于水，此乃天命难违的孽缘，与其纠结痛苦，倒不如与过去一刀两断。总有一天会再相见，此刻痛下的决心，是为了兵戎相见时歇斯底里的决裂。

触及过往回忆，场中三人神情落寞，天赐见势不对，调转话头，朝柳梦晴笑道：“我们刚才见识了《含商曲》的威力，不知其余四首古曲还有何玄妙之处啊？”

柳梦晴仍是喜怒不形于色，甚至都不正眼望向李天赐，冷冷地说：“除了《含商曲》，刚才我还施展了另一首古曲《蟾宫曲》。某年月圆之夜，琴音缥缈，小囚突然从古琴中跃出，面向高空冷月傲然而立，如同神女奔月一般，琴音荡漾，令人体内真气充盈翻涌，于是便有了这《蟾宫曲》。”

天赐面露敬仰之色：“囚牛古曲当真是妙极啊，每首曲子的背后都有一段佳话，不知其余三首又有什么绝妙之处？”

“其余几首古曲，日后自会让你见识。”少女淡淡地道。

天赐早已对这少女的冷漠习以为常，淡淡一笑：“既然如此，那很是期待姑娘以后的精湛琴艺了。”

柳梦晴冷哼一声，便不再言语。

望着眼前这凌乱不堪的雅苑，景阳真人双眉紧皱，说：“这天妖血隼全身而退，定会去而复返，我看端木氏的人很快就要杀过来了。”

“真人无须过分担心，魔人既然来了，就让他们尝尝我柳芸庄的厉害，不然还真让人以为我们好欺负。”柳梦晴显得胸有成竹。

景阳二人不禁对眼前这个看似柔弱的少女更生疑惑，这些年来，她独自一人守卫此地，不离不弃，面对外界侵扰、强敌寻仇，她凭借一己之力竟能岿然不动，除法力高强之外，或许也与这柳芸庄本身有关。

那柳煜是何等旷世奇才，道行虽算不上顶尖，但偏好奇门要术，上知天文，下知地理，对机关阵法、建筑构造也有所涉猎。这柳芸庄处处设置巧妙，匠心独运，看来很不简单，以至于眼前少女才如此有恃无恐。

正待二人寻思之际，只听耳边呼号声传来，那呼号两短一长，由远及近，像是某种警报。循声望去，三道白影转瞬之间已跃于苑中，柳梦晴淡淡地道：“来了。”

那三道白影正是扬州三智，他们白衣如雪，神色匆忙，胸前佩戴着一枚竹制短哨，径直走向柳梦晴，齐声说：“老大，魔人的船此刻将要靠岸了。”

“嗯，知道了，你们三人伏于庄内，引魔人来此吧。”她望向那白衣少年首领说道，“勿念，你于主厅静候。”

“勿闻、勿言，你二人于两侧偏厅虚张声势，而后你们三人引他前来即可。我方在暗敌在明，切记且战且退，虚实相合，不可恋战，只可智取，以达到消磨他们法力的目的。”

她嘱咐完毕，随即又向景阳与天赐望去，正色说道：“真人，我们只需在此处静候魔人入瓮。”

景阳二人在一旁啧啧称奇，想不到这少女深谙兵法诡道，临危不惧，心思巧妙，淡淡几句，尽显运筹帷幄之能。

扬州三智得令退下，场中三人负手而立，面色各异，这巨柳之下的古园又恢复了平淡如水的景象。

第二十章 端木高手

震泽南岸，水面与湖中的平静大相径庭，惊涛拍岸，雪白的浪花不停拍打着湖畔巨大的岩石，石中为流水所侵蚀的纹路清晰可见，如同岁月镌刻的痕迹，自远古以来，从未停歇。清风徐徐吹来，波光粼粼，薄雾缥缈，令这灵秀之地更添几分意境。

湖岸，缓缓漂来三艘巨舸，正欲泊船靠岸，中间的巨舰船头甲板上，一苍色锦袍男人，傲然而立，正是端木氏门主，端木宇坷。

他身后站着的便是白衣如雪的端木垣，只见他面色肃穆，眼中精光闪烁，拱手道："启禀门主，天妖血隼已安全返回，它为利器所伤，经过治疗，此刻已无大碍。"

"利器？莫非此刻柳芸庄中还有他人，竟伤得了天妖，看来此人道行不浅。"他微微惊讶，随即又淡淡地说，"不管何人，都不能阻止我们的计划，见机行事吧。对了，等会儿上岸后，放火将船烧了。"

端木宇坷眼神如炬，望向前方岸边柳林深处那座恢宏雄伟的建筑。湖面凉风袭来，吹拂着他的面颊，那道带着伤疤的脸，神色漠然，仿佛一切都尽在掌握之中。空气里满是寂寥，只有风吹白帆，船旗飘扬。

"端木门主真是好雅兴啊，恶战在即，此刻竟傲立船头，欣赏这震泽盛景，看来胜券在握啊，呵呵。"

一阵阴柔娇俏的声音传来，只见一袭嫣红色、柔媚无比的身影，泛着笑意悄然出现在船头。

“霖儿，是你啊，船马上就要靠岸了，你还是回舱里休息吧，船头风大可别着凉了。”

端木垣见南宫霖突然现身，显得很惊喜。他们此行前来，南宫霖把自己关在房里，甚少出门，端木垣这几日都是亲自送饭菜到门口，就为了一睹南宫霖芳容，可那女子却对端木垣很冷漠，一直闭门不见。

此刻她不声不响地出现在船头，仍是对端木垣视而不见，而是眼怀深意地直直盯着端木宇坷的背影。

端木宇坷头也不回地应声道：“南宫姑娘也是好雅兴，我徒儿刚才都说了，湖面风大，你还是回船舱歇息吧，坏了身子，独孤门主和南宫门主可要怪罪我了。”说这话时，他故意压低嗓音，语气显得更加阴沉，阴阳怪气，让人浑身不自在。

那年约二十、风姿妩媚的女子发出银铃般的笑声，面色却十分冷漠：“那可真是要多谢门主爱徒关心了，好菜好饭伺候周到，小女子心领了。”

说这话时，南宫霖冷冷地白了端木垣一眼，端木垣也不以为意，笑逐颜开道：“哪里的话，把姑娘伺候好是在下的莫大荣幸。”

“霖儿我特意前来提醒门主，此行可别辜负了独孤门主的嘱托啊，哈哈。”

话音刚落，又是一阵俏丽的笑声，那阴柔女子瞬间便消失在甲板上。

“哼，这婆娘真是嚣张，仗着独孤灼枫的指令，这一路上对我们暗中监视、冷嘲热讽，南宫氏在天魔教中也算得上举足轻重，就这样甘心做独孤氏的走狗，当真让人不齿。”南宫霖走后，端木宇坷终于按捺不住内心的情绪，愤愤不平地说道。

“门主不要生气，霖儿她也只是逞一时之快，必定不会做出有损

我族的事，我会好好看着她的。”

“你啊，翅膀长硬了，胳膊肘都朝外拐了。”

“怎么会？我可是一心向着端木氏，生是端木氏的人，死是端木氏的鬼。”

“你小子少跟我贫嘴。你可知道，此行安排我们前来扬州诛杀柳氏，虽说是由四大门阀商议的结果，但实则独孤灼枫从中作梗。如今天魔教中，四派相争，但他独孤氏一派独大，南宫氏女流之辈难成大器、拓跋氏行踪诡谲神秘莫测，只有我端木氏才是独孤氏真正的威胁，独孤灼枫到底还是对我端木氏有所忌惮，既然他派人监视我们，那我们就演一出戏给他来瞧瞧。”

端木宇坷目露精光，朝着不远处茂密的柳林望去，此刻船已完全靠岸，他双脚腾空跃起，朝水面飞去，随即脚踏湖面，激起无数水花，蜻蜓点水，闪转腾挪，顷刻间便负手立于湖岸。

端木垣眼看门主已抵达岸边，便左手一挥，向空中指去，中间的巨舸白帆尽收，号角响起，两侧船舶也随即响应。

只听见巨舸内机栝发动，阵阵铁索滑动之声传来，船身巨木在铁链作用下移动摩擦，不断发出声响，三艘巨舸的船头，竟缓缓地向外开启，露出两条手臂粗的巨型铁索。放眼望去，船舱底部人头攒动。端木垣又扬起右手，三艘巨舸同时发出巨大的号角之声，那些黑影像是瞬间苏醒，纷纷朝湖中跳去，定睛一看，恐怖骇人，正是那些在光天化日之下依然鬼气森森，发出幽幽绿芒，周身遍布尸虫的天魔尸兵。

魔人倾巢而出，浩浩荡荡朝柳芸庄杀来，而此刻柳芸庄正一派祥和之景。雅苑之中、巨柳之下，柳梦晴正缓缓弹奏着古琴，琴声悠扬，飘飘荡荡，景阳与李天赐负手而立，静静欣赏这天籁之音。巨柳的枝条随风而动，柳絮漫天飞舞，若不是周围仍残存的若干残破瓦砾与血鸦尸身，绝不会有人相信此地刚刚经历过一场恶战。

端木垣指挥着天魔尸兵向柳芸庄进发，却不见那南宫霖的踪影，他虽担心南宫霖的安危，但深知此女道行不浅、行事机敏，遇到危险也会全身而退，故未多加猜测，便径直向着柳林深处长驱而入。

而此刻，端木宇坷御空飞行，早已来到柳林的入口。林内寂静无声，脚踩着地面残败的柳枝吱吱作响，空中柳絮缓缓飘散，偶然飘过身前，却突然加速坠落，将袖袍划开一道浅浅的口子。他用眼角的余光向四野扫荡，只觉林中静谧得出奇，肃杀之意骤起。

电光石火间，一阵奇异的声音从土壤中传来，听上去像是某种神奇植物破土而出的声响。抬眼望去，只见那株株原本与常人身高无异的柳树，竟突然间疯狂恣意地生长，土石飞溅，天摇地动，顷刻间树身已变得粗壮无比，枝条更是如同碗口般粗大，空中飘散的柳絮凝聚成一团，朝端木宇坷迎面袭来。

他目露精光，冷哼一声，袖内真气鼓动，白芒闪现，便见他祭出一柄通体纯白，似是巨大的天然寒冰铸造而成的重剑。那重剑长约七尺，宽约六寸，光芒万丈，夺目耀眼，一看便知乃极品仙剑，重剑无锋、大巧不工。这个神色冷峻的男人，一手负于背后，一手紧握仙剑，双目轻合，悠然立于空中。

那些柳絮就要命中面门之际，只见他双眼陡然圆睁，瞳仁之中精光大盛，周身真气四溢，引剑而上，那柄纯白巨剑在空中化出阵阵剑气，剑气惊天，与柳絮交会的瞬间，那些原本汇聚在一起的柳絮即刻变作浮尘，纷纷陨落。

“哼，岚霜出世，谁与争锋。”这傲剑而立的男人冷冷道。

话音刚落，岂知那巨柳林中又发出凶猛的狂号，侧耳倾听，竟是从那些巨柳树身中传出的声音。巨柳发疯似的左右摇晃，粗壮无比的柳条在空中四处飞舞，远远看去，就像是一个长手长脚的食人巨魔在疯狂扭动着身躯，柳枝相互交织，转眼间数棵巨柳已化为一体，遮天蔽日。

端木宇坷冷眼望着此刻已漆黑一片，宛如鬼蜮的柳林，心中疑惑陡升，喃喃自语道：“这片柳林当真邪门！”

他深觉此地不宜久留，当下急运真气，御剑而起，朝树林上空飞去，却突然只觉无数巨大的力道从四面八方扑面而来，欲将自己压制下去。原来是周围的柳枝正在疯狂扭动，凶猛地朝他劈来，常人若是被这些柳枝击中，必定当场吐血，倒地而亡。

这个倨傲的男人虽道行高深，却仍丝毫不敢怠慢，将岚霜巨剑立于身前，剑刃无锋却寒光冷冽，杀意浓浓。柳枝来袭，巨剑应声而动，破空疾出，击之即碎，分毫不留。

柳枝虽为巨剑瞬间斩断，但那棵棵巨柳怒号更盛，片刻间从原来断裂的部位，竟又长出新的柳枝，又交织在一起，朝端木宇坷猛烈击来，威力更胜于前。

他脸色微变，心道这巨柳果然厉害，斩之不尽，永无休止，看来绝非凡物。当下便运转体内真气，破空而出，手持岚霜斩断漫天袭来的硕大柳枝，却脚不停步，旋即朝其中一棵柳树飞去，待靠近巨柳之时，他又突然转向，脚踏树身，沿树干而上，手中仙剑光芒万丈。

瞬间置身树顶，体内真气早已翻腾激荡，他对着树干分杈部位，双手紧握巨剑，以剑破天地之势，威猛无比地朝那柳树迅疾劈去，剑刃直入树身，自上而下，斩伐到底。岚霜寒光凛冽之间，那巨柳树身顷刻间被硬生生从中间劈成两半，切面平滑，可见其间功力着实是惊天地、泣鬼神。

端木宇坷傲然立于断木之上，面色冷漠，微微道：“看尔等妖物如何作乱。”

此时，一棵巨柳轰然倒塌，瞬间露出了一片空隙，阳光从罅隙间斑驳投来。端木宇坷淡淡一笑，根本不顾身后怪柳源源不绝的追击，奋力穿过空隙疾驰而去，瞬间便突破那片黑暗柳林，沐浴在阳光里。回头看去，那些柳枝没有了踪影，身下那片茂密的柳林又恢复了之前的平静，一片死寂。

飞行片刻，眼前便是那座宏伟府邸的大门。

他从空中跃下，负手静立于柳芸庄前，那扇巨大而厚重的木门赫然敞开，里面看不见任何玄机，他将岚霜负于身后，缓缓踱步而入。

柳芸庄大厅古色古香，分为上下两层，八根巨型朱红色木柱左右而立，雕梁画栋，富丽堂皇，各色古玩玉器，木刻石雕遍布大厅，而最让端木宇坷称奇的是那大厅两旁分立着的两面巨大铜镜。

那铜镜有两人来高，宽约四尺，镜身光滑，金芒夺目，浑然天成，未见任何匠痕。九州浩土，珍宝无数，但这么大的铜镜实乃世所罕见，柳芸庄果然家底深厚，他独立于铜镜前，一时竟陷入深深的思绪当中。

突然，只觉铜镜中白影一闪，他回头望去，便见对面楼阁之上站着一个白衣翩翩的少年，那少年目光炯炯，微笑着打量自己。

端木宇坷是何等修为高强之人，也不讶异，不疾不徐地朝那少年正色说道：“是谁在那里？”

话音刚落，他嘴角微微泛起邪笑，袖手一挥，一道清光破空而出，厉啸声声，径直击向那白衣少年，速度之快，道行稍浅之人根本无暇反应，果然清光一击即中，他面露喜色。

此人当真绝顶高手，言语间不声不响竟祭出杀招，那金锥暗器来势凶猛，对方必然当场丧命。

可他脸上的笑容还没消失，随之而来的便是满脸诧异之色，只见那清光竟生生穿透白衣少年，射入他身后的柱子中，金光闪现，正是天魔特有的沾满七虫七叶花之毒的金锥。

更让他讶异的事情发生了，那白衣少年仍是面带微笑，却慢慢凭空消失不见。

他置身厅中四处张望，只听阵阵笑声传来，那熟悉的白影又出现在对面的阁楼之上，仍是面带笑意，望着场中这个中年男人。

“幻影之术！”

“哈哈哈哈，端木门主好眼力，这区区幻影之术瞒不过门主的慧

眼啊。”

爽朗的笑声像是从四面八方而来，重重叠叠，汇聚于大厅中央，笑声阵阵入耳，令人心神荡漾。

端木宇坷双眼闭合，凝神聚气，袖袍内真气翻涌，他口念法诀，那岚霜应声而出，缓缓转动，向空中升去。待升至大厅顶端时，那把岚霜巨剑忽然精光大盛，急速旋转，强大的剑气骤然爆发，顷刻间笼罩在整个大厅之上，剑气四溢，朝周围迅猛击去，剑气四处飞散游走，整个大厅门廊、阁楼，划出道道刃口，却岿然不动。看来那剑气只是点到即止，像是意图破除某种法术禁制，根本不欲摧毁整座建筑，可见端木宇坷修为是多么高深，剑术已达到随心所欲之境。

空中那把重剑慢慢停止了旋转，剑身朝上，剑柄朝下，浮于高空，微微而动，像是在暗中积蓄着力量，一触即发。

只见端木宇坷双目突睁，精光闪烁，他双手相碰，手背相触，由内向外翻转，摆出一个奇怪的指诀手印，随即两手合十朝空中巨剑指去，口中大喊道：“岚霜傲雪，剑飞惊天！”

那岚霜巨剑终于等到主人的号令，应声而发，剑身剧烈颤动，传出一阵刺耳的蜂鸣之音，朝厅顶而去。就在与屋顶接触之时，那巨剑精光更甚，势如破竹，其迅猛之威力竟生生刺破了屋顶。端木宇坷微微一笑，果然周围场景发生剧变。移形换影之间，大厅竟然消失，恢复了它本来的面貌，四方墙壁之上，各色山水字画，画着各种珍奇异兽，厅内芳香扑鼻，花木植被丛生，忽然蜂鸣来袭，正是那柄巨剑从高空下落。

他右手截住岚霜，淡淡说道：“这才是庭院的真面貌，果然鸟语花香，好不惬意，哼，独孤煜修为不深，却还真有文人雅士的闲情。”

放眼望去，只见庄中屋舍交织，门廊纵横，景观水榭置于其中，一看便知是大户人家的奢华府邸。

庄内琴声悠悠，仙乐飘飘，那琴声若有似无，缥缈骋怀。端木宇坷循声而去，便进入庄内天井之中，阳光从院落上方照下，抬头望去，院中那一方天空，湛蓝深邃，而四方的房屋却隐没于阴影之内，照不进半点阳光，更看不见阴影之中暗藏着何种杀机。

他负手立于院中，只见前方白影闪现，那个熟悉的身影又出现在前面阁楼之上，笑着说："端木门主修为果然高深莫测，让在下好生敬仰。"

让他颇为惊奇的是，后面那句好生敬仰竟是异口同声地从三人口中发出，他环顾四周，果然看见两侧的房檐之上，也傲然独立着一高、一矮两个白衣少年，三个白衣少年竟同时微笑着望着自己。

话音刚落，白衣少年们发出爽朗的笑声，在袅袅琴音中，从左、中、右三路方向消失，独留端木宇坷一人在原地。

端木宇坷御动仙剑，朝中间那白衣少年消失的路线追击而去，他起身跃于房顶，放眼朝前方望去，那白影早已在远方檐廊处若隐若现，速度之快，实乃罕见。

他当下双脚发力，脚踏檐顶瓦片，发动真气，脚底生风，急速而行，岂知那白影早已消失得无影无踪。四周或赤红色、或玄青色的屋顶，此起彼伏，延绵不知多少里，此庄占地之广，让他啧啧称奇，未及多想，便脚下发力，朝白衣少年消失的方向追去。

追击半晌，周围仍是屋檐丛生，屋檐之下或是天井，或是庭院，格局大同小异。他停下步伐，傲然立于屋脊之上，此处较其他地势略高，他放眼望去，庭院天井交错，屋檐忽高忽低，竟一眼看不到尽头，好似天地那般宽广，柳芸庄竟是这样无法想象的大。

端木宇坷眉头紧锁，眼神如炬，寻思半晌，他灵机一动，冷哼一声，再次亮出岚霜，摆出剑诀。那巨剑瞬间便幻化出层层剑气，迅猛四散，剑气未行进多远，便像是碰到了无形的墙壁，发出刺耳的声响，旋即周围场景竟又开始发生变化，他再次置身于那个天井中，周围楼台格局与方才不差毫厘，只是面前阁楼上的白影变成了那个身材略高的少

年。

“四方幻影。”端木宇坷望着前方那个少年冷冷道。

那高个少年仍是面带微笑：“端木门主好眼力，鄙人佩服不已。”

果不其然，那声“鄙人佩服不已”又同时从三个人口中发出，他环顾四野，另外两个白衣少年，正笑着立于两侧。

端木宇坷袖手轻挥，随即叮、叮、叮三枚毒锥同时应声发出，速度之快，让人瞠目结舌。毒锥朝少年所在急速袭去，但朗朗笑语之间，三个白影一闪即没，毒锥失去目标，径直射入庭院梁柱中。

“跳梁宵小，本门主正好陪你们玩玩。”

这次他并没有着急前去追击，而是再次发动绝技，施展岚霜，那神剑疯狂旋转不停，化出连绵不绝的剑气，朝那些亭台楼阁击去，瞬间便将天井周围的木柱、窗檐，削出大大小小无数道剑痕，在确定此处乃真实场景后，随即跃起，仍是朝着中间白衣少年的去向追击。

忽然周围场景异芒大盛，绚烂夺目，美轮美奂，却又是恢宏大气的园景风光呈现在眼前，园内亭台假山、小桥流水交错，花鸟鱼虫、奇珍异兽游走，芳香扑鼻，让人心旷神怡。他面色凝重，心想这一幕又一幕变幻莫测的景象，真是虚虚实实，根本无休止，让人好生焦躁不安，遂又使出那招剑气之术，向四周击去，只见剑气消失在数里之外，刺嗤嗤作响。

“哼，果然又是幻象。”

他立于飞檐之巅，手中岚霜紧握，身下衣袂飘飘，心中已然生出许多怒气。

“雕虫小技，能奈我何！”他突地冷哼一声，只见那苍色锦袍内真气鼓动。他纵身向空中跃去，旋即引剑而上，越飞越高，远远望去，只能依稀可见蓝天之中一个芝麻大小的黑点。

端木宇坷执剑凭虚御空，耳畔气流急速涌动，手中岚霜白芒大盛，他朝脚下柳芸庄望去，那座建筑竟变成棋子般大小，静立于盎然绿意之间。他神色鄙夷至极，体内真气翻滚，便化作耀眼白光朝柳芸庄冲去。

片刻过后，就待白光将要击中这座建筑之时，只见建筑上空隐约出现一道泛着清光的穹顶，那穹顶虽淡若无形，但在阳光的照耀下，却隐约透着五颜六色的光泽，如同一个巨大彩色气泡，笼罩在整个柳芸庄上空。

白光与穹顶交会的瞬间，犹如天雷撞地火，飞星入凡尘。穹顶之中发出吱吱声响，却见那白芒已应声穿穹顶而入，有如一把天外利剑，狠狠刺中柳芸庄，瞬间炸开一圈耀眼的光华。

随着光芒渐渐消失，端木宇坷高大的身影赫然显现，他嘴带邪笑，望向四周缓慢退散的穹顶清光，岚霜在身，负手而立。

“不堪一击。”

淡淡四个字从端木宇坷嘴中脱口而出，他的神情更显几分阴邪得意。

清光穹顶消失之后，眼前的光景也发生了翻天覆地的变化，少了些园景的虚幻，多了些厅堂的写实，却又不失江南名园的风范。

忽然之间，琴声幽幽传来，竟是那般前所未有的清晰，琴声入耳，虽淡然无痕，但又回味无穷，似在诉说着奏琴者的忧愁与情怀。

琴音之中，那阵阵熟悉的爽朗笑声传来，只见对面数丈之外的檐廊下方，三个白衣少年负手并立，稚嫩却英气十足的脸上，仍是那熟识的笑眼。

三人远远朝向端木宇坷躬身道：“端木门主技艺精湛，竟破了这四方幻影之术，我们扬州三智好生佩服。”

只是这次，他们却没有转身离开的打算。

“扬州三智？没听说过，请恕鄙人孤陋寡闻，哈哈哈。”

端木宇坷仗着刚才击破幻影术的余威，此刻很是狂妄，几番遭遇，这三个小娃娃只知一味逃跑，不敢与自己正面交锋，可见他们修为并

不高深。

这世上有许多人，修为未见有何高深，但语气却狂妄无比，这些人只算得上逞一时嘴舌快意的虚有其表之徒。而端木宇坷则截然不同，他的狂妄建立在自身高强修为之上，绝非盲目自大的轻狂，而是恃才傲物的霸气。

那扬州三智对这个中年男人的狂妄语气并不在意：“嘿嘿，区区贱名，不足挂齿，我等特奉柳芸庄大小姐之命前来恭迎门主大驾，还望门主屈尊跟我等前来。”

“如此，有劳三位少侠了。”端木宇坷缓缓前行，嘴角之间却突然泛起诡谲的弧线。

果然，只见他双手疾挥，三道带着剧毒的金锥从袖口中飞出，距离之近，眨眼间就要击中扬州三智，岂知那无比熟悉的一幕在他眼前再次发生。金锥带着狠辣之劲，径直穿透三个少年，深深没入后方的廊柱之中，廊檐上的尘埃纷纷飘落。

扬州三智就这样又一次眼睁睁地消失在空气中。

电光石火间，周围的场景又产生了翻天覆地的变化，那两面巨大的铜镜再次出现，在端木宇坷周身急速旋转，铜镜之中，扬州三智的身影轮番出现，带着几许阴冷的语气，恶狠狠地说道：“天魔邪徒，人人得而诛之，既然主动送上门来，就让你尝尝这五行法阵的厉害，接招吧！”

那三个白衣少年的声音反复在端木宇坷耳边回荡，搅得他有些心烦意乱。突然，那扬州三智竟在铜镜中消失得无影无踪，源源不断的氤氲黑气从铜镜里飘散而出。

“聚魂鉴！”

端木宇坷冷哼一身，脸色却微微诧异。

“不错，正是聚魂鉴，这镜鉴中聚的可都是被你们魔人残害而死的冤魂，他们在九幽之下堕为怨灵，被恶鬼欺负，凄苦无依，现在就找你们索命来了！世道轮回，涤尽凡世浊尘，苍天有眼，汝等作恶多端的贼人必会万劫不复，死无葬身之地。”

扬州三智的声音在场中回荡，很是愤恨难平，那些阴冷至极的黑气连绵不绝地从铜镜中涌出，瞬间已充斥场中，端木宇坷岚霜在手，面色肃穆，丝毫不敢怠慢。

第二一章 五行法阵

黑气滚滚而来，瞬间萦绕在端木宇坷周身，将他包裹其间。那些黑气渗透出阵阵刺骨的寒意，不时有灰影闪现，围着端木宇坷不停旋转。

突然，黑气中传来一阵惨烈的尖啸，一只形若枯槁的骨手朝端木宇坷抓去，白骨森森，可怖至极。

“真是笑话，本门主还会怕你们这些妖魔鬼怪不成。”

端木宇坷执岚霜而出，直击骨手，瞬间便将其击得粉碎，灰影散去，却又是更多的灰影出现，层层叠叠，密密麻麻。

那些冤魂发出阵阵凄冷的哀啸，反复冲击着端木宇坷，纵然毫发无损，但眼前这一幕骇然恐怖的画面还是令他微微有些胆寒。

冤魂不断穿身而过，端木宇坷只觉体内真气激荡而起，被某种无形的力量一丝一缕抽离。

他皱了皱眉，神色鄙夷至极：“想吸我真气，恐怕你们就是吸到投胎转世也吸不尽。”

只听见端木宇坷大喝一声，岚霜瞬间爆发出无数道凌厉剑气疾速射出，剑气尽数击中灰影，那些怨灵立时魂飞魄散。这些冤魂生前都是手无寸铁的百姓，被天魔戕害惨死，死后更是受尽九幽恶灵的欺辱，自然抵挡不了岚霜的神力，顷刻间被全数击退。

灰影散去，场中只留氤氲密布的黑气，悄然无声，也慢慢呈退散

之势。

“聚魂鉴金阵已破，我倒要看看你们还有什么伎俩？”

端木宇珂负手持剑而立，那张刀疤冷脸倨傲至极。他话音刚落，那股黑气突然传出一声更为刺耳的厉啸，原本四散开来的黑气，顿时汹涌流动，又汇成了一团。

黑气瞬间变得巨大，充斥整个空间，黑气中赫然显现一对赤红色血目，像是九幽之下的嗜血恶魔，吞噬凡人的血肉魂魄。

“这是……”

“是那些冤魂汇聚而成的邪灵，它吸纳这世间所有的怨念，就为了今日与你决一死战，报仇雪恨。”

扬州三智的声音冷冷传来，他们又轮番出现在铜镜中，身影飘忽，转瞬即逝。

“还真是阴魂不散啊，这下好了，要叫你们永世不得超生。”

端木宇珂引剑而出，一剑划向那两面铜镜，剑身穿铜镜而过，有如划过水面一般，激起阵阵波纹，两面铜镜缥缈摇晃，转瞬又合为一体，果不其然，又是幻象。这法术高强的魔教门主也不在意，冷哼一声，旋又直取那邪灵面门，岚霜挟裹着巨大的气焰直中邪灵，却见不到任何异样，黑气中的邪灵伸出无数只骨手，狠狠抓向端木宇珂，来势之迅，令人猝不及防。

端木宇珂临危不乱，鼓动体内真气，催剑而发，周身瞬间剑气护体，狂怒激射，将那些骨手斩得粉碎，黑气弥散，竟涌现出许多人脸。

那些人脸，有男有女、有老有少，七窍流血、痛苦扭曲，披头散发、有若厉鬼，那都是些寻常百姓的冤魂。人脸在黑气中齐声发出震慑人心的尖啸哀号，音浪一波胜似一波，层叠起伏而来，纵然端木宇珂有真气护体，可还是被震得血气偾张。

“这些都是被你们残忍杀害的人，他们无辜惨死，成为无家可归的孤魂野鬼，积怨已久，因果报应、血债血偿，现在你就去十殿阎罗陪他们吧！”

铜镜中又传来扬州三智的声音。

话音刚落，那些恐怖的人脸发出更为惨烈的惊啸，纷纷朝端木宇坷奔来。端木宇坷此刻心中怒气已盛，跃身而起，手中岚霜寒光灼世，激射出一道道剑气朝怨鬼袭去，剑气无双，四处飞散，人脸瞬间灰飞烟灭，而他的虎口也被震得疼痛无比。

正迟疑之际，只觉眼前一黑，那团黑气铺天盖地而至，那对血目之下突然张开一张鲜红色巨口，迸发出吞噬万物之势，汹涌袭来，挟裹着阵阵血腥气息，叫人作呕。

端木宇坷微微一惊，执剑直取血口，却不料那血口越来越大，死亡的气息急速旋转，他措手不及，顷刻间便被那血红色深渊吞没。顿时只觉天旋地转，身体急剧下坠，四面八方全是涌动的鲜红血液，面色惨白的恶鬼厉啸声声，有若从地狱中传来。

“哼，我还会怕你们不成。”

端木宇坷摆出一个剑诀，悬停在了空中，周身真气急剧涌动，苍袍猎猎作响。

“岚霜出世，神威浩荡，合八荒之力，屠九幽邪魔！”

他手中那柄岚霜巨剑顷刻间幻化成八把寒光闪耀的仙剑，怒剑齐发，神力骇世，以雷霆万钧之势没入血红色深渊中。

八剑激发，隐入深渊之中，悄无声息，血色深渊如同一片鬼蜮，没有任何变化。

突然，那些怨鬼停止了呼啸，原本流动着的红色死亡气息也停了下来，一阵阵刺眼的寒光从血红色中迸射而出。

端木宇坷嘴角泛起一阵倨傲的笑意。寒光袭人，瞬即在血红深渊中铺散开来，与场中那精光大盛的岚霜交相辉映。

惊人的一幕发生了，那些寒光在血渊中疯狂蔓延，交织连接在了一起，连成了一张巨网，将血渊割裂成了无数块。

端木宇坷剑指九天，体内真气激发而出，手中岚霜剧烈颤抖，那些清光像是感知到了某种召唤，在血渊中急速蔓延，鲜红色瞬间被光芒湮没，蚕食殆尽，四面八方全是那耀世的光华，刺眼夺目，场面震撼。

清光吞噬了血渊，又汇作一股，流转着朝岚霜奔去，最后全数被那把巨剑吸收，光芒去而复还，岚霜神力更胜于前。

那冷面如霜的男子，得意地看了看手中的神剑，一副有恃无恐的表情。

此刻场中已发生巨大的变化，那团黑气已消失不见，映入眼眸的竟是一方潭水，烟云弥补，不时激起阵阵水波。

“这是，玄蛇？”

端木宇坷喃喃自语了一声。

“不错，既然聚魂鉴金阵镇不住你，那就让你尝尝这神兽玄蛇的厉害！”

水面上突然浮现出三个由水汽组成的透明人影，正是那扬州三智无疑。

“那好，老夫就来会会这只畜生！”

端木宇坷持剑而立，双袖真气涌动，战意浓浓。

只见潭中的水波层层叠叠涌来，反复拍打着岸边，一浪高过一浪，最后竟化作一面水墙，朝端木宇坷扑面而来。

端木宇坷提气而起，引剑直上，顿觉身下整个大地都在剧烈摇晃，显然那水潭中的玄蛇正蠢蠢欲动、蓄势待发。端木宇坷顾不上太多，径直朝那席卷天地的水墙跃去，置身水墙之前，便觉水汽铺天盖地，冲击着他的身体，若不是修为深厚，恐怕他早已被水墙吞没，粉身碎骨。

端木宇坷是见多识广的高人，种种险象环生的场景，他都曾经历，水墙纵然宏伟壮观，来势凶猛，他也不会放在眼里。且见他祭出岚霜，以器为媒，将周身真气聚于剑身，一剑朝水墙劈去。

剑气惊世，划破长空，直击水墙，那散发出冷冽寒芒的岚霜由上至下，瞬间将水墙从中间生生劈开，端木宇坷穿身而过，只觉水汽拍面，清冷逼人。

电光火石间，身下的水潭突然开始躁动沸腾，水面急剧浮动，涌起无数浪花气泡。端木宇坷微微皱眉，还来不及反应，只见一条通体黝黑、张着血盆大口的巨蛇朝自己咬来，那大蛇体形之巨，一张血口足足挡住了半个水潭，世所罕见，完全超出端木宇坷的想象。

玄蛇巨口怒张，朝端木宇坷迅猛咬来，这魔教门主只觉一股无比巨大的力道将自己往那蛇口中吸去，当下急运真气向上飞去。那玄蛇扑了个空，随即一个翻腾又跃入水潭中，激起了满天水花。

从空中朝水面望去，两团巨大的绿光在荡漾的水波中幽幽浮现，那是玄蛇的巨眼，正凶狠地盯着高空中的端木宇坷，水潭中烟雾蔓延，已分不清哪些是水，哪些是蛇身。

那玄蛇来势凶猛，让上空的端木宇坷也为之一愣，凝神聚气全力防备。突然，水面荡起层层波纹，玄蛇眼中发出让人毛骨悚然的绿芒，将蛇头从水潭里伸了出来，吐着信子，凶神恶煞地望着端木宇坷。

这才完全见到它的真面目，体形之庞大，端木宇坷在它面前与蝼蚁无异。

端木宇坷不禁倒吸一口凉气，但见那玄蛇张开血口，露出两颗寒光闪闪的獠牙，盘踞在潭中，朝空中不断怒啸狂吼，厉声阵阵，响彻整个水潭，将端木宇坷震退数尺。他体内真气动荡，打起了十足精神应敌。

“哼，好一个黑水玄蛇，老子倒要看看你有多厉害！”

敌人越是强大就越能激发出这魔教高手的战意，他祭剑而出，发出凌厉剑气朝玄蛇击去，先发制人，才能立于不败之地。

剑气打在蛇身之上，却没有任何反应，那玄蛇果然天生神力，竟然完全无视那些剑气，朝端木宇坷咬去，两颗锐利的獠牙有如利刃一般直取端木宇坷面门。端木宇坷临危不乱，在空中闪转腾挪，轻巧避过玄蛇的撕咬，但这一去一来，却令他心惊不已。端木宇坷不敢怠慢，真气急运，一剑狠狠击在蛇头上。这一剑他已使出十足的力道，岂知那蛇头上的黑鳞坚硬至极，竟将岚霜的攻势生生挡住，力道反噬，震得端木宇坷虎口隐隐生疼。他不禁心道："如此这般纠缠下去，那畜生不但毫发无损，自己反而会被耗尽真气。"

端木宇坷念动法诀，催剑而出，岚霜在胸前精芒大盛，周身真气迸发，苍色锦袍充盈鼓动，他竟瞬间消失不见，幻化成一道锐芒遁入岚霜之中。

人剑合一，乃剑术最高境界，施法者将毕生修为汇于剑中，与剑器身心合一，便能发挥出巨大的威力。那端木宇坷虽为魔教中人，但其修为何等高深，剑法早已登峰造极，他将全部真气汇入岚霜中，与那巨剑合为一体，激射出冷冽的刺芒朝玄蛇掠去，直入蛇口，瞬间没入蛇腹中消失不见。

玄蛇吞没岚霜，怒吼狂啸着在场间疯狂游走，撕心裂肺地哀嚎，它周身黑色坚鳞中射出一道道光芒，痛苦地在场中扭曲翻滚，那庞大的身体纠缠在一起，震得整个水潭天摇地动、波浪滔天，那对巨目中的绿光此刻已迸发到了极致，像是在做着生命最后的抗争。

伴随那玄蛇最后一声撕碎苍穹的惨啸，终于，剑芒倾巢而出，从内部将玄蛇周身割裂开来，化成无数块黑色的碎片。激射而出的剑芒最后在空中会成一柱，渐渐显出人形——一个苍色锦袍男子手执巨剑，冷峻倨傲，邪狂而嚣张。

场间又发生急剧变化，之前烟波浩渺的水潭变成了一个由巨大方形坚石堆垒而成的圆形擂台，擂台四周是四个高脚火盆，周围石壁上密布着许多小孔，不知有何用途。

端木宇坷置身擂台中央，发现对面立着两尊巨大的石像，那两尊石像呈士兵模样，一个手执戈矛，一个手持斧钺，周身流光溢彩、熠熠生辉，面目坚韧俊毅、虎虎生威。

“这又是什么阵法？”

端木宇坷有恃无恐地说道。

“灵土阵，这两尊玉石像乃女娲娘娘炼石补天遗落凡间的，它们体内汇聚着世间所有被你们天魔杀害的亡灵，足够你这老头喝一壶了！”

果然，又是扬州三智的声音在场中反复回荡，只不过这次并没有见到他们现身。

“哼，真是可笑，那上古魔兽黑水玄蛇都被我斩杀，区区两块石头又能奈我何？”

端木宇坷冷哼一声，鼓动体内真气催持岚霜而出，却不料，他只觉体内真气荡然无存，而手中那把巨剑也暗淡无光。

“忘了告诉你，这灵土阵内所有法术失效，休想发动真气施展道法。”

端木宇坷吃了一惊，着实想不到这灵土阵还有禁锢法术的禁制，但随即恢复了常色：“不用法术又如何，本门主单手就能击灭这两块石头。”

他负手而立，周身锦袍无风自动，显得威严无比。

“呵呵，那就走着瞧吧。”

扬州三智的声音消失，那两尊玉像士兵瞬间动了起来，他们一人持戈、一人持斧缓慢地朝端木宇坷移动，每走一步，那巨石擂台都被震得摇摇晃晃。

端木宇坷凝神望去，那两尊石人周身像是用两块完整的玉石打造而成，深绿色的玉石密不透风，看上去坚不可摧。两尊石像足有三人来高，纵然端木宇坷身形高大，也才勉强与他们腰间平齐，举手投足之间，玉石士兵已将他完全笼罩。

一道绿光袭来，那执斧的士兵一柄巨斧狠狠地劈向了端木宇坷，

就算失去真气护体，端木宇坷也显得毫不慌张，他看准巨斧来势，侧身轻巧地闪过，却突然只觉脑后生风，那是另外一个石兵持戈向他刺来。

生死就在一线之间，端木宇坷临危不乱，祭出岚霜巨剑硬生生挡住那把巨矛，瞬间只觉双手被震得剧痛发麻。果然，失去真气的催持，那岚霜的威力顿时大减，与寻常兵器无异。

端木宇坷逃过一劫，还来不及庆幸，却见那两尊巨型石兵同时挥动矛斧朝自己迎面袭来，他被石兵左右夹击，腹背受敌，根本无法防备。

危难关头，端木宇坷看准对方来势，一个欠身，翻滚在地，从其中一名石兵的两腿间钻了过去，瞬间来到他们的后方，这才逃过那石兵的凌厉攻势。

他又惊又气，堂堂天魔四大门阀的门主，道法高强、傲世苍生，想不到竟会受这种胯下之辱，是可忍，孰不可忍。

那两尊巨石雕像转过身来，朝着端木宇坷望了一眼，面无表情地顿了一顿，显然怎么也想不出来他是如何躲过了那斧矛的凌厉攻势。迟疑片刻，它们又挥舞着戈矛斧钺朝端木宇坷击来。

如此这般被动挨打、坐以待毙，这性子傲慢的男人无论如何也忍受不了，纵然无法施展法术，他仍是挺剑而出，主动朝那两个巨型石兵迎了上去。

那石兵行动缓慢，端木宇坷则身法轻盈，神行而动，瞬间便来到其中的矛兵面前，那矛兵挥动长矛朝着身下端木宇坷迅猛刺去，端木宇坷看准来势，倏地一闪，随即跃身腾空而起，一脚踩上矛身，正好借着那长矛倾斜的角度，脚下发力，转身朝空中跃去。

他瞬间置身半空，直面另一个斧兵，他心知这两个石兵出招连贯，间不容发，故而躲过那矛兵的攻击后，借势直取斧兵而去。果然那斧兵正挥着巨斧朝他猛烈劈来，只不过这次端木宇坷早已有所防备，他双脚生风，躲过了巨斧，紧握岚霜朝那斧兵面门砍去。

瞬间火花四溅，岚霜生生砍在了斧兵头上，玉石露出一道细细的裂缝。那巨人显然对端木宇坷这一击猝不及防，呆愣在原地，毫无反应。端木宇坷心中一喜，这一击果然看到了成效，却不料背后又是冷风来袭，那矛兵又调转矛头朝他后背刺来。

巨型石兵力大无穷，矛头直接击中端木宇坷，他重重地摔在了地上，只觉那石矛势大力沉，全身上下骨痛欲裂，他忍着伤痛，吭了一声。

“尝到这灵土阵的厉害了吧？等着吧，还有好戏在后头，五行法阵、神威盖世，诛妖灭邪、就在今日，定要叫你们这些作恶多端的魔人有去无回。”

扬州三智的声音又从场中传来，搅得端木宇坷心神不宁、愤恨填胸。

此刻，场中竟然发生了变化，那巨石擂台传出一阵机栝的声响，随之开始旋转起来。两个石兵自岿然不动，倒是苦了那端木宇坷，立足不稳、站在台边左右摇晃，只得借助岚霜勉强站定。

这险象环生的场面，他生平甚少遭遇，没了真气，不能施展法术，他只能硬着头皮与那两个厉害至极的石兵近身肉搏，但见他们朝自己缓缓走过来，端木宇坷竟闭上了双眼，进入无人之境。

那剧烈的震响越来越近，像是死神姗姗而来，端木宇坷突然睁开双眼，目中精光盛起。但见斧矛二兵分别朝自己的胸前和面门袭来，他竟将岚霜横置于手臂之上，硬生生地挡住了矛斧合击。那两个巨人力道奇大，将端木宇坷完全压制下去，他只得单膝跪地，使出全身的力气抵挡，这才勉强与二兵僵持。

他平时不仅注重内功的修炼，对外身基本功的修炼更是毫不懈怠，虽算不上力大无穷，但一身筋骨也颇为健壮。可这么僵持下去，迟早还是要被斧矛剁成一摊肉泥。

他双臂向内微屈，顿时卸下巨人许多力道，趁着缓冲的良机，积

蓄全身力气朝石兵反扑，瞬间拨开斧矛，向空中跃去。两个巨人一击不中，矛斧纷纷砸向了地面，激起阵阵火星，将身下的巨石板砍成了两半。

端木宇坷在空中短暂停留，眼见长矛向上刺来，便又使出之前那招，脚踏矛身而起，手握巨剑狠狠击向斧兵的头颅，砰砰作响，那玉石又裂开了少许，竟流出一股暗黑色液体。他心头一喜，朝地面落去，岂知那擂台急速旋转间早已换了方位，他身下站着的正是那凶神恶煞般的矛兵。

他急中生智，一个纵身骑在了矛兵身上，那矛兵哪里肯甘心被人骑在头上，挥舞着利矛疯狂向端木宇坷刺去。端木宇坷左足朝他的手臂一点，那长矛顺势改变了方向，调转锋头击向对面的斧兵。斧兵本欲执斧砍向端木宇坷，不料那石矛径直而来，他急忙持斧挡在身前，斧矛相击，迸发出耀眼的火花，两个巨人瞬间被那排山倒海的力道震退数尺。

而端木宇坷也趁机从矛兵肩上跳下，落在了他们身后，他聚精会神，随时提防那两个巨人的下一波攻势。

突然，利器割破空气发出的清啸声从四面八方涌来，他定睛一看，无数道清光正从擂台周围墙壁上的小孔中掠出，向擂台中央袭来。

端木宇坷着实没想到这突如其来的一幕，大吃一惊。面对那四方来袭的暗器，他根本无处可躲，只得顺着擂台旋转的方向，三步并作两步朝两个巨人石兵跃去。生死关头、间不容发，眼见暗器袭面而来，瞬间就要纷纷打在身上，他一个翻腾，在地上滚了几圈，来到那斧兵身下，全身立时被那斧矛二兵合围笼罩。

此举实乃兵行险着，他为了躲开那些密集的暗器，只得无奈地将自己置身险地。不出所料，那些犀利无比的暗器尽数打在了石兵身上，他又逃过了一劫。只是那石兵是何等的天生神力，区区暗器根本伤不到毫发，斧兵见端木宇坷突然出现在身下，又是一记巨斧狠狠劈去。

端木宇坷有所防备，以剑相挡，顿觉对方来势凶猛，一时之间又僵持在了原地，只是这回他门户大开，已完全将自己暴露给对方。背后一阵夺命清光乍起，正是那矛兵挥动着巨矛朝端木宇坷狠狠刺来。

这修为高深的魔教门主生平从未遭逢此惊心动魄的劫难，他一脸惨然，心头闪过一丝不祥的预感。大丈夫顶天立地、壮志凌云，血战强敌、死战沙场，想不到却要如此窝囊地死在这里。

他像是感知到死神的召唤，不禁闭上眼睛叹息了一声……

可突然之间，身后传来某种巨物轰然倒塌的惊天声响，整个大地都在颤抖摇晃，背后那阵锋芒消失得无影无踪。片刻过后，整个世界仿似又静止下来，只有隐隐生疼的手臂还让他感知到自己仍然活着。他睁开双眼，面前仍是那把被岚霜挡住的锋利巨斧，转头朝身后望去，却惊喜地见到那名矛兵趴在了地上，一动不动。

他的后脑上竟插了一把锋利的暗器，暗黑色液体正源源不绝地喷薄而出。

“原来这才是你们的命门，真是天不亡我！”

端木宇坷欣喜若狂，庆幸不已，矛兵已死，又找到对方的命门，对付一个斧兵自然不在话下。

他一个翻身，向后滚去，瞬即卸去斧兵的攻势，旋又引剑而上，直取对方而来。

那斧兵一柄巨斧在身前挥得威威生风，端木宇坷只能随着擂台的旋转左右翻滚，好几次都差点被那巨斧劈中，惊险万分。

屏息之间，他又一个翻身来到了斧兵身后，见对方背后门户洞开，实乃天赐良机。他脚下发力，朝那斧兵后背踢去。他狠狠踢中斧兵后背，遂又顺势跃向了半空中，那斧兵行动迟缓，还来不及转身，便觉一阵凌厉的锋芒袭来，正是那端木宇坷持剑砍向他的后脑勺。

一击即中，岚霜直取斧兵命门，碎裂的玉石四处飞溅，暗黑色液体滚滚流出，那斧兵一声不吭，轰然倒地，巨斧脱手而出，砸在石板上，

瞬间激起亮眼的火星。

灵土阵终于攻破，端木宇坷持剑而立，不停喘着粗气，显然还在为刚才险象环生的场景心有余悸。

“既然灵土阵困不住你，那就由我们扬州三智亲自来会会你，你这老贼，尝尝炽炎阵的厉害吧！”

来不及喘息，场景又发生了急剧变化，端木宇坷发觉自己正置身于一片火海当中，周围全是熊熊燃烧着的炽热火焰，热浪扑面，好似突然就要将他当场蒸发。

眼前伫立着三个火人，火人周身正升腾起阵阵灼热至极的烈焰，面目轮廓棱角分明，正是那三个少年无疑。

“好啊，你们一齐上真是再好不过，省得老夫费力气一个一个诛杀。”

端木宇坷仍是那般邪傲，他体内真气此刻已恢复，那柄岚霜巨剑立在他身侧，正发出耀眼夺目的寒芒。

还未等那三个火人行动，这魔教高手就早已按捺不住内心的狂怒，引剑而上。之前三个阵法着实叫他吃了不少苦头，尤其是那灵土阵，还差点让他丢了性命。他此刻早已怒火中烧，将所有愤怒直指那三个少年，周身真气喷涌而出，剑锋光华漫天，气势惊人。

岚霜直接击向中间那带头的少年，却见火焰中的他竟然面无表情，根本没有做出任何应对。巨剑接触烈焰的瞬间，端木宇坷只觉一阵炽热至极的气焰由剑身传导而来，眨眼间汇入他的体内，顿觉一阵刺痛遍布周身，阵阵血气在他的身体里翻江倒海。

这灭世烈焰果然厉害无匹，若不是他以真气相挡，恐怕早已被炽焰吞噬。正暗自心惊之时，突觉身后两股热浪盛起，正是从另外两个火人中突然蹿出的两条火蛇朝他奔来。

端木宇坷见势急速挥动岚霜，幻化出层层冷冽剑气护住了周身，这才将那两条火蛇化解。一冷一热两股气焰在四周激烈交锋，瞬时爆发出一阵强大的冲击波，震得他体骨脏腑剧烈震颤，那气焰威力着实不容小觑。

“怎么？被吓到了？老贼，好戏还在后头！”

扬州三智见端木宇坷奋力抵住那两股炽焰，整个身子也被震得颤颤巍巍，不禁流露出一丝不屑的笑容。

言语之间，他们身前的火焰不停流转鼓动，最后竟化成三个偌大的火球，端木宇坷当然不敢怠慢，运转真气不停催持着岚霜，那仙剑剑身正激烈喷发出冰冷刺骨的清光寒芒。

场中传来三声巨响，三个火球以焚灭万物的气势朝端木宇坷砸来。

眼前满是鲜红之色，铺天盖地的烈焰仿佛顷刻间就要将他消融殆尽，一身锦袍也在那热浪中猎猎作响。空气中弥散着灼热的气息，端木宇坷发动诸身真气，以剑为媒，涌出层层寒霜剑气，尽数没入那三个火球。

那岚霜本就是极阴仙器，剑气阴寒至极，更何况端木宇坷一身修为深不见底，那神剑跟随他多年，已在他手中出神入化，剑气阴冷刺骨，专克那至阳的火球。

剑气尽出，端木宇坷有恃无恐地在原地观望。

正如他所料，那些冷冽剑气悉数灌入火球之中，原本剧烈燃烧着的火球突然偃旗息鼓、光芒黯淡，不停发出嗞嗞的声响，显然岚霜剑气起了作用。

突然，无数道锐利的寒芒刺破火球，喷发而出，那些火球瞬间炸裂开来，在场中爆发出席卷万物的气焰。纵然有真气护体，端木宇坷还是被那些凶猛的气焰震退数丈，全身历经着烈火的炙烤。

他丝毫不敢掉以轻心，因为那些火球虽然被击退，但是三个火人身前霎时间又幻化出三个更为灼热的火球。

“这九幽炼狱之下的炽热烈焰，席卷苍生浊尘，扫荡诸天妖邪，

今日便是你这老贼的死期。”

三颗火球火星四溅，流淌翻涌着灼热的岩浆，有如火山喷发般急速向外喷涌，缓缓上升到空中，最后竟逐渐融合在一起，形成一个巨大的火球。

巨大的火球在高空飘荡，就像一轮偌大的太阳，骄阳当头，光芒万丈。烈日挟裹着阵阵热风袭来，那是死亡的气焰，那是末世丧钟的鸣响。

端木宇坷被火球照得双眼微眯成了一条缝，这个冷傲的中年男人此刻周身正散发出冰冷刺骨的寒气，势如破竹般激荡而出，无形之间将那火球的烈焰尽数消融。

火球在高空急速旋转，喷发出无数火焰，朝端木宇坷飞来，如同下起了一场灭世火雨，整个场景都被映照成了一片刺眼的鲜红色。

令人意外的一幕发生了，端木宇坷周身寒芒尽出，不是朝着火球而去，而是在他周身缠绕，竟瞬间将他冰封成了一座人形冰川。

那些火焰尽数向冰人喷射，烈焰入体，却又悉数被冰人的寒气浇灭，顷刻间已荡然无存。

“雕虫小技，老夫倒要看看你们还有什么能耐？”

一阵铿锵有力的威严之声，从冰人体内传出，狂傲至极、不容抗拒。

三个火人并没有任何回音，而是不断施法催持着空中的烈焰火球，那火球旋转间，突然火光冲天而起，急速朝冰人坠落而来，大有毁灭天地的气势。

那冰川巨人执冰剑而出，直面火球而去。他周身寒气疯狂鼓动，竟将周围整片空气凝固，所到之处冰天雪地，寒意袭人。这一阴一阳、一冷一热的两股势力正面交锋，相互交织在一起，此消彼长，在场中激烈地爆发出阵阵骇响。

那端木宇坷集诸身真气幻化而成的冰川巨人，神力无敌，又有岚霜神剑在手，更是披荆斩棘，勇猛无敌。火球纵然将赤焰喷发到了极致，可在他浓烈的寒气面前还是黯然失色，岚霜划破长空烈焰，冰川巨人从火球中穿身跃出。

那硕大的火球竟被冰川巨人生生割裂成了两半，在空中炸裂开来，无数道剧烈燃烧的火舌溅射而出，陨落在场中，瞬间化作灰烬。

端木宇坷乘胜追击，引寒剑朝三个火人劈去，此战他一改之前颓势，威风凛凛，剑气纵横，予取予求，大有勇破这炽炎阵之势。

剑锋扶摇直上，正欲朝三个火人而来，转息之间，那三个火人竟当场消失不见，岚霜寒剑一击不中，端木宇坷只觉身后又涌来一股强大的烈焰。

扭头看去，竟是一个身形巨大的火人，那三个火人不知何时化为一体，轰然登场。巨型火人周身正不断向外喷薄着滚滚熔岩，仿佛触之便瞬间灰飞烟灭，冰川巨人虽然身形伟岸，但在那巨型火人面前也与鸡犬无异，这哪里是什么火人，分明是天火中永生的神。

突然，那火人脸上赫然睁开一对赤红色巨目，血目中疾速激发出两道血色光波朝冰川巨人击来。来势之迅猛，锐不可当，冰川巨人持剑而出，挡在身前，不断吸纳着那两股灼热的红芒，剑身在火中被烧得通红，阵阵滚烫的气息借由剑体不断传向冰川巨人，如同红色的血液在他透明的身体里涌动，将他整个身体也灼得微微发红。

那巨型火人来势猛烈，瞬间将端木宇坷完全压制，光波源源不绝地从他的巨目中传出，尽数汇聚在岚霜巨剑之上，完全盖住了那巨剑的寒芒。

终于，炙焰出尽，巨型火人停了下来，而那柄原本散发着寒气的岚霜，此刻却变成了一把正剧烈燃烧着的火剑！

“就这点伎俩？还有没有，我照单全收！”

端木宇坷带着十分不屑的语气挑衅道，他周身真气尽出，流转自如，瞬间又从极阴寒气转换为极阳真气，不断催持着那把岚霜，更令

那把神剑威力无穷。

火焰巨人显然被端木宇坷所激怒，突然一声怒吼，响彻整个场间，周身的火焰又汹涌了许多，挥舞着巨掌，朝冰川巨人狠狠拍来。见对方来势凶猛，冰川巨人向上跃起，一个欠身躲过了巨掌，遂又舞着那把火剑朝对方击去。

岚霜直入巨人血目，瞬间爆发出滚滚岩浆，以彼之道还施彼身，以阳克阳，以火治火，竟激发出惊人的威力。那巨人吃痛，又是一声怒啸，挥着巨掌朝冰川巨人劈来，冰川巨人用身体直接接住对方狠狠的一掌，顿觉骨痛欲裂，整个身体仿佛沉浮在火海里，瞬间就要消融瓦解。

他顾不上疼痛，把握住战机，一剑又朝火焰巨人的左肩刺去，剑身锋刃直接没入巨人体内，又激起了灼热的岩浆。那火焰巨人岂会善罢甘休，一只巨手倏地朝端木宇坷抓来，来势之疾，距离之近，瞬间就要将他捏成肉泥。

端木宇坷心头大惊，脚下生风，很是侥幸地从巨人五指间飞了出来，那巨人扑了个空，化掌为拳，蓄势猛烈一击。端木宇坷只得节节败退，朝后方飞去，只觉周身热浪涌现，天摇地晃，一个立足未稳，重重摔在了地上。

火焰巨人见势，又是一记重拳打了过来，那躺在地上的端木宇坷，临危不慌，唤出岚霜，在身前形成了层层寒霜剑气，火焰巨人一拳击碎第一层剑气，又是一拳击碎第二层剑气，眼见剑气就要尽数被击碎，端木宇坷把心一横，又使出了那招人剑合一。

只不过这次，他已倾尽全力，将周身真气幻化成极寒之气，与那岚霜巨剑交相辉映，化为一体。

那柄由千年寒冰铸造而成的巨剑惊天而起，发出了前所未有的蜂鸣声。剑身与巨人同高，比之前击退黑水玄蛇的利剑大出十数倍，挟裹着傲世寒霜，毁天灭地而来。

火焰巨人微微一怔，显然被眼前这柄寒霜神剑镇住了，他伸出手朝那巨剑抓去，却怎么也没想到，那寒霜巨剑竟瞬间穿透他的掌心，朝胸前刺来。

还来不及反应，他就这样眼睁睁看着那道铺天盖地的寒光没入自己的体内……

一阵刺骨的寒意从胸口传来，又瞬间朝全身蔓延而去，那火焰巨人感觉体内熊熊燃烧着的烈焰瞬间被风霜雪雨吞噬，生命的气息急速消退，周身的火海都要被那凛冽寒霜冰封。

万丈寒光从巨人体内穿射而出，他那庞大的身体被无数道剑气锋芒割裂开来，原本鲜红色的火焰，竟瞬间熄灭。乱石惊飞，震天而出，火焰巨人轰然倒塌，天崩地裂，一颗颗滚烫的巨石堆积成了一座烟火弥散的大山，破败残境，有若死域。

一团清光在天空中飘荡，清光之中，端木宇坷立于其间，衣袍迎着冲天而起的热浪猎猎作响，显得狂傲至极。

“炽炎阵已破，你们三个小兔崽子还有什么花招，尽管亮出来吧！”

他那极近挑衅的声音在场中反复回荡，可只剩一片寂静，三个火人早已消失得无影无踪、无声无息。

果不其然，场景又彻底发生了变化，只不过这次，竟变回了雅台楼阁、水榭兰亭的江南名苑风光。

经过方才数个回合的激战，端木宇坷终于攻破那厉害至极的五行法阵，此刻正战意高昂。击破清光穹顶，除去四方幻影，他已然对这庄内庭院布局了然于胸。突然琴声乍响，从远方悠然飘来，这个孤傲的男人冷哼一声，循着琴声传来的方向追击而去。

第二十二章 南宫妖女

就在端木宇坷逐渐接近雅苑之时，其门人端木垣率领的天魔尸兵被柳芸庄外巨柳阵所困。那些巨柳仿佛拥有灵性，能够感知周围事物，且道行无比高深，天魔尸兵虽数量众多，并有端木垣压阵，但仍然无法抵御巨柳的攻势，一败涂地。

那端木垣虽涉猎广泛，但这些神力无敌的巨柳，却前所未见。它们盘根错节，挥舞着柳条，如同巨人手臂，瞬间便将那些天魔尸兵逐个解体，撕得粉碎，以致其根本无法再拼凑组合，形成新的战力。空中柳絮如片片利刃，闪耀着摄魂的寒光，朝他们疯狂飞来，顷刻间，端木垣已狼狈不堪，而那些天魔尸兵也溃败如山倒。

“这些巨柳当真厉害，看来门主刚才也没少吃亏。”

端木垣一行被巨柳围困，焦灼无比。

他手持一柄散发着暗紫色光芒的长刀，那刀较寻常的刀更为修长，且刀身较窄，微微透着暗紫色异芒，更像是一把有弧度的锋利长剑。

只见他紫芒长刀在手，瞬间幻化出道道紫光，斩断巨柳的柳条，可让他骇然的是，那些柳条转眼间又生长出来，巨柳就像是拥有某种再生修复之术，任他如何砍伐，始终毫发无损。

而战场中那些天魔尸兵此刻已被巨柳消灭殆尽，个头稍小的尸兵被柳枝猛烈一挥，被击得粉碎；个头稍大的尸兵头领，面对凌厉

而来的无数柳条，也只是疲于招架。

端木垣见此情形，也不慌乱，他灵机一动，挥舞着利刃长刀，跃于半空之中，周身紫气升腾，朝其中一株巨柳迅猛飞去，口中大声念道："天魔在世，神威浩荡，扬我浊尘，弑我心魂。"

话音刚落，那几个巨大的尸兵头领，便仿佛感知到了他的召唤，突然朝着天空放声怒吼。那吼声如幽冥中的恶鬼，毫无血色的尸兵眼珠中，突然凝起着许多黑色煞气。

只见那些体形硕大的行尸走肉会聚在一起，朝向端木垣前方那株巨柳而去。端木垣在上，尸兵首领在下，上方紫芒万丈斩断柳条，下方尸兵将大树围作一团，竟硬生生将巨柳拔起。那株巨柳，从泥土中被连根拔出，带着细细的异响，巨大的柳根迅速萎靡，树身也形若枯槁，瞬间便化作一根巨大的枯木。

端木垣见此举奏效，心中大喜，却不想那株巨柳被除，露出的空隙立即被周围的巨柳补上，瞬间巨柳阵又形成合围之势，将他们牢牢困住。

他无可奈何，只得指挥尸兵首领继续冲锋陷阵，却不料那些巨柳力道比之前更大，柳条、飞絮犀利无比，纷纷扬扬地朝他们合击而来。

突然，空气之中传来一阵煞是好听的笑声，那抹嫣红之色悄然而至，只见南宫霖笑靥含烟的面容出现在巨柳之间。她周身缚着一条红绫，面对身后忽然来袭的柳枝毫不在意，而是笑着说："端木少侠不是深得端木门主真传吗？怎的这小小的翠柳却也奈何不了？"

妙语连珠之间，满是讥笑之意。

"霖儿就爱说笑，我怎么可能对付不了这些柳树？你看好了，我这就让它们彻底消失。"端木垣见南宫霖突然现身，显得很惊喜，摆开阵势就要在心上人面前大显身手。

"还是算了吧，就让小女子给少侠献丑了，嘻嘻。"

她话音刚落，周身红绫便急速舞动，红绫一端朝巨柳掠去，瞬间便围着树身不停转动，仿似永远看不到尽头的红绫不断缠绕着巨柳，最后竟生生地将巨柳周身上下全部围住。

那不见尽头的红绫，根本没有停下来的意思，在巨柳的外围又形成一道巨大的红幕墙，完全遮盖住了巨柳，看不到里面发生了什么。只听见木头破碎、枝条折断的响动从红墙内阵阵传来，墙内巨柳发出一声有气无力的低吼，伴随着坍塌声震耳欲聋地传来。

光墙慢慢退去，红绫渐渐收回，那株巨柳却早已化成一堆碎屑，南宫霖红绫在身，邪笑着望向端木垣。

“怎么样，还可以吧？还不好好感谢我帮你力克强敌。”

端木垣显得很不好意思，对南宫霖满是敬佩之情：“真是多亏霖儿了，想不到你这柔焰无双竟练到如此出神入化的地步。”

南宫霖那冷艳动人的面容，毫无表情，嘴角泛过一丝邪魅：“端木少侠，过奖了，小女子修为浅薄，方才只是凑巧罢了。还有，男女有别，请少侠以后不要叫得那么亲密，被外人误会就不好了，嘻嘻。”说完，又是一声娇笑，更显柔媚。

端木垣的脸瞬间涨得通红，吞吞吐吐地说道：“好的，霖儿，不对，是南宫姑娘。姑娘修为高深，还望出手相助，破解这巨柳奇阵。”

“端木少侠别客气呀，你我虽门阀不一样，但都属同教，端木公子有难，我南宫氏岂有作壁上观之理。”

南宫霖仍是浅浅一笑，却丝毫没把身边的男子放在眼里。

此刻，这片林中的巨柳，又移形换位，化作合围之势，将天空遮蔽，密不透风。

端木垣与南宫霖二人，各执法器，施展法术，朝巨柳群奔去，有了刚才成功击退敌人的例子在先，他们更是有恃无恐，法器飞射、清光四起，半晌过后，竟也渐渐将巨柳逐个击碎。

巨柳在二人携手攻击之下，节节败退，或化为碎木，或成为枯槁，败象渐露。柳林西南角露出巨大缝隙，两人见机，各执法器御空而上，朝天空中飞去，南宫霖在前，全然不顾身后的端木垣，片刻间已消失得无影无踪。

“南宫姑娘，等等我啊。”

端木垣啧啧称奇，这女子的修为当真高深。

他发动体内真气，朝柳芸庄飞去，天空中云雾缭绕，飞速而来的空气割得面颊隐隐生疼。柳芸庄距离那片柳林并不算遥远，片刻之后，他便看到了前方建筑模糊的影子，当下急运真气，朝那庄园火速奔去。

行将落地之时，端木垣突然觉得周身风起云涌，杀机四起，阴柔至极的真气从周围向自己涌来，红芒骤现，南宫霖邪魅浅笑间竟从半空中突然现身。那名叫柔焰无双的红绫，此刻正泛着浓浓的杀意朝自己袭来，端木垣面对这突如其来的攻击，竟猝不及防，毫无招架之力，门户大开，被红绫生生击中。他从半空重重摔在地上，只觉胸口剧痛，血气瞬间上涌，大口鲜血喷涌而出。

“姑娘，你这是在做什么？”端木垣又惊又气，重伤倒地，不省人事，他怎么也想不到南宫霖会突然对自己痛下杀手。

“刚才能够击退巨柳真是劳烦公子了，现在你就歇会吧，嘿嘿。”尘土飞扬之间，南宫霖那娇俏的身影早已无影无踪，空气中传来阵阵邪魅笑声。

与此同时，端木宇坷却早已循着琴声，来到景阳等人之所在。只见雅苑门前，站着三个再熟悉不过的白色身影，正是那扬州三智。

他们望着端木宇坷，仍是那般冷漠淡然：“既然来了，就进来吧，哼，早已恭候你多时！”他们淡淡一笑，全然不提之前五行法阵中激烈交锋之事。

端木宇坷冷哼一声，眉宇之间倨傲无比：“看你们能耍出什么花样？”

他随扬州三智朝里走去，顿时只觉眼前豁然开朗，那是一方翠绿盎然、生机勃勃的天地。

那雅苑呈不规则的圆形，方圆百丈有余，较之柳芸庄内其他庭院更为宽广，园中四方为檐廊环抱，檐廊之旁石凳零星而布，园中花草交错而生，铺满碎石子的曲径纵横其中，一看便知乃名门府邸休闲嬉戏之地。院门前两条长廊呈弧状向左右延伸，长廊交会的尽头，有一株无比粗壮的巨柳古树，那巨柳枝条繁密，树干参天，比之前途中遭遇的那些奇柳怪木的树干还大出许多，也不知生长了多少个年头。柳枝垂向地面，把那古树的树身也压弯了不少，粗犷而沧桑的树身与绿意盎然的树枝相互交织，远远望去，震撼至极。

那古柳之巨，前所未见，端木宇坷心中瞬间闪过无数个念头，他方才已领教过柳芸庄前那片诡异的巨柳林，此刻庄内又见此树，而且树身更为巨大，想来这园中的巨柳法力也更为高强，怕是与外面那巨柳林有所关联也说不定。他突破法阵，一路前行，在庄内并未受到太多阻拦，除去那三个白衣少年，未见庄内有何防备，亦未见其他高人现身，如此门户洞开，一副请君入瓮的势态，显然其中大有蹊跷。

念及此，他不禁体内真气运转，瞳孔收缩，朝园内仔细望去。

只见园中一位身着绾色衣衫的少女端坐于古柳下，双眸轻合，手指在面前那方六弦古琴上轻轻抚动，琴声缥缈，若有似无。旁边伫立着一老一少，陶醉在这琴声之中，全然未曾注意他的出现，尤以那满面红光，道骨仙风的老人最为打眼，他银白色拂尘握于手中，一袭白色千年鹤氅，翩然若仙的风骨，令人暗自折服。

悠扬的琴声在园中回荡，听来让人心旷神怡，端木宇坷却很不以为意，他眼见场中平和之色，心中更是疑惑渐升，不禁轻轻冷哼一声，有恃无恐，当先开口说话："本人端木宇坷，不知柳芸庄掌门是哪位？"

伴随他不知趣的打断，琴声戛然而止，场中三人放眼朝端木宇坷看来，片刻过后，那弹琴的柳梦晴开口冷冷说道：“你这是明知故问，柳芸庄掌门不是投靠你们天魔教了吗？”

端木宇坷面露讥色：“真不好意思啊，老夫近来记性不太好，全然忘了九州四大正派之一柳芸庄的掌门已投奔我教了，哈哈哈，还以为柳芸庄这种正道巨擘决不会因为门主叛变而从此一蹶不振，如今看来，是我高估你们了。”

他巡视场间，除了一老二少这三人，场中并没有其余人，那扬州三智也不知去向。当年柳芸庄声势浩大，如今门派兴旺之势却已一去不复返，只落得个人去楼空的颓败境地。

柳梦晴脸上怒意一闪而过，随即又冷言道：“柳芸庄虽今非昔比，但作为名门正派之后，我柳梦晴必定匡扶正义，铲除妖邪。”

“哼，好一个匡扶正义、铲除妖邪。”端木宇坷脸色越发阴沉。

景阳在旁一直打量着这个端木氏掌门，只见他阴邪的脸上，赫然生着一道疤痕，更添几分霸气，眼中精光闪烁，手臂青筋暴露，苍色衣袂微微拂动，一看便知绝非善类。

“自古正邪不两立，既然端木门主甘愿与魔人为伍，那今天必定有一场恶斗，只是我方三人，门主孤身一人，就由我先来会会你吧，免得你们魔教说我正派以多欺少，留下话柄。”

言毕，景阳手持三清拂尘正欲出手，岂知方才一直在旁默不作声的李天赐竟抢先而出，只见他满脸怒意，眼中似有无名烈火燃烧，愤恨至极：“真人且慢，此人来者不善，先由我来和他切磋切磋，定要叫他尝尝苦头。”

端木宇坷出现之时，天赐早已心生怒火，他回忆起十年前父亲正是惨死于魔教之手，这十年间自己勤学苦练道法，正是为了有朝一日，手刃仇敌，为父报仇。而这魔人竟孤身前来，且气焰嚣张，更加激起了他的战意，他便顺势祭出法器，当先朝对方抢身攻去。

端木宇坷飞身一跃，手中瞬间便多出那柄岚霜重剑，以剑驭风，山呼海啸般朝天赐而去。

李天赐手持震雷贴地而行，发觉正上方一阵疾风突然刮来，那疾风之中夹杂着强劲无比的真气，瞬间便要将自己席卷，攻守之势立显。

李天赐这些时日虽修为突飞猛进，且达到了上清真境，但相较于这天魔教端木氏门主却依然逊色许多，一时被疾风追击，疲于应对，毫无突围之力。

只是他性格刚烈执拗，且恨意充脑，哪里肯就此善罢甘休。他于场内四处急速游走，忽高忽低，时左时右，可无论如何也无法摆脱身后那股力道巨大的疾风。他恼羞成怒，突然停住了脚步，转身直面那股妖风，顷刻间化作一道光芒与之相击，光芒与狂风交织在一起，只听见轰隆一声震天巨响，光芒瞬间暗淡，像是被急速流转的狂风切割了一般，变得支离破碎。

天赐从半空中重重地摔了下来，嘴角泛着一抹血色，不停地剧烈咳嗽，显是受了内伤，那疾风如影随形，力道不减丝毫，像是要将这少年置于死地。

生死之间，一抹白色悄然出现，便是那神色严峻的景阳真人了，他幻化出一面八卦，硬生生抵挡住那股妖风的攻势。

“咦”，一阵疑问声传来，片刻过后，妖风缓缓消失，端木宇坷从风中现身，面色微微有些诧异。

“道玄乾坤？你是桑阳观掌门景阳真人？”端木宇坷肃穆地说。

“不错，正是老道。”

景阳正色道，他将天赐扶起，只见这个少年神色正常，只是面庞稍显苍白，显然是方才凭借体内真气生生抵挡住了端木宇坷的岚霜剑气。

“想不到当今世间四大正派之一桑阳观的掌门景阳真人竟在此

现身，难怪那姑娘年纪轻轻竟如此有恃无恐。”

端木宇坷朝柳梦晴望去，却见对方眼神冷漠，纤细的手指仍轻抚着琴弦。

“就算真人不在，你也不能奈何于我。”

这秀丽少女，此刻面色变得有些凶恶，手指抚琴的速度也在加快，最后竟紧紧贴着琴面急速来回弹拨。

琴音激荡，声声入耳，端木宇坷只觉内心荡漾起伏，反观场中其余二人却全然无事。音色中夹带着凌厉的真气如同狂风呼啸而来，他祭出岚霜，幻化出道道剑气，将那琴音一一化解，顿觉岚霜剑身微微颤抖，看来琴音之势确实厉害。

“哦？口气可不小嘛。”

琴音散去，端木宇坷微微惊了一惊。

岂知，那琴音过后，又是一阵更为强大的音波，生生将岚霜剑气逼退，对端木宇坷呈狂攻之势。他不觉内心念道：“这年轻女子虽口出狂言，但修为着实不浅，琴音好生厉害。”当下便不敢轻敌，手中岚霜激发出如虹剑气。

他深知这琴音一波未平一波又起，如此下去，损耗大半真气可能仍无法化解。擒贼先擒王，端木宇坷哪里顾得上那么多，他腾空而起，化作一道刺芒朝柳梦晴掠来。

端木宇坷攻势迅猛，电光石火之间，景阳、天赐二人，竟未做出任何反应。就在那束异芒行将击中柳梦晴之时，只见古琴金光大盛，某种奇异法术施展的声音从中传来，众人还来不及反应，就看见那金光与刺芒相击，发出剧烈的声响，刺芒瞬间便被击退，端木宇坷身影浮现，脸上骇然之色尽显。

金光随着琴声起伏，忽明忽暗，金光之中有个异兽的身影在舞动，从模糊渐渐变得清晰，众人定睛看去，微微惊叹，正是那龙子囚牛。

原来在这间不容发之际，那囚牛及时出现，抵挡住了端木氏的猛烈攻势，护住了柳梦晴。在场众人望着古琴上方此刻正翩然起舞的囚牛异兽，怔怔入神。

柳梦晴此刻仍是十指挥舞，琴音不断，她也注意到那囚牛的存在，可面色却仍是一片平静。

“小囚，你终于出现了。”

她竟然开口朝空中囚牛说道，俏脸中微微带着喜悦之情。

“是的，不到十万火急的危难之时，我是不会现身的，你没事吧？”一声雄壮有力的话语从囚牛的方向传来。

“没事，我这琴艺精进了吧？”柳梦晴笑着望向金光中的囚牛。

景阳见这少女一改往日冷漠神情，此刻脸上难得地露出笑容，正煞有介事地和空中的囚牛说话，而那金光中的异兽却完全没有任何反应，只是兀自舞动着身躯，他心中顿时生出许多好奇。

而此刻恢复过来的李天赐却并未觉得有何异常，因为此种情形，他也曾亲身经历。念及于此，他不禁左手轻轻朝腰间伸去，那尊狻猊炉此刻正安详地躺在口袋中，微微有些发热，只是他却也没想到龙子化身对本尊说的话，其他人根本听不到。

景阳等人就这样看着那清丽少女朝着金光自言自语地说了半晌，却自始至终未得到任何答复，心中更是一团雾水。

“姐姐琴弹得真好听，小囚喜欢得很。”

“嘿嘿，你这小囚，嘴真是越来越贫了，魔人上门挑衅，还有心情在这说笑。”

“放心吧，姐姐，有小囚在，他们绝不敢动姐姐分毫。”

对话之间，金光渐渐消融于琴身中，囚牛也消失不见，琴音缓缓停止，柳梦晴又恢复了一脸冷漠之色。

端木宇坷此行前来就是为了铲除龙子，此刻亲眼见到囚牛的出现，惊叹之余也不禁欣喜，朝柳梦晴说道：“嘿嘿，你果然就是龙子的化身，乖乖受死吧！”

“是又怎样，你以一敌三又能奈我如何，难道你们天魔教没人了吗？”

“哈哈哈，黄毛丫头真是口出狂言，欺负我神教无人可用吗？”

只听一阵清脆悦耳的盈盈笑语从上空传来，那个熟悉的嫣红色身影翩然而至，不是那南宫霖还能是谁。

端木宇坷冷峻的面庞泛过一丝喜色，那道疤痕微微颤动：“不错，我天魔神教岂能容你这个小丫头随意羞辱。”

南宫霖用眼神朝端木宇坷示意，随即又望向柳梦晴，脸上带着诡异至极的笑容。

“南宫姑娘，你可曾见过我徒儿？”

“唉，霖儿恳请门主责罚，端木少侠他助我脱身，自己却被那些怪柳困住，我本来想救他出来，可是被挡在外面帮不了忙，请恕霖儿无能为力。”

南宫霖满脸歉意地看着端木宇坷，委屈之色溢于言表。

“你！”端木宇坷微微有些怒意，但顾及南宫氏和独孤氏的交情，也不便发作。

“他说了叫我不要管他，先来支援门主要紧，是霖儿错了，不应该抛下端木少侠……”见端木宇坷一副有火发不出的表情，南宫霖更是委屈，俏皮地吐了吐舌头。

“算了，这小子也算是有良心，危急关头还想着老夫，话说回来，他要是连那柳阵都破不了，也没脸来见我了。”

端木宇坷的语气这才缓和，心中杀气又起，看着柳梦晴。

但见那少女纤指舞动，再次弹起了古琴，而景阳与那少年也各执法器蓄势待发。

空气开始凝固，一场恶战一触即发。

突然，南宫霖柔焰无双迅疾而动，瞬间将李天赐包围，而端木宇坷也应声而上，与景阳缠斗在一块，柳梦晴置身其间，琴音声声，连绵不绝。

天赐被那突如其来的红绫包围，只觉周身遍布血红之色，而那红光之中竟散发着阵阵阴柔的力道，伸出无数只鬼手朝自己抓来，那些鬼手来势凶狠、夺魂摄魄，散发出刚猛的气焰。

他不敢懈怠，发动震雷与之抗衡，朝着迎面而来的一只鬼手迎头痛击，殊不知，虽一击即中，但那鬼手消失后又出现无数鬼手，鬼手的力道强劲连绵，天赐被红绫所围，一时间竟束手无策。

“野小子别怕，姐来助你！”

原本冷漠的柳梦晴，眼见李天赐被红绫围困，弹出那首《蟾宫曲》，瞬间阵阵琴音蕴含着大量真气，源源不绝而来。

天赐先是愣了一愣，想不到那少女竟开口对自己说话，随后又感觉琴声飘来，周身真气充盈，瞬间充满了无限的力量。

修道之人的决斗，很多时候比拼的不是法术、招式的高低，而是道行的深浅、真气的深厚。正邪两相交战，一时难以分出高下，但天赐深知，若不是柳梦晴施展这《蟾宫曲》，面对那突然杀出的魔教妖女，此刻只怕已然处于劣势。

天赐前后为红绫所缚，脱身不能，便手持震雷朝空中飞去，那红绫岂肯罢休，以更为迅猛之势朝他追来，红绫在空中自下而上铺展开来，形如一条通往仙境的赤途，贯穿整片天空。天赐飞向高空，施展那招震雷问天，法器幻化为四条虬龙，瞬间转守为攻，朝那条红绫撕咬而去。虬龙将整条红绫撕裂，化作碎片，那名为柔焰无双的法器，纷纷从空中飘落，仿如秋天的红叶，纷纷散落在地面，煞是好看。

南宫霖望着从天降落的李天赐，面色惊奇不定，发出阴冷怪异的声音：“你小子手上可是八荒神器之一的震雷？”

“不错，正是如假包换的震雷蟠龙棍，怎么，妖女，你害怕了吗？你的法器都被我毁了，还拿什么和我打，还不乖乖受死、自我了断，免得玷污我手中这把上古神器。”

“嘿嘿，你这小哥仗着神器加身欺负我一个弱女子真是不害臊啊，红绫都被你毁了，我这个人也只好归你了。”

“哼，真不害臊！”说话的是柳梦晴。

“怎么？小姑娘你吃醋了吗？老娘怎么可能看上这傻小子啊，开个玩笑而已，嘻嘻。”

“这……你这妖女，别胡说八道，我和柳姑娘清清白白，不容你诋毁。”

“是是是，你男子汉大丈夫身正不怕影子斜，又有神器在手，算你狠行了吧。不过我这柔焰无双虽算不上出世圣器，但也不容小觑。”

南宫霖露出无比娇媚的邪笑望着满脸通红的李天赐。

法器虽然被毁，她却并未有任何惊慌，反而嘴角自始至终泛着笑意，那对三月桃花般的水眸更显柔媚。

那对俏唇低吟着某种奇异法咒，随即纤手向空中挥去，顷刻间那些被撕裂成碎片的绫罗竟缓缓地升向半空。忽然之间，赤光骤现，碎成一块块的绫罗竟然在万丈光芒中融为一体，那法宝柔焰无双重新又飘扬在她嫣红色衣衫周围，她望着早已傻了眼的李天赐，笑靥如花。

“嘿嘿，小子，你这么直勾勾地盯着本姑娘看，可是喜欢上本姑娘了吗？本姑娘好看吗？可比那个小丫头漂亮吧。”那南宫霖咯咯地娇笑道。

天赐脸刷地一下涨得通红，半晌不语，不知怎的，眼前这个邪魅女子相较于柳梦晴竟也别有一番娇媚。

柳梦晴望着呆若木鸡的天赐，冷哼一声：“没出息的臭小子，看到漂亮姑娘就魂不守舍。”

柳梦晴随即玉手急挥，那《蟾宫曲》的音调突然升高，琴音不调，让人听来有些反感。李天赐心血来潮，从思绪中抽离出来。

而此刻，景阳那边却渐渐处于守势，端木宇坷招式狠辣、力道刚猛，那柄巨剑又法力高强，景阳平日谦逊温良，法术中少了些刚猛，多了些柔和。这道法与修道之人的秉性大为相关，修道者性格如何往往决定了他法术招式的施展，以至于同为桑阳观道法，景阳与天赐施展出来的效果却截然不同。

柔和的招式虽不及狠辣招式那般刚猛，却延绵不绝、后续不断，按理说两者如此激斗下去，景阳真人所占胜面较大，然而端木宇坷修为深厚，法术猛烈，景阳只能疲于应付，故而从出手开始就处于下风。

天赐在旁也只有干着急，那对妖媚的水眸正时时刻刻盯着自己，一场恶战看来又在所难免。

“臭小子，你去对付那妖女，真人这里交给我了。”

奏琴正酣的柳梦晴朝李天赐正色道。

这个秀丽少女的话像一道不容置疑的命令，呆头呆脑的李天赐，遂又打起精神去应对南宫霖。

“哟，小姑娘年纪小口气可不小啊，等妖女招呼完这傻小子，再来收拾你，嘿嘿。”

南宫霖邪笑阵阵、毫不退让，水灵的眼睛十分动人，周身红绫舞动，随即化作一道红芒朝天赐而来。

方才已尝过这妖女的厉害，此刻李天赐更是不敢怠慢，他急运真气，法器迅疾而动，与对方直接交锋，高接低挡，化解了红绫中那无数个怪异鬼手的攻势。

法术被人化解，南宫霖又踏着红绫急速而来，那抹嫣红瞬间铺散在天赐面前，忽隐忽现，形如鬼魅，天赐手中法宝幻化出道道清光，护住周身，防止对方再施杀招。

突然音波袭来，红芒之中，微微传来一声诧异，那魔教妖女俏

丽的身影闪现，邪魅的面庞上带着一丝怒意，朝着弹琴的柳梦晴嗔怒道："背后偷袭，算什么好汉？"

"本姑娘小女子一个，本就不是好汉。"

南宫霖冷哼一声，也不在意，旋即转身朝柳梦晴攻来，口中发出柔媚之声："嘿嘿，那我这妖女就来会会你这小女子。"

那柔焰无双有如狂风呼啸，柳梦晴心神贯注于古琴之中，竟无法做出应对，当其就要被那红绫击中之时，一个身影挡在了她面前，正是李天赐。他眼中流露着不可一世的霸气，手中震雷竟将红绫生生挡住。岂知那妖女微微邪笑，袖手挥动，一道金光破空而出，朝天赐迅疾掠去，距离之近，李天赐根本无法闪躲，被金光割破右臂，顿时鲜血淋漓。

"又是这剧毒金锥！"李天赐颇为无奈，不承想又着了这金锥的道。

"不错，正是沾了七虫七叶花之毒的金锥。"那妖女微微笑道。

刚才发生的一切，天赐身后的柳梦晴都看在眼里，此刻她内心竟有些担忧，但嘴上却依旧冷冷说道："臭小子，打不过就别逞能好吗？你没事吧？"

那金锥虽然只是擦破了天赐的手臂，但带着剧毒无比的七虫七叶花毒，此刻他内心血气翻涌，强颜欢笑地说："没事，只是皮外伤，我皮糙肉厚不碍事。"

岂知话音刚落，一小股鲜血便从他嘴角渗出，柳梦晴更是担忧："还说没事，你受了内伤，别施展法术了，跟着我的笛声，打坐疗伤吧。"

言毕，她玉笛在手，纤指轻握，双唇紧抿，跃身而起，一阵悠扬的笛声便从那玉笛中传出，笛声入耳，天赐瞬间感到身心舒畅至极，双腿便应声盘坐，运息解毒。

"那个牛鼻子老道就快要支撑不住了，你们还在这吹笛奏乐，你侬我侬，真是不要脸。"南宫霖朝着李、柳二人讥讽道。

她眼见李天赐身中剧毒，无法应战，而一旁那老头正与端木宇坷激战，无暇相顾。此时正是除去他们的大好时机，当机立断，向二人奔了过去。

若是换作常人，在此情形之下，早已束手就擒，为魔教高手所击溃，可碰巧李天赐与柳梦晴同时是龙子的化身，有神兽守护。方才这些魔人只是领教过囚牛的法力，全然不知还有另一尊神兽隐匿于此，果然，就在命悬一线之际，天赐腰中的狻猊炉亮了起来，那巨大的狻猊神兽周身闪耀着圣光，从炉中跃出，瞬间化解了敌人的攻势。

“天赐，许久不见，你还好吗？”那头巨大无比的狻猊兽，声若洪钟，望着正打坐调息的天赐缓缓说道。

“你没见着吗？我现在的模样，你觉得我好吗？”

“你受伤了。”神兽淡淡地说道。

“我中了那七虫七叶花之毒，唉，我说你呀，能不能不要等到每次十万火急的时候才现身，会要人命的。”天赐哭笑不得。

“哦，可是只有在危急关头我才能感受到你的召唤。”

“你……”天赐无言以对。

南宫霖差点被狻猊周身滚烫的烈焰灼伤，唯恐避之不及，对这突然出现的庞然大物很是吃惊。她远远地站在一旁。看着李天赐朝着那神兽自言自语了半晌，百思不得其解，只有柳梦晴见怪不怪。

狻猊面色平缓，望着正在打斗中的端木宇坷和景阳真人，发出了一声响彻云霄的怒吼，那两人被音浪贯耳，瞬间收了手。端木宇坷见到突然出现的狻猊，意外之余有些震撼，而景阳却很是惊喜，天赐这些年的尝试终于有了进展，那神兽被他成功召唤出来了。

“天赐，是谁伤的你？”见场间众人安静下来，狻猊又开口朝李天赐问道。

天赐指向南宫霖：“喏，就是这个妖女。”

“那我先替你报仇，再来为你解毒。”

狻猊长啸一声，便瞪着那对巨目，虎视眈眈地朝南宫霖走来，举手投足之间，傲视苍生的气势叫人未战却先生退意。这南宫妖女方才见到李天赐指了指自己，就心知不妙，此刻早已红绫在身，真气涌动，死死盯着眼前这巨大的神兽，随时应对它的发难。

忽然，天空中传来阵阵怪兽的厉啸，听来只觉无比熟悉，众人抬头望去，只见天空不知何时已被鲜红的血色所渲染，正是那魔宠天妖血隼又气势汹汹地杀来了。

第二十三章 巨柳树人

“门主，属下可寻着你了。”

在那血隼来袭之际，众人身后传来一阵略显疲惫的声音，那身着白衣的端木垣不知何时出现在场中，他身旁还站着两个无比壮硕的尸兵首领，看上去如凶神恶煞。

端木宇坷大喜，随即注意到端木垣那惨白的嘴角上残留的血迹，满怀关切地问道：“徒儿你果然没让我失望，受的伤不打紧吧？那些天魔尸兵呢，怎么只剩这两个呢？”

“那些神教战士都被庄外的怪柳林消灭殆尽，只有这两个尸兵首领和我一起杀了出来，门主，属下来晚了。”

“哪里的话，你没事就再好不过了，今日必将他们三人悉数消灭，哈哈。”

端木垣的突然出现，对端木宇坷来说简直如虎添翼，让他们的实力更胜一筹，故而端木宇坷的话语之间霸气十足，显然他已稳操胜券。今日不但找到囚牛，还找到另一个龙子狻猊，如果端木氏能将其一网打尽，日后必定会在圣教之中耀武扬威，那柄岚霜仿佛也感知到了主人的心思，半浮在他身旁，异芒闪耀，威风凛凛。

“且慢！门主，我还有一事相求。”

端木垣将目光转向此时脸色早已无比阴沉的南宫霖，突然跪倒在了端木宇坷面前：“门主，求您原谅南宫姑娘，我受的伤与她无关。”

此言一出，南宫霖内心不禁猛地一震，就算是她这样心思缜密的人也猜不到端木垣在想些什么。她既然选择出打中伤端木垣，也就为自己在端木宇坷面前留好了后路，不料那小子竟演了这么一出，她完全没有想到。

“你这小子太不像话了，男儿膝下有黄金，你真是丢我的脸，你放心吧，南宫霖已经把整件事的来龙去脉跟我说了，我不会问罪于她的。”

“什么？她跟您说了些什么？”端木垣显得很是意外。

南宫霖见事情就要败露，急忙抢在端木宇坷之前说道：“端木少侠，是我对不起你，我不应该见你被柳树困住不去救你的，你虽然叫我一个人先走不要管你，但于情于理，我都不应该丢下你，是我的错，希望少侠能原谅我，你会原谅霖儿吧？”

南宫霖越说越激动，满脸的委屈和愧疚，差点就要哭出来了。

“南宫姑娘就不要自责了，是在下要姑娘先走的，与姑娘没有任何关系。”端木垣谦逊有礼地朝南宫霖鞠了一躬，没有当面戳穿她的谎言，让对方更琢磨不透他的心里在想些什么。

两人一时间站在场中对视，都想从对方的眼睛里捕捉到信息。

一旁的端木宇坷仿佛也察觉到了什么，脸上浮现出异色。

正邪双方之间片刻的宁静突然被天上传来的一声巨啸所打断。

空中那天妖血隼徘徊良久，终于挟裹着山崩地裂的力量朝场中袭来，雅苑四周的屋檐瓦片也被震得哐当作响。

狻猊神兽眼看巨大的妖兽入侵，朝着天空怒吼，顷刻间跃向空中朝那血隼扑了过去。两只巨兽瞬间撕咬在一起，狻猊身躯颇为庞大，甚至大上血隼许多，竟硬生生将那巨隼从空中拉扯下来，两兽旋即又在地面展开激烈的缠斗和厮杀。

天魔这方，端木与南宫各自指挥着尸兵首领分别朝景阳与柳梦晴来袭，而天赐此刻正在场中运功调息，一时难以加入战局。

本来，单打独斗时两相僵持不下，此刻却多了两个尸兵首领加入

战，局，局势急转直下。那尸兵首领身强体壮、力大无穷，与两个魔教高人协作，更是威力大增，景阳、柳梦晴二人毫无还手的余地，只能疲于应对。

正派势弱，以少敌多，如此交战下去，他们几人只有死路一条。

“人终于到齐了，现在就叫你们见识见识五行法阵最后一个法阵，万古柳木阵！”

紧急关头，柳梦晴手执华清玉笛朝空中跃去，只见她步履轻盈，罗袜生尘，转眼间便跃至场中那株巨大无比的柳树上，南宫霖哪肯罢休，顺势也朝巨柳跃去。

柳梦晴玉笛在手，笛声阵阵，可这次的笛声却不似以往，像是情急之下，胡乱吹出几个突兀的音律，根本算不上完整的乐曲，可就是那让人听不懂的笛音，却如同某种咒语，召唤着上古的神力。

突然，只听见一阵更为刺耳的厉啸传来，仿佛某种史前巨兽被唤醒，正发出愤怒的吼叫。那厉啸持续传来，众人都紧紧捂住双耳，就连两头巨兽也停止了战斗，良久过后，令众人骇然的一幕发生了，那参天古柳的树身上睁开两只幽暗深邃、可怖至极的巨目，以及一张腥臭扑鼻的血盆大口，那声声厉啸正是从这张血口中传出，巨柳竟然活了过来！

面对今世罕有的场景，众人早已忘了打斗，放眼望去，那绝丽少女吹奏着玉笛在巨柳之上飘来荡去，那袭缟色衣衫与柳树的墨绿相映成趣，引人入胜。

少女飘然若仙，瞬间便跃至一根粗壮的柳枝之上，笛音高亢，如泣如诉，那巨柳随笛音而动，繁密无间的柳条竟慢慢聚拢缠绕，最后只剩两根无比粗壮的枝丫，看上去就像是树人的两只壮硕的手臂，而柳梦晴刚好置身于其中一只手臂上端， 好似站立在巨柳树人的肩上。

笛声忽而抑扬顿挫、忽而悲鸣哀号，那树人的巨目之中发出一阵阵暗绿色光芒，扫视着在场众人。突然又是一阵山崩海啸般的嘶吼，树人挥动手臂朝落单的尸兵首领拍去，那尸兵哪里能做出反应，顷刻间便被巨手拍得粉碎，只剩一大团血肉模糊的残骸。

南宫霖此刻身在半空，正欲飞向巨柳，看到如此骇然的场面，哪里还敢接近这个庞然大物。她在空中急停，便转身朝地面跃去，那树人又岂会让她全身而退，顿时南宫霖只觉周身空气不断向后涌动，身体也不受控制，瞬间向后飞去。

她回头看去，心中顿时骇然不止，只见那树人一张巨口如同深不见底的深渊，正不停吸收着周身的空气，想要吞噬自己。于是她急运真气，向前奋力飞去，却不知那向后的力量如此猛烈迅疾，她不禁急了起来，全力以赴要挣脱那无形的束缚，一时之间，与那庞然大物僵持不下。

片刻过后，她只觉背后怒风呼啸，原是那树人眼见无法将自己吞噬，转而又朝着自己怒吼，那张血盆巨口中声声厉啸伴随着令人作呕的腥气袭来。南宫霖此刻正全力以赴向前奔袭，对这突如其来的变化始料不及，她自身向前的力量与树人的声浪合在一起，载着她娇柔的身躯更加急速地向前飞去，速度奇快，南宫霖根本无法掌控，瞬间就摔在了地上。

南宫霖面露愠色，狼狈不堪，还未来得及做出反应，那巨树的大手便又呼啸拍来。

就在她将要被那巨手拍中之时，一道寒光飞来，抵挡住那树人的攻势，南宫霖定睛一看，正是端木宇坷的法器岚霜巨剑。岚霜挡住了树人的手，又回到主人的手中，那树人吃痛收回手来，望着苍色锦袍男子，两只巨目充满疑惑的表情，随即又怒吼不止。

树人肩上的柳梦晴正眉目紧锁，兀自吹奏着华清玉笛，那笛声就像控制着巨柳树人的行动一般，只见它随着笛音暴怒而起，两只巨臂在地面来回扫荡，厉啸声声，激起了漫天尘土。

一时之间，魔教众人无比狼狈，他们被树人攻击，竟毫无还手之

力。

而一旁的狻猊和天妖血隼则缠斗在一起，并未理会巨柳树人。那血隼已经见识到狻猊的厉害，此刻只是扑扇着那对巨翅停滞在半空中，不给这神兽近身的机会。狻猊虽行动迅疾无比，却无法腾空飞行，一时竟也奈何不了对方。它恶狠狠地盯着那妖兽，不停嘶吼，周身燃烧着炙热的火焰，显得狂躁不安、愤怒无比。

狻猊打了个响鼻，身后那长长的巨尾忽然灵机而起，激射出一颗颗火球朝空中飞去，迅猛地朝血隼砸来。望着这好似天外星石般的火球，血隼丝毫不敢放松，唯恐避之不及，急忙向后飞去。岂知那巨尾竟能收缩自如，转瞬间已伸长数倍，血隼就算飞得再快，可还是未能幸免，最终被火球砸中，尾部顷刻间烧了起来，血红色羽毛纷纷掉落。血隼大惊，哀号了一声，急忙挥动翅膀，翅间呼啸而出的狂风才勉强把火扑灭。

遭遇生平从未遇见的凶猛神兽，血隼始料不及，它既诧异又愤怒，嘴喙之中不停吐着怒气，闪烁着红光的双目死死盯着狻猊。电光石火之间，那血红的双目中又喷射出两股锐利的赤芒，以迅疾之势朝那神兽袭去。

那狻猊面对突然来袭的异芒，竟疯狂地朝前奔跑，就在光芒将要击中它时，只见它周身红光大盛，炙焰滚滚翻腾，那骤然闪现的红光与隼目发出的红光两两融合，在外人看来，就像是狻猊周身的红光将隼目红光尽数吞噬。狻猊全然不顾血隼的攻击，径直朝它奔来，血隼历经大小恶战无数，不肯示弱分毫，也挥动巨翅迎向了狻猊，两头巨大的恶兽旋又互相缠斗在一起。

反观端木与南宫这边，他俩被树人猛烈攻势困住，施展不开任何法术。景阳却早已手持三清拂尘与另一个尸兵首领交战，那尸兵首领如同嗜血恶魔，身材高大，出招凶猛，竟赤手空拳与景阳相斗。尸兵首领看上去生前像是一位骁勇善战的将军，浑身充满血腥的邪气，动作迅猛，招式颇为狠辣。景阳早在十年之前古刹恶战中就领教过尸兵的厉害，于是不与之正面交战，而是忽左忽右地迷惑对方。

尸兵首领被景阳弄得晕头转向，望着这老头飘忽不定的身影，不知该如何是好。就在它正欲蓄势而动、亮出杀招时，景阳的身影却率先袭来，他忽然现身于尸兵首领左侧，三清拂尘鼓荡着真气，奋力朝尸兵首领击去。若是寻常修仙者被击中，轻者骨骼断裂、口吐鲜血，重者筋脉尽毁、暴毙而亡。只是敌方到底是那些尸兵的首领，法力更为高强，只见他伸出左手，径直挡住了三清拂尘的迅猛打击，另一只手却已死死地锁住景阳的脖子，将他举过了头顶。

那尸兵首领发出声声怪笑，犹如九幽之下索命的亡魂，听来令人头皮发麻。景阳被那巨人狠狠钳住脖子，无法动弹，他喘着粗气，面色微微泛红，定睛望去，只见这尸兵首领满脸糜烂的腐肉，乌青色的嘴中，尸虫蠕动，令人恶心欲吐。

景阳发动体内真气，手持拂尘朝尸兵首领手臂挥去，真气以拂尘为媒，重创尸兵首领的右臂，尸兵首领的手臂被划开了一道长长的口子。尸兵首领虽无任何疼痛之感，但也十分爱惜自己这副腐肉身躯，随即扔下景阳，手抚创口，怒吼长啸，又气势汹汹朝对方杀来。

顷刻间白光闪现，三面八卦立于景阳身前，他使出那招道玄乾坤，而此时早已被怒气冲昏头脑的尸兵首领哪里理会八卦清光的存在，直接就撞了上去。“砰砰砰”三声巨响传来，尸兵首领冲破了八卦的阻拦，却付出了浑身皮开肉绽的惨痛代价。望着自己周身尽毁的躯体，尸兵首领更是愤怒不已，动作更为迅猛，摆开了和对方搏命的架势。

此刻，尸兵首领之势虽刚猛，但较之开始，已去之大半。景阳从容不迫，于雅苑周围疾步神行，那尸兵首领尾随而至，不追到对方誓不罢休。正追逐间，只见景阳一个翻腾跃向了空中，轻巧地脱离了战场。尸兵首领望着他的身影，在原地气得直跺脚，却不料对方突然幻化成一团锋利无比的异芒，从空中朝自己砸来。

尸兵首领下意识地用双臂去抵挡这道光芒，只觉手臂瞬间与身体脱离，留下一道光滑无比的切口。尸兵首领还未做出任何反应，那道异芒又在自己身体里来回穿梭，庞大的身躯瞬间分离，被切成了好几块，一大堆腐肉散落在了地上。尸兵首领的头颅眨巴着空洞无神的双眼在地上滚了几圈，它就这样亲眼见证了自己的毁灭。

清光异芒之中，身着灰色鹤氅的景阳负手而立，沧桑的脸上没有任何表情，手中拂尘精光闪烁。

他微微望向在场众人，只见正邪两派各有一人运功调息，柳梦晴正立于巨柳之上用笛音指挥着树人与端木、南宫交战。此时那少女秀脸不停抽搐，显然真气已耗损许多，而魔教二人却早已熟悉树人的攻势，左突右闪，闪转腾挪，应对自如。

景阳又化作一团清光朝南宫霖袭去，那妖女见清光击来，一时顾不上树人的巨掌，将红绫置于身前，专心应付景阳的招式。

头顶上方呼啸生风，那树人的巨手又猛地拍打过来，十万火急，南宫霖朝旁边一跃，躲过树人的攻击，却已然失去法宝的庇护，面门全部暴露在清光之中。她匆忙收回法器，狼狈逃窜，清光尾随而至，两团光芒在树人的双臂间来回游弋，南宫霖心中骇然无比，既要防范空中随时砸下来的树人巨手，又要抵御身后凶猛的清光，顿时身处危险之中，手忙脚乱。

端木宇坷见此情景，手握指诀、口念法咒，袖口真气翻涌，那岚霜巨剑顷刻间变得更加巨大，形如一面无瑕白璧，快速伸向空中。巨手狠狠拍来，竟也丝毫无法撼动这面白璧。瞬间笛音刺耳，树人大怒，两只巨手轮番朝岚霜化成的白璧狠敲猛打，那白璧却岿然不动。

随着端木宇坷法咒的施展，白璧愈变愈大，最后竟刺破穹顶，伸向天空，比那巨柳也高出许多。

只见白璧表面寒气逼人，光芒耀眼，散发着寒意的白芒朝巨柳照去，空气瞬间凝固，发出奇异的声响。那巨柳树人的身上竟开出一朵朵白色的雪花，雪花沿着树枝和树干蔓延，瞬间已遍布树人的全身，就像是被白色染料浸染了一般。

雪白之中透散出彻骨的寒意，随之而来的是它的动作变得迟缓无比，从树根到树冠，树人的整个身体也开始变得僵硬起来。

柳梦晴见此情况，不禁皱了皱眉头，便从树人身上飞了下来，她回头望去，只见那整棵巨大的古柳，已完全被冻住了，而此时它正欲挥拳击向岚霜，可拳还没打出却直接变成一座巨大的冰雕，动作显得十分滑稽。

树人显然不甘心就这样束手就擒，冰霜之中，只见它张开血口怒吼，巨目转动，可除了微微震落的雪花，那冰冰冻冻得身体却丝毫没有动静。端木宇坷眼神如炬，扫视着正派众人，透过他收缩的瞳孔望去，柳梦晴面若白霜，默然不语。

“小姑娘，你这万古柳木阵再厉害，也敌不过我手中的岚霜。”

端木宇坷轻蔑地哼了一声，那柄透散着寒光的法器，此刻已恢复正常，于他身畔悬浮。

“我这万年古柳技不如人，还有什么好说的，今日一战，不是你死便是我亡，尽管放马过来吧。”

柳梦晴心中怒意渐盛，她望着一旁的景阳，这个老者此刻也正朝自己投来关切的目光。

空气中的风穿过那树人冰雕，吹拂在面颊上，寒意直达人心，天地间一片肃杀之意。经过刚才交手，双方对各自实力有了大致了解，真正决战来临之际，谁也不敢轻举妄动，而场边的两头异兽，却不管不顾，正战得不可开交。

天妖血隼的优势在于它能腾空飞翔，善于急袭，而狻猊虽天生神力，却受制于行动，也不能奈这妖兽如何。它有力却使不出，不断挥动利爪踩踏着地面，朝向空中悬浮的血隼一直吼个不停。

天妖血隼的双目中不时发出红色刺芒射向狻猊，趁对方躲闪之际，挥动翅膀主动出击，伸出巨喙撕咬而去。狻猊好几次都被那巨喙啄到，好在其皮糙肉厚，并无大碍，只是如此消磨，必将精疲力竭，功败垂成。

此刻，狻猊神兽静立于场边，喘着粗气，它灵机一动朝天赐望去，只见天赐双眼紧闭，正运功调息。它也合上双目，像是在感受少年的心思。血隼早已将这一景象看在眼里，以为那狻猊放弃了抵抗，于是再次从空中飞了过去，使出了最为凶猛的杀招。

两头巨兽行将交锋之时，狻猊突然睁开双眼，那双巨目炯炯有神，精光大闪，它掉头朝后方急速奔去。血隼紧追不舍，展开的翅膀在地上形成巨大阴影，完全笼罩住狻猊。无论这神兽如何奔跑，都始终逃脱不了血隼的追击，可它就像是着了魔一样，绕着整座雅苑，发了疯似的狂奔。

一上一下两头巨兽，就这样疯狂地绕着圈，众人面面相觑，也十分好奇。

狻猊奔跑了约小半盏茶时间，丝毫不觉疲惫，而那血隼却不断扑扇着双翅，早已急不可待，想要将对方一击致命。就在它改变策略从反方向绕过来的时候，狻猊像是察觉到了什么，径直朝那被冻住的树人奔去，顷刻间便爬到了树人的肩上，顺着它的右手继续奔跑，直至跑到手掌部位才停了下来，狻猊背对着血隼，蹲在树人掌中一动不动，仿佛气力耗尽，待在那里休息。

天妖血隼又怎会放过这个良机，它急速扑扇着翅膀朝狻猊掠去，行将击中目标之际，却见那狻猊突然回过头来，带着浓浓杀意，朝自己飞身跃来。令人惊叹的一幕发生了，狻猊猛地一口狠狠咬中血隼的翅膀，与那妖兽环抱在一起，从空中径直摔下，狠狠地砸在了地面上。

整个大地都在剧烈摇晃，周围屋宇也在猛烈震动，它们下落的地方被砸出了一个偌大的洞，泥土四溅，空气中混杂着泥土和青草的奇异味道。

狻猊这招诱敌之计，让在场众人看得目瞪口呆，他们从没想过这神兽心思竟如此机敏。只有李天赐若无其事，睁开了眼睛，淡淡地望着此刻与血隼扭打在一起的狻猊，他知道这圣兽方才感知到了自己心中的想法，那便是诱敌深入、蓄势而动，再一击命中。

那天妖血隼中了狻猊诱敌之计，此刻已完全处于下风，刚才被狻猊压在身上从空中狠狠摔下，已令它全身剧痛欲裂，翅膀也被咬开一道巨大的裂口，流出滚滚鲜血。而狻猊好不容易逮着机会，此刻更是不能轻易放过对方，它四肢紧抱血隼，令这头妖兽完全不能脱身，它们从刚才隔空对峙，已演变成了近身肉搏。

狻猊血口怒张，露出那耀着寒光，如利刃般的锐牙朝血隼一顿凶狠地撕咬，血隼早已皮开肉绽，殷红的鲜血渗入羽毛，周身一片暗红，场面十分惨烈。

它不断哀嚎着，像是做着最后的垂死挣扎，伸出长喙疯狂地朝狻猊巨目啄去，此时杀红眼的狻猊岂会给它反戈一击的机会，它的前肢紧紧擒住血隼的巨喙，带着灼热火球的巨尾不断猛烈击打着血隼的头颅。那血隼经受不住如此刚猛强烈的攻势，几乎就要晕厥、放弃抵抗。

而此时，随着场间众人的一声惊呼，令他们目瞪口呆的事情发生了。

狻猊竟然生生掰开了血隼的巨喙，将其中一半巨喙从它身上扯了下来。

忽然，一道寒光迅疾而至，那寒光犀利狠辣，挟裹着修道者深厚的真气，瞬间便将狻猊击退了数尺，寒光之中，端木宇坷负剑而立，神情严峻。

狻猊朝他不断嘶吼，却不敢向前，显然十分忌惮他手中那把岚霜神剑。

拓跋氏悉心培育，引以为傲的魔宠，就这样被龙子狻猊击败。这个身着苍色锦袍的中年男子，望着遍体鳞伤，鲜血淋漓，躺在地上奄

奄一息的天妖血隼，严峻的神色此刻竟变得有些冷漠，他嘴角泛起一丝复杂的笑容，手起剑落，那头正在不断痛苦哀嚎的魔宠随即魂归西天……

第二十四章 雅苑决战

在旁调息打坐的端木垣见到这一幕，禁不住失声喊了出来：“门主，你为何会对天妖痛下杀手？”

而南宫霖则一副事不关己的姿态，不以为意地道：“端木门主真狠心啊，拓跋氏四大魔宠之一的天妖血隼，就这样被你一剑封喉了，小女子佩服得紧。拓跋门主好心将他精心培育的魔宠交给你差遣，若是知道你这样草草收了它的性命，必定会心痛不已啊，呵呵。”

端木宇坷面色淡然，手中岚霜流淌着殷红的鲜血，他眉宇之间流露出冷漠的气息：“它受伤太重，必然是救不活了，我这是免去它的痛苦，放心吧，我自会向拓跋兄当面谢罪的。”

一句“当面谢罪”，端木宇坷就将此事轻巧化之，他那双冷酷无情的眼睛，此刻正绽放着神秘深邃的精芒，实在让人猜不透这男人心中到底在想什么。

随即，那双冷眼朝景阳等人投来，更加阴沉地说道：“以命抵命是这世间再公平不过的法则，既然如此，拿命来吧。”

电光石火之间，端木宇坷化作一道迅疾无比的清光杀向景阳，南宫霖则随势而动，祭出法宝朝柳梦晴杀去。

就在那团清光朝景阳袭来之际，狻猊挺身而出，挡在了景阳身前，它望向那团光芒，露出獠牙，嘶吼咆哮。

狻猊怒吼着，朝异芒奔袭而去，双方瞬间撞击在了一起。只见狻猊红火的周身被那团寒光包裹，微微生出淡淡的烟雾，红与白缠斗在一起，此消彼长，僵持不下。突然银白色清光大盛，瞬间湮没了火红色，光芒之中，狻猊不知被何种神秘力量所禁锢，周身寒光闪烁，若隐若现，寒气升腾而起，它不能动弹丝毫。

端木宇坷缓缓现身，冷眉微蹙，面色阴沉，恶狠狠地盯着景阳，疤面上泛着浅浅的邪笑。

被寒光包围的狻猊，使出浑身解数，不断地挣扎怒吼，却无论如何也摆脱不了那团光芒的束缚。景阳真人不禁倒吸一口凉气，心中念道："这天魔端木氏门主果然法术超群，轻松惬意地制伏了狻猊神兽。"

而一旁的李天赐，目睹这一场景，眼睁睁看着被法力所困的狻猊却帮不上忙，早已心急如焚。

众人迟疑半晌，端木宇坷又引剑而来，瞬间杀到景阳身前，景阳面容虽平静，但内心早已起伏不定，他急运真气，全力相抗，法宝相击，当当作响，在场中发出耀眼的光芒。

高手过招，胜负往往就在一念之间，尤其是天下法术唯快不破，若一时间来不及反应，就算实力相当的二人，后发者也会兵败如山倒，一蹶不振。

景阳乃当世无双之修道者，修为深厚，面对端木宇坷猝不及防的狠招，却已瞬间做出应对之势。两团光芒相触，顷刻间已融为一体，两人身影于光芒之中隐现，他们来回变换方位，不时传出激烈的打斗声。

而柳梦晴与南宫霖之间的斗法却有如仙山飞鸟、花间起舞，灵动而飘逸，翠绾色与嫣红色在庭院内四处游走，其间夹杂着法器相击发出的清光，与院内各色花草相映成趣，姹紫嫣红，煞是好看。柳梦晴在前，手执玉笛，步履轻盈；南宫霖在后，红绫出袖，狠辣凌厉。

此刻雅苑之中，被冰封的巨柳、被困住的狻猊、血泊中的魔宠、正在激烈过招的正邪高手、在旁调息的两个年轻人，仿佛一幕幕并行不悖的场景，此刻正生动上演。

正邪之间看似势均力敌，实则因巨树和异兽为法力所困，难以发挥作用而胜负难料。天魔二人心知肚明，当下全力运转体内真气，朝对手搏命而去，景阳还有招架的余地，而那玉笛少女却明显落于下风。

她华清玉笛的声波虽然延绵不绝，却悉数被柔焰无双化解，如同石沉大海。红绫在音浪阵阵攻势之下，丝毫不见有何异样。

柳梦晴也不惊慌，仍是那般淡定自如、冷若冰霜，她四处游走，不断躲避着身后红绫翻涌的真气。

“小姑娘，你这轻功真是俊俏，不过天底下逃得过我这法宝的人，恐怕此刻已然灰飞烟灭了，哈哈哈。”

身后阵阵邪笑传来，那少女仍然不予理会，继续快速游走在场中，寻觅破敌良机。

忽然，她只觉身后真气大盛，汹涌浩瀚。转头望去，只见那妖女手中的红绫不知何时竟伸长了数倍，朝自己袭来。瞬间眼前赤色凶光闪现，那红绫如同熊熊燃烧的火焰，将柳梦晴包围，红焰之中暗藏着巨大的气势，她一时无法脱身，只得全力抵御。

面对红绫收缩紧逼，柳梦晴以笛音相挡，却丝毫无法撼动那柔焰无双强大的法力。

此刻，她面色红润，被困在原地不能动弹，而南宫霖却俏脸生花，不断舞着红绫，将柳梦晴层层叠叠包裹起来。

终究敌不过对方凶悍犀利又连绵不绝的阴柔真气，一口鲜血从柳梦晴薄唇中涌出，她随即体力不支，瘫倒在地。南宫霖乘胜追击，嘴角泛起了邪笑，化作一道红芒直取柳梦晴性命。

在这生死攸关的时刻，一缕耀眼的绿光横空出世击中那团红芒，瞬间将其瓦解。追风少年傲然立于光芒之中，那再熟悉不过的俊秀面庞上，神色凝重，光芒闪耀的震雷正紧紧握在他的手中，衣袂中真气涌动，蓄势待发。

南宫霖望着这突然挺身而出的年轻人，感到很是意外，不禁黛眉微蹙："野小子不错嘛，想不到这七虫七叶花之毒，竟然被你给解了。"

"哼，想不到吧，这世间你想不到的事多着呢，你这妖女乖乖受死吧。"

恢复常态的李天赐以迅猛之势朝南宫霖杀去，而柳梦晴也恢复过来，继续吹奏华清玉笛助战。

震雷的神力加上琴音的辅助，使二人瞬间威力大增，南宫霖措手不及，只得红绫护体，勉强抵御，瞬间便身处劣势。

景阳见天赐强势加入战局，也趁势而上、转守为攻，连续挥动拂尘，朝端木宇坷节节逼近。魔教这方，端木垣仍在调息疗伤，全然插不上手，场面急转直下，天魔众人已全然处于守势，面对景阳、天赐两波强力的反击，只能疲于招架。

就在正派占尽上风、胜利在望之时，李天赐却突然面色惨白，全身剧烈抽搐，他只觉胸口传来一阵撕心裂肺的剧痛，喉头一甜，一大口鲜血喷薄而出。震雷后继乏力，光芒也逐渐暗淡，攻势戛然而止。

天赐手捂胸膛，表情极度痛苦，体表呈现出一片暗青之色，显然伤还未痊愈，毒素仍未清除。

"我就说嘛，我们天魔这七虫七叶花之毒岂是那么容易化解的？你小子，想英雄救美，可是要付出代价的，此刻奇毒已渗入你的体内，就是大罗神仙也救不了你，嘻嘻。"

南宫霖望着地上痛苦翻滚的李天赐，又咯咯地开心笑了起来。

景阳真人与柳梦晴早已围在了天赐身旁，这方才奋力相击的少

年，此时毒气已弥漫全身上下，衣衫中露出的肌肤呈现出深深的暗青色，他眉头紧锁，显得十分痛苦。狻猊也感应到主人的异样，可无奈受制于端木法术的禁制不能动弹，只能朝着南宫霖不停狂吼。

七虫七叶花毒乃世间奇毒，天赐年幼时曾身中此毒，当时幸得白喉夫妇相助，服下灵川丸才侥幸治愈。他知道这毒药剧毒无比，却以为凭着自己这些年的造化，可将其降服，方才见梦晴命悬一线，紧要关头，强运真气将毒素抑制，出手相助。岂知他这鲁莽的举动，使体内真气外泄，那奇毒失去了控制，毒气四散，汇入经脉。

端木宇坷脸色沉重，而南宫霖却抑制不住欢心，娇笑不止，得意地说道：“小子，尝到此毒的厉害了吧，还不快点束手就擒，姐姐我开心的话，兴许会饶你一命。”

“我等正道人士，岂会向你们魔人投降，今日即使命丧于此，也要血战到底。”

景阳真人眼神坚毅，他正色凛然地望向天魔二人，随即又看了看柳梦晴，眼中仿佛流露着某种决绝的战意。柳梦晴深受鼓舞，她灵机一动，转身朝那狻猊神兽快速靠近。

魔教二人被这少女突然的举动所吸引，抬眼望去，只见她顷刻间来到狻猊身前，那狻猊原本被法术禁锢，困在原地焦躁不安，但看到这清丽少女向自己迅疾奔来，心知她是特意前来助自己脱险，当下便停止嘶吼，乖乖待在了原地。

柳梦晴环顾狻猊周身一圈，突然跃向了空中，祭出华清玉笛，瞬间阵阵笛音传出，较之前笛声更加声势浩大、波澜壮阔。

玉笛发出的音浪尽数击向那团寒光，音浪融入寒光之中，那团寒光竟发出嗞嗞的声音。一道细长的纹路突然在寒光中出现，如同一面完整无缺的明镜，顿时生出一道细细的裂纹，裂纹虽细小，却威力巨大，那面明镜也随之有了破裂的迹象。

笛音不断地猛烈攻击，裂纹也越来越粗，蔓延遍布至整个光团，寒光之内的狻猊也感受到了异样，变得十分狂躁，不断冲击着光团，天魔二人正要阻止，却被景阳突然杀出阻挠，已然不及。

突然场中金芒大闪，光芒从那方古琴中传出，囚牛的身影赫然出现，在空中盘旋舞动着朝狻猊奔去。

囚牛周身的光芒朝狻猊倾泻而去，那道裂纹瞬间不知扩大了多少倍，硬生生将寒光分割开来。随之而现的，是狻猊那对凶猛的巨目和狂怒的模样，只见狻猊周身带火、怒目圆睁，从光团中缓缓走出，它露出嗜血利刃般的獠牙，朝着天空一声凶猛吼叫，早已急不可待地朝端木宇坷和南宫霖扑去。

冲破桎梏的狻猊就像是脱缰的恶兽，它的愤怒早就愈来愈盛、一触即发，而天赐的负伤更是令它身体里狂暴的兽血彻底沸腾，此刻早已不顾一切地与魔教二人搏命厮杀在一起。狻猊幻化成一团硕大的火球，向外喷发出灼热的岩浆，将魔人瞬间吞噬，神兽的嘶吼与法器的打斗交织在一起，响彻整片天空。

与此同时，囚牛已经回到了琴中，柳梦晴一直关注着李天赐的伤势，只见他此刻脸色渐渐好转，但还是隐隐泛着绿色，看来毒素仍未散去，急需解药相救。这小子虽鲁莽愚笨，让自己没什么好感，甚至有些厌恶，但方才若不是他舍命相救，此刻中毒的怕是自己了。她念及于此，跃向空中，朝天魔阵中调息疗伤的端木垣迅疾而去，手中的玉笛瞬间直取对方面门。

端木垣身负内伤，法力根本无法施展，他望见突然杀向自己的柳梦晴，不禁吓了一大跳。那玉笛的寒光摄人魂魄，端木垣毫无还手之力，突然只觉项背处一阵刺痛，柳梦晴玉笛直指要害，只要一发招他就会一命呜呼。

“端木门主，你的爱徒此刻已命在旦夕，你们还不束手就擒？”

一阵冷冷的言语向正在与狻猊激烈斗法的端木宇坷传去，声音虽不洪亮，却字字诛心。

端木宇坷与南宫两人迅速脱离战斗，凝神望去，柳梦晴手执玉笛正欲对端木垣痛下杀手，狻猊远远望着柳梦晴这一举动，当下会意，默立于旁，但看魔人如何应对。

“你是要这七虫七叶花之毒的解药为那小子解毒吗？”

端木宇坷正色道，双眼却目不转睛地看着端木垣，显得很是关切。

“端木门主果然是聪明人，以贵派高徒的命换那笨小子的命，这笔买卖可不亏本啊。”

“若是我能做主，自会爽快答应，但此事可由不得我。”

端木宇坷面色如霜，他随即目光如炬，望向南宫霖，那眼神虽冷漠刚烈，但隐约透露出几分请求。

“南宫姑娘，我这劣徒的性命就交由你手了。”

这个中年男人，沉默片刻，终于还是开口了。

“端木公子的性命小女子可担当不起啊，既然端木门主都发话了，小女子岂敢不允，门主你欠我一个人情，以后别忘了还啊，嘻嘻。”

南宫霖毫不犹豫，顺水推舟卖了端木宇坷一个人情。

“这是自然的，承蒙南宫姑娘出手相助，我端木宇坷今后必定好好报答姑娘。”

“霖儿，我就知道你不会见死不救的。”

端木垣见南宫霖慷慨赐药，心中很是感动，全然忘了他如今这样受制于人的局面，都是拜那妖女所赐。

“慢着，我怎么知道你们不会耍诈，万一给了你解药，你不肯放人怎么办？”

南宫霖心思缜密，狡黠地打量着柳梦晴。

“呵呵，我又岂会像你们魔人这样阴险，再说了，这小子的命现在就在我手上，救还是不救，休得多费唇舌。”

柳梦晴急不可待地说道，当下纤手运息，便欲向端木垣击去。

“且慢，姑娘手下留情，我们现在就把解药交给你。”

端木宇坷也急了起来，旋又向南宫霖恭然道："请南宫姑娘赐药吧。"

南宫霖白了一眼柳梦晴，随即袖手轻挥，一颗纯白色药丸从空中划过，朝对方飞去。柳梦晴接过药丸，只见这颗药丸通体纯白，微微泛着灵气，状若明珠，一看便知是灵丹妙药。

"可以放人了吧？"南宫霖唇畔生花，目光如炬。

柳梦晴冷哼一声，左手捎带些许力道拍在端木垣右肩，他脚步踉跄，摔倒在地。端木宇坷急忙扶起了徒弟，查看他的伤势。

柳梦晴救人心切，迅速让李天赐服下那颗药丸，果然立竿见影，这个傻小子的脸色逐渐好转，中毒的症状也不如之前那般明显。

柳梦晴与景阳大喜，而魔教二人却一脸冷漠，方才以命换命都是各取所需，此刻风波平息过后，正邪之间便是更为激烈的决战。

突然空气中一阵吼叫传来，园内充满着前所未有的杀伐之意，那狻猊朝着天空怒吼，周身的火焰竟高了三尺，巨尾不停地来回摆动，尾端那颗巨大而光亮的火球几欲炸裂。

忽然之间，火球如同离弦利箭一般朝天空迅疾飞去，消失在天际，让人惊奇的是，第一个火球飞向天空后，狻猊巨尾末端又出现第二个火球。它不停朝着天空嘶吼，尾巴不停向天空发射火球，第二个火球也上了天，随即又是第三个、第四个……直至第九个。

在场众人望着这一幕都惊呆了，他们从未见过九个火球连续升天的壮观景象，而魔教三人更是被狻猊的神力所折服，隐隐感到不安，凝神聚气，如临大敌。

上空云层深处突然红光大盛，传来滚滚巨响，红光在云彩深处若隐若现，火球瞬间将整个天空燃烧起来。

云层深处像是有股神秘的力量在蓄势待发，伴随而来的是响彻云霄、震撼人心的巨大轰鸣，红光忽然间明亮无比，充盈在云层之间，红到了极致，天边那一团火烧云，仿如天空之中正盛开着血红色的花。

轰隆！

一阵声势浩大的惊雷传来，云层深处那蓄积已久的力量终于爆发，一个遮天蔽日的火球，燃烧着烈焰、翻滚着热浪，朝场中魔教众人气势汹汹地砸了过来。

电光石火之间，端木宇坷与南宫霖心领神会同时而动，手中的法器化出数道光墙挡住了周身，柔焰无双在外形成一道赤红色屏障，岚霜在里化出三道光华。

火球瞬间攻到端木、南宫二人身前，如同灭世神魔，毁灭苍生，焚烧九幽，与红绫相碰后，它的威力并没有任何减小的迹象。

反而那柔焰无双虽是绝世异宝，焕发的红光与火球的火光交织在一起，不停传出嗞嗞的声响，因全力抵挡着火球的前行，此刻也已扭曲到了极致。

终究敌不过火球毁天灭地的攻势，绫身出现一个微小的缺口，随即缺口越来越大，最后那火球的炙热火焰竟从红绫中蹿出，将红绫生生烧断。火球突破第一层防线，又朝岚霜剑生出的三道剑气光华袭去。

第一道屏障未做任何抵抗，便被击得粉碎，第二层虽然强劲，但僵持片刻，也被攻破，火球势不可当地杀向第三重剑气光华。第三层屏障虽如同一面脆弱易碎的镜片，但势道丝毫不弱，竟一时将火球凌厉的攻势生生挡住，令其不能再前进半分，火焰在剑气四周歇斯底里地疯狂燃烧，屏障里的魔教高手瞬间感受到汹涌的热浪来袭，整个身体也好似在火焰中炙烤、煎熬。

那最后一道屏障与火球僵持不下，胜负难料。

在这紧要关头，方才一直未做出反应的狻猊神兽，突然朝火球狂奔而去，瞬间没入其中消失不见。只见狻猊的身影在火焰中微微显现，朝那最后一道屏障怒吼着、撕咬着，火球较之刚才力道更为强劲，火光冲天，顷刻间已将屏障完全包融。

那神火无孔不入，侵入剑气之间，原本密不通风的屏障，此刻游走着蜿蜒细长的火舌，端木宇坷脸色无比凝重，急运真气，催持着剑气运转，这才勉强抵抗住火焰的侵袭。

魔教四大门阀果然实力雄厚，端木宇坷的修为更是高深莫测，在旁观望的景阳此刻看在眼里，急在心里，这端木宇坷一身法术，较之十年前的独孤灼枫不相上下，只不过这十年光阴流转，那独孤氏的修为又不知精进到何种地步。天魔教高手如林，着实是九州极大的威胁。

天魔教行事低调，近年来在神州浩土却行迹频繁，看来是在为那上古凶兽出世做着准备。魔人此番声势浩大、卷土重来，而正值正派势力支离破碎之时，九州浩土着实岌岌可危。念及于此，他望向此刻正运功调息的李天赐以及那素面冷漠的柳梦晴，眼中升腾出无限期盼，他们是龙九子在人世间的化身，他们才是千万苍生的希望。

狻猊虽为龙子神兽，但面对这法力高强的邪教头目竟一时也无能为力，方才它已着了道，此刻亲自上阵施展法术却仍无法冲破第三重屏障，两厢僵持已经到了极限，它早已咬牙切齿、急不可待。

面对这心急火燎的局势，正道这边也根本无从插手，一来担心为狻猊周身火焰所伤，二来担心突然加入战局令神兽分心、法力大减。

终于按捺不住，柳梦晴率先出动，她玉笛在口，轻快地吹了起来，笛声悠扬，振奋人心。那火焰中的狻猊也感知到了少女的笛音，突然又是一阵地动山摇的咆哮，急运气力，再次令火焰威力大增。

这是狻猊与魔人最后的决战，非胜即负、非生即死。

端木宇坷满脸通红，衣袍急剧飘荡，已然使出了看家本领，可还是渐渐处于下风。岚霜剑气组成的屏障被烧得通红，光芒黯淡了许多，这个倾尽全力的男人心中暗暗叫苦，本来凭借自己深厚修为，相持下去，那灵兽必败无疑，但偏偏那柳姓少女的笛音却在此刻突然杀人，左右了战局，难道是天要亡我不成？

笛音袅袅、战意浓浓，端木宇坷凭一己之力勉强抗衡着狻猊火球法术的攻击，就在他行将力竭溃败之际，只觉顷刻间周身红芒大盛，千丈红绫、万道红光，汇入剑气屏障中将火球阻挡。他抬头惊喜地看见，南宫霖正矗立于红绫之上，施展着法术，周身真气涌动，也在全力以赴。

原来方才她的红绫被毁，却暗中又恢复原状，威力更胜于前，原本急转之势，此刻又僵持不下。柳梦晴瞪向那邪魅的女子，心中充满怒意，每次都是这妖女坏了自己的好事。

“这妖女的法宝好生厉害，被摧毁数次竟安然无恙，如此相持，于我方大为不利，看来要速战速决了。”

景阳也按捺不住了，他顺势发动法术，朝那红绫之上的女子飞去，加入了战局。

南宫霖眼见景阳来袭，也不惊慌，袖手轻扬、俏脸生花，随着红绫摆动的韵律，她的身子竟也不自觉地舞了起来，活像一个娇媚的仙女正在绮丽红霞之上翩然起舞。那倩影、那羽裳、那俏眉、那明眸，忽然间少了些邪魅，多了些清丽，柔情似水、佳人如梦，世间万物为之倾倒、浩瀚星辰暗淡无光。

柔焰无双随着她的舞动，也急剧飘动、隐隐生风，化作一条穷凶极恶的赤色长龙急速朝景阳撕咬而去，景阳挥舞着拂尘，瞬间便与之交起手来。

场中端木宇坷施展剑气抵御狻猊火焰的攻势，空中南宫霖则与景阳激烈交战，这一切都看在柳梦晴和李天赐眼中，他们不禁心急如焚。这南宫氏的得意门生，年纪轻轻，却有如此大的能耐，显然方才她留有余力，此刻全力而出，二人合力与正派又不相上下。

柳梦晴笛音激荡，面色却更为复杂，如此耗损下去，对己方绝无任何益处，或者速战速决将魔人彻底击溃，或者保留实力迅速脱离战场，一瞬之间，她已然做出选择。

这个冷艳少女忽然向那棵已冰封成石的巨柳飞去，她来到树下，吹奏玉笛，施展音波，对准柳树中央奋力击去。

巨柳身上的冰石被音波击开了一道狭长的裂缝，露出少许树身，笛音不歇，源源不绝地向树身击去，音波一浪胜似一浪，随即又是一道缺口赫然显现，随着笛音反复的攻击，裂口越来越大，树身下那块巨大冰石被击得粉碎。

柳梦晴丝毫没有停下来的意思，继续吹奏玉笛朝巨柳攻去，音波阵阵，木屑漫天飞舞，最后在树身底部竟赫然出现一个深不见底的树洞。那树洞高约一丈，宽约五尺，刚好容身一人，洞内幽暗深邃，通向地底，也不知是天然形成还是匠心独运。

一阵刺骨的寒风从洞中呼啸而出，听起来像是某种食人恶兽的凶猛吼叫，令人不寒而栗。

那被冰封的巨柳也感知到了身体的异样，虽然被冰雪冻得死死的，它那参天的树丫还是在微微颤抖，若干大小不等的冰块从树身上滚落下来。

随着巨柳树人发出一声低吟的呼号，瞬间地动山摇，树身之中有股强大的神力瞬间爆发，周围的建筑纷纷开始摇晃，瓦砾碎屑散落了一地。

大地在剧烈颤抖，整个雅苑也在发生着翻天覆地的变化。

就在这千钧一发之际，柳梦晴一改之前的冷淡，高声呼喊道:“景阳真人、傻小子，此地不可久留，我们快走！”

二人心领神会，脱离战局迅速朝树洞奔去，南宫霖眼疾手快、抢先而出，也紧追不舍地追杀过去。却发觉面前忽然红焰闪现，炙热难当，化人于无形。

原是那火球在狻猊的施法中骤然升腾，在端木宇坷和南宫霖的身前化出一面长长的火墙，一时之间将他们团团围住。

更为剧烈的晃动从大地深处传来，大块冰石连续从空中砸落，

冰封的巨柳拼命挣扎，想要挣脱冰雪的束缚，地底的树根也轰隆作响，疯狂扭动，使出浑身解数破土而出。

随着那扎根在地底深处的树根持续躁动，大地开始崩裂，四周亭台楼阁剧烈摇晃，一道道裂痕从地面向上快速蔓延，庭院瞬间已危如累卵。这静雅清幽的庭院此时天崩地裂、摇摇欲坠，崩塌之势已无法挽回。

狻猊亦感知到这突生的异象，它突然从火球中脱身而出，朝着树干狂奔，顷刻间便化作一团红光，避开不断下落的冰石朝天赐腰间而去，瞬间便没入其腰间香炉之中，消失不见。

狻猊消失，那团火球威力大减，火墙也荡然无存，只留下场中天魔诸人被大地崩裂所形成的巨壑以及天空不断坠落的雪石困住，他们不敢轻举妄动，只得眼睁睁看着景阳三人消失在树洞里。

突然一声惊天巨响，巨柳树人那深埋在地底的树根终于拔地而起，得以看见天日。

让人惊奇的是，那树根竟然周身通透，在阳光的照射下闪耀着奇异的光辉，树根内某种未知的透明液体正沿着根部脉络缓缓流动。如同新生命在接触到第一缕阳光之后，彻底激活了所有元素，解放了灵魂深处的桎梏，无以复加地疯狂躁动，歇斯底里地孤声奋勇，从下至上，那股液体有如狂流一般朝着树身疯狂奔涌。

这瞬间出现的神奇景象让天魔众人哑然，液体在光线的作用下，转眼间已奔涌到了巨柳的树冠处，那树冠因液体的汇聚而开始激烈膨胀。更为令人吃惊的是，树根在失去液体的滋养后急剧萎缩，最后竟与普通植物的干枯树根无异。

随着树根的萎缩，巨柳树身也发生了神奇的变化，原本汇聚成一体的柳枝已悉数分散，朝着树冠卷曲合拢。粗壮的柳枝相互缠绕，将整个树身完全包裹，树身硕大如球，而树根却萎缩于无，头重脚轻，全身覆盖着白花花的冰雪，形如巨大的雪球，高悬于空中，遮天蔽日，场景壮观奇特至极。

“此地不宜久留，快走。”端木宇坷突然开口，神色肃穆，搀扶着端木垣朝那地面的洞口跃去。

南宫霖紧随其后，她脚步轻盈，不愿在此残境多留片刻，瞬间跃于端木氏两人身前。

“小心！”

端木宇坷一声厉喝从她背后传出，一块棱角锋利的寒冰正从上空急速下坠朝南宫霖砸来。

她一时之间来不及躲避，只得乱挥红绫朝那寒冰击去，寒冰下落之势迅猛无比，虽被击得粉碎，但来势之疾，令南宫霖体内血气奔涌，真气激荡。她霜雪满身，极寒彻骨，当下只觉心头作呕，虎口酥麻。

而上方的树身此刻已膨胀到极致，终于冲破了最后极限，在天空爆发绽放。一股股透明的液体冲破树皮向外恣肆地激射，冰雪完全瓦解，天空中的雪球轰然塌陷，巨大的冰块纷纷掉落，朝树下三人砸去。

他们哪敢怠慢，电光石火之间，各施奇术、闪转腾挪，避开下落的冰石。只是这一耽搁却已然令他们远离洞口，置身于巨柳之外。

抬眼望去，空中缩成一团的巨柳飘洒着不知名的液体，隐隐之间传来淡淡香气，随着汁液急剧喷洒，整棵巨柳也像之前那树根一样迅速萎缩。那刚才还遮天蔽日的万古巨柳，此刻已轰然崩裂倒塌，断成了几截巨大的木头，纷纷落在了地洞外，将洞口死死堵住。

此时此刻，地面也在剧烈震动，周围摇摇欲坠的楼台建筑被抽离了最后一丝生气，终于也支撑不住，纷纷倒塌，瓦砾横飞、扬尘满天，一派乌烟瘴气的绝望。刚才还激战正酣，充满杀气的庭院，顷刻间已化作乌有，独留一方断壁残垣的死寂，空气中弥散着尘土的腥气，漫天的飞沙走石将天空蒙上了阴影。

天魔三人立于场中，袖捂口鼻，紧锁眉头，默然不语地见证着这座庭院从繁华到毁灭的萧索，方才的激战早已令他们身心俱疲。

待尘烟散尽，南宫霖打破了场中的沉默：“他们此刻还未走远，我们可沿路追击，必定有所斩获。况且那小子方才服食了我的另一枚私藏毒药追心丹，此毒物外表用名贵药物包裹，看上去像极了世间罕见的仙方灵药，丹心却藏着一枚剧烈毒药，故名追心。那小子虫草之毒未解，此刻又毒上加毒，将会受尽剜心之苦，痛不欲生，不出十日必会暴毙而亡，只怪他们太容易相信我了，也不去打听打听我南宫霖的名号，嘻嘻。”

她笑靥如花，俏脸上那邪魅的笑容让人不寒而栗。

端木宇坷万万没想到，此女竟狠毒如斯，平日早已见识南宫氏女子的狠毒，未曾想过这外表娇俏可人的女子，心肠之毒辣远远超乎他们的想象。

“南宫姑娘真是足智多谋，我看那小子命不久矣。”

反倒是端木垣，对南宫霖充满了赞许之意，他笑吟吟地望着对方，仿佛着了魔一般，但转眼见到端木宇坷狠狠瞪着自己，随即害怕地低下了头。

端木宇坷心中对南宫霖充满鄙夷甚至有些愤怒，他向来不齿于这种旁门左道的阴险伎俩。无情未必真豪杰，怜子如何不丈夫，大丈夫就应该光明磊落，真刀真枪地决一死战，施展阴毒之术，胜之不武，更何况她竟无视自己徒弟的性命，这南宫女子真是目中无人、飞扬跋扈。

虽然心里这么想，但他的面色却没有任何异常，反倒笑着说：“南宫姑娘真是高明，想到这招欲擒故纵之计，既然如此，我们即刻出发，将他们赶尽杀绝。”

须臾之间，三人的身影便消失在这残破不堪的庭院中，只留下废石瓦砾、巨木残骸，以及空气中不时飘荡的柳絮。

半晌过后，庭院深处那破败的阁楼之上，一袭藏青色跃然而出，那身影峻峭挺拔，身后负着一柄古铜色长剑，长剑寒光闪耀，蜂鸣声隐隐而发。

那身影负手傲然而立，脸色淡然冷漠，方才他一直潜身于阁楼暗层之中，园中种种场景早已悉数映入眼帘，望着这此刻已化作残境的场地，那负手而立的身影微微触动，若有所悟，转瞬间又恢复常态，在漫天飘散的柳絮中，踏着冰雪，循着前人行踪追去。

第二十五章 疗伤驱毒

黑暗，恰如死寂的黑暗无孔不入地铺散开来，利箭般的月光划过参天古木，投射在林中古道上，斑驳的树影，低吟的夜风，以及黑暗深处细碎的响动，幽暗森林正编织着一张无形的网，侵吞着每一寸光明。

“沙，沙沙，沙沙……”

轻柔的脚步，无意打扰这万籁的寂静，却又扬起缤纷落叶，摇曳的阴影在暗中若隐若现，细微的声响由远及近传来。

寒意料峭的月芒下，那抹深沉的古铜色在迷雾中微微泛着黯淡的金光，在黑暗中十分显眼。夜风拂来，藏青色的衣袂在月色下暗涌，隐藏在参天古木的树冠阴影中，诡谲而神秘。看不清来者面容，甚至听不见呼吸的声音，只有那抹古铜的光华，冷冽般耀眼，这个隐藏在暗处的猎手，静待着他的猎物到来。

风戛然而止，黑暗森林恢复静谧，夜色幽幽、暗香浮动，乌云阵阵、月影稀疏。死寂，悠远的死寂，如同末世鬼蜮，毫无生气，只有那藏青色身影仍隐匿在树冠上一动不动。

突然，一阵窸窸窣窣的声音从前方羊肠小径深处传来，听去像是夜行锦衣穿过草丛所发出的声响，树上的古铜色顿时消失，又是一片寂静的黑暗。

转瞬间安静的密林中出现三个人影，其中当头一冷面男子的声音传来：“那小子中了奇毒，我料想他们必定走不了多远，为何此时却

又不见了踪影？”

说话的正是端木宇坷，他身后随行的便是南宫霖与端木垣。

“说来也是奇怪，我们明明是追着血迹而来，为何到此处血迹却全然无踪呢？”

端木垣已恢复了些许气力，他不时偷看南宫霖，却发现这女子的眼里根本没有自己。

“只怕是那几人早已走远了，百密一疏，万万没想到还是让他们跑了，端木门主您回去可怎么跟独孤教主交差啊？”南宫霖有些阴阳怪气地道。

“放心吧，南宫姑娘，我们门主神机妙算，他们必然跑不掉的。”

“此行前来，受独孤教主重托，诛杀龙子，端木氏必定全力以赴，我们抓紧搜查，就算把这里翻个底朝天，也要将他们找出来。”

端木宇坷并未理会南宫霖，向四周黑暗中不住地张望。

他料到景阳等人必定不会御空而行，一则方才激斗耗损真气大半，二则御空而飞容易暴露行踪，尤其在这山间旷野，极易被人发现。这片树林中的血迹，显是他们故意为之，故弄玄虚，实则虚之、虚则实之，他们必定逃不了多远。

天魔三人没发现什么异常，随即朝前走去，瞬间消失在黑暗里。

待三人消失片刻，那树冠之上的藏青色身影欲现身追击，却忽然灵光一现，停下脚步，继续静伏于古树之上，果然树下又传来异响，端木宇坷等人再次现身。

“果真没有藏身于此，我们走！”

待三人行色匆匆地，完全离去，那藏青色年轻男子这才从古树上跃下，他望向端木三人离去的方向，面色凝重，似有所思。他方才也是沿着血迹一路追寻而来，来到此处血迹竟消失不见影，未及深思，那三人便沿前路返回，原来他们也跟丢了人。看来那老道一行确是消失了，念及于此，他也沿着林中小路尾随魔人而去，瞬即隐没在这无尽的夜色中。

端木门主聪明一世，却糊涂一时，他们完全没料到景阳三人在草丛中故意留下血迹，却偏偏选择了最危险的御空飞行，早已逃离此地。兵行险着却往往取得奇效，此刻天赐在景阳真人的护佑下，已顺利到达桑阳观，只不过他早已面色惨白、昏迷不醒。

临冬谷，仙家之地，和煦的暖阳洒下斑斓的光芒，山风在谷中涌动，吹动草木，飘来花香。

清晨，烟云密布，气势恢宏的桑阳观建筑群若隐若现，晨钟缓缓敲响，掷地有声。一个个气度不凡的桑阳弟子从卧房中走出，沐浴着晨光，男男女女，精神抖擞地朝着那大气磅礴的真武殿拥去，新一天的早课又开始了。

角落里那个不起眼的房间轻合着房门，屋外一人来回走动，神情焦灼，不是旁人，正是与李天赐多年共处一室的赵志成。忽而，房门开启，一抹熟悉的灰白色从屋内出现，精神矍铄，却是仙风道骨的玄木真人。

“师父，李师弟他没事吧？”

赵志成见到授业恩师现身，早已按捺不住心中的焦急。

“情况不妙，天赐此刻体内七虫七叶花之毒不但没解，反而还留存有另一种剧毒，这种奇毒毒性丝毫不逊色于七虫七叶花，若找不到解药则无法根除，我只能暂时用纯阳之气将毒素抑制，加上那神兽狻猊相助，他此刻并无生命危险。”

赵志成有些失落，但仍是强颜欢笑：“如此最好不过了，那师父们可有别的法子治愈李师弟吗？”

“他体内奇毒暂时不会发作，只是如今寻不到解药，只能待他恢复气力，我们几人合力直接为其运功疗伤来驱毒了。”

“如此有劳师父了，天赐师弟遭此一劫，大难不死，必有后福。”

“志成你也别高兴得太早了，我们也没有十足的把握，天赐为天魔教所伤一事，如今已在桑阳观传开，观内上下人心惶惶。此刻景阳师兄已在真武殿中主持早课，安抚众弟子，我这就前去相助，你先照顾好天赐，早课就不用去了。”玄木神情严肃，径直朝真武殿走去。

“是，师父，师父慢走。”

送别玄木真人，赵志成便急不可待地推开房门，刚走进卧房，只见柳梦晴静坐在床边，面色仍是秀丽冷漠，丝毫看不出她内心所想。

“柳姑娘，你这样守了一晚，想必很累了，换我来吧，你快去歇息。”

赵志成轻声细语，生怕打扰李天赐，他查看了一下天赐，又面带笑意地望着柳梦晴。

他的眼眸清澈见底，不同于世间其他男子，初见这个美丽少女之时，心中并没有过多的遐想。

之前李天赐为师门所责罚，于后山思过，离火真人派他去采集万年黑杉，结果三日未回。师门派出赵志成等精锐弟子出发寻找，终于在密林深处发现天赐留下的字迹，才知他已不辞而别，去了扬州追寻囚牛下落。而神兽囚牛的化身正是眼前这个绝美少女，这已然令他称奇不已。

后又从景阳真人口中得知，他们在柳芸庄与魔人那场恶战，若不是柳姑娘出手相助，只怕已然凶多吉少，因此，赵志成对眼前这个姑娘又生出许多钦佩之情。

而柳梦晴虽与赵志成相识不久，也没有过多言语交流，但他给自己的感觉也与众不同。从小到大，世人不是垂涎自己的美貌，便是觊觎自己的家财，自从柳煜叛投魔教，上门寻仇滋事之人更是络绎不绝，以至于人心险恶，她早就习以为常。

只不过面前这大自己数岁，皮肤黝黑、神情木讷的汉子，竟让她想到了曾经那些朝夕相伴的同门师兄弟。柳梦晴是柳氏独女，自幼未感受过兄弟的关爱，此刻赵志成这种朴实无华的言语，竟唤起心中那渴望放下伪装、被人保护的少女情怀，故而一反常态，十分娇俏活泼。

“不碍事的，赵师兄，这里有我守着就行了，早课要紧，你还是去念早课吧。”

柳梦晴的语气很是柔和，不见丝毫冷淡之色。

“嘿嘿，柳姑娘，没事，玄木真人叫我不用去了，我们一起守着天赐师弟吧。”

“如此也好，相互有个照应。”

柳梦晴爽朗而会心的笑容难得一见，他们二人很快熟络，不见有何局促，更像是亲密无间的兄妹。

真武殿内，鸦雀无声，众弟子皆立于殿堂之下，偶有窃窃私语、耳语正欢者，眼见枯叶真人怒目扫过，顿时便鸦雀无声。

殿前台阶之上，景阳真人身着黑白鹤氅立于正中，玄木、沧月真人负手立于其后，只见景阳神色一如往常，未见任何异样。他面向台下诸位弟子，酝酿片刻，朗声说道：“各位桑阳弟子，想必你们已听闻本派弟子李天赐被天魔教所伤之事。”

言及于此，他似乎有意停顿片刻，台下弟子不禁开始躁动起来。

枯叶真人干咳一声，真武殿瞬间又鸦雀无声，景阳接着说道：“天赐此刻已无大碍，各位弟子不必担心，如今天魔教已卷土重来，不可不防。我桑阳观自桑阳祖师创观以来，以匡扶天下正义、拯救万民为己任，不只追求道法高深，更应追求人生至真至圣的境界，望在座各位弟子，勤于修行、行侠仗义，不忘祖师遗训，降妖除魔。”

景阳真人一席话，言辞恳切、铿锵有力，台下弟子气势高涨，正气盈胸。但听景阳又调转话锋道：“桑阳观与烟雨阁、善德寺已共同商议，决定派出各自门中精锐弟子于九州巡查，一则铲除天魔据点、消灭魔人，二则寻找龙子下落。”

他话音刚落，台下弟子早已掩饰不住内心的兴奋，纷纷跃跃欲试，师门的试炼任务意味着他们终于有机会游历九州了。长久以来，只有那些修为高深、初窥三清真诀的弟子才有机会下山游历，以至于凡尘俗世竟成了这些常年在山中修道的弟子十分向往之所在。

台下弟子议论纷纷，翘首以待，神圣的真武殿内顿时人声鼎沸、炸开了锅，忽然只听见一阵有若洪钟的威严之声传来："弟子们肃静，我们现在开始诵读经书。"

抬眼望去，便见玄木那犀利的眼神不断扫视着场中各人，而景阳真人早已悄然之间离去。

床榻之上，天赐仍是昏睡不醒，只是气色较之前有了较大改变，气息亦渐平稳。庭院深深，琴声悠然，柳梦晴兀自弹奏着囚牛古琴，而赵志成则身倚门廊，双臂交叉于胸前，面容沉醉，全然不顾迎面走来的景阳真人。

"志成，天赐他可有好转？"景阳慈祥的声音传来。

之前还陶醉在琴音中的赵志成着实吓了一跳，他转头望向景阳，却见他面露笑意，眼角的皱纹似乎又多了几缕，沧桑之中略显憔悴，这些时日，为了天赐，这个老人已费尽了心思。

"启禀掌门，天赐师弟他面色已恢复正常，只是仍昏迷不醒。"

"看来那奇毒已被我们抑制住，天赐暂时没有危险了，只是这奇毒要根除还需花费很大精力啊。"

景阳面有愁色，望向院中抚琴的少女，她依旧像往常那般淡然冷漠，丝毫不被外界打扰，独自沉浸在那悠扬而美妙的旋律中。

琴声悠扬传来，仿佛梦回那日的柳芸庄，清丽的少女、木讷的少年，那场奋力相搏的正邪交锋。天魔实力当真深不可测，这才来了其中两族就让他们险象环生，待那传说中的上古四大凶兽出关，恐怕还有更为激烈的恶战。遥想将来，景阳不禁热血沸腾，他的心情却莫名复杂，不知是血脉偾张的期待还是满腔愁绪的担忧。

也不知过了多久，日升月落，斗转星移，天赐耳畔仿佛传来了涛声，抑或是山风吹动竹林、摇曳着竹叶沙沙的响声。隐约间还有琴声相伴，悠扬婉转，像是在呼唤着自己，轻抚着自己的灵魂。

是梦晴吗？是她在弹奏着那方囚牛古琴吗？天赐的神智突然清醒，头颅却沉重无比，剧痛欲裂。黑暗深处，有一道光投来，是如此明亮，他整个身体好像都要在那道光芒的笼罩中缓缓上升。

他努力睁开双眼，阳光从眼皮缝中透了进来，是那般夺目，光影之中依稀有身影来回走动。忽然，人声嘈杂，有人开口说道：“掌门真人，天赐师弟好像醒过来了。”

那稚嫩的声音显得激动无比，也让天赐的心中涌起了一股暖意。

他终于睁开了眼睛，眼前是再熟悉不过的场景——临冬谷桑阳观弟子卧房，这些年见证他成长的地方。

一张张惊喜而熟悉的面孔浮现在眼前，景阳真人、柳梦晴，还有久未相见的赵志成，他们都无比关切地望着自己。李天赐想要说些什么，却发现一时开不了口，奇毒噬身，剜心刮骨，痛苦难言，本以为就此天人永隔，却奇迹般地活了过来，他情绪激动、思绪万千。

景阳真人见天赐神色有些激动，笑着宽慰道：“太好了，天赐你终于醒了，你可知你已昏迷了七天七夜吗？”

“什么？！原来我睡了这么久啊，真人，是您救了我吗？”

李天赐勉强开口，却发现每吐出一个字，胸口就剧痛异常。

“是玄木师弟为你注入纯阳真气，暂时抑制住你体内的毒素。”

“啊？原来是玄木真人，真是有劳他了！”天赐心思急转，转念又说道，“真人，您的意思是，那七虫七叶花之毒还未根除？”

“是的，而且除此之外，还有另一种未知奇毒在你体内滋生，只是也被真气压制，暂时没有发作。”

“还有另一种奇毒？怎么又会中毒呢？”

天赐心中大骇，完全没料到神不知鬼不觉间竟又中了毒，天魔教这些人下毒的功夫真是叫人防不胜防。

“天魔的毒术精妙之处在于，悄无声息就让人着了道，待毒性发

作却已无力回天，依我看来是那名叫南宫霖的妖女所为，她给你的那枚白色药丸恐怕被做了手脚。”

景阳的话，让天赐更是胆战心惊，着实没想到，南宫霖那枚解药不但不能解七虫七叶花之毒，反而那所谓的解药根本就是一颗毒药，这邪魅女子着实阴险。

“那此种奇毒，真人可有解除之法？”

天赐虽已苏醒片刻，脸色却仍是苍白的，此刻他体内两种剧毒共存，毒上加毒，真是命途多舛、造化弄人。

景阳真人见天赐有些异样，不住地柔声安慰：“实不相瞒，此毒恐怕只有南宫霖才能解，我们暂时无药可解。但现今有一个办法，我们可以试一试。”

“是什么办法？”李天赐惊喜地问道。

“待你恢复气力后，由我们几个师兄弟合力为你疗伤祛毒。”

“这样真是再好不过了，那就有劳各位真人了。”

“只是此法……”却见景阳面露难色，欲言又止。

“只是什么？真人有话不妨直说。”

“此法若成，则你体内奇毒可除；若失手，则你体内奇毒也只能暂时抑制，难保他日不会毒性发作。只是奇毒不除，体内真气就无法运转，一身法术更无从施展，与凡夫俗子无异。”

“既然如此，那我体内奇毒还是有机会解去的，如果不施展法术还不如要我去死，真人不要顾虑太多，我已经恢复得差不多了，明日就为我运功解毒吧，就算是失败，我也愿意！”

曾几何时，当初被拓跋楦所伤的可怜少年，此时已成为坚忍不拔的年轻人，身体的伤痕虽然痛苦，但区区小伤只是男人成长理应付出的代价。自己肩负着拯救苍生的使命，身负着血海深仇，怎会被这些不足为道的苦痛打败，一路浴血奋战，勿忘初衷，岂能半途而废。

想到这里，天赐脸色虽然依旧苍白却突然变得十分坚毅。

“既然如此，那你先调息一番，明日我们合力助你解毒。”

在旁的柳梦晴也为天赐的勇气所动容，这个此刻脸色仍是惨白的年轻人，几日昏迷，竟多了几分成熟与坚韧，与以前大为不同，仿佛经过生死锤炼后成长了许多。

冷月夜，山风涌动，树海涛涛，真武殿前的道场，一派空旷景象。月色之下，似有一人踱步缓行，身后那柄通体翠绿的长棍，在寒夜中绽放着耀眼的异芒。

长夜无眠，李天赐漫步于桑阳观内，心中早已思绪万千，想到即将到来的明天，怎能安卧于床榻。不觉间，他来到真武殿前，这座气势恢宏的大殿，此刻正安静地在夜色里沉睡，建筑在月光中投下巨大的阴影，将他整个人完全吞没。

他身影渺小，静坐于台阶之上，石阶清凉刺骨，夜风拂面，心神荡漾。

他望向殿前那偌大的道场，沉默无言，时光流转，他竟想到了自己的父亲，想起那个夕阳西下的黄昏，临冬城校场之上，他正演习着展臂拳，而父亲则在一旁驻足观望，笑而不语，那是他生命中最美妙的时光。

“你是龙族传人，你肩负着召唤神龙、拯救苍生的使命……”

父亲的话语在他耳畔反复回响，他那张坚韧的脸微微抽搐，似有一种隐忍复杂的情绪蓄势待发，不觉紧握双拳，十指入肉，泪水在眼眸里团团打转，心头满是苦涩而伤感的味道。一怀愁绪随着年岁逝去，并未丝毫消减，却隐忍成心头那道永不消失的痂。

“人生在世，平凡二字看似容易，实则困难，平凡虽渺小，却珍贵。如果不用肩负太多使命责任，不用想着报仇雪恨，不做拯救苍生的侠士，只是做个耕种渔樵的农夫、做个平凡的人，远离纷争祸乱，成家立业，终老山林那真是再好不过了。”

李天赐默默地想，随即又微微叹息：“真是可笑，怎么会突然出

现这种念头，身为龙族传人，这些都是义不容辞的责任。今后的人生道路，就算坎坷，就算孤独，也要坚定不移地走下去，矢志不渝，方能告慰亡父在天之灵。”

念及至此，他抬眼朝夜空望去，北辰当空，闪亮夺目，他张开双臂，拥抱这源源涌来的山林夜风，只觉寒意彻骨，消尽忧愁。

他轻轻一笑，起身朝道场中央走去，这个形单影只的青年，伫立于月光之下，衣袂猎猎作响。只见他双腿微屈、化掌为拳、拳心向上，左拳置于腰间，右拳伸向前方，正是那招江湖许久未见的展臂拳的起手式“开门见山”。

冷夜寒风之中，少年身影跃动，时如飞鹞，轻盈灵动，时如猛虎，势大力沉。展臂拳虽只能算作寻常游侠儿用于傍身的粗浅功夫，远远比不上高深道法的精妙，但天赐此刻却耍得异常起劲，拳拳生风、招式凌厉，完全沉醉在这简单的二十四式中。

身后的真武殿悄无声息，沿廊之上，不知何时出现了一个人影。稀疏的月华中依稀可见来人身着一件水绿色法袍，袍身随着习习夜风舞动，那张温婉的俏脸此刻正暗中注视着场中央全神贯注舞拳的青年。月光下她的身影是那样灵动，隐藏在阴影中的嘴角泛起了一丝弧度，也许是欣慰、也许是期许，却始终未见她现身，而是就这样默默关注着这个不平凡的青年。

翌日，悠远的晨钟伴随着早起虫豸的细鸣，在临冬谷内回荡。赵志成起身后却发觉一旁天赐的卧榻空空如也，他急忙出门寻人，发现那年轻人正静立于卧房外的庭院当中，面容有些沧桑消瘦，看上去像是独自站了一宿。

清晨的空气有些微凉，赵志成不由自主打了个寒战，朝那满怀心事的身影说道：“天赐，你这是早起散心还是一夜未眠啊？”

天赐转过头望向赵志成，他的脸色仍有些苍白，双目中密布着淡淡的血丝。他打起精神，勉强笑道：“赵师兄，我昨晚实在睡不着，便出门去散散心，回到房里，却又毫无倦意，再也无法入睡，于是就在这庭院中待了一夜。”

“啊？师弟你一整晚都没睡啊，不如今日休整一番，明天再请真人们运功驱毒吧？”赵志成神色之间颇为关切。

“多谢师兄关心，不碍事的，真人们平日事务繁忙，不想再给他们添麻烦。”

“既然这样，那好吧，师弟你吉人天相，定然会顺利度过此劫，师父们命我主持早课，我就不陪你去了，由柳姑娘与你同行，师弟，你……可要好好的……”

赵志成一时语塞，万般愁绪涌上心头，静静地望着李天赐，却又不知该说些什么安慰的话才好。

“天赐，时候不早了，我们出发吧。”柳梦晴不知何时也走出房门，与赵志成打了个照面，眼神坚定如常。

“赵师兄，那我们先走了，请师兄放心，我一定会顺利回来的。”

李天赐拍了拍赵志成的肩膀，一派胸有成竹的模样。

反而在柳梦晴面前，他却依然羞涩，面色微红，不敢直视对方。之前柳芸庄一役，柳梦晴便让他另眼相看，而这些时日，此女一直默默陪伴在身边，毫无怨言，嘴上不说，心中却对他非常关切，这些天赐都看在眼里。他对这个少女在欣赏之余，也渐渐多了一份感激、亲近之情。

桑阳观天尊殿，三位道家圣灵的神像威严地伫立在殿内，香炉里燃着三支巨大的檀香，袅袅青烟中，似有神音鸣唱。景阳、枯叶、玄木、沧月、离火五位真人分五方端坐于蒲团之上，闭眼施法。场中光影浮动，地上映出一面八卦，那八卦正被五人施法加持，边缘浮现出各色清光，自上而下，竟隐约形成八面光墙，缥缈虚幻，若有似无。

天赐与梦晴肃穆而立，看着场中五位真人施法，不约而同地屏住了呼吸。

施法完毕，真人们睁开双眼，朝天赐二人望来，景阳真人神色安详，缓缓说道："天赐，你准备好了吧，现在可以过来了。"

"是，真人。"

李天赐有些紧张，手指忍不住摩挲着衣角。他看了看柳梦晴，柳梦晴也望向了他，那温婉如玉的眼神，此时竟是如此坚定，丝毫不见任何冷漠，让天赐深受鼓舞。

天尊殿内的气氛有些紧张，虽不似剑拔弩张那般让人窒息，却也有如临大敌般的凝重。李天赐走向那面八卦，八道颜色各异的清光在他周身浮涌，空气中细小的浮尘四处飘散，一派修仙道场的神圣场景。

檀香的气味令人心神安宁，天赐望向场中五位真人，景阳神色和蔼，枯叶严阵以待，玄木满面肃穆，沧月脸色柔和，而离火则朝自己微笑示意。成败在此一举，谁都没有把握预料接下来将要发生的事，也许半晌过后，完全是另外一番景象。

天赐站在场中，仍是紧张局促，不知该如何是好，景阳真人招手示意："别紧张，坐下吧，坐在那面八卦正中央就行了。"

李天赐缓缓走进那面八卦，此时八卦之中仍有清光微微从地面升腾而出，他穿过光芒，静坐于八卦之上，只觉耳畔隐隐传来细如蜂鸣的异响。不知为何，置身光芒当中，他的心绪从方才的紧张起伏慢慢开始沉静下来，静如止水，也许是那发出绮丽微光的八卦阵法暗中发挥作用，天赐不禁暗自叹服。

只见阵法外的五位真人，正动作一致，同时运功施法，他们化拳为掌，掌心相合，置于丹田，随即又掌心向上，双手举过头顶，然后便以前胸为中心，左右手在身体两侧从上至下画出一道弧线，最后又掌心相合置于丹田。如此周而复始，重复了数遍，突然间他们面色开始变得红润，道袍内真气鼓动，周身似有轻烟飘散，显然正在全力发功、蓄势待发。

片刻之后，五道色彩绚丽的光芒从他们双掌中同时向天赐射来，光芒消融于八卦阵上，源源不断汇入那八面光墙之中，使其光芒大亮，夺人眼眸。光芒照在天赐的身上和脸上，他发觉一阵奔涌不歇的真气正缓缓流入体内，那股真气让他感觉到前所未有的暖意，真气涌向丹田，美妙至极。而与此同时，他也感觉到体内另外一股真气也在蠢蠢欲动，与那股真气交融对抗。

瞬间，他只觉五脏六腑像是被重锤反复敲打一般十分痛苦，心中似乎有千万只毒虫正在疯狂噬咬，四肢也不听使唤地颤抖起来，最后不断地剧烈抽搐，他表情扭曲，脑海中嗡嗡作响，整个头都要炸了。

景阳见天赐痛苦不堪，急忙说道："天赐，你体内的毒气在反噬，不能给它机会反扑，你赶快运功调息！"

天赐依言而行，但疼痛难忍，根本不能发力。他的手脚痛得快要麻木，全身的筋骨也即将被折断，额头不断渗出冷汗，此刻他体内真气与毒气激战正酣，来回冲击着他的身体，如同滔天巨浪瞬间就要将汪洋中的轻舟冲击得支离破碎。那种无力的切肤之痛让他濒临崩溃，天赐咬紧牙关，握紧双拳，顾不上那无以复加的痛苦，使出仅有的气力，运功调息。

体内真气在运转下从丹田气海流向全身，瞬间痛意稍减。那毒气在真气的猛烈作用下确实迅速消减，而天赐体内早已真气沸腾鼓荡，运转到了极致。

就在李天赐以为毒气就此瓦解之际，却不知为何，忽然之间，全身上下又感受到了剧烈的疼痛。毒气像是被真气刺激一般，疯狂反扑，穿过经脉在天赐体内四处奔涌蔓延，他的周身肤色也变成了暗青色。也许是压制得越激烈，毒素的反抗就会越强烈，眼见毒气攻心，命悬一线，天赐心中大骇，不禁惊慌失措起来。

就在这间不容发之际，景阳跃身而起，朝天赐迅疾奔去，双掌朝其前胸拍来，封住胸前几大要穴，顷刻间击退毒气，护住了他的心脉。

五人使出浑身解数，奋力发功，五股真气合为一体，源源不绝地

输向天赐体内，由于真气的强大，毒气终于有了消退的迹象，只是天赐的脸上仍是泛着浓烈的暗青色。

在纯阳真气的作用下，天赐身上忽青忽白，他全身又开始扭曲抽搐起来，脸色显露出难以言状的痛苦。

在旁观望多时的柳梦晴，此刻早已一颗心跳到了嗓子眼，她纤指抖动，轻咬嘴唇，一双手紧紧地攥在了一起，手心渗满了汗，时刻担忧着天赐的安危。

真气与毒气的僵持仍在继续，只是害苦了这个年轻人，在五位真人共同施法下，他周身光芒大盛，早已半浮于空中，那张脸却已扭曲得惨不忍睹，时而惨白时而暗青，莫可名状，显得怪异至极。

电光石火、生死一线，两股强大势力在天赐体内相互抗衡、不分高下，这个年轻人终于承受不住真气与毒气在体内如此激烈的交锋，一大口暗红色鲜血喷涌而出，随即倒地昏迷不起。

在场众人神色慌张、手忙脚乱，竞相朝着昏倒在地的李天赐奔去，他们全力以赴施法驱毒，却不料以这种方式无奈收场，只觉好生丧气。

第二十六章 浮玉魔影

扬州城东浮玉山，高低起伏，连绵百里，这浮玉山虽不比蛮荒奇山那般险峻，却也隽秀。山中翠障层叠，兽啼声声，远处山峦氤氲密布，山间仙云缥缈，景色秀美，人迹罕至，真是难得的世外仙境。

端木宇坷他们已在这深山之中查寻数日，却仍不见景阳三人踪迹。其实他们心中早已猜到景阳一行已全身而退，根本不在此地，本该就此打道回府，回天魔教复命，可不知为何，三人仍在山中徘徊逗留，像寻常人那般徒步行走。

那藏青色衣衫的神秘男子一直远远地跟在他们后面，或静伏于树冠，或隐匿于草丛，如同无形的阴影静静相随。之前柳芸庄恶战，他伏于暗处目睹一切，端木三人的身份，也必然知晓，这样一直跟踪魔教三位高手，却没有让对方察觉半分，可见这神秘男子的实力也不容小觑。

几日下来，魔教三人只是一味赶路，不疾不徐，不时查探四处地形风貌，仿佛在找寻着什么。神秘男子远远跟在后面，想看看他们到底在盘算什么阴谋，并没有轻举妄动。

“江湖传闻大禹神庙就在这浮玉山中，只是为何我们查探数日什么都没发现，门主，莫非这一切只是谣传？”几日枯燥行程下来，端木垣终于按捺不住心中的疑问，开口问道。

“相传大禹于震泽治水，历经艰难险阻，终于成功将那狂涛荒泽治理，守住九州的安危。后人心怀敬仰，感恩禹神，于这浮玉山仙境深处修筑大禹神庙，耗时数年，只为了集结此处天地之精华，将大禹供奉于此。平日里不辞艰险，跋山涉水前来参拜禹神者络绎不绝。后有好事者传出在大禹神庙中发现无数奇珍异宝，便引来世间猎奇寻宝之士前来此地一探究竟，如此却玷污了此地的灵秀仙气，有损神威。后来天神显灵，禹神降世，为避开尘世纷扰，特施法将神庙隐遁，时至今日已不知去向，要找到神庙我看还得下一番功夫。”端木宇坷正色道。

“门主，小女子有一事不解，烦请赐教。”

沉默半天的南宫霖开口说话，却没料到她一反往日狡黠，此刻竟彬彬有礼。

“但说无妨。”

岂知，南宫霖之前认真的态度又荡然无存，娇嗔地说：“我们为什么要去大禹神庙，直接回去复命不就行了吗？这破地方，都快闷死啦。”

“怎么，独孤教主没告诉你我们此行另有目的？”端木宇坷微微有些诧异。

“没有，教主只是让我一路跟着你们就行了，嘻嘻。”南宫霖又恢复了她狡黠的神色。

听到南宫霖的话，端木宇坷心里微微有些不悦，却没表现出来，端木垣朝他使了个眼色，抢先说道：“南宫姑娘，我们只需找到大禹神庙就知道这葫芦里到底卖的什么药了，嘿嘿。”

他望着南宫霖，眼神中仍是充满爱慕之情，好似之前的风波在他心里早就烟消云散。

岂知南宫霖并不感兴趣，反而淡淡一声：“这种闲事最好别再叫我插手啦，我只负责跟着你们就行了，发生什么危险，门主可要保护小女子啊。”

她故作扭捏姿态，一张秀脸显得娇羞无比，端木宇坷更是厌恶。

端木垣则信誓旦旦，拍着胸脯道：“放心吧，南宫姑娘，若是出现什么意外，我端木垣第一个站出来。”

几人毫不设防地在路上走走停停，殊不知前方密林深处的幽暗中，一道冷冽的目光正注视着这里发生的这一切。

三人稍作停留，便又在这大山深处赶路，浮玉山山势并不险峻，却乱石丛生，曲折蜿蜒。一侧是深不见底的悬崖峭壁，一侧是峡谷对岸的崇山峻岭，八方小径通幽，深山人迹罕至，古树高耸入云，偶有异兽隐约低号，令人毛骨悚然。对面山峰烟雾缭绕，两山之间的深壑隐有流水潺潺的声响，草丛之下的悬崖直耸陡峭，稍不留神便直坠崖底，粉身碎骨。

行路半晌，略感疲乏，端木垣抱怨道：“这浮玉山虽籍籍无名，却也当真路途艰辛，我们这样漫无目的地寻找，有如大海捞针，不知何年何月才找得到那大禹神庙，南宫姑娘你累了没有，要不要停下来歇歇脚？”

南宫霖没有理他，双眼直视着前方，却见前方远远走来一个中年樵夫，那樵夫寻常乡民模样，背着一筐柴火，正向山下赶路。

在山中寻觅了几日，终于看到有人出现，端木宇坷不禁微微惊喜，朝那樵夫迎了上去。

“这位兄弟，我们是来祭拜禹神的香客，请问那大禹神庙怎么走？”言辞之间，很是诚恳。

那樵夫眼见面前这个高大威风的男子，脸上赫然生着一道疤痕，看去恐怖至极，但他却和颜悦色，与威猛的形象大相径庭，先是愣了一愣，遂又开口：“哦？你们是要去那大禹神庙？”

“正是，兄弟要是知道，还劳烦给我们指路。”

果然有所斩获，端木宇坷心中一喜。

“唉，以前这里可热闹了，人们来来往往都是为了祭拜禹神，后来终于等到禹神显灵，可不知道为什么，他却施展法术将那神庙隐藏起来，从那以后再也没有人来了，你们真是虔诚啊。”

“若不是禹神治水有功，恐怕我们家乡早已受了饥荒，祖上更是将禹神石像供奉在家中日日祭拜，我爹爹也是承蒙禹神恩泽，负祖辈所托，想要一睹大神尊容，这才带着我们兄妹不远万里而来。”

说话的是南宫霖，只见她娇俏可人，笑着朝端木宇坷扬了扬秀眉：“是吧，爹爹？”

端木宇坷不置可否，干咳了一声。

樵夫见男子身后站着一男一女，两个俊俏模样的年轻人，笑着说道：“好啊好啊，真是辛苦你们大老远跑过来，那大禹神庙的旧址就在浮玉山顶峰，希望你们能够找得到。”

话音刚落，他向天外指去。正是那峡谷的对岸，崇山峻岭的最高处，那里烟雾缭绕，云层密布，看不到任何景象。

“真是太感谢兄弟了，事不宜迟，我们即刻赶路，就此别过。”

“大哥等等，我看你们一身修道之人装扮，千万不要施展法术飞到那里去，那山里面住着神仙，可别打扰了他们，已经有不少修道的人想要飞过去，却直接摔死在悬崖下了。绕着山头走过去，不用三天就能走到，你们这么虔诚，这点考验应该算不了什么吧。”

“哦？原来如此啊，那真是多谢伯伯提醒了。”

南宫霖说话间又走近那樵夫几步，端木宇坷只觉一阵阴冷气焰来袭，急忙挡在了她身前，朝那樵夫笑道：“兄弟说得对，我们赶路过去，不施展法术。”

“嗯，那就太好了，哎呀，我家婆娘急着生火做饭，我再不回去要被她骂了。”

樵夫急急忙忙告别三人，朝着山下奔去。待那樵夫离去，端木宇坷狠狠瞪了南宫霖一眼，方才若不是他及时发觉，恐怕那无辜的樵夫已惨遭这妖女毒手。

“爹爹，您这么凶狠地看着我干吗，女儿可是做错什么惹您老人

家生气啦？”

南宫霖笑靥如花，有恃无恐。

“哼，你自己心知肚明，天色将晚，我们找个地方歇息一晚，再赶路吧。”

南宫霖笑而不语，随着端木氏二人消失在丛林中。

那藏青色锦衣男子远远隐于树冠之上，眼见樵夫走了过来，从树上跃身而下，朝樵夫恭然道：“这位大叔，请问他们……”

樵夫见这年轻人身负一柄古铜色仙剑，显然也是修道之人，便开口打断了他的话：“小伙子，你是和他们一起的吧？他们要去那大禹神庙，就在浮玉山山顶，你快跟过去吧，今天真是奇了怪了，一下子来了这么多修道的人。”

说完，他也没多想，便急匆匆朝山下赶去。

此刻，端木宇坷三人正倚靠在一棵巨树下休憩，天色已晚，黄昏如画，落霞的余晖倾洒在林中，让这仙家之地更添几分神韵。

“我们就在此处休息一夜，明日再赶路吧。”

“门主，我们真的要照那樵夫所说，沿着山路走过去？”

“我看他老实巴交的，应该不会骗我们，既然知道神庙所在，那就不用着急了。”

端木宇坷那眉目之间，神色极是淡定从容，显得胸有成竹。

“还要走上三天才到，我这小女子是走不动的，到时候就劳烦爹爹和哥哥了。”

南宫霖吟吟地娇笑道，全然不顾端木氏二人奇怪的眼神。

黑幕低垂，月明星稀，山风冷冽，树影斑驳，篝火熊熊燃烧。火堆旁，三人围坐，端木垣不知从哪里抓来一只野兔，全神贯注地烤了起来，香味四溢，让人生津流涎。一旁的端木宇坷神情淡然，而南宫霖则蠢蠢欲动，整天跋山涉水，她这个女孩家就算修为再高，身体也吃不消，此时五脏庙早就在示威抗议了。

“南宫姑娘，饿了吧，来尝尝我的手艺。”

端木垣将兔肉敬献给端木宇坷后，笑着扯下一只兔腿递给南宫霖，那兔腿烤得恰到好处，香味四溢，肉嫩流油，一眼望去，就有种让人大快朵颐、吞而食之的冲动。

南宫霖轻抿双唇，望着兔腿，看了看端木垣，只见他眼神中流露出无限的爱意。

她强忍饥饿，喃喃而道：“我、我不饿，你们吃吧。”

“怎么，姑娘不爱吃吗？这可是兔身中最精华最好吃的部分，可不要浪费我的苦心啊。”

端木垣有些失望，他盯着那只兔腿看了好久，终于忍不住咬了一口，顿时油花四溅，味浓香醇，看得南宫霖双眼放光、垂涎欲滴。

端木垣淡淡一笑，扯下一只兔腿朝南宫霖扔去：“嘿嘿，这儿还有一只，姑娘你就试试吧，我保证你不会后悔。”

这个绝色女子，一时不知如何是好，她看了看正在大快朵颐的端木氏二人，沉默片刻，实在是抵不住美食的诱惑，终于大口吃了起来。只觉那烤兔肉简直就是人间极品美食，她长这么大从未吃过如此美味，便也不再顾及形象，狼吞虎咽起来，顷刻间已风卷残云，将兔腿啃食殆尽。

端木二人笑望着这不可方物的女子，此刻正大快朵颐、姿态尽失，这狠毒的魔教妖女竟暂时变成了寻常人家的闺秀，只是这秀女在深闺养得太久了，一时撒开了性子。

吃完那只兔腿，南宫霖仍是意犹未尽，她舔了舔香唇，望向端木宇坷手中那一大块兔肉，清丽的眼眸中流露出无尽的渴望。

端木宇坷冷冷笑道：“怎么，南宫姑娘还没吃饱？老朽这里还有，拿去吃吧。”随即匀出了一半兔肉扔向南宫霖。

她此刻已食欲大开，哪里还讲什么客气，接过兔肉又是一顿咀嚼，火光映衬着她的脸颊，俏丽生花，煞是好看。

“南宫姑娘，我烤的兔肉还行吧？”端木垣露出一丝得意的笑容。

“嗯，还不错，一般般吧，勉强糊口。”南宫霖吃完兔肉，恢复了些许妖媚。

“姑娘喜欢就好，吃饱了，我们就在此歇息。门主，你们先休息，由我来守夜吧。”

端木垣笑吟吟地说道，说话间他望向端木宇坷，但见对方神色凝重，示意自己不要出声，双眼一直死死盯着旁边丛林的最深处，身后的岚霜不知何时飞了出来。

这突如其来的变化，让端木垣有些措手不及，南宫霖也注意到了场中的变化，他俩转过头去，目露精光，也同时望向身后的那片黑暗幽林。

那幽暗深处，似有两道绿光微微闪动，摄魂夺魄，像是某种凶残的幽冥恶兽，几欲顷刻间穿林而出，择人而食。那绿光夹杂着几声低号，暗处似有劲风奔涌，空气之中传来阵阵腥臭，杀伐之意瞬间急速升腾。

三人眼神如炬，盯着那绿光，心神戒备，蓄势而发。忽然丛林中传出一声怒吼，树枝乱颤，树叶纷飞，林中黑影朝着火光处的三人急速奔来，三人各执法器应战，法器幻化出道道清光朝那黑暗身影飞去，岂知光芒尽数被黑暗吞噬，瞬间悄无声息。

狂风夹杂着扬尘与杂草，铺天盖地吹来，火堆顷刻间熄灭，周围一片黑暗。密林中鸦雀无声，只有月影稀疏于林间，更添几分阴森，那黑影瞬间消失，无影无息，仿佛从未存在一般。

寒夜料峭，冷月当空，那轮弯月像是在空中轻舞飞扬的圣洁女神，冷眼俯瞰着整片大地，天空中黑云缓缓飘过，遮住了月华，夜风过境，吹动山林。

电光石火之间，那黑影再次发难，声势浩大，排山倒海而来。无边无际的黑暗将三人完全笼罩，透过斑斓的月光，隐约可见漫天黑暗之中那怪兽的外形像一头巨狼，除了那对绿眼，还有锋利如刀的利爪以及凶恶嗜血的獠牙。

“难道这就是传说中日行百里、以猛兽为食，守护大禹神庙的灵毳？”端木宇坷面色凝重，不觉间，那把岚霜已握在了手中。

端木垣和南宫霖二人异口同声道：“什么？灵毳！”

却见那被端木宇坷唤作灵毳的异兽嘶吼咆哮，利爪朝三人猛力击来，他们哪敢怠慢，或闪转腾挪或跃向空中，避开灵毳的攻势，

端木宇坷手中岚霜已化作道道淡蓝色光华朝那灵毳巨兽涌去，口中则说道：“是的，灵毳神兽相传是守卫大禹神庙的异兽，天生神力，凶残嗜杀。”

那灵毳兽挥舞着左爪，生生化解了岚霜的剑气，身后长尾则不停扫荡拍打着树林，顷刻间已有数棵古木应声倒地。

见外人侵扰自己的领地，灵毳捶胸顿足，不断朝天嘶号，显得十分愤怒。它时而打着响鼻，残暴而凶恶的眼睛狠狠地盯着端木宇坷三人，那对散发着绿芒的兽眼像是在对他们昭示这块神圣的土地是自己的领域，不容外人闯入打扰。

“这灵毳常年守护大禹神庙，未曾离开半步，看来大禹神庙就在附近不远了。”端木宇坷的神情有些激动，未曾注意到那灵毳已朝他全力冲了过来。

眼看灵毳如同猛虎扑食般冲到端木宇坷身前，间不容发之际，这魔教高手还没出招，岚霜就感应到主人身处险境，挡在了他身前。法器与神兽相触，发出一阵刺耳的蜂鸣，岚霜旋即被震飞，落在草丛中，而灵毳亦后退数尺，前臂划出一道细细的伤口，血流不止。

自大禹神庙被禹神施法以来，那灵毳便镇守于浮玉山中，保护这座神庙免受世俗侵扰。这浮玉山中人迹罕至，不会有修为如此高强之人现身，更不可能动这灵兽分毫。而此刻，它前臂鲜血汩汩流淌，未曾想到世间当真有人能够伤它。

血液的腥气，更激发出灵彘的满腔怒火，它挥动着强壮有力的利爪，气势汹汹朝端木宇坷杀来。而法器不在身边，这个中年男人此时根本无法抵挡。

端木垣见情况危急，朝南宫霖呼救：“南宫姑娘，门主有难，我们前去助他一臂之力吧。”说完，便手执法器，一马当先，挡在端木宇坷面前。

而那南宫霖却装作浑然不知，在一旁轻松惬意地驻足观望，脸上隐现着一丝淡淡的邪笑，一副事不关己、高高挂起的姿态。

端木垣无奈，只能独自应战，他祭出那把暗紫色长刀，名曰月溟，刀身如月牙，刃口烁寒光，犹似漱溟，洗涤黑暗，当真刀如其名。

这个白衣少年手执月溟，面对凶猛袭来的灵彘毫无惧色，只见他凝神聚气，挥舞着长刀朝灵彘杀去。那灵兽身形庞大，行动却十分灵巧，长刀月溟被灵彘轻松闪开，竟劈了个空，转瞬之间，端木垣反而露出了破绽。这灵兽心思机敏，怎会放过此等良机，它挥舞利爪朝端木垣身侧猛击，獠牙却咬向其面门，此杀招咄咄逼人，双管齐下，端木垣几无还手余地。

端木垣倒吸一口凉气，被这猝不及防的杀招节节逼退，顿时败象毕露。

端木宇坷则神色冷峻，目光如炬，死死盯着场中人兽的激战。忽然，他开口朝此刻已窘态尽显的端木垣朗声念道：“月华当空，白昼如火，漱溟清浊，幽影消散。”

区区四句话，犹如醍醐灌顶，那白衣少年应声而动变换了招式，手中原本黯淡无光的月溟却突然清光乍亮，竟生生抵挡住灵彘兽的利爪。

但灵彘又是何方神物，若不是刚才出其不意，决然不会为岚霜所伤，此刻它全力以赴，根本不可能再被对方法器伤及分毫。月溟在那灵兽面前仿似无物，只见它张开血口，满嘴的腥臭气扑鼻而来，朝已成强弩之末的端木垣疯狂撕咬。

就在众人以为灵彘就此一咬即中，即将把那年轻人大卸八块之时，却发现寒光骤现，场中发生了神奇的一幕。那把月溟神刀竟忽然调转锋头，挡在了端木垣身前，那灵彘的獠牙径直咬在月溟刀身之上，兵器剧烈震动，端木垣则安然无恙。

灵彘奋力撕咬却扑了个空，它怎会善罢甘休，撕咬过后，紧接着便是更为凌厉的后招。

只见它忽然又跃向空中，化作一团黑影向天空四处蔓延，仿佛一张黑色的幕布，遮天蔽月。那黑影越来越大，侵袭着整片星空，黑暗之中似有莫可名状的细物正在急剧暗涌，层层起伏，有如黑潮在夜空中汇聚，顷刻将要吞噬整片天空。

一阵细小的异响突然划过长空，朝地面众人掠来，那异响像是某种利器发出的尖锐之声，声音尖细却势头强劲，以至于周围的气流全被割裂开来，树叶也被震得沙沙作响。

异响擦身而过，端木垣猝不及防，衣袍被划出一道细细的口子，空气中泛起淡淡的血腥气。只见他脸庞微抽，那张秀气的脸上一道血痕骤现，鲜血慢慢渗出，在脸上静静流淌。目击此景，端木宇坷不禁面色如霜，就连一旁冷眼旁观的南宫霖也哑然了。

只见端木垣紧握双拳，整个人无比激动，这出其不意的突袭彻底激发了他心中的怒气，只听他不断怒吼道："这该死的畜生，我要杀了你！"便手持月溟朝天空那团黑影飞去。

被灵彘破相，端木垣从未受过此番羞辱，又如何咽得下这口气，他招式凌厉，身形迅疾，一派搏命的加势。那月溟在黑暗中寒光闪烁，化出层层气焰，朝灵彘全力捅去。

灵彘之威不容小觑，决然不是徒弟能够匹敌，十万火急，端木宇坷怎能坐视不管，他口念法咒收回岚霜，急忙向怒火攻心的端木垣追去。

此时天空黑影已渐渐缩成一团，在星月之下急速旋转，无数异响从黑影内破空而出，朝几人激射而来。

透过幽幽月色，那些发出声响的物体看上去细小如针，带着致命的死亡气息，端木垣一声大喝，手中月溟寒光乱舞，瞬间挡下无数枚细针。定睛一看，原来是那灵彘身上的毛发，这些毛发本就尖锐，此刻竟变成锐利的针。

端木垣化解了灵彘一击，却又如何抵挡得了随后那连绵不绝而来的细针，身上瞬间多处受伤，衣衫不整、狼狈不堪，大有兵败如山倒的趋势。

就在端木垣孤立无援、难以抗衡之时，端木宇坷及时赶到。他心念弟子安危，手中岚霜神剑急化出层层剑气，将二人完全笼罩，避开了漫天纷飞的灵彘鬃毛。

那锋利的鬃毛厉害至极，细密如狂暴针雨，急速洒落，打在丛林之中，葱翠林木被损毁殆尽，枝叶花草亦无可幸免，只留下千疮百孔的树干与满地凌乱的花草。

就连一直在旁观望的南宫霖，也未能幸免，她左躲右闪，红绫于周身飘荡，这才勉强避开那灵彘的鬃毛雨。

只见她整了整衣衫，俏脸上愠色一览无遗，不停讥讽着空中二人："端木门主，你们可答应过小女子，要保我周全的啊，连这畜生都收拾不了，如何能保护我的安危啊。哎呀，这畜生可真讨厌，都弄破我的衣裳了。"

这女子神态矫揉造作，当真令人恶心反胃，空中端木二人，却面色凝重，无暇顾及。

眼看本方的气势逐渐变弱，而那如暴雨梨花般的灵彘鬃毛却丝毫未见消退之势，二人衣衫褴褛，神色严峻，面色很是骇然。

就在两人逐渐露出败退迹象之时，他们对望一眼，瞬间心领神会，合力发动真气，各自施展法宝，不退反进。

岚霜化出一道绮丽的蓝芒，月溟生出一道凛冽的寒光，蓝芒与寒光交会融合，变成巨大的光团。二人以法器为媒，不断运转体内真气，真气交会涌入光团中，那光团瞬间膨胀变大，不停发出嗞嗞的声响。

响声越来越大，最后光团发出一声震耳欲聋的爆裂之音，一道绝世异芒从中激射而出，挟裹着巨大的力道，所向无敌、披荆斩棘，风驰电掣般朝着黑影杀去。

光与影在夜空中交会，瞬间产生巨大的威力，摧枯拉朽般将周围云层震散，月光仿佛也害怕这光影的惊天神力，在云边摇摇晃晃，场面蔚为壮观。光被影渐渐吞没，从最初的耀眼夺目到最后暗淡无光，好似飞星，在悄无声息之间陨落。

两人心中大骇，根本想不到，这灵兽竟不惧端木氏独门绝招岚月真法，但片刻过后，他们脸上的失落之意尽数消失，取而代之的是欣喜和激动。

那夜空中的黑影逐渐散开，天空中飞撒的鬃毛箭雨终于停歇，最后犹如几滴温柔的雨点，从空中飘下。黑影中不断传来灵彘的吼叫，愤怒之余显得很是痛苦又有些胆怯，最后近乎于哀号，哀号声在空中回荡，渐渐远去，直至完全消失在夜色里。

端木二人紧绷的神经终于有所放松，却不知身后突然传来一阵异动，转头望去，只见一抹红霞正迅疾无比地朝端木宇坷袭来，那霞光凌厉，直取人命。

“门主小心！”

端木宇坷还未来得及应对，端木垣已挡在了他身前，硬生生用血肉之躯，抵挡住那红霞的猛烈攻势，瞬间口吐鲜血，身负重伤。

一袭嫣红色隐没于丛林深处，如天籁般的娇笑声远远传来：“霖儿就先走一步，去找大禹神庙啦，门主兔肉之恩，霖儿我无以为报，区区薄礼不成敬意，还望门主笑纳，嘻嘻。”

端木宇坷抱着端木垣缓缓落下，粗糙的手臂青筋暴露，横生着伤疤的脸颊剧烈抽搐，他显得愤怒至极。一旁的端木垣神志清醒，只是嘴角渗血，脸色惨白。

“门主，你别怪南宫姑娘，肯定是独孤灼枫逼她的……”端木垣一脸的绝望。

“什么都别说了，先服下这枚药丸，我再为你运功疗伤。”

端木宇坷拿出一枚温润如玉，发散着淡淡微光的药丸让端木垣服下，他的脸色这才有所好转。

月色幽暗，夜风萧瑟，他二人的身影斑驳地投射在这满目疮痍的丛林中，狼狈而凄凉。

第二十七章 下山试炼

九州北荒，千里冰原，冰封极寒之地。这极北苦寒荒原，人迹罕至，毫无生机，冰原之上草木不生，寒风凛冽，声如鬼哭，让人毛骨悚然。

上古那场恶战，正邪两败俱伤，无数能人异士惨死在这片广袤的冰原上，白骨深埋冰雪，灵魂在荒原游荡，他们永世游离在这苍茫北荒，再也回不去家乡，冷风呼啸，更显几分苍凉。

此时正值深夜，朗月当空，月华透过幽暗的云流照在这一望无垠的冰原之上。冷月夜空密布着形如鱼鳞般的轻云，夜风袭来，天空浮云涌动，或交织成网，或联结成线，像是幽蓝夜空结成的疮痂、隆起的褶皱，映衬着酷寒月光，华亮清新却又神秘诡谲，悄无声息地注视着这片冰封之地，万年不变。

也不知过了多久，呼啸的寒风戛然无声，云层渐盛，月影斑驳，隐约传来一阵破空厉啸。由远及近，只见四道寒光划破长空，在月色下飞过，显是有人在施展法术，御飞行。

那四道寒光如同四颗飞星，从高空急速坠落，朝着冰原而去，降落在东北角一座雄壮的万壑冰川之上。冰川之上赫然出现一面目俊秀的中年男子，但见他神色怡然自得，手摇一把玉质折扇巍巍而立，眼中露出邪魅至极的目光，望着前方黑暗冰原，眼神深邃，看不见深意。

他身后走来三个弱冠出头的年轻人，模样如出一辙，正是松溪、柏宇、青平三少。只听他们异口同声，朝那中年男子说道：“果然正如门主所言，端木氏与南宫氏扬州此行暗斗不止。”

“哼，那是当然，南宫霖此行的目的就是暗中捣乱，破坏端木氏的计划，若有机可乘，她自然不会放过，恐怕以端木宇坷这么自负的个性，必定吃了不少暗亏啊。”

说话的中年男人正是天魔教四大氏族之一拓跋氏的门主拓跋槿，十年韶光，并没有在这个英气十足、俊秀倜傥的男人脸上留下任何痕迹。他的模样一如当年，只是那身淡紫色锦袍已换作月白色，更显几分冷冽。

白衣若雪，与人间月华以及浩瀚的冰川浑然一体，白衣之上飞花流云、金缕玉纹竞相争艳。拓跋槿气宇轩昂，衣袂伴着疾风轻舞，哪里有半分魔人面目可憎的神态。

“只是天妖大人它，被那龙五子狻猊重伤，命在旦夕，最后死于端木宇坷手中，门主，这……”

开口说话的是拓跋三少中年纪最小的青平，他脸色仍是那般苍白，隐隐带着几分病态。

显然，端木氏此次南行扬州，诛灭龙子，不仅引起了南宫氏的注意，也让这神秘的拓跋氏颇为感兴趣，故而拓跋槿特意派出拓跋三少前去查探虚实。

拓跋槿这个英气挺拔、俊逸轩昂的中年男人听闻自己精心培育的魔宠天妖血隼竟被端木宇坷斩杀，不禁面色突变，似有痛惜之色浮于脸上，可他手臂微微动了下，终究还是默然不语。

男人冷漠得可怕，始终目光如炬，眼波中流露着两道灼热的光芒，眺向远方的冰原，炙热滚烫，像是要瞬间融化那极寒刺骨的冰川。他傲然而立，手中玉扇微微摇曳，面色冷峻，沉默良久，终于开口说话。

“技不如人，还有什么好说的，此等废物不提也罢。既然教主派南宫氏的人蹚这浑水，那我们就去把水搅得更浑，也正好以天妖之死向端木宇坷兴师问罪。”

那三胞胎脸上露出惊喜之色，异口同声说：“门主，此计甚妙啊，独孤教主虽未派我们前往扬州城，但他心中肯定巴不得我们主动前去

蹚这浑水，届时若有可乘之机，挫挫他们的锐气，我们从中坐拥鱼利也是极好的。”

这三个模样一样的兄弟，较之十年前更显得成熟稳重，这些年的历练，以及教中纷繁复杂的明争暗斗，他们也经历无数，心中亦略有城府。

“当前圣教虽声势浩大，但这明暗莫辨的形势着实复杂，各门暗中角斗，我们明哲保身诚然很好，若能趁火打劫，那更是再好不过了。”

拓跋槿的面色仍是那般淡定从容，衣袂在寒风中微微飘荡，一副运筹帷幄的样子。

“门主雄才大略，我们拓跋氏在门主统领之下必定重振雄风，一统天魔。”

三兄弟神情激昂，齐声说道，望着身前这个身形伟岸的男人，眼中溢满着崇拜之情，仿佛他就是天神在世，就是本门的救世主，杀伐天下，攻无不克、战无不胜。

“你们三个小子废话少说，我们即刻出发，此行见机行事，切不可冒进逞能，不要坏了大事，待你们石头哥哥炼成古灵血魔之时，我等再统率圣教，征讨九州。”

言语之间，他又望向了青平：“青平，你的石头哥哥闭关十年就是为了集齐九大灵兽之血驯育那足以毁灭苍生的古灵血魔，现九灵血已集齐六份，只需三份就大功告成，当然最后成败与否全系于你一人身上，真是难为你了。”

青平见拓跋槿言辞恳切，竟也有些激动，干咳几声：“门主，青平的性命是您救的，救命之恩，青平舍身难报，就算粉身碎骨，我也要助门主炼成那古灵血魔。说起石头哥，我们可是十年没见过他了，当真想念得紧啊。”

他最后一句话更像是对两个哥哥所说，但见他们也是两眼放光，一脸期待的表情。

“话说回来，也真是辛苦楦弟了，一人于古灵血池中独守十年，足不出关，这次从扬州回来，我们就去看看你们的石头哥哥。”

拓跋槿行事低调谨慎，日常神出鬼没，在教内本就话语不多，不问教务。几个氏族门主之中，也数他最为沉默低调，没想到竟然暗中与其弟拓跋楦共同培育古灵血魔那种至恶妖物。果然天魔四大门族各怀鬼胎，暗自壮大自己的实力。

冷月清辉之下，四人跃身而起，各施法术，催持法器，化作道道异芒，朝江南的扬州城御飞去。

相较于北荒冰原的凄凉，中土冀州则一派繁华盛象。是日，城西临冬谷桑阳观弟子卧房，赵志成推门而入，发现柳梦晴正坐于床榻旁，喂李天赐吃药。

“天赐，看到你好得这么快真是开心。”赵志成喜形于色地说。

“还要多谢几位真人的救命之恩，虽然我体内的毒仍未完全祛除，但我已十分感激师父们的大恩大德了。”此时李天赐已恢复了少许血色，但仍是有气无力。

回想起那日天尊殿中，两股气力在他体内纠缠，令他痛苦不堪，生死就在一线之间。真人们都已使出浑身解数，才将他体内奇毒克制，自己好像去鬼门关走了一遭，侥幸捡回这条性命。虽然未能痊愈，但体内奇毒暂时不会复发，施展法术，也无异常，他觉得很庆幸。

“嗯，师父们说了，他们必定会尽全力寻觅解毒之法，听说伤你的是一位魔教妖女，她身上也许就有解药。”

天赐又想起那日柳芸庄中，南宫霖的音容笑貌，虽绝丽得不可方物但心肠如蛇蝎般恶毒，不禁倒吸一口凉气：“这女子厉害无比，心肠歹毒、虚与委蛇，也不知她哪句话是真，哪句是假，修为高深，着实厉害。”

“放心吧，师父已派我和几个师兄弟、师妹共同下山，我们此行前去与其他正派师兄弟共同探寻魔教据点，顺便查寻那女子的下落，师弟，我一定会帮你拿回解药。”

赵志成那张憨厚的脸总是坚毅而勇敢，绽放着最为纯真的笑容。

“既然如此，那劳烦师兄了，那妖女十分厉害，师兄可要多加小心。”

赵志成虽修为高深，但性格木讷，涉世未深，遇见那女子必定难以应付，天赐虽然感激，却担心他的安危。

“师弟你就在此安心调养吧，有柳姑娘照顾，我很放心。师父命令下山试炼弟子在道场集合，我先去了，嘿嘿。”说完，他朝柳梦晴点了点头，便走出了房门。

李天赐望着消失的赵志成，心中不禁默默念道：此行路途凶险，师兄要多多保重啊。此行别离，不知何时才能相见了，念及于此，他竟有些莫名的伤感。

桑阳观道场中，人头攒动，真武殿台阶之上，站着四位真人，唯独景阳不知去向，暂由年纪稍长的玄木真人主持大局。只见他精神矍铄，轻捋白须，正视众位弟子，缓缓地说：“各位弟子，今日聚集于此，想必都知道所为何事吧？”

那声音中气十足，于场中反复回响，有若洪钟。

早就蠢蠢欲动的人群，此时已沸腾开来，男女弟子在场中议论纷纷，窃窃私语。

“各位弟子请肃静，此番我等集结于此，特派遣四位修为精进、法力高强的年轻弟子下山历练，下面就请念到名字的人站在道场中间吧。”

说话者是观中最为严厉的枯叶真人。

随着一旁的沧月真人将名单念完，只见人群中走出四位年轻弟子，三男一女，神色各异，静立于场中。

四人之中除了赵志成外，还有那让众多男弟子神魂颠倒的小师妹夏裳，只见她手执神鬼双刃，仍是一袭品红法袍，秀眉如柳，俏目含烟，让众人双眼放光。而在她身旁站着一男弟子，面色柔和，正是之前会武中差点被李天赐打伤的徐谦禹，他手执双戟朝着人群微笑示意，年轻男女弟子纷纷喧闹起哄，看来这年轻人在弟子们中间也颇受欢迎。赵志成身边站着的是一个年纪稍长的弟子，那弟子名叫方毅，人如其名，面色坚毅，沉稳内敛，只是他赤手空拳，并未亮出兵刃。

方毅正是本次会武最终战胜赵志成的获胜者，他属于桑阳观第一代弟子，资质虽算不上聪颖，但修道时久，历练丰富，经常被师门派遣下山，在四人中可算得上是资历最深的弟子了。

这四名从会武中突围而出的弟子，立于道场中央，接受着其他师兄弟、师妹的欢呼，神情显得很是得意。

赵志成与方毅相视一笑，随即低声私语:“方师兄，我们又见面了，此行可劳烦师兄多为担待了啊。”

方毅剑眉星目，孔武有力，正色道：“赵师弟千万别客气，之前会武本人侥幸得胜，师弟修为高深，今后还请多多指教。”

四位历练人选已经出炉，人群中早已炸开了锅，有人惊呼，有人失落，纷纷向他们投来羡慕的眼光。

他们都是桑阳观年轻弟子中的佼佼者，让在场众人心服口服，而台阶上沧月等人也对这几个出类拔萃的弟子投来赞许的目光。

却见真武殿前的枯叶神情肃穆，他望着场中吵闹纷扰的人群，朗声说：“弟子们请肃静，此等仙家神圣之地，岂容你们胡闹，且听玄木真人吩咐！”

玄木真人清清嗓子，接着说道：“各位弟子，此次历练人选已经出炉，他们将和其他正派弟子共同下山寻觅魔教踪迹，铲除魔教据点。当前魔教声势浩大，大有卷土重来之势，各位弟子虽不能下山除魔，但也不能放松警惕，平日务必勤学苦练、提升修为，大家就此散去吧。”

言毕，道场中的弟子皆群情激奋、同仇敌忾。世态危急，若是这些正道弟子不能尽己所能铲除妖邪，则必然盛名难副，为后世所不齿。

欢呼过后，又是一片沉静，弟子们尽数退散，只留下四位真人与那四个临行出发的年轻人，晨光微露之中，他们意气风发、胸有成竹。

玄木真人当先发话：“你们四人，是我桑阳观选出的精锐弟子，是代表桑阳观道法的集大成者。想必你们也早有耳闻，当前形势危急，魔教已在九州各处开枝散叶，我等修道之人，要以斩妖降魔为己任，将苍生万民放在心间，你们可要牢记使命，不负师门重托。”

四人相顾良久无言，却是年长的方毅首先开口：“各位师父，我们四人此行必定谨慎行事，不辱使命，不负师门嘱托。”

“方毅，你是最为年长的弟子，三位师弟师妹就交给你照顾了。”玄木抚须道，眼神中全是肯定之色。

“请师父放心，三位师弟师妹涉世较浅，我作为年纪最大的师兄，路途上必定会对他们悉心照料的。”

方毅举手投足间显得颇为沉稳老练，由他领头，几位真人很是放心。

此时，赵志成终于按捺不住，开口朝玄木真人问道：“师父，我有一事相问，不知掌门真人为何未能现身？”

“是啊，师父们，掌门真人他怎么没有现身，他老人家没什么事吧？”夏裳与徐谦禹也满怀关切地异口同声问道。

在这些弟子的心中，景阳真人从来都是桑阳观的精神支柱，尤其是当前关头，他更应该出面主持大局，但如此重要的仪式，竟然没见到他老人家现身。

“放心吧，掌门师兄他没事，师兄他本欲前来饯行，只是他此刻有要事在身，不在观内，便托我将这法宝交给你们。”

只见沧月从法袍内拿出一个锦囊，那锦囊呈暗红色，绣着一面黑白相间的八卦，做工十分精致。

沧月将锦囊交给方毅，随即正色道：“掌门师兄吩咐过了，你等途中如身陷险境，则可打开此锦囊，自有妙用。”

方毅接过锦囊，向四位真人拜谢，然后就此别过，与其他三人共同出观。

“师父们放心吧，弟子们一定会为天赐师弟找到解药，铲除魔教，平安归来。”

走在最后面的赵志成突然转头朝四位真人挥了挥手，笑容满面，意气风发，其余三人也纷纷回首致意。随即他们各自祭出法器，御风而起，朝天外飞去。

沧月望着消失的四个年轻身影，不禁感叹道：“唉，老了啊，看见他们，恍惚之间竟想起我们几个师兄妹当年下山的情形，年少轻狂的岁月真是美好啊。”

“可不是嘛，沧月师妹，岁月蹉跎，洗尽铅华，真是恍若隔世。”

说话者正是刚才在旁一直沉默寡言的离火真人，这么重要的场合，他终于出席，只不过那一张胖脸上仍挂着和蔼如初的笑容。

“哪还有心思感叹那已逝的韶华，当务之急就是铲除邪教以及治愈天赐。”玄木一席话将众人的思绪拉回到现实当中。

枯叶真人肃穆的神色间偶然透出隐忧，幽幽然道：“那日我们师兄妹几个全力以赴，竟也不能将那孩儿体内奇毒祛除，真是让人好生丧气。”

“师弟也不要太灰心了，天下之大，无奇不有，一物自有一物降，我们只是还未找到治愈此毒的法子罢了。当下景阳师兄已赴善德寺拜访明智师兄，善德寺自古以来医术高明，定能有良法解除此毒。”玄木捋了捋手中的拂尘，宽慰着枯叶。

沧月脸上也满是惋惜遗憾：“这孩儿小小年纪便命途多舛，早年丧父之痛就让他深受打击，灭门之祸更是惨绝人寰，修道途中又屡受重创，只盼望他不会被这些磨难打败，坚强挺过来。”

“放心吧，师妹，这孩子是龙族传人，遇到这么点挫折就放弃，岂不是有辱龙族威名？待天赐孩儿身体好转，你便送他去善德寺与景

阳师兄会合吧。”玄木又安慰起沧月来。

四人各怀心事，当下无言，静立于真武殿前，望着远方晨光中的山脉，其间林海起伏，山风涌动，好一派生机盎然的仙家胜地。云天外那四道奇异的光辉早已飞得好远，远远看去就像是白昼天幕下闪烁着的几点星光。

桑阳观弟子卧房，风轻轻吹动门窗，吹来山间花草香气在房内隐隐弥散。天赐经过几日调养，体内奇毒暂时被压制，身子已近恢复。他卧床许久，早已耐不住寂寞，推门向庭院内走去。

挟裹着浓郁香气的林风瞬间拂面而来，阳光四射，晨光中只见柳梦晴正在庭院里兀自弹奏着古琴。令人称奇的是，那囚牛不知为何现身，正半浮于空中，在那无形的音律间翩然起舞。

这游走在空中的小金龙，此时周身金光大盛，怡然自得地陶醉在琴声里，之前那股让人心生敬畏的煌煌神威早已荡然无存。

柳梦晴并未注意到李天赐，仍是纤指轻挥，沉醉在山林音律之间。那音律让天赐气定神闲，乐曲很熟悉，便是之前在柳芸庄中听到的《蟾宫曲》，但较之那日的音色韵律，此时曲调更教人气血充盈，也许是在囚牛法力的激发之下，乐曲的效果更好吧。

一曲奏罢，柳梦晴秀目轻合，俏唇微张，静静享受着绕梁的余音，那囚牛缓缓消失，最后隐于古琴之中。

“怎样，感觉好点了吧？”

柳梦晴忽然开口说话，露出那白璧无瑕的贝齿，她仍然沉浸在琴声里，自始至终没看天赐一眼。

天赐瞬间领悟到了什么，有些惊讶地说：“确实感觉好多了，梦晴，你刚才是在助我调息吗？”

“呵呵，正是，这《蟾宫曲》有畅通气血，汇气聚力的功效，我也只是抱着试试看的心态，想不到对你体内的毒还是有点作用。”这个清秀的少女，转头望向了天赐，一脸欣慰的笑意。

“真是有劳柳姑娘费心了，这些时日，多亏了各位师父还有你的照顾，我才恢复得如此神速，救命之恩，感激不尽。”

“别客气，我们都是龙族传人，还要去寻找其他兄弟姐妹，你要是先走一步，我一个人也太无聊了。”柳梦晴的表情显得轻松平常，毫无之前那般冷淡漠然，看来她和李天赐之间已冰释前嫌了。

“说到你这囚牛古琴，我还有一事要向你请教，不知柳姑娘你是怎么做到让囚牛现身的？”

关于如何召唤九子神兽这个问题一直萦绕在李天赐的心里，他好几次看到柳梦晴随意召唤出囚牛，而那狻猊，不知为何，却始终不能自由驾驭，想要它现身的时候不见动静，往往千钧一发之际却自行现身，令他措手不及。

“其实我也不知道具体该如何召唤小囚，也许是长时间相处，形成了某种无形的心灵默契，以至于在我需要它出现时，它总会现身。”柳梦晴一颦一笑，看上去叫人心动。

“原来如此，难怪那狻猊不听我使唤，看来我们还是不太熟啊，嘿嘿。”

天赐下意识地摸了摸腰间的口袋，那狻猊炉仍是静静地待在袋中，透着丝丝清凉。

梦晴抿抿嘴唇，神情认真，继续说道：“这囚牛古琴自打我出生起就陪伴着我，如今已成为我的至亲之物，就算它不是什么绝世法宝，只是一张再平凡不过的古琴，我也依然爱不释手，它已成为我生命的一部分，而小囚更是我的亲人。”

天赐目不转睛地望着柳梦晴，沉思半晌，心中似有所悟，喃喃道：“原来如此，这狻猊炉虽也是自幼陪伴在我身边，但我却经常将它视作无物，看来我以后得好生照看它了。”

“这些圣兽通晓人性，你心中所想它必然有所感应，久而久之，就连你的心思脾性都了如指掌，当然，与它们接触多了，你必定也会

对它们的习性了然于心。”柳梦晴正色道，却见李天赐起身走向庭院檐廊尽头的神龛，不禁错愕地问道，“天赐你要做什么？”

“我现在就来照看它。”

这个英武的年轻人此刻表情严肃，回答得十分认真。

说完，他拿出那狻猊炉，从神龛上的香炉中抓出一把炉灰，装入狻猊炉内，遂又抽出几根正燃着的檀香，插进炉里。随即他将那狻猊炉放在神龛上的三清先祖画像前，闭上双眼，无比虔诚地磕了三个头，口中念念有词：“老祖宗们，请保佑神兽显灵吧。”

眼前这一幕，着实令柳梦晴哭笑不得，完全无法想象这个外表一本正经的男儿，竟有如此无知可笑的举动，不禁打趣道：“你这未免也太临时抱佛脚了吧，太敷衍了，心不够诚，神兽是不可能显灵的。”

“嘿嘿，我这不是才刚开始嘛，你就等着瞧好吧。”

李天赐又闭上眼睛，双手合十跪在神像前祈祷，片刻过后他睁开双眼，可那狻猊炉却毫无动静。

“哈哈，你要我瞧什么啊，我只看到有个傻子在祖师爷面前装神弄鬼。”柳梦晴开心地笑了起来。

李天赐很是沮丧：“这狻猊不是喜欢香火轻烟吗？难道我这檀香点得不够？”

他起身又要去拿香炉中的檀香。

“喂，你别在神龛前捣乱啦，被枯叶真人知道了，可是要重罚的。”柳梦晴笑着说道。

突然她像是发现了什么，又朝着李天赐惊喜地喊道：“天赐你快看啊，狻猊炉有反应了！”

她神情激动，用手指着神龛上的狻猊炉。李天赐放眼望去，果然见到那炉身上的狻猊周身隐隐浮动着光泽，那光线由暗至亮连接在一起，像是一支无形的笔，以光线作画，描绘出神兽的模样。

烟雾缭绕中，先祖画像前的狻猊炉焕发着金芒，像是真的被三清道尊庇佑一般，正产生神奇的变化。虽然柳梦晴觉得李天赐的举动很可笑，但还是聚精会神地观望着，期待着神兽的出现。

突然间金芒大闪，炉身上一道璀璨的光线射向空中，光芒之中，狻猊神兽那伟岸的身姿渐渐清晰，只见它面无表情，朝着欣喜若狂的李天赐问道："天赐，你要做什么？"

"我在祖师爷面前祭拜祈祷，好让你现身啊，哈哈，你果然来了。"

"你……身体好些了没有？你体内那奇毒真是厉害，就连我也束手无策。"

"没事，你看我，身子骨棒着呢，我知道你想帮我驱毒疗伤，解不了毒我也不会怪你的。"

"这样就真是再好不过了，我们的老六赑屃在浮玉山出现，等你身子养好了，我们就去那浮玉山吧，以后没什么事就不要叫我了。"狻猊淡淡一句，随即变得模糊，身影开始消失。

"你你你，别、别走啊！"天赐朝空中大声叫道，可那光线仍是逐渐黯淡，最后完全消失不见。

他一脸失落，望着旁边满面笑意的柳梦晴，垂头丧气。

柳梦晴笑着打趣道："它和你说了些什么，怎么那么快就走呢？是不是叫你不要那么无聊去打扰它啊？哈哈。"

被这少女一语道破，天赐瞬间涨红了脸，他故意装作若无其事地笑着说："怎么可能，它说我们的老六在浮玉山现身，叫我们过去找它。还有就是什么时刻在身边保护我，对我忠心耿耿之类的话，神兽嘛，都通人性的。"

"嘿嘿，是吗？怎么小囚没跟我说过这些呢？"

"你这么凶，一拳能把牛打死，当然不用它保护啦。"

"你！那我倒要看看，我一拳能不能打死你这头笨牛。"

柳梦晴微微嗔怒道，即刻间吹起笛子就要朝天赐攻来。

"哎哟，别啊，我的大小姐，我的伤还没好，请姑娘手下留情，

我这头蠢牛知错了还不行嘛。”

李天赐见柳梦晴朝自己冲了过来，脚底抹油，溜之大吉。两人在庭院里追逐，狻猊炉中的檀香此刻正安静地燃烧，檀香在空气中弥散，淡淡清香缥缈，让人顿觉心神安宁。

第二十八章 崖顶恶战

扬州城东浮玉山，清晨林间花香扑鼻，草色翠绿盎然，透散着初升朝阳的晨露，宛如颗颗明珠，在草丛中安静地流淌。若不是几截支离破碎的古树残骸，全然无法想到昨夜那场惊心动魄的恶战。

古树之下，端木宇坷正在为端木垣运功疗伤，也不知持续了多久，此刻他们的脸上早已遍布着汗珠，衣裳也湿透了，周身隐约散发着真气。

端木宇坷袖袍内真气充盈，长着刀疤的脸上，肌肉微微颤动，仿佛一夜之间苍老许多。他手上丝毫没有懈怠，真气源源不断地输向面前那双目紧闭的白衣少年体内，那少年脸上的血痕已经凝固，淡淡的暗红血印仍有些触目惊心。

多了一道疤痕，这白衣少年俊逸之余，更显出几分阴冷的霸气。

“啊！”

只见白衣少年猛地睁开双眼，一大口鲜血从嘴中喷出，溅射在衣衫上，瞬间浸染开来。

“怎么样？好些了吧。”

端木宇坷十分关切地问道，他此刻面色仍是冷峻，衣衫也沾染了不少血迹，却全然不顾，眼中只有那负伤的端木垣。

“嗯，好多了。”端木垣脸上恢复了少许血气。

“你此刻已无大碍，只是身子仍有些虚弱，我们休息片刻，便起身赶路吧。千万不能让那妖女抢在我们前面找到大禹神庙，她与我们已撕破了脸，再见便是仇人，不用再假惺惺地手下留情了。”

端木宇坷神情阴郁，杀气浓浓，恨恨地道，想起昨夜南宫霖趁火打劫，阴险偷袭的一幕，这个中年男人便面现怒色，咬牙切齿。

他话音刚落，却不料端木垣扑通一声跪在了地上：“弟子恳请门主放过南宫姑娘，想必她也是忌惮独孤灼枫，不得已而为之。”

端木宇坷气不打一处来，挥手就要朝端木垣狠狠扇去。

端木垣闭上眼睛，跪在地上一动不动：“门主您要打就打吧，弟子只求您能饶恕南宫姑娘。”

“你啊，你真是要气死我了，我说的话你全都忘了吗？南宫氏和独孤氏沆瀣一气，全都不是什么好东西，你小子可别为了儿女私情吃里爬外，你不要忘了是谁养育你，授你灵器法术！”

端木宇坷本来抬起的手，还是放了下去，他对眼前这个不肖弟子又爱又恨，无可奈何。

沉默片刻，端木宇坷有些恨铁不成钢地叹道：“唉，也罢，你起来吧，之前在柳芸庄，也是那妖女打伤你的吧，我们端木氏的大业迟早要毁在你这不肖子手里。”

“不关南宫姑娘的事，是弟子自己受的伤，门主，弟子有一席话，不知您愿不愿意听？”

“你说吧。”

“南宫姑娘虽出手袭击我们，但我们以德报怨不和她计较，正好可以卖她们一个人情，将南宫氏拉拢过来。”

“说得容易，当前教中独孤氏势强，南宫氏还能有别的选择吗？”端木宇坷面无表情，思绪却早已飘荡到遥远的过去。

其实天魔教曾经有五个氏族，除了现在的四个氏族，还有一支神秘的东方氏。曾几何时，东方氏凭借着他们强大的秘术统治着天魔教，东方氏门主东方铭早年于蛮荒上古之地游历修行，无意中寻得罕世法宝，从此法力大增，成就不死之身。东方氏族三大长老法力盖世，氏族弟子骁勇善战，在天魔发展初期，其他四派势力初起，东方氏便独霸天魔，实力完全压过了其他门族。

天魔氏族之间争权夺势，本无可厚非，只是东方氏族法术特别诡异，且手段极其残忍，教中遭其门人剜心暴毙者不计其数，死相可怖、惨不忍睹。五族分属不同氏族，但本质上皆属同宗，同宗之间如此凶残暴戾地屠戮，当真令人发指，以至于其他四派虽表面服从，实则暗地里早就积怨已深。

而四派之中，实力尤以独孤氏为盛，其族长独孤灼枫老谋深算、雄才大略，与另外三派暗中达成同盟，相机行事，整兵以待，趁东方氏不备，群起而攻之。双方于魔教圣殿中激烈交锋，恶战持续了整整三日，双方都杀得精疲力竭、死伤无数，最终以四族联盟的获胜而告终。

独孤、端木、拓跋、南宫四族联盟付出惨痛的代价，终于瓦解了东方氏族的势力，东方铭麾下只有少数精英弟子以及三大长老被俘虏，其余弟子皆死伤殆尽。

生死存亡之际，东方铭竟与三位长老毅然投诚独孤氏，自古败军之将随主而去，但东方铭手下那些精英弟子却出人意料性子刚烈、宁死不屈，誓与东方氏共存亡。最后东方铭亲自出手，将这些他平生最为得意的弟子尽数斩杀，从而获取独孤灼枫的信任，至此东方氏也彻底消亡。

端木宇坷想起那日的场景，双手沾满鲜血的东方铭，面无表情地拜服在独孤灼枫身前，与丧家之犬无异，哪里还有半分统领天魔，号令教徒的豪壮霸气？独孤灼枫则是满脸邪笑，一副霸业在握的神色，姿态倨傲至极，他负手而立，眼中呈现出令人胆寒的赤红血色，那是地狱恶魔般的嗜血杀意。

残阳如血，斜照着他的身影，是如此的阴冷苍茫。那个男人表情漠然，眼神如炬，默默注视着眼前尸身残骸遍布的圣殿，冷风来袭，空气中弥散开浓郁的血腥味，让人毛骨悚然，那个惨烈恐怖的场景，端木宇坷恐怕一辈子都不会忘记。

自此一战，独孤氏一举奠定了其在天魔教的地位，而更因十年前击溃正派同盟，独孤灼枫在教中威望空前强盛，这个男人顺理成章地登上了圣教的最高宝座。

时至今日，独孤氏一门独大，实力日渐壮大。除了叛变的正派高手柳煜，还有其子独孤煌，这个神秘的少年号称青衣公子，冷面如霜，神出鬼没，一袭青衣杀人于无形，身负神器更是难有敌手。正是因为有这些门阀高手，独孤灼枫才会更加有恃无恐，其他三派虽心中很是不服，但实力有限，亦不敢多言。

端木宇坷的思绪从回忆中抽离出来，虽略感无奈，但也只能忍辱偷生。时也，命也，冥冥之中一切自是天意安排。世态炎凉，强者独生，弱者唯死，古往今来，弱肉强食乃万古不变的真理。

“放心吧，门主，此事请听我细细说来……”端木垣站起身来，对着端木宇坷耳语了一番。

端木宇坷听完竟然出人意料地笑了起来：“你啊，真不知道脑子里整天在想些什么。我们还是先找到大禹神庙再说，不要让南宫霖抢先了。”

他的神情随即又变得严峻起来，目光早已眺向远方那层云密布，莫可名状的浮玉神山。

浮玉山巅，密云起伏，忽暗忽明，昨夜山中骤雨淋漓，此刻却云销雨霁，空气清新。山巅之上，层层云海将前路包围，完全不见云深处的景色，天色阴沉，仍然有要降山雨的迹象。

忽而一抹再熟悉不过的嫣红色从密林中现身，南宫霖，这个邪魅的妖女，此刻正眼带笑意，全神贯注地凝望着前方云层。

她置身山巅，忽又转头朝身后那片葱郁连绵的林海望去，除了那起伏不定的远方山丘与葱翠叠嶂的林海，什么也见不到。从山间涌来的清风吹拂着她的秀发，她柔丽的目光又汇聚在远方的云海里。

无限风光在险峰，但这山峦巅峰，平行而视，除了前方混沌密布的浓云，放眼四周，天边全是一望无际的云海。

光与云交相呼应，光照亮了云，云吞噬着光，隐匿于云海之中的光芒，忽而挣脱云团的拥抱如道道利箭投射而来，照射在这山巅，发散在这云端，看上去触手可及。光芒温柔地触摸着每一寸体肤，让人心潮澎湃，不觉间竟缓缓朝着它的所在走去，似要轻盈地漫步在这云端，随着日光起舞纷飞。

若是寻常游历山河，亲眼见到这样的绮丽画面，当真不枉此生。只是此刻南宫霖哪里有心思欣赏眼前美景，她竟被平常无奇的云团所迷惑，丝毫控制不住身体，朝云团走去。快要走到那浓云深处的尽头时，她只觉脚边的白云深处一阵狂风来袭，这个邪魅女子打了个激灵，低头朝脚下望去，顿时胆战心惊，心中怦怦作响。

原来前方早已没了路，云层尽头是万丈悬崖，崖边怪石嶙峋，她视线为密云所阻，见不到山崖下方的情形，但狂风阵阵，像是从无底深渊呼啸而来，让她顿时不寒而栗。庆幸方才一念之间，心智恢复，停下了前行的脚步，否则只怕此刻早已堕入崖底，粉身碎骨。

念及于此，南宫霖目光肃穆，冷冷注视着那团云彩，心中疑惑不定，却见白云深处隐约产生了变化，竟有淡淡黑暗气息弥漫开来。

按照樵夫所说，那大禹神庙应该就在这浮玉山巅附近，但是此刻面前浓云密布，任凭山风猛烈刮来，只是起伏飘荡，却未见散去，显然其中大有蹊跷。此时已变成浓郁黑色的阴云藏着何种诡谲古怪或者致命杀机，南宫霖也不清楚，只能心生戒备，驻足不前，静观其变。

忽闻黑云深处一阵破空锐利之声传来，雷霆万钧之际，一个细小而熟悉的物体从云中疾速蹿出，飞向了南宫霖，正是那灵彘身上利如银针的鬃毛。

昨夜刚见识过那灵兽的厉害，南宫霖哪敢怠慢，她翻身朝空中跃去，轻巧地躲过那锐利的暗器，手中柔焰无双却已悄然展开，随时应对灵彘接下来的招式。

果然，根根细如银针般散发着寒锋的精光蜂拥而至，气势骇然，瞬间便来到身前。灵兽并未现身，却已发动一番铺天盖地的猛攻，实力不容小觑，不可不防。

那柔焰无双瞬间光芒大盛，幻化出一道红霞将南宫霖周身包裹，利如银针的兽毛顷刻间尽数没入红霞，无影无踪。场中徒留那道炽热的霞光急剧流转，时而黯淡、时而灿烂，南宫霖面色微微泛红，衣袖鼓动不定，显然正全力施展着法器。

片刻之后，红霞出乎意料地变得黯淡起来，但那女子面色却依然平静如常，仿佛这一切尽在掌握之中。

果不其然，红霞黯淡片刻便又瞬间光芒万丈，较之刚才，那光华更盛，有过之而无不及，照亮了整个山头。红霞在空中急速飘荡，红绫随之急速膨胀，突然爆发出阵阵破空蜂鸣声，一根根锐利的灵彘兽毛急速射出，迅疾没入了云团，南宫霖一招一式间，那些鬃毛全部物归原主。

刺芒如雨打梨花，纷纷没入黑云之中，无声无息，瞬间消失不见。南宫霖俏眸如炬，死死盯着那团黑云，顷刻间黑云气势急盛，黑暗气息急速蔓延，侵袭着山巅每一寸土地。暗无天日的黑云之中，隐隐传来惊雷爆炸的声响，浓厚的诡异杀气，随着一阵刺鼻的血腥气息扑面而来。

黑色云团竟被某种无形的利器生生割开，朝两侧消散，南宫霖凝神聚气，体内真气涌动、一触即发，双眼仍是死死盯着那团黑云，提防着那灵兽随时发难。

可黑云逐渐散去，并未出现任何异样，正待南宫霖大惑不解，分心走神之际，只觉头顶的天空风云突变，瞬间乌云灌顶。正上方出现一大团阴影，那阴影将自己全身笼罩，夹带着摧枯拉朽的劲风朝自己袭来，对这猝不及防的突袭，她准备不足，心中大骇，急忙向后退去，几番辗转才勉强避开那阴影的攻势。

黑影扬起的尘土铺天盖地，南宫霖有些狼狈不堪，她拍了拍衣衫上的泥土，正视前方，那再熟悉不过的灵彘兽从阴影中现身，此刻正凶神恶煞地盯着自己。

它的眼神透露出暴戾嗜血的杀意，周身散发着使人战栗的浓厚血腥气息，强壮有力的四肢此刻早已伤痕累累，渗出丝丝鲜血，将毛发也染成了暗红色。这些伤痕只能算作皮肉伤，真正致命的是胸前那道长约三寸的刃口，那是昨夜被岚月真法击中形成的伤口，鲜红色的血液正汩汩地从那道伤口中流出，早已浸透全身，看来经过昨夜一番激战，这头灵兽已然身负重伤。

那灵彘虽身体负伤，鲜血直流，威风却丝毫不减，它利齿微微颤动，露着寒光，不时打着响鼻，四肢不停地蹭着脚下的土地，在崖边徘徊不前。时而怒吼咆哮、时而哀嚎嘶鸣，对这突然闯入的女子，它恨不能随时凶狠扑来，吞而食之。

这一人一兽就这样对峙在山巅，双方皆全神戒备，均未主动出击，南宫霖忌惮灵彘神力，怕它负隅顽抗、浴血奋战，而灵彘则负伤急需调息，故而驻足不前。

南宫霖气定神闲，一招不发，她知道如此僵持下去，对她有利无害，灵兽虽神力无敌，但也是血肉身躯，鲜血总有流尽之时，迟早丧失气力，束手就擒。

南宫霖好整以暇，微眯着双眼，目不转睛地观望着灵彘的举动，嘴角浮现一丝自信的邪笑，手中柔焰无双红芒渐亮，随时应对突发状况。面对负伤的灵兽，她这身道行应付起来绰绰有余。

二者始终默默对峙，按兵不动，都想要看准机会下手，一击即中。

然而南宫霖太过于关注灵兽举动而未注意周遭环境的变化，倏忽之间，之前已经消失的黑云不知何时又重新聚拢，令人窒息的黑暗力量较之方才更盛。天空中的阴云逐渐膨胀变大，随着烈风刮到灵彘身前，最后竟将那灵兽完全挡住，黑云混沌污浊，看不见其中的景象。

那黑云挟裹着灵兽不断地翻腾涌动，其间偶有异芒透射而出，之中似有天火惊雷，传来阵阵刺耳爆裂之音。异芒隐隐闪现，随着劲风飘荡，使得那团黑云更加诡异妖娆，南宫霖一时诧异，探不清虚实，不敢贸然向前。

只听见天空中又传来滚滚雷声，惊雷乍响，天地间虎啸龙吟。刚才还风清气爽、云销雨霁的天空，此刻已乌云笼罩，遮天蔽日，当真古怪至极。

突然天边电光闪现，一道天雷朝山巅击来，不偏不倚正好击中那团黑云，黑云瞬即电光激散，透过浓密的云层向八方投射，几乎要将整个云团完全割裂散碎。

电光暴现，黑云退去，灵彘那巨大的身躯渐渐清晰，让南宫霖无比震惊的是，这头灵兽周身此刻已然毫发无损，那遍体的伤痕消失不见，胸口更是完好如初，那道致命的伤痕仿佛从未有过。这灵兽竟然顷刻间完全恢复，身体安然无恙，带着天崩地裂的愤怒，以及足以毁灭万物的神威朝南宫霖急袭而来。

南宫霖倒吸一口凉气，心中不觉有些发怵，但随即恢复平静，神色肃穆地应对灵彘来袭，手中柔焰无双幻化出一道犀利的红芒与神兽缠斗起来。

那灵兽恢复过来后，神力竟突飞猛进，几个回合下来，南宫霖便觉心中气血激荡，有些力不从心，若不是仗着法器傍身，恐怕此刻已然负伤。

灵彘有如神兵天降，一连番凌厉攻势完全震慑住了南宫霖，她只能疲于招架，毫无还手之力，在战局中渐落下风。

就在南宫霖全力招架，勉力支撑之时，只觉身后风云骤起，伴随着尖厉的破空啸声，一股犀利的气势朝自己袭来。

她不禁大骇，没想到那端木氏二人这么快就杀过来了，而且早不

来晚不来，偏偏这个紧要关头现身。她正全力对付灵彘，却疏忽了身后的变化，此刻回过神了，也无暇顾及，只能听天由命。

想不到她南宫霖平常经常干些偷袭他人的伎俩，到头来却被他人偷袭，真是因果报应。

就在南宫霖被前后夹击，打算坐以待毙的时候，那声厉啸却意外穿过她身边径直朝灵彘击去，南宫霖显然对这突然而来的变故准备不足，只觉喜从天降。

她定睛看去，不禁啧啧称奇，原来那犀利的气势是由某个文字发出的，那文字笔画鎏金，焕发着金色光芒，裹挟着迅猛之势瞬间击中灵彘。灵彘显然被这凌厉的突袭打乱阵脚，它吃痛得紧，微微退后了数寸，南宫霖瞬间便从战势中脱离出来。

文字击中神兽，未见有何消散，却闪烁着金芒直接印在了灵彘身躯之上，南宫霖仔细望去，隐约可见一个“书”字。

紧接着又是四声尖厉的破空之音，四道金光以迅猛之势接踵而来，灵彘神兽修为高深，且刚才吃了暗亏，此刻已然全神戒备，但那几道光芒速度奇快，它还来不及做出反应，又被结结实实击中。四个文字与刚才的“书”字在灵彘身上按照顺序依次排开，鎏金字体书写隽秀，一看便知绝非出自常人之手，金光闪耀，仔细观望，那五个字竟然组成了一句话。

“书生花行云！”

南宫霖怔怔地望着那仿佛神迹般的五个鎏金古字，一时瞠目结舌，来不及反应。

身后的丛林之中，日光之下，一阵轻柔温润之声传来：“姑娘莫慌，我来救你。”

第二十九章 白衣书生

南宫霖身前站着的这个书生模样的男子，不过弱冠出头，面如纯玉、明眸皓齿，相貌俊逸秀气，神态谦逊温和。他身着白衫，手持银钩，腰间束着一条浅绿色的精致锦衿，一把暗黑色铁扇置于衿内，腰间挂着一块奇玟，那奇玟晶莹剔透，呈现出淡白之色，玟身上雕琢着祥云瑞兽，栩栩如生、光彩四溢，绝非凡世俗品。

少年将银白色判官笔置于身后，拿出那把黑色铁扇，气定神闲地扇了起来，他从容不迫地望着灵龛，一副好整以暇的态势。不远处的灵龛身上五个汉字此刻正逐渐消失，只留下五道细微的伤口，鲜血从中渗出，它一时被突然现身的书生震慑住了，不停地在原地徘徊，低吟嘶吼，那对可怖至极的怒目，圆睁到了极致，死死盯着对面的二人。

白衣书生嘴角微微上扬，朝着此刻有些狼狈不堪的南宫霖微笑道："姑娘受惊了吧？"

那书生显得彬彬有礼，如同一缕暖阳照在这邪魅女子的身上，令她的心神不觉有些荡漾。

她这些年游历四方，所见世间男子无数，酒囊饭袋、纨绔子弟、地痞流氓，形形色色的男子，她皆不放在眼里，还有那觊觎她美色的端木垣，更让她有些反感。可现今眼前出现的这位温润有礼的书生，那纯净的眼神，温和的笑容，丝毫不见任何歹意。虽初次见面，却让她感觉好生亲切。

"多谢这位公子搭救，小女子并无大碍。"

也许是受到那书生的影响，她竟露出一丝难得的生涩笑容，不见邪魅，却有些出乎意外的纯真。虽然就算没有这个书生出手，她也完全可以凭自己的能力全身而退，但对方好心相助，南宫霖心中仍是有些感激。

“小生花行云，还未请教姑娘芳名？此处乃浮玉山巅峰，奇峰险峻，看姑娘这身打扮乃修道之人，来此不知所为何事？也不知姑娘师从何处，遇见这灵彘异兽竟处变不惊？”

那名叫花行云的白衣书生，仔细打量南宫霖一番，面色仍是温和，恭敬有礼地问道。

“公子一下问了这么多问题，小女子可不知从何说起啊。”

南宫霖秀眉微蹙，娇俏不已。

花行云也意识到自己这般开门见山、连番发问，唐突了佳人，便收回折扇，面色泛红，很是羞赧。

“嘿嘿，惭愧惭愧，我已于这浮玉深山中跋涉数日也未见任何人影，此番遇见姑娘，恰好又是同道中人，心中激动之情难以自已，真是不好意思啊。”

南宫霖心道谁和你是同道中人，姑奶奶可是你们这些中土人士口中所谓的魔人。她仔细观察着眼前这个来历不明的书生，一时间沉默不语。

“怎么，姑娘可是生气了吗？小生出言不逊，惹恼了姑娘，真是罪过。”

那名叫花行云的书生，见南宫霖不置可否，以为她生气了，故而急忙道歉。

这书生看似神秘，实则就是个愣头青，南宫霖不觉有些好笑，但一张俏脸却并未表现出任何异色，仍是那般娇媚动人，喃喃道：“公子太客气了，小女子名叫南宫霖，也是机缘巧合误入这深山老林，转了许久都走不出去，要不是公子告知，小女子还不知道这座山名叫浮

玉山，看来公子对此地熟悉，还要劳烦公子指路了。”

“哦，原来是迷路了，放心吧姑娘，小生自会带你出去。”

“嗯，那就先谢过公子了，我起初只是觉得此山算不上什么险境，用不了多久就能找到出路，但没想到这里云雾缭绕，奇峰连绵，山路崎岖，荒无人烟，不知不觉就被困在了山里。路上被这头恶兽袭击，小女子凭着日常修炼的一点浅薄道法才勉强与之抗衡，多亏公子及时出手相助，否则只怕要葬身这恶兽腹中了。”

南宫霖的谎言信手拈来，不但脸不红心不跳，甚至越发楚楚可怜，让人心疼万分。

花行云望着南宫霖令人生疼的俏脸，心更是软了下来。她看上去就好像经历过重重劫难，最后在危难之中抓到一根救命稻草，终于等到曙光初现，激动和喜悦的情绪交织，无法掩饰。

“南宫姑娘请放心，有我在就不用担心这灵彘兽了。”

花行云站在南宫霖身前，此时那灵彘从方才变故之中恢复过来，不停地打着响鼻，正龇牙咧嘴，死死盯着他们二人。

“什么？这恶兽名叫灵彘？”

“是，这灵彘乃大禹神庙的守护兽，厉害得紧，已守护神庙千年有余，看来大禹神庙就在这附近了，可真是让我好找啊。”

花行云目不转睛望着那头凶恶的灵彘，以防它随时发难。

“原来它是守护大禹神庙的灵兽啊，小女子是不是误入这神境，打扰到它了，要不我们还是走吧。”南宫霖躲在书生身后故意示弱地说。

花行云见不到她此刻扭捏造作的神态，若是见着，心中怜惜之情恐怕更盛了。

“姑娘不要怕，这灵兽就交给我好了。”花行云又展开折扇，微微摇了起来。

那团黑云聚集在灵彘周身，时而缥缈时而浓郁，如同黑色的烈焰，在它周身不断燃烧。深邃幽暗的黑色云团，不知隐藏着何种致命杀气，片刻间已将灵龛兽完全包裹，黑暗之中灵龛那对绿幽幽的巨目透射着凛冽的凶光，让人头皮发麻，心生畏惧。

场中突然刮起一阵雷霆万钧的狂风，黑云也顺势而出，黑暗气息瞬间铺天盖地，侵袭整个山头，将花行云和南宫霖团团包围。

他们二人戒备以待，花行云手执判官笔，南宫霖手执红绫，幻化成银红两道光波主动出击，朝黑云急袭而去。瞬间黑银红三色交织融合，形成闪亮而奇异的光影，在这浮玉山巅，迸发出恢宏的气势。

南宫霖有心试探花行云的实力，故而并未使出全力，只守不攻。战势便渐渐由三色纷争变成两色争艳，只不过那花行云招式颇为奇特，虽施展判官笔这种短兵刃，不及长兵器那般气贯长虹，却也神行急速、凌厉如风。

她涉世颇深，所见大小兵刃法器无数，奇门兵器亦不在少数。但世间使判官笔的人当真少之又少，施展得如此神乎其神的更是罕见。

那判官笔乃奇门杂兵一类，长不过三尺，一寸短、一寸险，相较于仙剑等长兵刃法器，并没有什么优势。高手过招，胜负往往就在一念之间，而判官笔欺身近搏，还未出招给对方造成威胁，就先将自己置于险境，故而凶险万分，若非对自身修为极度自信的人，绝不会轻易驾驭此物。

判官笔擅长走穴打位、暗中奇袭，并不适合作为主战的修道法器。但眼前这个白衣如雪、纯良温润的书生竟将判官笔使得妙笔生花、行云流水、灵动飘逸。

他行动自如，完全不见任何拖泥带水，看似几招简易的笔法，实则暗藏着强大的真气，挟裹着凶猛的杀机，一时间让灵龛疲于应对，力不从心。书生这身修为造化与凌厉笔锋，表现出与其年龄根本不符的娴熟老练，不禁让南宫霖暗自叹服，果然九州人杰地灵，藏龙卧虎，英雄少年辈出。

真是人如其名，落花流水间、行云天外去，数招过后，那白衣书生已完全占据了上风。说来他招式当真奇特至极，笔走偏锋、欺身抢攻、迅猛致命，每一招都犯了修道人士的大忌，若是换作常人，此刻恐怕早已门户大开，破绽百出，身陷险境。而花行云却身形飘逸、佯攻虚招不断，前招未歇后招瞬至，前招故弄玄虚、后招却后发先至，防不胜防。而强攻之余，他更是守得门户密不通风，将灵彘凶狠的攻势逐一轻松化解，看似偃旗息鼓却往往峰回路转，攻势再起。

几个回合下来，面对花行云连绵不绝的怪异招式，灵彘渐渐有些力不从心，被动挨打起来。

只见那书生手执判官笔高高跃起，那银钩如月的判官笔在空中快速飞舞，龙飞凤舞般在空气里写出几个古字。那些古字与之前一样，仍是那般苍劲有力，闪烁着金光，带着强劲的气势朝灵彘击去，灵彘像是着了魔一样，左躲右闪，使出浑身解数也无法避开那鎏金古字的打击。一击即中，它身上又生生被击出几道伤口。

此刻在旁的南宫霖看出了些门道，花行云正是以那些奇怪的古字为媒，施展着体内的真气，给敌人致命一击，只不过他年纪轻轻，真气着实深厚，让人刮目相看。

灵彘再次被那些古文字击中，更加恼怒。它朝着花行云嘶吼怒啸，淌满鲜血的兽身剧烈颤动，挥舞着利爪，怒目中燃烧着弑人的烈焰，似要誓死捍卫这方土地，丝毫不见退让半步，但再也不敢贸然向前发起攻击。

花行云眼见灵彘不甘示弱，竟开口朝它说道：“灵彘神兽，我已手下留力了，你何苦这么搏命，以死相守这神庙呢？我真是有求于禹神，故才前来拜访，可否通融通融，放行于我啊？”

说到后来，他竟有些低声下气，根本不是胜利者应有的姿态。

目击此景，南宫霖内心讥笑连连，这书生看似身手高强，气宇不凡，实却宅心仁厚，软弱无能。此刻灵彘负伤，气势大减，正是痛下杀手，将其除掉的好时机，可这傻小子竟然主动示好，求那畜生放行，当真令人费解。心慈手软又岂是她的作风，若换成自己，恐怕此刻灵彘早已一命呜呼，这书生迂腐至极，难成大器。

就算花行云如此主动示好，那灵彘却丝毫不领情，它仍是目露凶光，龇牙咧嘴地朝花行云吼叫。虽然身上伤痕累累，鲜血淋漓，但仿佛根本感知不到任何疼痛，它的眼中此刻只有厮杀和毁灭。

忽而，那团诡异的黑云于半空中再度涌现，慢慢向灵彘靠拢，黑暗气息重生，瞬间笼罩这方天地。黑云的气焰比刚才更盛，黑暗中似有恶兽在奔腾，撕碎万物、吞噬苍生，天地精华、植木生气都要被它吸食殆尽，这和风暖阳的浮玉山巅也被蒙上了一层阴影。

可怖的场景再现，黑云顷刻间已将灵彘全身包裹，花行云目及此景，满脸疑惑，不知道这灵兽想要做什么。

“糟了，这灵彘正利用那团黑云疗伤，快去阻止它，不然它片刻过后又毫发无损，刚才所做的一切就白费了，快啊。”

南宫霖刚才尝过此法厉害，急促无比地喊道，她故意旁观，引书生主动出招。

听见南宫霖这么说，花行云心中很是惊奇，但并未多想，便亮出判官笔，朝那黑云击去。

灵彘此刻正值恢复之际，眼见冷冽银光袭来，却毫无还手之力，黑云瞬间被那书生击散，露出灵彘凶相，它全身血流不止，躲在角落里瑟瑟发抖，兽眼中的绝望恐惧显露无遗，却仍在怒吼，警告着花行云不要靠近。

“既然如此，那只好得罪了。”

见灵彘毫不妥协，花行云面色如霜，神情肃穆，完全不见方才仁慈的模样。

他祭出那支判官笔，几道银光闪现，将灵彘完全笼罩，让其根本没有抵抗的机会。就在灵兽溃败无遗，二人行将得胜之际，却见花行云停了下来，从身后拿出那把刚才一直没用过的玄黑折扇，折扇看去平淡无奇，并无任何异处，不知他想要做什么。

只见他袖手轻挥，玄黑折扇便缓缓展开，扇身微微泛出一抹清光。令人称奇的是，那折扇扇身看上去不大，但扇面展开却颇为宽广，寻常文人墨客所用折扇，扇面常留有墨宝，或名家字帖，或山水风物，而他这把折扇的扇面却漆黑一片，未见任何字画墨宝，真是一把看似寻常却又十分古怪的折扇。

白衣书生左手执扇，右手拿笔，龙飞凤舞、铁画银钩，瞬间手中那轮银月便在折扇上画出一道看上去十分神秘的符文。

与此同时，他嘴中也在默念着某种法诀，在咒语法诀的催持下，那道符文竟隐约在扇面上晃动起来。令南宫霖啧啧称奇的是，那把折扇纹丝不动，只是符文自行摇晃，像是被施了法一样即将要从扇面中跃出。

符文缓缓摇晃，隐隐透散着耀眼的金光，那金光看上去神圣辉煌，不可方物。在金光闪烁中，那道符文果然逐渐离开折扇，飘向空中，而此刻花行云口念法诀、双袖鼓动，正在全力施法。

符文最后幻化成一道光芒，急速投向灵龁，此刻早已精疲力竭的灵兽被这突如其来的光芒笼罩，阵脚大乱、狂躁不安。光芒变成了一道无形的强大禁制，禁锢了灵兽，让它四肢像是被定住一般，无法动弹。

与这种禁制相类似的法术，南宫霖当然见过，天魔教拓跋氏，那个神秘男人拓跋槿就擅长这种锁灵之术，但与他不同的是，花行云看上去只图困兽，并无收服之意。

投射在灵龁身上的金色光芒渐渐消失，那头灵兽定格在原地完全不能动弹，任凭它如何暴戾嘶吼、奋力挣扎，始终无法移动毫厘，在那神秘法术的禁制面前，它的力量是如此弱小。

终于将灵龁降服，花行云竟面有愧色，朝着被困住的灵龁深深鞠了一躬，柔声说道："真是对不住了，灵彘兽，我也是救人心切，您老此刻就在这静待片刻吧，待我返回之时，必定为您解除这禁制，希望您老不要怪罪于我。"

说完，他又望向南宫霖，缓缓地道："南宫姑娘，这灵彘已完全被我困住，不会再兴风作浪了，你先在这里等我片刻，等我回来再带你下山如何？"

"哎呀，难道公子就放心留我一个弱女子在这里吗？万一那灵彘又神威大发冲破法阵加害于我，可怎么办才好？"

"姑娘说的也是，不能让你一人孤身犯险，那你还是跟着我吧。"

花行云刚才一番举动和言语已让南宫霖鄙夷至极，但她想不到这行事怪异的书生，竟有如此深厚的修为，说不定他早已对那大禹神庙的情况了然于心。更何况他此行的目的与自己一样，由他带路，可以少费许多力气，届时见机行事再痛下杀手也不迟。

她心中已然生出了杀意，却故意面露难色，沉吟半晌，才勉强答应："既然误入这奇峰险境，那自然也只能悉听尊便了，公子可要照顾小女子啊。"

"那是当然，南宫姑娘就放心跟着我吧，我一定护你周全。"

花行云收回笔扇，心如止水地望着俏丽的南宫霖，并没有多想什么。

山巅黑云已渐渐退去，阳光从高空云层投射而出，清风徐来，方才还阴暗死寂的场景此刻已变得十分敞亮，万物也已复苏，沐浴着阳光，吐纳着空气，一派生机勃发的景象。

那灵彘此刻仍然被花行云布施的禁制定住，气焰灭了许多，不如之前那般愤怒躁动，而只是静静待在原地，怔怔地望着他二人的身影消失在山巅云层的深处，眼神中流露着一丝焦躁、一丝愤怒，抑或是一丝无奈。

图书在版编目（CIP）数据

龙族传说. 一，斩仙剑 / 周乐易著. — 成都 ：四川文艺出版社，2019.1
ISBN 978-7-5411-5166-8

Ⅰ.①龙… Ⅱ.①周… Ⅲ. ①长篇小说－中国－当代 Ⅳ.① I247.5

中国版本图书馆 CIP 数据核字(2018)第285774号

LONGZU CHUANSHUO YI.ZHANXIANJIAN

龙族传说一.斩仙剑

周乐易　著

策划出品：磨铁图书
责任编辑：金炀淏 余　岚
责任校对：汪　平

出版发行　四川文艺出版社（成都市槐树街2号）
网　　址　www.scwys.com
电　　话　028-86259287（发行部）028-86259303（编辑部）
传　　真　028-86259306

邮购地址　成都市槐树街2号四川文艺出版社邮购部610031
印　　刷　河北鹏润印刷有限公司
成品尺寸　166mm×235mm　　开　　本　16开
印　　张　43.25　　字　　数　560千字
版　　次　2019年3月第一版　　印　　次　2019年3月第一次印刷
书　　号　ISBN 978-7-5411-5166-8
定　　价　88.00元（全二册）